LA CONJURA DEL HARÉN

ABRAHAM JUÁREZ

LA CONJURA DEL HARÉN

ESPASA

Espasa, sello editorial de Editorial Planeta, S.A.
Avda. Diagonal, 662-664
08034 Barcelona

Primera edición: enero de 2024

Preimpresión: MT Color & Diseño, S. L.

Depósito legal: B. 21.810-2023
ISBN: 978-84-670-7159-7

Espasa, en su deseo de mejorar sus publicaciones, agradecerá cualquier sugerencia que los lectores hagan al departamento editorial por correo electrónico: sugerencias@espasa.es.

www.espasa.com
www.planetadelibros.com

Impresión: Gomez Aparicio
Impreso en España-*Printed in Spain*

A mis padres, in memoriam

Nota del autor

Al haber coincidencia entre los nombres de Ramsés III y su hijo, Ramsés IV, se ha sustituido el de este último por el de Ramosé.

En cuanto a las voces que conducen el relato, es importante indicar que se intercalan capítulos y escenas en los que el narrador, cuando participa directamente en la acción, habla en primera persona; algo habitual en la literatura de la época en la que se desarrolla la historia.

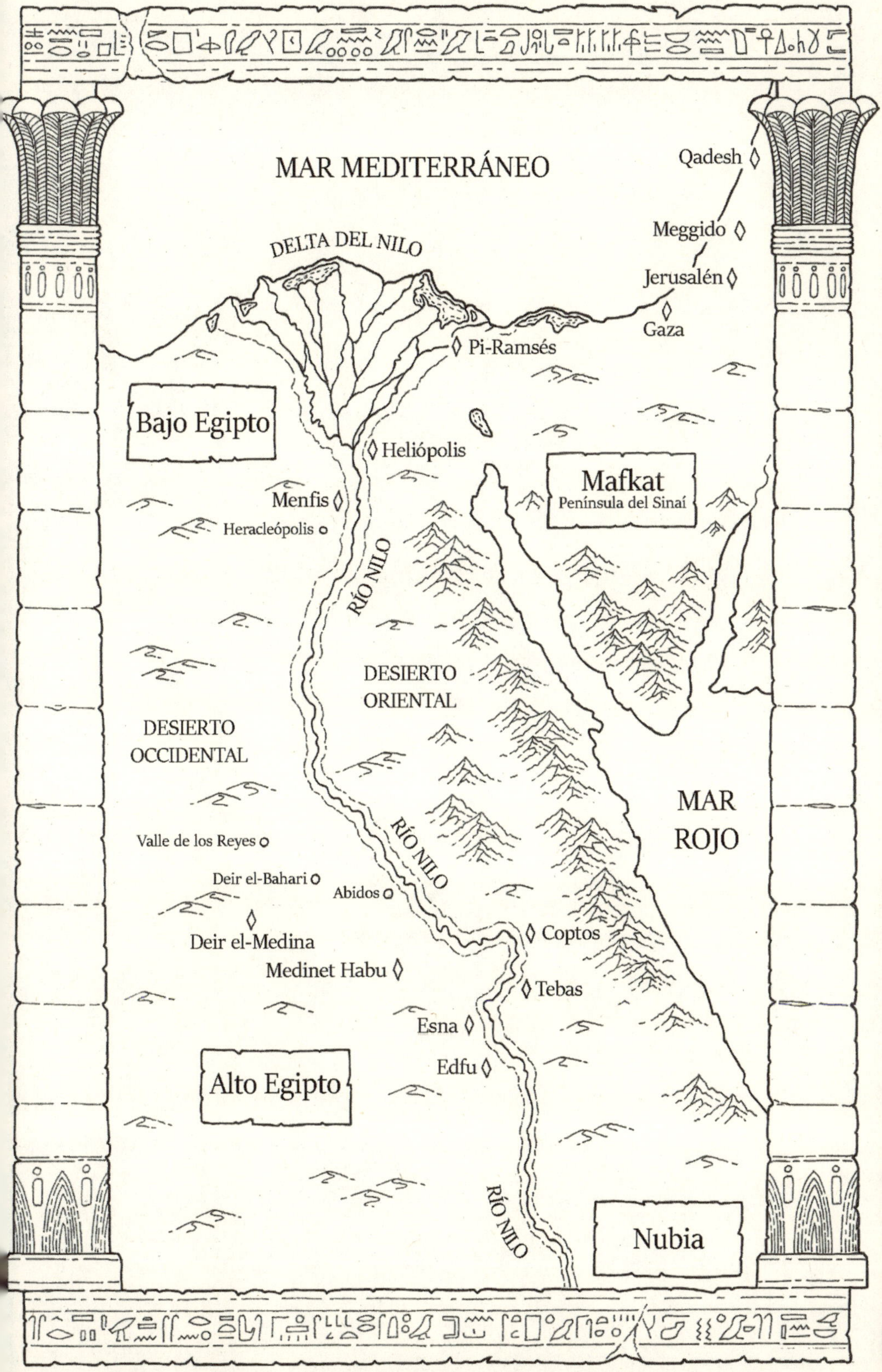
MAR MEDITERRÁNEO
Qadesh
Meggido
Jerusalén
Gaza
DELTA DEL NILO
Pi-Ramsés
Bajo Egipto
Heliópolis
Mafkat
Península del Sinaí
Menfis
Heracleópolis
RÍO NILO
DESIERTO ORIENTAL
DESIERTO OCCIDENTAL
MAR ROJO
Valle de los Reyes
Deir el-Bahari
Abidos
RÍO NILO
Coptos
Deir el-Medina
Medinet Habu
Tebas
Esna
Edfu
Alto Egipto
RÍO NILO
Nubia

Dramatis personae

Personajes históricos

Atribis: visir de Ramsés III.

Bakenkhonsu: gran sacerdote de Amón.

Bay: visir del faraón Siptah de la dinastía XIX.

Beder: príncipe de los *tekker*, uno de los Pueblos del Mar.

Habadjilat: madre de la reina Isis.

Hori: portaestandarte de infantería (en la novela aparece como escriba).

Hui: portaestandarte de infantería. Conspirador.

Isis: primera Gran Esposa Real de Ramsés III.

Iyry: escriba y Sacerdote Lector. Conspirador.

Merenptah: faraón de la dinastía XIX.

Meshesher: rey de los *mashauasch*, uno de los Pueblos del Mar.

Messui: escriba real. Conspirador.

Nanai: capitán de policía. Conspirador.

Pabes: escanciador real. Conspirador.

PAIBEKKAMEN: primer Gran Chambelán. Conspirador.

PAIIS: comandante del Ejército. Conspirador.

PAIREKAMENEF: mago maléfico. Conspirador.

PAIRY: supervisor del Tesoro. Conspirador.

PANEHESY: visir del faraón Merenptah.

PANHAYBONI: capataz de obras. Conspirador.

PANOUK: intendente del harén. Conspirador.

PEFRAWA: juez principal.

PENTAUR: hijo de Ramsés III y de su segunda esposa, Tiyi.

RAMSÉS III: faraón entre 1184 a. C. y 1153 a. C.

RAMSÉS IV / RAMOSÉ: hijo de Ramsés III y de Isis. Sucedió en el trono a su padre.

REMAKHTE: administrador de las tierras del faraón.

SETHNAJT: faraón, padre de Ramsés III.

SHOTMAADJE: escriba real. Conspirador.

SIPTAH: faraón de la dinastía XIX.

TA: visir de Ramsés III.

TAI-NAKHET: oficial de infantería. Conspirador.

TAUSERT: reina-faraón de la dinastía XIX.

TENTOPET: esposa de Ramsés IV.

TIYI: Segunda Gran Esposa Real de Ramsés III y madre de Pentaur. Instigadora del complot contra su marido.

Personajes de ficción

AARÓN: hijo de Okhém.

AKILA: concubina.

AKMÓN: ladrón de joyas. Hermano de Bejem.

ANAEB: aspirante a mago en la ciudad de Esna.

ANUM: hijo de Metreb.

ATIB: tratante de esclavos y ladrón de joyas.

BEASHI: concubina. Cómplice en el complot contra Ramsés III.

BEJEM: ladrón de joyas. Miembro de la banda de Sinab.

DAINA: prostituta.

HAFA: rey de los sículos, uno de los Pueblos del Mar.

HAMADI: médico cirujano.

HETMET: hijo de Kemish.

IKBA: general del Ejército.

JENDAYI: mujer de Metreb.

KEMISH: narrador de la historia. Padre de Kufu, Sinab y Hetmet, los protagonistas del relato.

KERAMÓN: responsable de la cárcel real.

KUFU: hijo de Kemish y amante de Neftis.

MAATEM: mago protector, amigo de Hetmet.

MANEB: capataz en las canteras.

MENSUB: aspirante a mago.

MERIMÓN: aguadora, amante de Sinab.

METREB: tallista y amigo de Sinab.

NEBAMÓN: consejero privado de Renón.

NEFTIS: hija de Ramsés III.

OKHÉM: consejero leal a Ramsés III.

PARKESH: rey de los danuna, uno de los Pueblos del Mar.

PENSEY: mago. Maestro de Maatem en la ciudad de Esna.

PERTES: tabernero en La Gacela Blanca.

PIN-AMÓN: tabernera en El Perro Ciego.

RENÓN: gobernador de Coptos.

REPTOS: soldado fiel a Ramsés III.

SETHMENEPH: médico personal de Tiyi.

SINAB: hijo de Kemish y amante de Merimón.

TAEDOS: gran mago. Maestro de Maatem.

TUERIS: esposa de Kemish.

Prólogo
Yo, Kemish

Durante mi juventud, siempre había oído decir a los ancianos que un hombre puede sentirse solo aunque tenga a su lado a una mujer que caliente su cama y le haya dado hijos. Ahora, tras los muchos años que he vivido, yo mismo soy testigo de esa certeza. Porque, en mi vejez, la soledad es mi única compañía. Y no, mi soledad no se debe a que mis hijos hayan muerto, aunque —pido a los dioses que no escuchen mis palabras— a veces lo deseara. Porque ¿qué más desea un padre que sentirse orgulloso de sus hijos y saberse, si no correspondido ni amado, sí al menos honrado por ellos? Y por eso mi soledad. Porque un mal día los perdí cuando dos de ellos dejaron de respetar las enseñanzas del dios Ēl*, que yo les había trasmitido, y al otro no volví a verlo desde aquel día en el que... Pero no,

* El dios Ēl es el principal del panteón cananeo. Representa la ética y el orden. Dictaba el comportamiento de los hombres y de los otros dioses. *(Todas las notas son del autor)*.

no debo anticiparme a explicar la causa de mi aflicción.

Ahora, y para que nadie me juzgue por mis palabras, comenzaré a narrar mi historia desde el principio.

A quienes quieran conocer mi nombre, les diré que es Kemish y que vivía con mi familia en Adar, un pequeño poblado al sur de Canaán. Cierto día, un viajero, al que cobijamos en nuestra casa durante una noche, me aconsejó que abandonáramos una tierra que no nos ofrecía ningún futuro y nos marcháramos a Tebas. «Allí —me dijo— las mujeres se visten con finas túnicas de lino y los hombres adornan sus cuellos con gruesas cadenas de oro».

No puedo maldecir a quien pronunció aquellas palabras que eran una invitación a alcanzar una vida mejor. Me maldigo a mí mismo por haberlas escuchado y haberme dejado seducir por las promesas que encerraban.

Primera parte

Apartados

I
La ruta maldita

Sobre los lomos de una mula, había construido algo parecido a un dosel empleando mi *simlāh** para que mi mujer y mis hijos pudieran ir turnándose para descansar y protegerse del sol durante la larga travesía que nos esperaba. Sí, sé que mis hijos eran más jóvenes y fuertes que yo, y que debería haber sido yo quien se aprovechara de alguno de aquellos descansos. Pero me negaba a aceptar la realidad de que los años habían comenzado a mermar mis fuerzas. Tueris me había rogado que detuviéramos la caminata cada cierto tiempo y que me cubriera con su capa, pero no la escuché. Aduje que la tela del turbante era suficiente para preservar mis hombros y quise engañarme a mí mismo fingiendo no sufrir un cansancio que me hacía dudar de si sería capaz de poder dar el paso siguiente mientras notaba cómo

* Manto largo y rectangular abierto por el frente.

mi espalda se cubría de ampollas por el castigo del sol. Recuerdo su dolorosa intensidad y mis ojos llorosos, que iban del horizonte de dunas a cada hondonada que el animal marcaba de huellas en la arena bajo el peso de la carga.

Aun así, debo reconocer que Tueris no andaba errada. La fortaleza de la que hacía gala años atrás ya no era más que un recuerdo borroso, como lo había sido mi atractivo. Ahora debía conformarme con ver mi juventud perdida reflejada en los rasgos de mi hijo Sinab: en su rostro ligeramente ovalado, con un hoyuelo en el mentón y un pequeño lunar en el pómulo izquierdo que a mí me había desaparecido con los años. Mi rostro era como un campo árido sobre el que hubiese pasado un arado dejándome unos pómulos que destacaban desafiantes, y surcos en la frente, y las comisuras de una boca en la que, a pesar de mi edad, conservaba todos los dientes. Presumo también de mi cabello castaño y ondulado que, como muestra indiscutible de mi paternidad, había transmitido a Hetmet, mi otro hijo, aunque su rostro mostrase la palidez del de su madre y en el que no parecía que la barba tuviese ninguna intención de asomar, como tampoco aparecían los músculos en sus brazos. En los ojos de Hetmet brillaban unos iris marrones como los de Tueris, a la que el trabajo y el sufrimiento habían envejecido de forma prematura. Hacía años que sus párpados se habían caído hasta casi ocultar lo que habían sido unos ojos ligeramente rasgados, como ahora los de Hetmet.

Kufu era completamente diferente a sus hermanos: el más alto y fuerte de los tres, sus cabellos eran lisos y negros como sus ojos, y en el rostro lucía una mandíbula poderosa.

Aquel día habíamos emprendido el camino apenas amaneció, cuando la luz dorada no hería aún, y con la esperanza de alcanzar la gran ciudad antes de que anocheciese. A lo lejos, ya podíamos divisar una franja rebosante de vegetación como señal de que nuestros pies hollaban aquella tierra prometida.

Por aquel entonces, el país de Kemet* vivía bajo el gobierno de Ramsés III tras haber padecido unos años de desorden durante los reinados anteriores. Guerras civiles y escaramuzas extranjeras por el Oriente, Libia y Nubia lo habían convertido en un país inestable. La subida al trono de Ramsés III puso fin a aquella situación. Pacificó la zona oriental y reafirmó su dominio sobre Nubia en el sur. El único pueblo que podía resultar una amenaza se hallaba al oeste, Libia, pero la frontera estaba protegida lo suficiente por el Ejército egipcio.

En aquel clima de paz, el faraón dedicaba sus esfuerzos a devolver a su pueblo el bienestar del que había disfrutado en época de su antepasado Ramsés II

---

* Egipto.

el Grande. Ordenó a sus ingenieros que ampliaran los campos de cultivo y a sus arquitectos que rehabilitaran algunos templos abandonados y levantaran nuevos; el más importante, el que habría de ser su palacio al tiempo que templo funerario, un recinto monumental edificado en un lugar al que los egipcios llamaban Djeme*.

Tras recorrer una larga caminata, decidimos hacer un descanso para comer al cobijo de la sombra que nos ofrecía el perfil de una montaña. El cesto, en el que habíamos depositado los que creímos suficientes víveres para la travesía, no mostraba más que un pedazo de pan ácimo.

—¿Es todo cuanto nos queda? —pregunté.

La tristeza se reflejaba en la voz de Tueris, mi esposa, al responderme.

—Sí. Hasta que lleguemos a la ciudad no tenemos nada más. —Me tendió su tocado—. Por favor, ponte esto. Tienes la espalda en carne viva.

Lo tomé y me cubrí mientras volvía a mirar el contenido de la cesta.

—No es suficiente ni tan siquiera para uno de nosotros. Iré a cazar algo. ¿Me acompañas, Kufu?

Sin dudarlo, Kufu, el mayor de mis tres hijos, empuñó dos arcos, un carcaj y un morral, y subimos a la montaña en busca de alguna presa que nos sirviera

---

* Medinet Habu.

para alimentarnos hasta que llegásemos a Tebas. No tardamos mucho en ver una serpiente. «Es carne», pensé, pero sabía la repugnancia que sentirían mi mujer y mis otros hijos ante la sola visión del reptil. Doblamos un recodo en la roca y vimos que los dioses eran bondadosos con nosotros: dos conejos, que mordisqueaban unos hierbajos, se habían puesto al alcance de nuestras armas. Disparamos casi al unísono y las dos flechas acertaron en el blanco. Fue mientras desollábamos los conejos cuando oímos el grito desgarrador de mi esposa pronunciando mi nombre. Metimos los conejos en el morral, aún sin despellejar, y corrimos alertados por aquella llamada de auxilio. Descendimos la montaña por una ladera desde la que no se veía el lugar en el que se había quedado nuestra familia. Al bordearla, vimos a Tueris tumbada en el suelo. Corrimos hacia ella tan rápido como nos lo permitieron nuestras piernas y, al acercarnos, vimos que estaba rodeada de un charco de sangre. Tenía el pecho cubierto de puñaladas.

—Tueris, ¿qué... qué ha ocurrido?

Dirigió sus ojos hacia mí. Estaban blanquecinos y supe que, a pesar de mirarme, no me veía. Entonces fui consciente de que, a cada instante que transcurría, la vida la abandonaba. Antes del último estertor aún tuvo fuerzas para responderme.

—Una caravana... —dijo con un hilo de voz— tratantes de esclavos... nos atacaron y se han llevado a nuestros hijos. Búscalos y...

Esas fueron sus últimas palabras y el comienzo de mi soledad a pesar de que Kufu continuaba a mi lado. Porque, en realidad, Kufu era hijo de Tueris, pero no mío.

La fiel Tueris, a quien nada puedo reprocharle, que se había esmerado en el gobierno de nuestro hogar y en la educación de nuestros hijos, siempre con una sonrisa, yacía ante mí sin haber recibido la despedida de dos de ellos.

Me sorprendió la actitud de Kufu. Se limitó a mirar a su madre en silencio durante un instante. Aún hoy no sé si es que no lamentó su muerte o que quiso ocultar su dolor, como si mostrarlo fuese un signo de debilidad que un hombre no debe permitirse manifestar a los demás. Pero no pude evitar mi perplejidad: su madre siempre fue pródiga en las muestras de cariño y, si bien Kufu desde muy joven había mostrado un carácter recio y enérgico, jamás había rehusado una caricia. Era diestro con la espada *khopesh*, el venablo y el arco, y era evidente su admiración por la vestimenta de los soldados, como si algún día aspirase a vestirla. Por mi parte, nunca había imaginado que ella pudiese abandonar este mundo antes que yo, y su muerte me provocaba más tristeza y temor de los que habría sentido si hubiera sido yo mismo quien estuviese viviendo sus últimos momentos, ante la incertidumbre de si existe otra vida después de nuestra muerte. Confieso que ya por aquellos días mi fe se resquebrajaba; tenía grandes zozobras causadas por las injusticias que me tocaba presenciar y que quedaban sin castigo: hurtos, extorsiones, sobornos... Fui testigo de cómo la mujer y la hija de un buen hombre habían sido obligadas a abandonar su casa para formar parte del servicio del propietario de las tierras; dos mujeres arrancadas de su hogar para satisfacer los caprichos de un hombre que lo tenía todo. No pude más que dudar de la justicia de los dioses por permitir aquellos desmanes y temí que me castigaran por pensar así. Qué lejos estaba de sospechar que los sucesos más inimaginables aún nos estaban aguardando cuando llegásemos a nuestro destino. ¿Por qué los dioses parecían cebarse con algunas familias? ¿Por qué con la mía? ¿Tan mal esposo y padre había sido?

Puedo afirmar que no. Siempre había cuidado de los míos y les había dado todo cuanto estuvo en mi mano renunciando a mi propio beneficio. De repente, los treinta años vividos con Tueris me parecieron una raquítica compensación a tanto esfuerzo, a mis manos encallecidas tanto como las de Tueris. Había sido una buena esposa, además de valiente.

Recordé la mañana en que unos ladrones asaltaron el cerco de nuestra casa para llevarse las únicas dos cabras que teníamos. Era la segunda vez que alguien intentaba robarnos nuestro sustento de leche. Ella estaba ya levantada, amasando el grano para hornear el pan, cuando oyó los balidos. No dudó.

Cogió la azada y salió al patio gritando, dispuesta a arremeter contra quien osaba querer adueñarse de lo que ella cuidaba con extraordinario mimo. La siguió Kufu empuñando una honda al tiempo que yo me hacía con mi arco y disparaba una primera flecha. La piedra lanzada por mi hijo alcanzó en la cabeza a uno de los asaltantes, que no dudó en huir mientras el otro lo seguía llevándose una mano al cuello, ensangrentado por el roce de mi flecha.

Kufu tenía coraje. Tanto como su madre.

Cerré los ojos y la boca de mi esposa en un intento de borrar su rictus de dolor. Si existía otra vida, no podía permitir que se presentara ante ella con ese aspecto atormentado.

Mi hijo y yo no hablamos entre nosotros, como si fuéramos culpables de un hecho que de ningún modo habríamos podido evitar. De no habernos alejado para ir de caza, aquellos malditos asaltantes también nos habrían aprehendido. La sangre me hervía al pensar en Sinab y Hetmet, mis amados hijos, que ahora estaban en manos de hombres despreciables y serían vendidos como ganado.

Con el dolor atravesándonos el pecho, arrastramos el cuerpo de Tueris hasta una loma cercana. El cuerpo de la madre de Kufu. ¿Cómo los dioses permitían que un hijo se viera obligado a dar sepultura a quien le dio la vida, en una tierra en medio de la nada, alejada de donde podríamos honrarla? ¿Cómo sobreviviría mi esposa en el más allá? En nuestra situación, no le podíamos ofrecer ni una modesta vitualla que pudiera llevarse al otro mundo, ni tan solo una mísera estera de animal donde acomodar su cuerpo. Cavamos un hoyo entre dos arbustos sirviéndonos de un par de ramas gruesas que a duras penas se abrían paso en la tierra rocosa bajo el manto de arena, incapaz yo de contener las lágrimas y sin aceptar aún a qué nos abocaba tan terrible pérdida. El vuelo de mi turbante no bastaba para secar tanta agua como derramaban mis ojos. Kufu, más fuerte que yo, cavaba con desesperación. Tenía la barbilla arrugada y los labios prietos en una mueca de rabia, la misma que en ocasiones mostraba de niño. Por aquel entonces yo se la afeaba, ahora no podía reprochársela: tenía buenas razones para sentirla.

Los gritos de Tueris habían espantado a la mula y los esclavistas no se habían molestado en buscarla. Por fortuna para nosotros, no estaba lejos; el pellejo de agua que acarreaba aún no estaba del todo vacío y el Nilo ya estaba cerca. Abandonamos la ruta principal y buscamos senderos secundarios en los que poder ocultarnos ante el riesgo de encontrarnos con aquellos desalmados. Penetramos en el valle y, al poco tiempo, oímos el rumor de las aguas del río. Era suficiente el parpeo de un pato o el ladrido lejano de algún perro para que el miedo encogiera nuestros corazones. Al llegar a la orilla, no tardamos en despojarnos de nuestras ropas y lanzarnos al Nilo buscando el frescor de sus aguas, que mi piel agradeció. Mientras nos bañábamos, envueltos en un grave silencio por el peso de lo que cargábamos en el alma y la gravitación de una tristeza que jamás podríamos borrar, me pareció oír unas voces cercanas.

—¡Escucha! —ordené de pronto a Kufu.

Nos vestimos apresuradamente y nos escondimos entre la vegetación que bordeaba el río. Superamos el miedo que nos provocaron aquellas voces pensando en que, si los dioses nos acompañaban, quizá fuesen las de los esclavistas: sería un modo de compensar su descuido y de reparar en parte nuestra desgracia. Ese pensamiento renovó mis fuerzas y despertó en mí la esperanza de poder liberar a mis hijos. Pero los dioses ignoraron mi reclamo o, tal vez, consideraron la posibilidad de aliviar nuestro dolor compensándonos de alguna otra manera.

Nos acercamos agachados al lugar del que provenían aquellas voces y pudimos ver que se trataba de un pequeño grupo de soldados que custodiaba una carroza. Aquella visión hizo que desterráramos nuestros temores.

Cuando nos disponíamos a acercarnos a ellos, el sonido de los cascos de unos caballos volvió a alertarnos provocando que nos ocultásemos de nuevo. Tras unos matorrales pudimos ver cómo un grupo de jinetes atacaba a los soldados. Los asaltantes no parecían organizados, pero superaban en número a los militares. El inicio del combate fue repentino. Las espadas y las lanzas buscaban los cuerpos enemigos. Los lamentos de dolor y gritos de muerte rompieron el silencio mientras el verde de la hierba se teñía de rojo con la sangre de los heridos y los muertos. Uno de los soldados se dirigió hacia la carroza, abrió la portezuela y salió una mujer, a la que acompañó con la intención de ponerla a salvo. Ella era joven y sus ropas demostraban su riqueza. Una lanza voló y atravesó la espalda del soldado que intentaba alejarla de la batalla mientras uno de los asaltantes se dirigía hacia la mujer. La imprudencia de Kufu le hizo abandonar nuestro escondite y mi corazón se encogió. Me acababan de robar a dos hijos y me angustiaba la idea de ver con mis propios ojos la muerte del otro.

Sin mostrar ningún temor, Kufu cogió del suelo la espada del soldado muerto y se interpuso entre la joven y el agresor. Me sorprendió verlo luchar, nunca lo había hecho, pero no parecía que aquella fuese la primera vez. Las espadas apenas habían chocado un par de veces cuando el cuerpo del bandido ya se desplomaba muerto a los pies de mi hijo. Me reproché las veces que lo había inducido a dejar de jugar con las armas y a instruirse con algunos papiros heredados de mi padre, que nunca le llamaron la atención. Tuve que confiárselos a Hetmet que, muy al contrario que su hermano, se quedaba mirando embobado los rollos, como intentando desentrañar en ellos el conocimiento que contenían y del que se privaba a los hombres sencillos. Hetmet... ¿Qué será de ti ahora, hijo mío? Quizá tu única salvación sea que no te hayan separado de Sinab.

Kufu acompañó a la mujer hasta donde yo estaba y regresó al campo de batalla para brindar su apoyo a los soldados. Poco después, el adiestramiento de estos había vencido al ímpetu de los asaltantes, quienes, considerablemente diezmados, subieron a sus monturas y huyeron dándose por vencidos. Kufu y yo buscamos entre los cuerpos de los caídos con la esperanza de que alguno aún continuase con vida y nos dijese si pertenecía al grupo de los esclavistas. Si teníamos suerte, quizá podríamos averiguar el paradero de mis hijos. Pero todos estaban muertos y nuestras esperanzas perdidas.

La mujer se acercó a nosotros con un gesto que revelaba más sorpresa que agradecimiento. Tenía el cabello artísticamente trenzado, vestía un traje bordado con lentejuelas de plata y lucía en su brazo derecho un brazalete con gemas de distintos colores, detalles todos ellos que denotaban una alta posición. Llegué a pensar que podía ser hija de algún noble. O de un rey.

—¿Qué hacíais aquí? ¿Quiénes sois? —preguntó.

Le conté nuestra desventura. Nos miró y en su mirada creí adivinar que se compadecía de nuestra situación. Sus ojos eran rasgados y dulces, y un fino afeite cubría el óvalo de su cara. Se quedó mirando a Kufu con inusitado interés. Habría dicho que parecía embelesada por su aspecto.

—Y tú, ¿dónde has aprendido a luchar así? —preguntó dirigiéndose a Kufu.

Mi hijo me miró antes de responder. Parecía temeroso ante la posibilidad de que yo me indignase una vez que confesara su secreto. Me dio la espalda y se alejó unos pasos mientras se lo revelaba a la joven. Ella asintió y, con voz enérgica, se dirigió al capitán de los soldados.

—Proporcionad dos monturas a estos hombres. Nos acompañarán en nuestro viaje.

Por el camino, siguiendo siempre una pista de tierra que bordeaba el valle, atravesamos dos pequeños poblados con casas bajas de adobe. Ante sus puertas, unas mujeres desgranaban y molían trigo y otras cocían pan sobre piedras calentadas por hogueras. En los campos que las rodeaban, observé a un grupo de campesinos mientras labraban la tierra empujando el arado tirado por bueyes. La vida del campesino es la más dura, y puedo afirmarlo desde mi propia experiencia: explotado por los amos de las tierras, tiene que vigilar que los vecinos no le roben o invadan sus lindes y que las plagas de langosta o los roedores no le arruinen las cosechas. Todo ello para, al final, una vez recogido el fruto de su esfuerzo, verse asediado por los recaudadores de impuestos.

La mujer había abandonado la carroza y solicitado otra montura para ella. Trotábamos al paso y, poco a poco, el hermoso corcel de crines negras que montaba se fue retrasando para acompasarse con el de Kufu. La joven lo miraba de reojo, sonreía y guardaba silencio. En cierto momento le preguntó de dónde procedíamos y él vaciló antes de responder.

—Somos de Adar, al sur de Canaán, mi señora.

—¿Canaán? Por lo que ha llegado a mis oídos es tierra fértil, con agua abundante, buenas vides y olivos, y buena miel... Así lo aseguran quienes la conocen ¿Por qué os mudáis?

—Atravesamos varias estaciones de pertinaz sequía. Los animales murieron. Solo nos queda la mula y, aunque es joven, de haber continuado allí, habría muerto también.

«Sabias palabras, Kufu», dije para mí. Tiempo después supe que el padre de aquella mujer también era cananeo y no comprendí por qué no lo confesó; quizá porque consideró que no era el momento de revelar su identidad,

—¿Habéis comido hoy? —preguntó.

Ante la negativa de Kufu, la mujer ordenó a uno de los soldados que nos ofreciera unos dulces de miel que tuvieron la virtud de acallar el rugido sordo de nuestras tripas. Dicho esto, solicitó la ayuda de un soldado para bajarse de la montura y ocupar de nuevo la carroza.

Tebas superaba cualquier idea que yo hubiera tenido. Después de dejar atrás los barrios más humildes, nos adentramos en el corazón de la ciudad. Allí, las lujosas casas se iban convirtiendo en palacios alrededor de los grandes templos. A medida que nos aproximábamos al palacio real, vimos cómo algunos de sus ciudadanos inclinaban la cabeza ante el paso de nuestra comitiva. Jamás hasta ese instante había sentido nada igual. Al llegar ante la imponente mansión, un sirviente se apresuró a abrir la puerta de la carroza y ayudó a descender de ella a su ocupante.

—Que les den comida y alojamiento a estos hombres, son mis invitados —ordenó.

El sirviente inclinó la cabeza y puso las manos sobre las rodillas en señal de obediencia. Mis sospechas se vieron corroboradas: la mujer era alguien influyente en la corte.

—¿Quién es? —pregunté cuando ya se había alejado.

—¿Venís en su compañía, os aloja en palacio e ignoráis de quién se trata? —respondió el sirviente en un tono de voz en que se mezclaban la desconfianza y el desprecio—. Es Neftis, la hija de Ramsés III, a quien la gracia de Amón conceda muchos años de vida.

«Quizá no es un mal comienzo —pensé—. Quizá, después de todo, los dioses quieran compensarnos de tanta desgracia». Y elevé una alabanza en silencio.

II

El mercado de esclavos

Aquella mañana, los compradores se arremolinaban mirando la mercancía. Los esclavistas se frotaban las manos. Tenían pocos hombres que ofrecer y sabían que alcanzarían un precio muy alto.

—¿Cuánto pides por este?

Cuando Maneb hizo esta pregunta sabía que, antes de cerrar el trato, debería soportar la incontinencia de la lengua de Atib. Aquel hombrecillo no era más que un producto de la codicia y las malas artes que, con sus únicos cuatro dientes en una línea desigual y un cuerpo desmadejado, trataba siempre de aparentar lo que no era. Le gustaba adular a quienes se interesaban por su mercancía, como si de su actitud dependiera cerrar un trato ventajoso para él.

—Oh, mi señor, que Amón te conserve tu buen juicio y pericia para elegir a los que van a ser tus esclavos. Desde el momento en el que te vi acercarte, estaba seguro de que te fijarías en el mejor de los que yo te podría ofrecer, y me complace ver que no me había equivocado. Pero harías un mal negocio si te lo llevas a él solo, porque te lo puedo vender a buen precio si a la compra de este añades la de algún otro.

El capataz de la cantera se pasó la mano por la nuca, bajo el *klaft**. Conocía bien las maniobras del tratante y no estaba dispuesto a dejarse embaucar. Tenía demasiada experiencia sobre sus hombros como para dejar que alguien tan insignificante se burlase de él. Levantó el brazo, arrugó el gesto y lo encaró a un palmo de distancia.

—¿Acaso pretendes engañarme? —dijo echándole el aliento—. ¡Maldito usurero! Acabarás destripado o ahogado en el Nilo por tus malas artes. Ninguno más merece que ni siquiera valore su precio.

Maneb no tenía intención de discutir con el tratante e hizo ademán de marcharse. Sabía que Atib no se rendiría tan pronto, que moderaría su ambición y ajustaría su oferta. Había otros mercaderes de esclavos que ofrecían su mercancía en la propia cantera, pero con ellos sería más difícil negociar al ser más sagaces que aquel miserable.

Comprobó que no se había equivocado. En efecto, Atib no tardó en ir tras él para insistirle.

—Oh, mi señor, sin duda los dioses han debido maldecirte o has debido tropezar con la cola de un

* Tocado de tela rígido que ciñe la cabeza y deja caer sus bordes sobre los hombros y la espalda.

escorpión y su picotazo te ha nublado el juicio porque, a partir de tus palabras, ahora veo que tus ojos no te sirven para nada, pues son tan inútiles en tu cara como lo es la cola en el trasero de un gato. ¿No has visto, acaso, la expresión de esta joven, que parece estar suplicando que la lleves también contigo para servirte como tú mereces?

Hasta aquel momento, el comerciante no había considerado la posibilidad de comprar una mujer. En su casa ya tenía las suficientes esclavas, de las que, además de servirlo, podía beneficiarse cuando necesitaba una amante. Y la que le estaba ofreciendo no era especialmente fuerte ni atractiva, pero pensó que podría serle útil para otros fines.

—Está bien, dime su precio.

—Como ves, el hombre es joven; no le falta ningún brazo ni ninguna pierna y conserva todos sus dedos; estoy seguro de que será un obrero que no lamentarás tener bajo tus órdenes en tu cantera. Por él te pido la ridícula suma de dos *debens** de plata y cincuenta de cobre. Por ella, si fuese fuerte, o su belleza hubiese sido mejor bendecida por los dioses, te pediría dos *debens* de plata y treinta de cobre, pero, como no es el caso, si los compras juntos, te los ofrezco a ambos por cuatro *debens* de plata y sesenta de cobre.

---

* Unidad de peso equivalente a 91 gramos. Un *deben* de plata equivalía a 100 *debens* de cobre.

Miró a la mujer. Era más bella de lo que había percibido a simple vista. Solo necesitaba desprenderse de aquella ropa desgarrada, darse un baño y cubrirse con un vestido de lino. Además, no eran pocos a los que Maneb debía favores y podría pagárselos entregándoles a una mujer de labios carnosos y unos ojos perfilados con *kohl* que acentuaban su atractiva forma almendrada. En cierto modo, le recordó a una amante que había tenido tiempo atrás. Continuamente lamentaba que los dioses hubiesen querido llevársela demasiado pronto.

Tras un instante de reflexión, el comprador aceptó la oferta. Maneb, como responsable de una cantera encargada de extraer oro para el tesoro del faraón, ya le había comprado esclavos a Atib en otras ocasiones y conocía bien las artimañas del tratante, pero aceptó que en ese momento no estaba intentando engañarlo. Dos *debens* de plata y diez de cobre por una esclava joven era un buen precio y ya tenía elegido cuál iba a ser su destino a partir de aquel instante.

—Está bien, viejo estafador. Me quedo con los dos.

—Oh, mi señor, me llamas estafador y tus palabras hacen que mis ojos se humedezcan con lágrimas de tristeza porque son una ofensa para los oídos de este pobre anciano que tan solo busca complacerte y...

—¡Calla de una vez o te arrancaré la lengua con mis propias manos! ¡Me aturdes con tu verborrea! Envíalos a mi casa. Mis criados te pagarán cuando los entregues.

Antes de que un gigantón nubio lo cogiera del brazo para llevarlo a casa de Maneb, Sinab miró a su hermano Hetmet con la duda de si algún día volvería a verlo. Hetmet le devolvió la mirada comprendiendo que el destino se había ensañado con su familia. Él mismo sería el siguiente en ser vendido y, aunque, algo mayor que Sinab, su complexión era delgada, su rostro alargado, sus miembros finos, y no parecía correr mucha sangre por sus venas. Se preguntó quién lo querría a él..., y para qué.

—¡Mirad ahora a este hombre! —La mano de Atib tocaba el rostro de Hetmet y le palpaba las nalgas mientras se dirigía a los otros compradores—. En él no veréis fuerza, pero es joven, sus rasgos son bellos y delicados, y será una grata compañía para aquel de vosotros que no busque la de las mujeres.

Aquel comentario provocó la indignación de Hetmet. De no haber estado maniatado, habría cogido por el cuello a aquel deslenguado hasta asfixiarlo. Un hombre delgado y entrado en años vio en Hetmet una mirada de súplica y aceptó pagar su precio: dos *debens* y cinco *kites** de plata.

---

* Un *deben* de plata equivalía a diez *kites* de plata y a cien de cobre.

A partir de aquel momento las vidas de los dos hermanos caminarían por sendas diferentes sin saber si algún día volverían a cruzarse.

Con los tobillos encadenados a un grupo de esclavos, Sinab llegó a la cima de una montaña en cuya falda una multitud de hombres golpeaba la roca intentando horadarla para adentrarse en sus entrañas. Sin haber dado motivos, recibió un latigazo en la espalda; era un primer aviso para indicarle que debía mantener la disciplina que le impusieran a partir de aquel momento.

Al día siguiente, durante un breve descanso entre el resto de cautivos que sufrían su tarea bajo el sol inclemente y el aire áspero, pudo ver a lo lejos a la mujer que había sido vendida junto con él. Se le acercó y ella le ofreció un cuenco lleno de agua. Pensó que, en otras circunstancias, habría podido ser feliz con una mujer así; en aquella, ese pensamiento no era más que una quimera.

—¿Qué haces tú aquí? Este no es lugar para las mujeres.

—¿Qué puedo hacer? Yo no puedo excavar la montaña, pero el capataz me compró para serviros como aguadora. Rezo que para nada más.

Una voz atronó a su espalda.

—¡Tú, esclavo, a trabajar! ¡Y tú, puta, te recuerdo que no estás aquí para buscar marido! ¡Sigue repartiendo agua!

Sinab miró al capataz y apretó el mango de la maza con el puño hasta hacer que la sangre desapareciera de sus nudillos. Debió contenerse para no estrellarla en la cabeza del vigilante. Este observó el gesto y sonrió.

—Haces bien en sujetar la maza con firmeza. ¡Quién sabe durante cuánto tiempo podrás hacerlo sin que se te caiga de las manos!

El capataz tenía el rostro ancho como el de un hipopótamo, piernas gruesas y barriga prominente, aunque era casi un codo sagrado* más alto que cualquiera de los vigilantes a su cargo. De buena gana se habría arrojado sobre él y lo habría despeñado desde un risco hasta que las aristas de la montaña se le hubieran clavado en el sebo que lo cubría. «Que Amón se apiade de mí y me conceda abandonar pronto este infierno», se repetía una y otra vez. Con cada latigazo, que a menudo lo cogían desprevenido, hasta la idea de la muerte se le antojaba una bendición.

Tras unos días excavando la roca, lo trasladaron a otra zona de la montaña donde los obreros ya habían comenzado a perforarla y en la que las piedras extraídas taponaban la entrada.

—Tenéis que apartar esas piedras para poder profundizar en el muro —ordenó Maneb.

* Un codo sagrado equivalía a 29,94 centímetros.

Apenas se había agachado para levantar la primera piedra cuando vio que un niño, que no tendría más de diez años, lo imitaba. Sinab nunca habría imaginado que se utilizara a niños para realizar trabajos tan duros como aquel.

El peso era demasiado para las escasas fuerzas del muchacho y la piedra se le cayó de las manos.

—Coge una más pequeña, a tu edad no debes hacer tanto esfuerzo. Llévate aquella —dijo, señalando una de menor tamaño.

El pequeño le agradeció el gesto con una sonrisa.

—¿Cuántos años tienes?

—La última vez que vi a mis padres tenía nueve, pero no sé cuánto tiempo llevo aquí, aunque es mucho.

—¿Dónde están ellos ahora?

—Los dos murieron. Llegaron unos hombres a caballo a nuestro poblado. Nos robaron, quemaron las casas y mataron a los viejos y a las mujeres. Yo me oculté, pero me descubrieron.

—¿Qué ocurrió con los demás?

—No lo sé. En el poblado había más niños y hombres, pero no he vuelto a verlos. Aunque la aguadora dice que hay otros niños al otro lado de la cantera.

Como cada noche, los obreros se acostaban a cielo abierto. Volvió a ver a la aguadora y su presencia le levantó un poco el ánimo, pero por más que lo intentaba no podía conciliar el sueño. Varios codos de distancia lo separaban del niño cuando escuchó el sonido de unos pasos que se dirigían hacia donde se encontraba el chico. Instintivamente giró la cabeza y vio cómo un hombre se acostaba al lado del muchacho y comenzaba a acariciarle el pelo. La indignación que sintió se sobrepuso a la prudencia que debía mostrar al no conocer su identidad ni si tenía alguna relación de parentesco con él. Cuando vio que aquellas caricias ya no eran naturales y que las manos se deslizaban por debajo del *shenti** del crío, reaccionó sin pensar en las consecuencias. Se incorporó de un salto y cogió del suelo una piedra que tenía afilado uno de sus cantos. Con ella en la mano, se arrojó sobre aquel hombre y puso el filo de la piedra en su garganta.

—¡Ni por un instante te atrevas! ¡Ni por un instante vuelvas a pensar en tocar otra vez a este niño! Si lo haces, será el último día en el que tus ojos vean la luz del sol.

El hombre ni siquiera respondió, pero la expresión de terror en su rostro convenció a Sinab de que no se arriesgaría a desobedecerlo. Aun así, informó del hecho a Maneb. A pesar de la relación distante que el capataz mantenía con los esclavos, decidió hacer justicia ante la aversión que le produjo aquel acto repugnante.

---

* Faldellín.

—¿Reconocerías a ese hombre?

—Sin tener ninguna duda —respondió Sinab.

A la mañana siguiente, Maneb hizo que todos los hombres a su cargo formaran para que Sinab los reconociera. Los observó uno a uno hasta que tuvo enfrente al acosador. La mirada de odio que recibió despejaba cualquier duda de que pudiera haberse equivocado.

—Es este.

Sin mediar palabra, Maneb alzó en el aire la mano derecha de aquel hombre, desenvainó su espada y, con un movimiento vertiginoso, se la amputó. La mano cayó al suelo mientras la sangre brotaba a borbotones del muñón. Los chillidos de dolor se mezclaron con las advertencias de Maneb cuando, con voz severa, se dirigió al resto de asistentes.

—Los niños que trabajan aquí están para servir al faraón, no a vosotros. Lo que acabáis de presenciar es lo que le ocurrirá a cualquiera que tenga las mismas intenciones que este degenerado.

Antes de convertirse en esclavo, Sinab había estado al servicio de un fabricante de sandalias. Su trabajo consistía en remendar las de aquellos que no podían comprar unas nuevas y su cuerpo no estaba acostumbrado a un esfuerzo tan duro como el que se le exigía en la cantera. Al comienzo de trabajar allí sufría calambres en las piernas y pinchazos en los músculos de los hombros y los brazos. Sin embargo, a medida que pasaban los días, se sorprendió de que aquellos dolores, lejos de agudizarse, fueran menguando, y notaba como sus brazos se fortalecían y aumentaba su musculatura. Desde bien joven había envidiado los fuertes brazos de Kufu, que parecían haber sido tallados por algún hábil escultor. Continuamente se preguntaba de dónde habría sacado aquellos músculos si su padre era menudo y flaco y apenas rebasaba los basamentos sobre los que se erguían las estatuas sedentes de los faraones.

—Veo que el trabajo te sienta bien. Pensaré si debemos reducir tu ración de comida —le dijo un día el capataz, sonriendo con sorna.

Sinab no podía disimular su animadversión por Maneb, que parecía disfrutar del sufrimiento de los esclavos, quienes, un día tras otro, tenían que padecer sus insultos y humillaciones. No comprendía que el mismo hombre que días atrás había castigado a aquel acosador de niños se comportase como un ser sin sentimientos hacia los que padecían trabajos forzados. A no ser, pensó, que, en realidad, hubiese disfrutado mutilando al pervertido.

Aquel último comentario del capataz provocó que Sinab exteriorizara la ira que hasta entonces había contenido. Decidió responderle.

—Tanta maldad no puede vivir en el corazón de un hombre. Tú no has podido nacer del vientre de una mujer. Tu madre debió de ser una zorra o una perra.

Aquella réplica inesperada despertó al animal que el capataz llevaba dentro. Sus ojos se dilataron y una mueca de su boca le mudó el rostro al tiempo que se teñía de un color rojizo enardecido por la cólera. No estaba dispuesto a tolerar la indisciplina de un esclavo, se creía con derecho a decidir sobre la vida o la muerte de los demás. Llamó a dos guardianes.

—¡Atadlo a un poste! Yo mismo me encargaré de que este desgraciado comprenda quién es aquí el único con derecho a decir en cualquier momento lo que le venga en gana.

Sinab soportó los primeros latigazos intentando no darle al miserable la satisfacción de escuchar sus lamentos. No pudo hacerlo durante mucho tiempo. Gritó y lo maldijo hasta que perdió el conocimiento.

—Cuando despierte, que no coma ni beba durante tres días. El hambre y la sed pueden ser más convincentes que el látigo para domesticar a un rebelde.

Desde entonces, su odio hacia el capataz no haría más que acrecentarse.

Al despertar tras el castigo supo que, mientras estuvo inconsciente, la aguadora le había estado curando las heridas. El sentimiento de afecto en la voz y la mirada de la mujer eran evidentes. Ella le había limpiado la cara y le había pasado un paño húmedo por el pecho y la espalda, con buen cuidado de no tocar las laceraciones.

—Tendrías que aplicarte orina —le dijo en voz baja—. Te dejaré el paño. Verás que sanan mucho antes. Si lo empapas bien, yo misma podría aplicártelo donde no alcances.

—¿Cómo sabes eso?

—Mi padre era médico.

—¿Era...? ¿Murió?

—Lo mataron por no poder curar al hijo de un noble.

En aquel momento, Sinab recordó al hijo de otro noble que lo había humillado a él por la humildad de su vestimenta. Aquel ser despreciable murió poco después por la mordedura de una serpiente. Fue como una señal inequívoca de que los dioses sabían hacer justicia.

—¿Cómo fue?

—Habían hechizado al muchacho con algún encantamiento poderoso y babeaba, no podía articular palabra, ni siquiera sabía quién era, y cuando alguien le dirigía la palabra, tan solo se limitaba a sonreír. Mi padre le administró algunas pócimas aun sabiendo que no era lo que el chico necesitaba. Poco después murió. El padre, roto de dolor, culpó al mío de su muerte, a pesar de que le había insistido desde el primer instante en que, para liberarlo de su mal, era necesaria la intervención de un mago y no de un médico. Pero el padre, quizá acuciado por el dolor de ver al muchacho en aquel estado, no quiso escucharlo. Aquel día, yo había acompañado a mi padre y fui testigo de aquel momento tan trágico. Contemplé su cuerpecito inerte antes de que se lo llevaran a la Casa de la Vida para momificarlo. Tenía los ojos hundidos, el blanco de sus ojos estaba inyectado de sangre y el cuerpo lleno de contusiones que él mismo se provocaba. No puedo expresar el dolor que sentí ante aquella horrible visión. Pero pongo a los dioses por testigos de que mi padre no pudo hacer nada para salvarlo ¡Ni todo el poder de Imhotep* habría surtido efecto en un caso así! Al día siguiente, cuando mi padre se dirigía a visitar a un paciente que lo había llamado para que lo aliviase de una indigestión, se cruzó con el hombre, que le reprochó su fracaso. Mi padre no dejaba de disculparse y decir cuánto lo lamentaba, pero aquel individuo no parecía escucharlo. Al final, lo acusó de no haber querido aplicar todos sus conocimientos. Mi padre se reveló contra aquella acusación y se enzarzaron en una discusión violenta. Un puñetazo hizo que mi padre cayera al suelo y se golpeara la cabeza. Ya no se levantó.

Sinab miró a la aguadora, compadeciéndose de su tristeza.

—¿Cuánto hace de eso?

—Durante la anterior crecida del río.

—Lo lamento sinceramente —le dijo tomándole la barbilla—. Lo que debes hacer a partir de ahora es

* Sacerdote convertido en dios de la medicina.

no olvidarlo nunca y repetir su nombre para que siga viviendo al lado de los dioses. Y quiero decirte que te estoy muy agradecido por tus cuidados... Pero aún no sé tu nombre.

—Me llamo Merimón.

—Yo soy...

—Lo sé. Tú eres Sinab.

El relato de aquella muerte le hizo recordar la de su propia madre. La había visto gritar y caer como un fardo con el pecho cubierto de sangre. Y a aquella pena tenía que añadir la inquietud de desconocer el paradero de su padre.

Sinab seguía mirando a Merimón mientras se alejaba cuando oyó a su lado la voz de Metreb, a quien él creía otro esclavo.

—Mal lugar has elegido para fijarte en una mujer.

—¿Y qué sabes tú si yo me he fijado en ella? —respondió, molesto por haber revelado sus sentimientos.

Metreb no respondió. Se limitó a sonreír.

Durante los últimos días, Sinab no había vuelto a ver a Metreb. Habría jurado que aquel no era un sitio para aquel hombre, como si hubiera recalado allí por error y permaneciera perdido en un lugar del que no encontrara la salida. Pero, si no era un espacio para él, ¿qué hacía allí? Aprovechando un momento en el que el capataz no los vigilaba, se dirigió a la aguadora.

—Hace tiempo que no veo a Metreb. ¿Tienes tú alguna noticia suya?

—No. Tampoco lo vi ayer, ni hoy. Lo que he podido averiguar es que no todos los que trabajáis aquí sois esclavos como tú. Sé que él no lo es y que cada ocho días de trabajo tiene dos de descanso* en los que va a ver a su familia. Después regresa; aunque quizá lo hayan enviado a otra parte de la cantera.

—¿Y siendo libre ha elegido este trabajo?

—En ocasiones yo también me lo he preguntado. Sus razones debe de tener.

Sinab pensó que nadie en su sano juicio querría estar allí, como no fuera por algún buen motivo o, en caso contrario, por privilegios concedidos a quienes hubieran demostrado con creces su capacidad para someter a los forzados. Metreb no parecía de los segundos y era claro que tampoco pertenecía a la nutrida población de los primeros. Se conducía con naturalidad, con ademanes resueltos, y el trabajo no parecía resultarle tan penoso como a la mayoría de los esclavos. Al día siguiente, volvió a encontrarlo en la cantera, en medio de una espiral de polvo que los obligaba a cerrar los ojos. El gesto de preocupación era evidente en Metreb.

—¿Te ocurre algo? —preguntó Sinab.

Quizá debido a su trabajo, que le obligaba a utilizar el mazo y los cinceles, Metreb tenía el cuerpo lige-

* La semana egipcia constaba de diez días.

ramente desproporcionado. Sus manos eran grandes, sus hombros anchos y sus brazos fuertes en contraste con una cintura estrecha y unas piernas excesivamente delgadas. Pero lo que más llamaba la atención en él era su rostro. La barba, hirsuta, casi le llegaba a la altura de los pómulos, la nariz era ancha, sus labios muy delgados y el pelo le caía, rebelde, sobre la frente. La tristeza se hizo evidente en su voz cuando respondió.

—Uno de mis hijos ha enfermado. Tiene un absceso en el cuello que le provoca muchos dolores. Los médicos han dicho que habría que extirparlo, pero no tenemos con qué pagarle la operación. Aunque te aseguro que sé cuál es la solución. —Miró a ambos lados—. No permitiré que siga sufriendo por más tiempo. ¿Qué no haría un padre por su hijo? Incluso entregar su vida.

Sinab lo miró inquisitivo. No podía contradecirlo. Su propio padre habría actuado igual y hasta habría considerado un favor de los dioses la posibilidad de hacerlo.

—¿Qué piensas hacer? —preguntó, aunque intuía sus intenciones.

—Es fácil adivinarlo. En esta montaña hay oro y nadie echará en falta una miserable pepita —respondió Metreb.

—¿Sabes a lo que te arriesgas? Si te descubren...

Metreb se giró para evitar una nueva bocanada de polvo sin apartar los ojos de la cantera cuando un destello entre dos esclavos que se aplicaban con sendas mazas le llamó la atención: era una pepita. Se volvió hacia su confidente.

—Sinab..., ¡grita!, ¡haz algo que llame la atención del guardia!

Sinab comprendió de inmediato cuáles eran sus intenciones. Intentó disuadirlo.

—Estás loco si la coges. Mi espalda ya ha probado el castigo de los latigazos y sabría soportar algunos más, pero tú...

—No me importa. Si fueras padre, lo entenderías. Harías lo que estuviese en tu mano para evitar el sufrimiento de tu hijo.

Sinab lo obedeció y lanzó un grito mientras se llevaba las manos al pecho fingiendo que se retorcía de dolor. Metreb se había alejado ya unos metros de él y estaba entre los hombres que golpeaban la piedra. El guardia que se hallaba en las inmediaciones no parecía mostrar interés por lo que pudiera acontecerle a aquel esclavo que se convulsionaba en el suelo. Para desgracia de Metreb, uno de los guardias vio cómo se guardaba la pepita en un bolsillo cosido en el interior del faldellín. Se aproximó dando grandes zancadas y blandiendo su espada. Maneb no tardó en acercarse, alertado por las voces del guardia.

—¡Miserable ladrón, acabas de traicionar la confianza de quien te ha contratado y pagarás un precio muy alto por este hecho! —amenazó Maneb.

Metreb le tendió la pepita, consternado.

—No soy un ladrón. Aquí el oro abunda y necesitaba esta pepita para pagar a un médico que pueda ocuparse de la operación de mi hijo. Padece grandes dolores y su vida corre peligro —se justificó—. Te ruego clemencia y que me permitas conservarla. Si lo haces, los dioses sabrán recompensarte.

—Eres un ingenuo ¿Piensas que al faraón le importa la vida de tu hijo? Un niño más o menos no significa nada. Egipto está repleto de ellos y no echará en falta al tuyo. Y si crees que a los dioses les importa, desengáñate. No se echa de menos el agua allá por donde pasa un río.

Indignado por aquella muestra de indiferencia ante su dolor, hizo ademán de abalanzarse sobre el capataz, pero Maneb lo esperaba con el látigo en la mano. Dos soldados sujetaron a Metreb por los brazos impidiendo que llegara hasta él.

—Pagarás bien caro tu atrevimiento. Y agradece que no advierta al faraón; le faltaría tiempo para ordenar que te amputase las dos manos.

Lo encerraron en una cueva custodiada por dos vigilantes a la espera del día siguiente, en el que le cortarían la nariz y las orejas. Sinab, compadecido de su amigo, tramó un plan para liberarlo, pero antes necesitaba contar con la colaboración de Merimón.

—Metreb no merece esto. Temo que no sobreviva al castigo.

—No sé cómo pudo... Parece un hombre juicioso.

—Es la víctima de una situación desesperada, Necesitaba el oro para la operación de su hijo, de lo contrario puede morir.

—¡Es horrible! —exclamó Merimón llevándose una mano a la boca—. No hay peor visión que la de un muchacho muerto. Hagamos una ofrenda a los dioses para que lo protejan. Para que los protejan a ambos.

—Me temo que con rezar a los dioses no será suficiente. Tendremos que hacer algo más.

—¿Algo más? ¿Qué podríamos hacer tú y yo?

Sinab se acercó a ella. La muchacha abrió tanto sus grandes ojos oscuros que hasta habría podido verse reflejado en ellos. Había embellecido desde que le dieran el puesto de aguadora. O eso le parecía a él.

—Tengo un plan. Atiende.

La aguadora estuvo de acuerdo. Tendría que mostrar todas sus dotes de seducción; aun así, no estaba segura de si serían suficientes para lograr su objetivo o levantarían sospechas en los guardias. Era más que probable que la desoyeran o, quizá, algo peor: que la apresaran a ella si se empecinaba en insistir. Sinab la tranquilizó; parecía haber urdido planes que doblegaran voluntades toda su vida.

—Vigilaré el momento en que Maneb se ausente de su tienda y le robaré un odre de vino. Cuando llegue la noche, tú se lo ofrecerás a los guardianes de la celda. Les dirás que es vino del Nilo y te insinuarás a ellos. No podrán rechazar un ofrecimiento así. En cuanto consigas que se alejen de la celda, yo liberaré a mi amigo.

El plan resultó ser más fácil de lo esperado. Llegado el momento, Merimón se paseó ante los guardianes con el odre bajo el brazo dedicándoles miradas curiosas.

—¿Qué buscas, mujer? Este no es lugar para ti. Vuelve por donde has venido.

—Se os va a hacer una noche muy larga, soldados. ¿No queréis aligerarla bebiendo un poco de vino?

—¿Ahora ofreces vino en lugar de agua?

—Esos miserables esclavos no merecen nada más. Pero dos hombres tan fuertes como vosotros sois dignos de un mejor trato y de un vino tan exquisito como este —respondió Merimón con una sonrisa pícara mientras les acariciaba los brazos—. Estoy segura de que nunca habréis probado otro igual. Es el mismo del que disfruta nuestro faraón. Quien prueba el vino del Nilo no solo lo honra a él, sino que ya no querrá beber ningún otro.

Se miraron perplejos, pero no se hicieron de rogar. La noche se presentaba larga y aburrida, y parecía que la muchacha tenía ganas de diversión. Sin que hubieran apurado el contenido de sus vasos de cobre, Merimón ya los había rellenado de nuevo.

Los dos guardianes la miraron con interés. A pesar de no encontrarla excesivamente bella, quizá por la ausencia de maquillaje en su rostro, sí vieron en ella un cierto atractivo. Sobre todo por sus senos, más desarrollados de lo esperable en un cuerpo delgado y menudo. Una melena negra y lisa descansaba sobre sus hombros. El flequillo, cortado en una perfecta línea recta, casi alcanzaban a tocar las cejas bajo las que lucían unos ojos almendrados. Su nariz era pequeña y recta. La boca, de labios carnosos, mostraba una dentadura perfecta cada vez que sonreía.

—¡Tenías razón, este vino es excelente! —exclamaron mientras chocaban sus vasos.

—¡Que el vino borre nuestros pecados y dé muchos años de vida al faraón!

Merimón, a la vista de que el plan parecía funcionar, se regocijaba por su buena suerte, pero hasta la mejor de las suertes podía torcerse si no se tomaban precauciones. Tenía que evitar que alguien pudiera verla hablando con los vigilantes.

—Esta noche podemos celebrar el no tener sobre nosotros la mirada del capataz. Bien es verdad que a estas horas solo a algún perdido se le ocurría rondar por aquí, pero quién sabe lo que podría relatar su lengua... —Hizo una pausa dramática— acerca de algo que no ha ocurrido... ¿No os parece que deberíamos buscar un lugar más tranquilo?

Los dos hombres se miraron intuyendo en aquellas palabras la promesa añadida de una noche de placer. Por fortuna para ella, no tuvo la necesidad de cumplirla. Aún no habían terminado de beber la mitad del contenido de aquel odre cuando ambos se desplomaron totalmente ebrios. Sinab aprovechó la circunstancia para entrar en la cueva y desatar la cuerda que mantenía las manos de Metreb atadas a una argolla en la pared.

—¡Huye! ¡Ahora es el momento, mientras todos duermen!

—No debo irme solo. Tú y la mujer también tenéis que escapar. Cuando los guardianes recobren la consciencia, la delatarán y torturarán, y dudo que se resista a revelar tu nombre. En ese caso, vuestro castigo sería terrible.

Sinab y Merimón no pudieron obviar la evidencia. Aprovechando que los vigilantes seguían inconscientes, les quitaron las armas y emprendieron la fuga aprovechando la luz que les ofrecía un cielo cuajado de estrellas. Evitaron llevarse las antorchas para que su luz no sirviera de rastro si descubrían su fuga y decidían perseguirlos. En medio de la noche, el aullido de los chacales no hacía más que acrecentar su miedo a ser descubiertos.

No sabían cuánto tiempo llevaban caminando cuando, a lo lejos, divisaron el resplandor de una fogata. La silueta de un hombre en movimiento se acercó a un caballo y parecía darle de beber mientras otras dos asaban algo en la lumbre. Merimón pensó que, quienes quiera que fuesen aquellos hombres, quizá querrían compartir con ellos su cena y podrían reponer fuerzas para continuar su camino.

—Estoy desfallecida. Deberíamos pedirles algo de comer.

—Es una locura —rechazó Sinab—. No podemos detenernos, ya nos deben de estar buscando. Lo mejor es que ni siquiera nos vean. Podrían indicar a nuestros perseguidores la dirección en la que vamos.

A la mañana siguiente, la nariz y las orejas que debían haber cortado a Metreb fueron las de los dos guardianes que habían descuidado su vigilancia.

Apenas había amanecido cuando, agazapados tras unas rocas, oyeron los cascos de los caballos de quienes habían partido tras ellos. Buscando un lugar seguro, abandonaron la pista de tierra por la que caminaban y escalaron el repecho de una montaña desde donde una cabra salvaje los observaba. Metreb y Merimón se sentaron a descansar mientras Sinab volvía sobre sus pasos para comprobar, desde la altura, si los perseguidores iban en la dirección en la que ellos se encontraban. Respiró aliviado al comprobar que pasaban de largo. Al regresar junto a sus compañeros de fuga, Sinab observó que la cabra había desaparecido.

—¿No es extraño? —preguntó.

—¿A qué te refieres? —respondió Merimón.

—A la cabra. Confiaba en que sería nuestra comida durante unos días y... ¡ha desaparecido!

Metreb y Miramón se miraron desconcertados. La pared de la montaña era demasiado vertical como para que el animal, por muy ágil y arriesgado que fuese, hubiese podido escalarla. La única explicación razonable era que hubiera rodeado el recodo de la montaña. Se incorporaron para buscarla. Apenas habían abrazado el peñasco en el que se encontraban cuando Merimón alertó a los dos hombres.

—Aquí hay una abertura por la que puede haber caído.

Sinab y Metreb se asomaron y vieron que la cavidad descendía casi en vertical y que se ensanchaba a medida que se adentraba en el interior de la montaña.

—En efecto, podría haber caído por aquí. Bajemos a mirar. Puede que tengamos la comida servida sin tener que aventurarnos entre estos picos del maldito In-tep*—dijo Metreb.

Los hombres decidieron adentrarse a explorar la cueva no sin antes advertir a Merimón que se mantuviera vigilante. Las montañas eran refugio habitual de gentes sin escrúpulos.

—Tú quédate aquí. Si ves u oyes algo, escóndete hasta nuestro regreso.

* En la mitología egipcia, demonio que protegía los lugares sagrados de los intrusos, a los que decapitaba.

Buscando apoyos en los salientes de las rocas, consiguieron descender hasta donde el piso era firme. Encontraron una escala en el suelo que indicaba que alguien más había estado en aquella cueva en algún momento. Desde allí llegaron a una gran sala que se ramificaba en tres galerías, a cual más oscura. Aguzaron el oído y escucharon el balido de la cabra desde el pasadizo más cercano a ellos. Gritaron sus nombres confiando en que sus voces asustarían a la cabra y la harían salir de su escondite. Al no hacerlo, se adentraron en aquel corredor. Un débil rayo de luz que se filtraba desde una estrecha grieta en el techo de roca les permitió ver algunos objetos desordenados en el suelo de la estancia. Sinab cogió un espejo e hizo incidir sobre él el rayo de luz y, a modo de antorcha, lo movió tratando de iluminar el interior de la gruta. Cuando aquel leve destello alumbró un rincón de la galería, les mostró lo que tenían a escasos seis codos de distancia. Aquella visión los paralizó de terror. Metreb intentó huir, pero no pudo. Era como si una mano invisible lo estuviera sujetando por los tobillos para impedir que se moviera. Sinab sintió como su espalda se tensaba al tiempo que su mano temblorosa apenas era capaz de sujetar con firmeza el espejo. Ante ellos, un rostro seco y negruzco los miraba desde las cuencas vaciadas de sus ojos. Los brazos, cruzados sobre el pecho, sujetaban entre sus brazos un cetro y un flagelo, dos emblemas que indicaban que se trataba de la momia de un faraón. En su cuello relucía un collar de oro puro.

El desconcierto se adueñó de los dos amigos, inmersos en aquella situación inesperada que los mantenía paralizados.

—Metreb, ¿qué hacemos?

—Vámonos, mi casa está a medio día de camino. Repondremos fuerzas y volveremos con antorchas para examinar la gruta.

Merimón salió de su escondite al oír los jadeos y los vio salir con los rostros demudados. A juzgar por sus expresiones, parecía que se hubieran encontrado al mismísimo Seth en las profundidades de la tierra.

La nave real rompía las aguas del Nilo en su recorrido hacia las tierras del sur. El faraón había iniciado un itinerario que le llevaría desde Pi-Ramsés, la ciudad que ordenó construir en el delta Ramsés II el Grande, hasta Tebas. Ramsés III quería comprobar el avance en la restauración de los templos levantados a lo largo del río, que se habían ido deteriorando por el abandono durante las décadas anteriores. Unos gansos volaban a poca altura acompañando a la embarcación mientras que algunos campesinos abandonaban por un instante su trabajo, curiosos ante su paso. Los pescadores con los que se cruzaban elevaban al cielo los remos de sus faluchos en señal de respeto y, durante las escalas del viaje en Heracleópolis y Abidos, el faraón pudo comprobar la veneración de sus súbditos, que se inclinaban ante él y alzaban los brazos alabando su nombre.

Ramsés, a pesar de ser sexagenario, mantenía un buen aspecto físico debido a un continuo entrenamiento que nunca había dejado de practicar. Su edad tan solo la delataban las arrugas en un rostro ligeramente rectangular, en el que apenas se le marcaban los pómulos, y unos labios extrañamente curvados hacia el mentón. Y, a pesar de que sus ojos marrones habían perdido el brillo de la juventud, aún conservaba el vigor de satisfacer sus apetencias sexuales, que eran constantes. Le gustaba lucir el cráneo rapado y vestirse de forma sencilla, siempre que no se viera obligado a mostrarse con la ostentación de la indumentaria a la que lo obligaba su cargo. En aquella ocasión, lucía una *galabiya* transparente blanca, de manga corta, bajo la que se mostraba un *shenti* almidonado y adornado con pliegues, detalle que distinguía a las clases pudientes.

Isis, la Gran Esposa Real, se mostraba orgullosa de su marido.

—El pueblo te venera y tu legado se recordará siempre. Heredaste un reino inestable y empobrecido al que has devuelto la estabilidad y lo estás convirtiendo de nuevo en un imperio fuerte y rico gracias a los tributos de los reinos nubios y asiáticos.

El faraón miró a su esposa y le agradeció sus palabras con una sonrisa.

—Tuve la fortuna de que el reino no conocía la guerra cuando yo heredé la corona de Sethnajt. Fue él, mi admirado padre, quien puso orden en un país que se hallaba sumido en el caos.

—Veo que a otras virtudes que ya conozco en ti debo añadir la humildad. No creo que debas restar importancia a tu labor.

—Hablas así porque, en aquel tiempo, tú aún vivías en Canaán y tan solo conoces algunos detalles de lo ocurrido, y que ya te he contado en otras ocasiones.

—Entonces, es un buen momento para que me relates la historia completa. El viaje que tenemos ante nosotros es largo hasta que lleguemos a Tebas —replicó Isis con una sonrisa.

—Fueron años convulsos en los que se impusieron la corrupción y la anarquía, cuando se creía que tales circunstancias, tan difíciles como enojosas, jamás volverían a suceder.

—Y lo hicieron de nuevo...

—En efecto. Tras la muerte de Merenptah, el sucesor de Ramsés II el Grande, hubo una disputa por el poder entre Amenmeses y su padre, Seti II, el legítimo heredero, pero Amenmeses se reveló contra él y, con el apoyo dc los sacerdotes de Amón, en Tebas, independizó la zona del valle del Nilo. Ambos eran conscientes de la debilidad de sus ejércitos y entendieron que una guerra civil no sería beneficiosa para nadie. Ante esa circunstancia, Seti II se instaló en el delta, en el palacio de Pi-Ramsés, mientras que Amenmeses se hizo con el control de Tebas.

—¿Y entonces? —Isis asistía al relato vivamente interesada.

La reina vestía un *kalasiris** drapeado y anudado bajo los senos para sostener sus pliegues. En el cuello lucía un collar ancho de pequeñas piedras preciosas. Sobre la cabeza, una peluca negra y trenzada. El perfil delineado de sus cejas y sus ojos almendrados denotaba un carácter firme, inteligente y puro, además de una belleza que continuaba vigente a pesar de su madurez. Su esposo había desviado la mirada al inmenso valle fluvial que conformaban las aguas y durante un instante permaneció en silencio, abstraído por la visión de unos niños que jugaban en la orilla del río. Isis lo devolvió a la realidad.

—Continúa, mi señor.

—Discúlpame —respondió, como saliendo del bucle de sus pensamientos—. Como habrás adivinado, tras aquella desavenencia, Egipto quedó partido en dos. Amenmeses apenas vivió tres años y Seti II aprovechó su muerte para proclamarse faraón de todo el imperio. Seti II habría querido gobernar desde Tebas, pero al sufrir el rechazo de los sacerdotes tebanos, lo dirigió desde Pi-Ramsés con-

* Vestido de lino.

tando con el apoyo de Tausert, su esposa, y del canciller Bay...

—¿Bay? ¿El sirio? —interrumpió Isis.

—Veo que recuerdas su nombre. En efecto, Bay comenzó su servicio en la corte como escriba y no tardó en convertirse en el *chaty** de Seti II. Cuando murió Seti, lo sucedió Siptah, un niño enfermizo y con parálisis en una pierna. Al parecer, Bay fue el principal interesado en la coronación de Siptah, que había nacido de una concubina siria, como él. Esta circunstancia pudo ser el motivo por el que Bay apoyara el ascenso al trono de Siptah frente a otros aspirantes, aunque no parece que sus intenciones fuesen del todo nobles. Muy al contrario, aprovechándose de la juventud de Siptah, Bay pactó con Tausert para convertirse ambos en los verdaderos gobernantes.

—¿Fueron amantes? —Isis no podía evitar satisfacer su curiosidad, interrumpida solo de vez cuando para observar los pequeños asentamientos que atravesaba la nave en su recorrido.

—A ciencia cierta, no se sabe. Lo que es evidente es que, quizá por su origen extranjero, Bay no tardó en recibir el rechazo de los más allegados al faraón, aunque él se mantuvo firme en su puesto y se rodeó de hombres de confianza de procedencia también siria. Con el tiempo, surgieron discrepancias entre

---

* Visir.

Bay y Tausert, y esta organizó una trama para eliminar al sirio.

—¿Cómo? —Isis se mostraba ávida por conocer el resto de la historia.

Ramsés sonreía, satisfecho por haber generado tal intriga en su esposa:

—Al principio del reinado de Siptah, Bay y Tausert actuaron como consejeros del joven rey y parecía que su relación era provechosa para ambos. Pero, a medida que pasaba el tiempo, Tausert observó que el poder de Bay sobre Siptah era cada vez mayor y que ella estaba siendo progresivamente relegada en su influencia. Hasta que llegó un día en el que el faraón ya no la escuchaba, mientras que aprobaba cualquier sugerencia que le hiciera el sirio. Tausert, a través de Jasejemuy, el médico de Siptah, y que antes lo había sido de Seti II, supo que al niño le quedaban pocos meses de vida y temió que nombrase sucesor a Bay antes de morir. Y no estaba dispuesta a aceptar que un extranjero ocupara el trono en el que se había sentado su esposo. Entonces, tomó la única decisión que le podía facilitar ser ella quien lo sucediera: ordenar la muerte de Bay. En aquel clima de tensión, el sirio debió sospechar algo, ya que reforzó su protección personal. Lo que no pudo prever es que una de sus amantes se había vendido a Tausert a través de Jasejemuy, de quien también era amante. Una mañana, el sirviente encargado de ayudarlo a vestirse se extrañó de que todavía no lo hubiera llamado; entró en su aposento y lo encontró tendido en la cama con una puñalada en el corazón. Los más allegados a Bay clamaron venganza y acusaron a Tausert de ser la responsable de su muerte, pero ella ya estaba preparada para responderles y les dio a escoger entre abandonar la corte o reunirse en el otro mundo con Bay. Como puedes suponer, no dudaron ni un momento: era mejor continuar vivo en Siria que muerto en Egipto.

Ramsés entornó los ojos como dando por finalizado su relato, pero Isis aún quería oír más.

—¿Y después?

—Al poco tiempo murió Siptah; entonces, Tausert, como ya hicieran anteriormente Neithotep o Hatshepsut, aprovechó para autoproclamarse reina-faraón. Borró el nombre de Siptah de todos los monumentos sustituyéndolo por el de su difunto esposo, Seti II, y gobernó durante dos años que resultaron ser los más desastrosos de las últimas décadas. Egipto se empobrecía a diario mientras el derroche en fiestas y celebraciones palaciegas era constante, debilitando así los recursos del Tesoro en tanto que se desatendían las necesidades del pueblo. Al mismo tiempo, las provincias del sur, especialmente Nubia, como los descendientes de Seti II, la presionaban continuamente para que abandonara el poder, encontrándose una y otra vez con su oposición.

—¿Y es en ese momento cuando interviene tu padre?

—En efecto. Él se consideraba el verdadero heredero del imperio de Ramsés II el Grande y, como militar, afirmaba que Egipto necesitaba volver a estar gobernado por una mano fuerte. Con el apoyo de sus generales más allegados y el de los sacerdotes de Amón, depuso a Tausert y expulsó a los extranjeros. Convertido ya en faraón, Sethnajt vio que tenía por delante una labor que requería de mucho tiempo para devolverle a Egipto la grandeza de tiempos pasados. Por desgracia, no vivió lo suficiente para ver su obra completada.

—Precisamente por esa razón estaría orgulloso de ti. Tú no te has acomodado en el trono para gozar de los privilegios heredados, sino que has continuado con la labor que él comenzó. Rezo para que los dioses te concedan la suficiente vida y que puedas cumplir con tus aspiraciones.

—Aún queda mucho por hacer. Las tierras del delta están abandonadas. Necesitan ser roturadas para ampliar las zonas de cultivo y se deben restaurar los templos, desatendidos durante años.

—Los sacerdotes te lo agradecerán y alabarán tu nombre.

—No lo hago por los sacerdotes, sino para ganarme el favor de los dioses. A los sacerdotes hay que contentarlos ofreciéndoles riquezas y entregándoles tierras, pero deben estar en todo momento bajo control y no permitirles que recuperen los privilegios políticos de épocas pasadas, en las que su poder rivalizaba con el del propio faraón. Su labor debe ser exclusivamente la de rezar.

—Por esa misma razón y puesto que tus intereses son los míos, después de oírte hablar de los esfuerzos que debió hacer tu padre, he tenido una corazonada.

—Te escucho.

Isis se apartó para coger una capa de lino real rematada en los bordes con incrustaciones de diminutas piedras preciosas. Ante aquella exposición tan prolija, parecía recapacitar. Los tiempos no habían cambiado mucho desde entonces y, tras escuchar aquella historia, consideró que seguía siendo necesario rodearse de colaboradores leales que le pudieran ofrecer al faraón absoluta confianza. Ramsés debía contar con alguien a su lado que cumpliera con estos requisitos e inmediatamente pensó en Okhém. Tenía que hablarle de él a su esposo. Se acercó a Ramsés por detrás y le rodeó los hombros con sus brazos.

—Me ha recorrido un escalofrío. Llámame aprensiva, pero ha sido como si de pronto sintiera que tu vida está en peligro y que deberías tener a tu lado a alguien que fuera tus ojos en la espalda, alguien cuya lealtad esté fuera de toda duda, que no ambicione prebendas ni anhele más de lo que ya posee.

—Me parece que te pones dramática sin motivos.

—No, mi señor. Creo tener suficientes razones para pensar así. Los dos sabemos que la grandeza y las riquezas de Tebas la han llenado de individuos de todo tipo entre los que algunos, bien como lacayos o consejeros, han llegado a formar parte de la corte y tratan de ofrecer su buena cara aunque hayan nacido con bosta de ganado entre los dedos de los pies. De tu relato se desprende que debes estar ciegamente seguro de la fidelidad de cuantos te rodeen, porque nadie te garantiza que no se pueda repetir contra ti alguna traición como la que acabas de contarme.

El faraón la miró divertido. Isis había quedado impresionada en exceso por haber querido saciar su curiosidad y ahora lo pagaba con imaginaciones, cargándose de preocupaciones inútiles. Sin embargo, no era sino muestra de su amor y del cuidado que mostraba para que la corte gozara de excelente salud y se mantuviera limpia de facinerosos, de modo que no debía disgustarla. Muy al contrario, Ramsés le agradeció su interés.

—Son muchos años los que llevamos juntos. Durante este tiempo, me has sido fiel, jamás me has hecho padecer por causa alguna y me has dado un hijo que es mi viva estampa. Tu sangre es real y tu cometido siempre ha estado a la altura de tu posición. Son razones suficientes para que escuche lo que quieras proponerme, aunque crea sinceramente que tus temores son infundados.

—Y yo agradezco tu sensatez. Sé que estás rodeado de consejeros. A pesar de ello, me gustaría recomendarte a alguien que, no tengo ninguna duda, te serviría con absoluta fidelidad.

—Bien. Has conseguido despertar mi curiosidad. Dime de quién se trata —preguntó vivamente interesado.

Isis se acercó a su esposo y le tomó la mano antes de responderle.

—Es un cananeo como yo, y lo conozco desde hace mucho tiempo, cuando apenas habíamos dejado de ser niños.

El faraón alzó una ceja y torció el gesto de modo cómplice, como si le estuviera reprochando a su esposa alguna antigua relación oculta con aquel hombre. Isis no pudo evitar una carcajada ante aquella ocurrencia de su marido.

—¿Seguís en contacto? —se interesó Ramsés.

—Hace tiempo que no. Trabajaba como miembro de tus caballerizas hasta que sufrió un terrible percance.

—¿Qué le ocurrió?

—Mientras limpiaba las patas traseras de un caballo recibió una coz entre las piernas —no pudo reprimir una sonrisa a pesar de lo que lamentaba aquel suceso— y, desde entonces, perdió su virilidad. Después, pasado un tiempo, la zona se le gangrenó. Afortunadamente para él dio con un médico que pudo sanarlo aplicándole emplastos y sangrías, aunque debieron extirparle los genitales. Tras reponerse de sus heridas, cuando quiso volver a su trabajo, el supervisor, en lugar de compadecerse de él, lo acusó de incompetencia y quiso despedirlo. Discutieron y el supervisor recibió una paliza de la que, probablemente, nunca se olvide. Pero lo cierto es que ahora Okhém está sin ocupación.

—¿Y tú cómo sabes todo eso?

—Me lo contó su esposa, una de las tejedoras que trabajan para mí; en realidad, he debido de decir trabajaba. Unas malas fiebres se la llevaron. Ella, sabiendo que me conocía, lo había animado a pedirme ayuda, pero él se negó a verme, ignoro si por no querer aprovecharse de mi posición o porque se siente avergonzado tras lo ocurrido. Lo cierto es que creo que es un buen momento para que vuelva a ponerse a tu servicio.

Ramsés meditó en silencio. No en la historia de aquel desdichado, sino valorando la sensibilidad de Isis por considerar amigo a un simple caballerizo.

—Tu actitud te honra y es motivo suficiente para que yo también le otorgue a ese hombre mi confianza. Da la orden de que se presente ante mí.

El faraón, completamente desnudo, se estaba bañando con la nuca recostada en el borde de un pilón. Cerró los ojos cuando una sirvienta le derramó agua perfumada sobre el pecho al tiempo que otra le masajeaba los hombros y una tercera las piernas. Mientras aspiraba los aromas de mirra, canela y azafrán que desprendían los sahumerios, se dejaba llevar por las notas del arpa que tañía una cuarta sirvienta.

Trataba de abstraerse a la inquietud que le había provocado la conversación con Isis y los recelos que le había manifestado acerca de que pudiera haber traidores en palacio. Por más que intentaba desterrar aquel pensamiento, la zozobra había anidado en él y ni siquiera el baño le estaba resultando tan placentero como en otras ocasiones.

Isis apareció ante él seguida de un hombre. Tenía la cabeza afeitada. Medía alrededor de cuatro codos de altura y sus brazos eran fuertes. En su rostro afilado, con una nariz chata, aparecían unos ojos pequeños y muy negros que parecían escudriñar cuanto había a su alrededor en la estancia, como intentando retener aquel escenario en su memoria.

El arpa calló al entrar la Primera Gran Esposa. De inmediato, Ramsés abrió los ojos y se zafó de las manos que trataban de aflojar sus tensiones, azuzado ahora por aprensiones nuevas.

—Mi señor, este es el hombre del que te hablé.

El hombre inclinó la cabeza al tiempo que ponía las manos sobre sus rodillas.

—Mi nombre es Okhém, mi señor.

—Te esperaba.

El faraón se incorporó y tomó asiento sobre un almohadón que cubría un taburete de piedra repujada.

La muchacha, que acababa de erguirse, se le acercó con varios frascos en la mano que tomó de una celosía y se arrodilló ante él. Ramsés le tendió la pierna derecha y ella procedió a masajearla con una mezcla de varios aceites. Okhém se fijó en las manchas escamosas que cubrían el bajo vientre del faraón.

—No te demores. Quiero hablar a solas con este hombre —ordenó mientras lo miraba.

Isis abrió la boca con la intención de decir algo, pero el gesto de su marido fue lo bastante elocuente como para disuadirla y abandonó la sala junto con el resto de mujeres.

—Isis te tiene en gran estima, por lo que parece —dijo Ramsés—, ¿desde cuándo no os veíais?

En aquel momento, el faraón fue consciente de que, sin pretenderlo, aquella pregunta implicaba un cierto recelo de que Isis lo hubiese engañado con aquel hombre.

—Nos conocemos desde hace muchos años. Yo era consejero de su padre.

—¿Tú serviste en la corte cananea?

—Durante mucho tiempo. Desde antes de que Isis se convirtiera en tu esposa.

Aquella información desconcertó a Ramsés. Isis no le había hablado del puesto que había desempeñado Okhém en la corte de su padre.

—¿Y cómo has acabado en mis caballerizas?

El faraón advirtió que Okhém se tomaba algún tiempo para darle su respuesta. «Mal comienzo», pensó. Isis le había dicho que era alguien en quien se podía confiar y, con su silencio, ya acababa de sembrar la primera duda en ese sentido.

—Mi hija quiso venir a Egipto para convertirse en sacerdotisa del templo de Hathor. Esa circunstancia me sirvió para pedirle al padre de Isis que me dispensara de mi cargo y me permitiera acompañarla. En realidad era una excusa, porque lo cierto es que estaba asqueado del ambiente cortesano, siempre envuelto en intrigas, lleno de aduladores, cínicos e hipócritas.

—Pero... de eso... ¿a limpiar caballos? Isis te podría haber ofrecido algún otro puesto en la corte si se lo hubieses pedido.

—Precisamente por eso no lo hice. Porque habría sido una vuelta al entorno viciado del que quería alejarme. Encuentro más nobleza en limpiar un caballo que en adular a un hombre que no se lo merezca o tener que dar la razón a quienes no la tienen. Y si ahora he aceptado reunirme contigo es para pedirte protección para mi hijo Aarón. Nada pido para mí.

Ramsés no sabía cómo juzgar a aquel hombre. De lo que sí parecía seguro era de su integridad.

—Escúchame con atención, y no quiero que interpretes mal mis palabras. La razón por la que estás aquí es por la confianza ciega que en ti tiene depositada mi esposa. Ella teme que alguien de los que pululan a mi alrededor pueda llegar a traicionarme. Esa es una posibilidad con la que yo no había contado, pero lo cierto es que sus temores me han influido y quiero estar seguro de la fidelidad de cuantos me rodean.

—¿Y qué pretendes de mí?, ¿quieres que yo sea tu espía?

—No quiero que lo veas así. Digamos que lo que te pido es que seas mis ojos y mis oídos. Que mires y escuches, pero que calles. Sin descartar a nadie. Esto incluye también a mis esposas. Además, dado el desgraciado accidente que sufriste —lo dijo sin el más mínimo atisbo de burla—, tendrás libre acceso al harén. Allí hay extranjeras y mujeres con familias poderosas que sé que no están por su propio gusto. Quiero estar informado de cuanto se mueva a mi alrededor.

—Con tu permiso, mi señor. Lo que me estás pidiendo es de lo que pretendo huir. Preferiría volver a las caballerizas.

Ramsés lo miró mientras le sonreía con sorna.

—Si no me falla la memoria —el sarcasmo era evidente—, acabas de pedirme protección para tu hijo, ¿sigues teniendo el mismo interés?

III

Hetmet

La voz del tratante de esclavos retumbaba aún en los oídos de Hetmet, que temía por su suerte. Lo habían apartado de Sinab y no había sido capaz siquiera de articular palabra cuando lo subieron a un carro con las manos atadas y las preguntas agolpándose en su mente. No había podido ni despedirse de su hermano. El dolor de su separación era demasiado intenso, casi más que la incertidumbre por su futuro, que perdía relevancia a medida que se convencía de que estaba sellado. Pensó en su padre y se preguntó qué sería de él. Su única certeza era que tanto él como su padre y su hermano iban a morir, estaba seguro de ello. Si alguno podía librarse ese era Kufu, a quien siempre había envidiado su fortaleza. Nunca habían hablado al respecto; quizá Kufu ni sabía que Kemish no era su padre. El día que su madre se lo confesó a él fue porque se había quejado, una vez más, de que Kufu era capaz de levantar pesos que a él se le resistían.

—¡Mira mis brazos y mira los suyos! —se quejaba Hetmet a su madre.

—Los de Kufu tampoco son tan robustos; además, él es mayor que tú... —respondía ella sonriendo e intentando restar importancia a aquel detalle.

—Al menos, tiene tu genio. ¿Por qué yo no tengo nada de eso?

—Tú tienes el buen carácter de tu padre. Eres el más bondadoso e inteligente de los tres hermanos.

—¿Y de qué me sirve?

—Un día te servirá, ya lo verás. Y la mujer que escojas te bendecirá por cómo eres.

—Pero Kufu también...

Tueris, cansada de tantas quejas, transgredió el pacto que había hecho con Kemish de mantener un secreto que se había comprometido a no revelar nunca.

—Voy a confesarte algo. Pero, antes, debes prometerme que lo guardarás en silencio. Los dioses te castigarán si faltas a tu palabra. ¿Respetarás este compromiso?

Hetmet asintió sin pestañear, expectante sobre lo que su madre estaba a punto de confiarle. Tueris suspiró profundamente y le reveló:

—Tu padre no es el padre de Kufu. Él nació de la semilla del hombre que fue mi primer esposo. De él ha heredado tu hermano esos brazos robustos y su afición por las armas.

A Hetmet le costó reaccionar ante aquella noticia.

—¿Os divorciasteis?* —preguntó al fin.

—No, su padre murió cuando Kufu era apenas un recién nacido y Kemish se hizo cargo de nosotros. Bendito sea —dijo juntando las manos.

Hetmet no supo qué responder. Nunca habría imaginado que él y Kufu no compartían la misma sangre. Comprobó que los recuerdos habían entristecido a su madre y no quiso aumentar su pena pidiéndole detalles acerca de la muerte de su primer marido. Esperaría otro momento en el que la viera más animosa. Ella supo agradecérselo con una sonrisa envuelta en tristeza.

—Recuerda que lo has prometido —insistió la madre.

Así fue. Desde aquel momento, admiró a su hermanastro —no sin reservas— y se convenció de que quizá a él le aguardaba un destino que por entonces ni siquiera alcanzaba a imaginar mientras dedicaba todo el tiempo que le era posible a contemplar los signos escritos en algunos viejos papiros que olían a polvo y reproduciendo sus trazos, que se le antojaban tan enigmáticos como todo aquello que se refería a la vida en el más allá.

* En aquel tiempo ya existía el divorcio en Egipto y podían pedirlo tanto los hombres como las mujeres.

—Los dioses te han bendecido, Hetmet. Vas a entrar al servicio de unos de los personajes más influyentes de Egipto. Pero antes deberás pasar por un periodo de preparación del que yo mismo me ocuparé, ya que por el momento estarás a mis órdenes.

—¿A quién deberé servir? —preguntó, preocupado ante lo que podía ser solo una de las tantas trampas que le gustaba tender a la fortuna.

—Se llama Renón. Es el representante del faraón en Coptos y sumo sacerdote del templo de Ptah. Y, repito, debes sentirte un privilegiado.

—¿En Coptos? ¿Y te ha enviado a Tebas solo para comprar un esclavo?

—No. Aunque el de Tebas es el mayor mercado de esclavos de todo Egipto, no justificaría el viaje. Vine aquí para entregar un mensaje de Renón al faraón y, de hecho, ni siquiera tenía previsto visitar el mercado; pero, una vez allí, vi en ti algo, no sabría decirte qué, que me impulsó a comprarte. Debe ser cosa del capricho de los dioses. ¿Tú crees que los hombres tienen marcado su destino?

—No.

El anciano tardó en responder por aquella negación tan rotunda.

—Dejemos pasar el tiempo para ver cuál de los dos está equivocado.

—Háblame de ese Renón —pidió Hetmet.

—Es un buen dirigente, y justo, pero si te muestras soberbio o dejas que asome en ti la rebeldía natural en los esclavos, no dudará en prescindir de tus servicios. No serías el primero al que ha ordenado que envíen a las canteras.

—¿Es esa su justicia y su bondad?

—Si no quieres que te corten la mano, no empuñes con ella un cuchillo contra quien puede decidir sobre tu suerte o tu desdicha —le respondió con voz calmada.

El sol de la tarde se elevaba sobre las construcciones de adobe definiendo sus siluetas y proyectando sus sombras sobre la arena prensada de las calles. Durante el recorrido, Hetmet se detuvo un instante ante una estela conmemorativa. Estaba tallada en piedra caliza y escrita en lenguaje jeroglífico. Parecía leerla. El anciano se mostró sorprendido.

—¿Conoces los secretos de nuestra escritura?

—No todos, pero puedo interpretar algunos de sus signos.

—¿Cómo es posible cuando está reservada a unos pocos elegidos?

—Tuve la fortuna de conocer a un viejo escriba, amigo de mi padre; por desgracia murió al poco tiempo de comenzar a enseñármela.

El hombre no pudo reprimir una carcajada.

—¿Te ríes de su muerte? —preguntó Hetmet.

—No. Es que ahora lamento no haber hecho contigo una apuesta sobre la existencia del destino. Estoy seguro de que la habría ganado yo.

—¿Qué quieres decir?

No respondió. Se limitó a sonreír mientras afirmaba con la cabeza.

—Todavía no me has dicho quién eres —dijo Hetmet.

—Me llamo Nebamón, y soy el consejero privado de Renón.

Se aproximaban a la ciudad y el palacio de Renón ya era visible. Para sorpresa de Hetmet, no se dirigieron a él. Tomaron una calzada que los condujo hacia una enorme edificación de la que entraban y salían sacerdotes con las cabezas rapadas y vestidos con túnicas de lino inmaculadamente blancas. Nebamón puso su mano sobre el hombro del joven.

—Por lo que he visto hoy, tú mereces algo más que ser un simple sirviente de Renón. El edificio que ves ante nosotros es la Casa de la Vida. Si sigues interesado en aprender los misterios de la escritura, ahora tienes la oportunidad de hacerlo. Al finalizar tu aprendizaje, conseguirás el nombramiento de escriba, un puesto al que muchos aspiran pero que pocos consiguen. Y puedes estar seguro de que, aunque quizá tu nombre nunca se conozca, tus escritos serán tu legado.

Hetmet recibió aquella noticia con sorpresa al mismo tiempo que con agradecimiento hacia Nebamón. No solo por evitarle ser uno más de los sirvientes de Renón, sino por ofrecerle la oportunidad de convertirse en escriba, un cargo que jamás habría podido imaginar a su alcance mientras labraba la tierra en Adar. Se inclinó ante el consejero.

—Mi señor, no conozco palabras suficientes que puedan expresar cuánto es mi agradecimiento. Ya que me libras de ser un esclavo de Renón, puedes estar seguro de que lo seré tuyo.

—No es mi intención que lo seas. Como antes te dije, creo que los dioses te han bendecido y, de alguna forma, han sido ellos los que han marcado tu fortuna, tu destino, ese en el que tú no crees. Dales las gracias a ellos —respondió con una sonrisa.

Hetmet era consciente de lo que significaba pasar a formar parte de los alumnos de la Casa de la Vida. Educarse en ella era un privilegio al alcance de muy pocos, ya que el acceso estaba restringido a los hijos de las familias poderosas, sacerdotes y funcionarios de alto rango. El recinto se dividía en diferentes secciones en las que se impartían conocimientos de escritura, matemáticas, astronomía, lenguas extranjeras o medicina. Otras dependencias servían como bibliotecas donde se conservaban y copiaban textos religiosos antiguos que se podían vender al pueblo, y existía un ala especial cuya función era la de sanatorio. Cuantos alumnos se formaban allí representaban la luz del conocimiento que iluminaría a las generaciones venideras, aunque, por instrucciones de sus maestros, tenían prohibido hablar con extraños del funcionamiento interno de la institución.

Durante sus primeros meses en la Casa de la Vida, Nebamón se había encargado personalmente de la formación de Hetmet, que era incapaz de imaginar en aquel momento cuál sería su futuro.

—Debes iniciar tu aprendizaje conociendo nuestra otra escritura: comenzarás por la cursiva hierática. Sobre esa base, te resultará más sencillo conocer los secretos de la jeroglífica.

Hetmet miró a Nebamón; su expresión mostraba desconcierto. El maestro había puesto ante él dos textos. Uno estaba escrito sobre papiro y el otro sobre una *ostraca**.

—Míralos bien y observa sus diferencias. ¿Qué ves?

Tras algún tiempo de examinarlos, Hetmet se dirigió a su maestro señalando el texto jeroglífico.

—Puedo leer algo en este. El otro me resulta desconocido.

—Ambas escrituras son muy antiguas, tanto que ya se usaban antes de que Egipto viera nacer a Narmer, su primer rey. Como puedes ver, la escritura jeroglífica es más formal y compleja, y se usa principalmente para inscripciones oficiales en piedra, como la estela que viste y los muros de los templos o las tumbas. Pero escribir en jeroglífico significaba un trabajo ingente para los escribas cuando debían

---

* Fragmento calcáreo o de cerámica.

hacerlo sobre documentos de papiro; entonces evolucionaron hacia la hierática, con versiones simplificadas de los ideogramas al tiempo que facilita una escritura más rápida. Inicialmente, el hierático se utilizó en los textos religiosos para, después, pasar a documentos administrativos, diplomáticos, comerciales o textos mágicos.

—¿Y la *ostraca?*

—Obtener el papiro es caro, por esa razón se practica sobre ella, para evitar cometer errores sobre el papiro. También se utiliza para textos que no sean oficiales, como cartas personales.

Hetmet era consciente de la importancia que tendría el aplicarse en las enseñanzas que recibía en la Casa de la Vida. Descubrió, además, que aquel no era únicamente un lugar de aprendizaje, sino como un verdadero hogar. Se sentía en deuda con Nebamón. Gracias a él, ahora sus manos sujetaban el cálamo y la tablilla de los escribas en lugar del azadón con el que trabajaba en su poblado. Pero no fue hasta su primer día en la escuela de escribas, tras escuchar las palabras de su nuevo maestro, cuando tuvo conciencia de la trascendencia de su función.

—No todos los aspirantes a ser escribas han llegado hasta aquí. Por esa razón debéis sentiros afortunados. Vosotros formáis un grupo de privilegiados destinado a dar fe de los acontecimientos de nuestro tiempo y por ello seréis respetados y admirados. Vuestro cálamo dejará constancia de las victorias de nuestros ejércitos, anotará el resultado de las cosechas, registrará los impuestos, perpetuará los ritos religiosos, transmitirá las órdenes de los gobernantes y, los más afortunados, escucharán con sus propios oídos e inmortalizarán las palabras que surjan de los labios del mismísimo faraón. A cambio de tantos privilegios, tan solo se os exige respeto y obediencia hacia vuestros maestros, fidelidad al faraón y agradecimiento a quienes os han facilitado ser los testigos de nuestro tiempo.

El carácter afable de Hetmet le ayudó a integrarse en un grupo de alumnos de diferentes disciplinas: médicos, arquitectos o matemáticos que acostumbraban a reunirse para contarse sus experiencias. Algunos, inconscientes, se saltaban las prohibiciones de los sacerdotes de mayor rango y se atrevían a ausentarse del templo para ir a las tabernas. Incluso, los que procedían de familias más adineradas, a las casas de lenocinio. Hetmet no olvidaría que había perdido a Ptahor, su mejor amigo, en una de ellas cuando llevaba ya unos cuantos ciclos de instrucción. Ptahor era un buen estudiante, aunque demasiado dócil; hasta, en cierto modo, pusilánime. Fue precisamente su falta de carácter para enfrentarse a los que menos le convenían lo que hizo que aceptara acompañarlos a beber cerveza, cansado de que le dijeran que se comportaba como una mujer. El desafío era ingerir vino y cerveza hasta no poder más. Todos acabaron borrachos, aunque el más perjudicado fue él, que no estaba acostumbrado a la bebida. Encontrarían su cuerpo sin vida una noche tórrida junto al canal que discurría próximo a una de las casas comandadas por rufianes y soldadesca corrupta. Si cerveza y vino eran dones de los dioses, no era menos cierto que debían tomarse con moderación, y que los dioses no bendecían a quienes les suplicaban tras haber abusado de ellos. No obstante, Hetmet había depositado una pequeña ánfora con cerveza en su tumba, como para recordarle que le seguía siendo fiel a pesar de su falta de tino, y que en la moderación se hallaba la virtud. Volverían a verse en la otra vida si Osiris perdonaba al pobre ingenuo su único y mortal desliz.

Ahora había encontrado a Maatem, quien, sin duda, era especial. Nunca abandonaba el templo y Hetmet lo veía hablando en voz baja a todas horas, como si su vida no tuviese más aliciente que aquello que parecía un eterno rezo. Un día pudo escucharle pronunciar algunas palabras ininteligibles que despertaron su curiosidad.

—Nunca había oído esas palabras tan extrañas. ¿Eres extranjero?

Al principio, Maatem no pareció muy dispuesto a hablar, pero el tono amistoso de Hetmet le inspiró confianza.

—No. Pertenecen a mi aprendizaje como aojador. Son fórmulas mágicas que debo memorizar.

—¿Aojador? —preguntó Hetmet.

Maatem sonrió ante la expresión confusa de su compañero.

—Los aojadores aprendemos ritos mágicos que se remontan a la noche de los tiempos. Aunque somos conscientes de que no nos los enseñan todos.

—¿Por qué? —Hetmet no comprendía que se hurtase conocimientos a quienes estaban dotados para salvaguardarlos y transmitirlos, a su vez, a nuevos candidatos que hubieran demostrado ser acreedores de aquella valiosa herencia.

—Es comprensible —le explicó Maatem—: quien los domina alcanza tal poder sobre los hombres que puede adueñarse de su voluntad, conseguir que sus vidas sean desdichadas o, incluso, provocar su muerte. A nosotros se nos enseña lo contrario. Debemos aprender cómo combatir la magia maligna liberando de su influencia a quienes la sufran. Somos, por llamarlo de alguna manera, una especie de magos benéficos.

—Todo eso deben de ser supersticiones... —dudó Hetmet.

—Te aseguro que no. En las manos inadecuadas, la magia egipcia es un arma tan malvada como puede serlo una espada o un cuchillo en las manos de un asesino. Por eso sus rituales más peligrosos están ocultos en papiros a los que solo tiene acceso el faraón. Aunque es cierto que existen copias en los templos de otros tres *nomos* al cuidado estricto de los grandes sacerdotes.

Aquella frase, pronunciada con tanta convicción, hizo que Hetmet moviese la cabeza mientras resoplaba.

—¿Y no teméis que aojadores sin escrúpulos vuelquen sus magias sobre vosotros? Muchos deben ambicionar tal grado de conocimiento y aguardarán la menor oportunidad para practicarlo y poner a prueba su propio poder. Lo encuentro extremadamente peligroso.

Maatem extrajo una pieza de fayenza de una faltriquera cosida en el interior de su túnica.

—Mira, es el ojo de Udyat. Con este amuleto no debo temer nada mientras esté conmigo.

—Vaya, pues acabas de convencerme de que, a partir de hoy, debo hacer todo lo posible para no separarme de alguien que está tan bien protegido.

Sonrieron celebrando el nacimiento de su complicidad y de una amistad que se prometía duradera.

—Por una vez, acompáñame a beber a una taberna —dijo Hetmet—. Me seguirás hablando de eso que estudias.

No fue necesario mucho tiempo para que Hetmet comprobase por sí mismo el poder de la magia. Se dirigieron a la taberna llamada El Perro Ciego, que debía su nombre al recuerdo de un pobre animal al que su dueño tuvo que sacrificar tras perder la vista. Hetmet ya la había visitado en alguna ocasión y sabía que allí podrían hablar con más tranquilidad que en otras tabernas a las que solían acudir los soldados a emborracharse y enzarzarse en discusiones que a menudo terminaban en trifulcas, como aquella en la que debió de verse envuelto su amigo Ptahor. Por el camino, personajes ricamente vestidos se mezclaban con innumerables mendigos, mientras que en un recodo una mujer regañaba a un chiquillo y otra abría la puerta de su casa, de la que escapó un intenso olor a ajo y cebolla frita que se fue mezclando con el resto de olores de las casas de los pobres. Los intensos aromas de las ollas de oca o del cordero asado solo se adueñaban del aire cuando pasaban ante la puerta de algún poderoso.

Estaban apurando su segunda cerveza cuando llegó a sus oídos una especie de aullido lastimero que procedía de la parte trasera de la taberna. Al principio no le dieron importancia pensando que se trataba de un perro que anunciaba alguna muerte. Fue al ver la reacción del tabernero cuando se alarmaron. El hombre dejó caer al suelo la jarra de vino que sostenía en la mano y corrió hacia el lugar del que procedía aquel grito. Al pasar junto a la mesa en la que estaban sentados, Hetmet preguntó.

—¿Qué ocurre? ¿Qué es ese gemido tan espantoso?

—Es mi hija.

Los dos amigos se levantaron de sus asientos y siguieron los pasos del hombre hasta llegar a un pequeño patio situado en la parte trasera de la taberna. Allí encontraron la entrada a un cobertizo y en su interior vieron a una mujer joven atada con una cadena que pendía de la pared. Sus pupilas estaban tan dilatadas que parecían a punto de estallar y su aliento era fétido como el de un cuerpo en descomposición. La mujer aullaba mientras los miraba. Su frente estaba empapada en sudor.

—¿Desde cuándo está así? —preguntó Maatem.

—Desde anteayer. Ella nunca se había comportado de esta manera, hasta que, hace tres días, vinieron dos hombres que pidieron una jarra de vino. No sé qué pudieron decirle, pero, fuese lo que fuese, oí que ella se negaba. Entonces vi cómo uno de ellos la obligó a sentarse sobre sus rodillas y le puso la mano en la garganta. Cuando se zafó de él, le pregunté qué había ocurrido. Me respondió que no había pasado nada y que no debía preocuparme, pero ya no reconocí su voz. Era áspera y ronca como la de un hombre. A pesar de su silencio, creí que había tenido algo que ver con su discusión con los dos desconocidos y los expulsé de la taberna. Antes de marcharse, uno de ellos dijo algo que en aquel momento no comprendí.

—¿Qué fue?

El hombre resopló, impotente.

—Literalmente dijo: «Ahí te quedas con tu hija, a ver si puede explicarte lo que ha ocurrido». Y, tras esas palabras, los dos salieron de la taberna riendo a carcajadas. Esa noche mi hija dejó de hablar y, por la mañana, cuando parecía querer hacerlo, aullaba como habéis oído. Cuando intenté acercarme a ella, se abalanzó sobre mí y me arañó la cara. Me costó dominarla. Finalmente pude hacerlo y desde entonces está como la veis ahora.

Hetmet miró a Maatem como si esperase una respuesta de su parte.

—No hay duda. Es víctima de un encantamiento —aseguró Maatem.

—¿Puedes ayudarla?

—Lo lamento. Esto sobrepasa mis conocimientos. Mañana informaré a mi maestro de lo que hemos visto y le pediré su consejo. Estoy seguro de que él sabrá cómo deshacer este hechizo.

Al día siguiente, tal como habían prometido, regresaron a la taberna. Los acompañaba Taedos, el maestro de Maatem, que se había mostrado muy interesado en las explicaciones de su discípulo. Sabía que Maatem aún no estaba preparado para llevar a cabo el desencantamiento al que debía someterse la muchacha y había decidido ser él mismo quien la visitara. Taedos portaba una vara larga y un cartucho de cuero colgado de su hombro con una correa trenzada de hojas de palma.

—Ignoro quién ha podido llevar a cabo este hechizo, pero con toda seguridad ha sido un aojador de algún templo de otro *nomo*. En Coptos está absolutamente prohibida su enseñanza —dijo Taedos.

—Entonces, ¿conoces el remedio? —preguntó Maatem.

—Sí. Debo pronunciar un conjuro benéfico. Pero tan solo tú, yo y esta pobre desgraciada podemos permanecer en la estancia. Es un ritual que está reservado únicamente a los magos y a los que aspiráis a serlo. Y tú —se dirigió a Maatem con una mirada severa— debes obligarte ante la diosa Maat a que lo que veas y oigas durante esta ceremonia no saldrá nunca de tus labios. Y deberás temer el castigo de los dioses si incumples el compromiso. De él depende que Anubis te considere digno de conducirte ante la presencia de Osiris el día que expires.

—Me obligo —respondió Maatem, inclinándose ante su maestro.

Los dos hombres entraron en la pequeña estancia y cerraron la puerta tras ellos. Hetmet permaneció fuera, junto al padre de la muchacha, a la espera de que el ritual finalizase.

En el pequeño patio, rodeado de construcciones, el calor era sofocante y la incertidumbre de cuánto duraría aquel ceremonial incrementaba su inquietud. Taedos abrió el cartucho de cuero y extrajo de él un papiro; lo desenrolló y se lo entregó a Maatem para que lo sujetara ante él de forma que pudiera leerlo en su totalidad. Maatem pudo ver que la primera imagen que aparecía representada en aquel documento era la de un hombre: tenía la barba curvada y estrangulaba con sus manos a dos serpientes; tras varias líneas de símbolos extraños y textos jeroglíficos, una imagen de Toth, el dios de los escribas, cerraba el texto.

—Maestro, ¿a quién representa este hombre? —preguntó.

—Es Heka, el gran dios de la magia. Y este papiro que sostienes en tus manos lo escribió Toth con la suya propia, de ahí proviene su poder.

Taedos se situó a una distancia prudencial de la mujer y colocó el bastón sobre su hombro derecho. Antes de comenzar la declamación del escrito, invocó por primera vez el nombre de Heka. Aquel nombre provocó el aullido de aquella infeliz al tiempo que el mago seguía recitando con voz solemne la oración contenida en el papiro. Ella se convulsionaba como si no fuese dueña de su propio cuerpo y de su garganta surgió un sonido ronco que se pudo escuchar desde el exterior, provocando la inquietud del tabernero, que no cesaba de lamentar su mala suerte mientras invocaba a los dioses rogando por la muchacha. Taedos pasó el bastón al hombro izquierdo y volvió a pronunciar el nombre de Heka mientras seguía rezando. Tras aquella segunda invocación, ella dejó de agitarse. Ahora los miraba, inmóvil, y parecía esforzarse en querer hablarles. Por último, el maestro paseó su bastón desde el cuello hasta el estómago de la mujer invocando el nombre del dios por tercera vez mientras cerraba los ojos.

El tabernero, con el rostro enrojecido, no podía disimular su angustia ante la incertidumbre de lo que estuviese ocurriendo con su hija. Hetmet entró a la taberna y regresó con una jarra de vino para ofrecérsela al hombre, en un intento de que se tranquilizara.

Finalmente, la puerta se abrió y aparecieron los tres participantes en la ceremonia. Maatem sonreía, sin duda satisfecho por la lección aprendida, mientras que Taedos mostraba una expresión confusa. Al poco apareció también la muchacha; su mirada era de desconcierto. El padre la abrazó y buscó una respuesta en el mago.

—¿Qué le han hecho?

—Es un hechizo que se ejecuta como castigo a alguien cuando se opone a la voluntad de otro. Ignoro con qué motivo se lo hicieron, y tu hija, por el momento, no recuerda nada. Aunque, siendo una muchacha tan agraciada, no resulta difícil imaginar lo que pretendían de ella.

Antes de despedirse, Maatem miró a la muchacha, que ya había recuperado su aspecto natural, pensando que nunca había visto una belleza igual en el rostro de ninguna otra mujer.

—¿Puedo conocer tu nombre? —preguntó, sin poder evitar que su rostro se enrojeciera.

—Me llamo Pin-Amón —respondió con una sonrisa de agradecimiento.

Era de una belleza casi sobrehumana. Su rostro, un óvalo perfecto; sus ojos brillantes, verdes como las brácteas del papiro, se almendraban hacia los extremos. También su expresión se había transformado por completo, como si acabara de emerger de su interior una diosa con un cúmulo de promesas en su haber. Saludó a todos los presentes y se inclinó con una amplia sonrisa ante Maatem, como si en aquel preciso instante acabara de verlo por primera vez. El corazón de Maatem, por un instante, se olvidó de latir. Luego aceleró como queriendo compensar aquella falta. Era la primera vez que una mujer le ocasionaba una emoción semejante.

Tras finalizar el conjuro, Taedos había tomado una decisión. De regreso en el templo, quiso hablar con su discípulo para comunicarle la preocupación que le causaba el hecho de no saber quién podía haber llevado a cabo aquel hechizo que nadie más que él conocía en Coptos.

—Lo de esa muchacha es un encantamiento que tan solo se revela en las escuelas de magos de Esna, Heliópolis y Menfis. Allí se enseñan todos los secretos concernientes a la magia negra y es necesario conocerlos para poder combatirla. Me preocupa mucho que haya venido a Coptos algún mago dispuesto a hacer un mal uso de su poder, de modo que debemos estar preparados para poder enfrentarnos a él. Así pues, he tomado la decisión de que viajes al templo de Esna; allí alcanzarás los conocimientos necesarios para vencerlo.

—¿Por qué a Esna y no a Menfis o a Heliópolis, maestro?

—Porque en Esna también hay maestros que proceden de Nubia y enseñan la magia de los negros, que es diferente, aunque tan dañina como puede serlo la egipcia. A tu regreso, ningún mago en Coptos tendrá tus conocimientos. Ni tan siquiera los míos se acercarán a los que tú dominarás.

Tal como le había anticipado Taedos, la escuela de magos de Coptos no era comparable en ningún aspecto a la de Esna. Mientras que en aquella apenas disponían más que de papiros plagados de conjuros con los que combatir el mal, en Esna era todo lo contrario; lo pudo comprobar al día siguiente cuando Pensey, su nuevo instructor, le mostró una sala inmensa repleta de objetos rituales: ojos de gato, pieles de serpiente, colas de lechuza, plumas de halcón, dientes de león, pezuñas de zorro... y un número incontable de botellas con líquidos y polvos de diferentes colores. Las paredes estaban profusamente decoradas con frisos en los que se narraban escenas ritualistas. En una de ellas destacaba un altar con una efigie de Heka y un jarrón que tal vez contuviera vino. A ambos lados del altar, tres tinajas sobre peanas de adobe escoltaban al dios y algunos objetos más que el recién llegado no supo identificar. Debajo, a los pies de la deidad, una mezcla de aceites en un sahumerio perfumaba el aire mientras la imagen de un perro labrada en madera, que representaba a Anubis, parecía protegerla. Un sacerdote, que acababa de realizar sus ofrendas, abandonaba la estancia en el momento de su llegada, después de inclinarse ante el maestro.

Maatem le reveló sus dudas a Pensey.

—Maestro, hay algo que no comprendo: si en Coptos se nos enseña a combatir la magia dañina, ¿por qué aquí enseñáis a practicarla?, ¿no tenéis acaso las mismas costumbres y adoráis a los mismos dioses?

El maestro sonrió y le respondió en tono afectuoso. A Maatem le pareció estar escuchando de nuevo la voz de Taedos cuando le habló su nuevo instructor.

—Nuestras enseñanzas no están destinadas a causar daño. Son prácticas que se llevan a cabo desde el inicio de los tiempos y que se prohibieron hace varias generaciones. Pero los primeros magos las fueron transmitiendo oralmente a sus descendientes y sabemos que esas prácticas han llegado hasta hoy; y que quienes las conocen las siguen utilizando, bien en beneficio propio o a las órdenes de quienes estén dispuestos a pagarles para que las pongan a su servicio. Nuestra labor es que conozcáis los secretos de esa magia maligna para que sepáis cómo combatirla y vencerla. El resto es responsabilidad vuestra y sois vosotros quienes deberéis rendir cuentas de su uso ante los dioses.

Pensey lo acompañó hasta su celda, que distaba cerca de dos *khets** desde aquella estancia. Fueron

* El *khet* equivalía a 52,29 metros.

recorriendo los pasillos, flanqueados por columnas que permitían contemplar un cielo cuajado de estrellas, hasta llegar a los cuartos privados de los sacerdotes y de los alumnos que estaban a las puertas de ser ordenados. El aire nocturno arrancaba llamaradas de las vasijas de aceite que iluminaban el interior. Ninguno habló. En la puerta de la celda, se despidieron con una reverencia. Pensey solo añadió:

—Sé bienvenido a Esna. Que los dioses guarden tus sueños.

Así debió de ser, aunque en medio de la noche despertó perplejo. Habría jurado que junto a su camastro, con la cabeza inclinada hacia la suya y rozándole con la melena en la cara, le sonreía una muchacha. No cualquiera, sino la que había sido liberada del hechizo, aquella que había dicho llamarse Pin-Amón.

Pin-Amón. Pin-Amón... Tardó en conciliar el sueño de nuevo: en su imaginación, los labios carnosos de la joven no se despegaban de los suyos.

Apenas habían pasado unos días cuando Maatem recibió una nueva lección que recordaría siempre.

Los alumnos estaban reunidos, sentados en el suelo y con las piernas cruzadas, mientras sus cálamos anotaban en papiros una fórmula de desencantamiento, cuando apareció un sacerdote acompañado de una mujer. Era joven, delgada y de cabellera morena larga y lisa que le caía a ambos lados de los hombros hasta derramarse sobre el pecho. Pensey la presentó a sus alumnos.

—Esta joven es mi hija, y está completamente sana. Hoy ha venido aquí porque practicaremos un ritual de encantamiento con ella. Cuando lo hayamos efectuado, todos pensaréis que ha muerto, pero no será así; tan solo habrá entrado en un trance profundo, similar al de la muerte, del que yo la sacaré.

Un murmullo de sorpresa recorrió la sala y un alumno se atrevió a preguntar.

—Maestro, ¿por qué arriesgas la vida de tu hija?, ¿acaso no podrías hacer esta misma demostración con una esclava?

—Precisamente. Si la hago con ella es para que veáis hasta qué punto confiamos en nuestras enseñanzas, esas que vosotros mismos recibís aquí. Si lo hiciera con una esclava, pensarías que no habría ningún riesgo en el caso de que el conjuro que deshiciera el hechizo fracasara.

Aun así, le preguntó a la joven si estaba de acuerdo en someterse a la práctica. Ella se apartó la melena de la cara y respondió con un escueto «sí». Tal era la confianza que tenía depositada en los conocimientos de su padre. Pensey se colocó frente a su hija, extrajo un polvo verde de su faltriquera y lo sopló en su rostro. La muchacha comenzó a contornearse como si estuviese perdiendo el equilibrio. Cuando parecía que iba a desplomarse, el padre la tomó en sus brazos y la puso sobre una enorme mesa de madera de cedro. Maatem acabaría sabiendo que no era cualquier cedro, sino de ejemplares procedentes del Líbano, cuyas propiedades los hacían especialmente aptos para rituales como aquel. Cada elemento era primordial para llevar a cabo un acto tan delicado.

—Si no deshacemos el maleficio, mi hija permanecería en este estado hasta que muriese por falta de alimento.

Pensey guardó silencio mientras miraba a cada uno de sus discípulos.

—¿Alguno de vosotros tiene dudas de que esté realmente inconsciente?

El alumno más joven de los allí reunidos se dirigió hacia donde estaba la muchacha y, un tanto avergonzado, la pellizcó en el brazo y en la mejilla. Mientras regresaba a su lugar, notó cómo se sonrojaba por haber dudado de su maestro. Pensey sonrió de modo paternal mientras le palmeaba el hombro.

—Ahora es el momento de deshacer el maleficio —afirmó Pensey.

Levantó un brazo y apareció un muchacho portando una bandeja en la mano. Sobre ella vieron la cola de un animal, un cuenco de cristal que contenía un líquido rojizo y una rama de árbol. El maestro cogió la bandeja y la fue mostrando, uno a uno, a todos sus alumnos.

—Esta es la cola de una gata que fue sacrificada inmediatamente después de parir; es, por lo tanto, un símbolo de vida. La sangre que contiene este cuenco es de una cobra que, como ya deberíais saber, representa la resurrección. Ahora quemaremos esta rama de persea, el árbol sagrado y, mientras humea, humedeceré la cola de la gata con la sangre de la serpiente para aplicarla en el cuerpo y el rostro de mi hija.

Fue realizando la ceremonia con lentitud, de acuerdo con el ritual anunciado. Una vez impregnada la cola de la gata con la sangre, la puso sobre el pecho de su hija, a la altura del corazón, en la nariz y sobre los párpados. A continuación, cogió la rama del árbol y la agitó en los mismos lugares en los que había depositado la sangre. Cuando hubo finalizado, se apartó de la muchacha y se retiró a donde se encontraban sus alumnos. Instantes después, los dedos de la muchacha comenzaron a moverse, seguidos de las manos y los brazos. Por fin, abrió los ojos y se incorporó lentamente provocando un murmullo de sorpresa y admiración entre los asistentes. Maatem estaba convencido de que lo que acababa de presenciar no correspondía al mundo de los vivos, sino a alguno de los misterios del inframundo. Ese pensamiento lo hizo estremecerse de terror al tiempo que pensaba en el inmenso poder que le esperaba cuando pudiese dominar esos conocimientos, y la enorme responsabilidad que comportaba. Un mal uso de ellos podría acabar comprometiendo su vida presente y futura.

Los ojos de Kufu recorrieron la estancia a la que lo habían acompañado los sirvientes de Neftis. Los muros estaban decorados con relieves pintados que narraban las victorias del faraón sobre sus enemigos y sus ofrendas a los dioses. No pudo evitar el comparar aquel lugar con la humilde choza desde la que había partido con su familia diez días antes. Tan solo diez días y su vida había sufrido un vuelco. No es que en Adar hubiesen vivido como esclavos ni les faltara comida, pero él había deseado formar parte del Ejército para obtener un salario y siempre se había encontrado con la oposición de su padre. A lo más que había podido aspirar era a forjar espadas, gracias a un amigo, un conocido de Kemish, que había intercedido por él en la forja de Socar, uno de los herreros más afamados de la comarca.

Fue un destello, como una revelación que aconteciese sin pretenderlo y que pondría un nuevo cauce a su vida: en aquel momento decidió que haría cualquier cosa que estuviese en su mano para no abandonar nunca aquel lugar. Pensó que tenía ante él una oportunidad que podría cambiar su destino y no quería desaprovecharla, incluso aunque ello significara ponerse frente a la muerte. Llevaba demasiado tiempo aspirando a un cambio en su vida que no acababa de llegar, y si los dioses habían consentido que sus pasos lo condujeran hacia allí, no sería él quien osaría contradecirlos. De pronto, algo pasó por su mente con la fugacidad de un presentimiento que no llegó a concretarse, pero intuyó que podría contar con la protección de Neftis. Esperaría el momento en que volviera a reunirse con la princesa para pedirle que intercediera por él y que le ayudase a ponerse a las órdenes de su padre.

La visita de Neftis no se hizo esperar. A pesar de que acababa de conocerlo, la princesa había visto en su mirada una ternura que le hizo creer que había encontrado en Kufu a alguien distinto a cuantos hombres había conocido. «Y los ojos de un hombre no mienten», se dijo. Al día siguiente, Neftis entró en la habitación en un momento en el que una sirvienta ayudaba a Kufu a bañarse.

—Sal —ordenó—, seguiré yo.

Kufu cruzó las manos para cubrir su sexo, sorprendido por la repentina aparición de la princesa.

—¿Qué haces? —preguntó cuando Neftis se disponía a secarlo. Inmediatamente se sintió ridículo ante lo absurdo de la pregunta.

—He venido a agradecerte que me salvaras la vida.

A pesar de la orden de la princesa, la sirvienta miró a Kufu como esperando una confirmación por su parte. Recibido el consentimiento, abandonó la estancia mientras los ojos del hombre devoraban el cuerpo de la recién llegada, que se mostraba ante él con un aspecto provocador: bajo una túnica abierta, apenas un par de tiras cruzadas rodeaban un busto cuyos pezones enhiestos parecían desafiarlo. Dudó antes de abrazarla, de unir su pecho al de ella y de morderle la boca. La despojó de su cinturón de cuentas y quedó desnuda ofreciendo a la mirada del joven unas piernas torneadas y un sexo palpitante. Kufu, seguro ya de sí mismo, se esmeró en ofrecerle su corta experiencia en el trato con las mujeres: besó los hombros que había cubierto en parte el collar, besó el cuello y fue recorriendo el cuerpo de la mujer como tantas veces había soñado que lo haría tras la frustrante experiencia de aquella primera vez en la que su padre lo llevó a una Casa de Cerveza para que aprendiera cómo debía comportarse con una mujer.

—No debes centrarte en tu urgencia. Terminarás demasiado pronto y no la complacerás —le había dicho Kemish.

—¿Y qué importancia tiene?

—Si no la complaces, no abultarás su vientre con tu semilla y tu estirpe se resentirá. No tendrás muchos hijos.

A Neftis la complacería, sin lugar a dudas lo haría. Formar parte de la estirpe real era un sueño que jamás hasta ese día había ambicionado. Palpó el agua profunda de la vagina y se llevó los dedos a la boca. Se detuvo para contemplar a la mujer.

—Nunca hubiese imaginado este momento.

Ella le sostuvo la mirada, como en un desafío cómplice, mientras su respiración se agitaba. Se abrazaron recorriendo cada uno con sus manos la piel del otro. Kufu la tomó en brazos y la tendió en el lecho. Neftis le arañó la espalda y le dijo «ven».

—Aguarda. Vuelvo enseguida —le susurró él, y de un salto, se escabulló del tálamo.

Había querido alejarse momentáneamente de ella para aplacar sus ardores a fin de que no interfiriesen en sus propósitos de prolongar aquel momento: quería demorarlo, disfrutarla más, antes de vaciar en ella el impulso de la sangre y llenarla con aquella sabia poderosa que lo volvía loco y le pedía a gritos que la sembrara de él. El joven amante apenas estuvo ausente un lapso que a ella se le hizo largo y lento. Regresó con una jarra de arcilla y dos copas.

—Hagamos durar este encuentro, mi señora.

La miraba mientras sus dedos acariciaban cada uno de sus costados, la giraba y continuaba en la espalda. Bebieron y se fundieron en caricias. Cada vez que ella lo acuciaba —«ven»—, él iba sintiéndose más y más poderoso. Volvió a tomar del jugo de su sexo, a morderla, a beberse su boca. Ella gemía bajo su peso inflamada de deseo, complacidos ambos en la lucha de sus cuerpos. Una vez que la penetró, desarmado ya, supo que había logrado estar a la altura del mandato de su padre.

Aún sin comprender cómo ella pudo habérsele entregado con tanta pasión, teniendo en cuenta quién era, que no pasaba de ser más que un simple forjador de espadas, Kufu supo que era el momento en que debía sacar partido. Mientras reposaban, abrazados, le hizo su petición.

—Necesito tu ayuda. Quiero servir a tu padre.

—¿Y no prefieres servirme a mí? —respondió Neftis mordisqueándose un labio y sonriendo, pícara.

—No querría ofenderte con mis palabras, pero no quiero ser solo un cuerpo que tú uses cuando tengas ganas. Si no hago méritos para seguir en la corte, podría llegar un día en que te cansaras de mí. Si ese momento tuviera lugar, ya no habría ninguna razón para que se me permitiera permanecer en palacio. Por el contrario, si sirvo al faraón, también me tendrás contigo y, si algún día me abandonas, yo seguiría luchando por tu padre.

Neftis no vio en aquella argumentación un gesto de rechazo hacia ella. Por el contrario, lo apreció como una muestra de valor que merecía ser escuchada. Tenía la certeza de que su compromiso estaba destinado a ser eterno.

—Los dioses han guiado tu camino y no es azaroso que nos hayamos cruzado. La fortuna no deja de perseguir a quienes sabe valiosos.

—Tus palabras secundan tu belleza y me hacen feliz. Dime, ¿crees que podría cumplir mis aspiraciones?

Neftis le pellizcó la barbilla y le acarició la cara con el dorso de la mano,

—¿Cómo dudas aún? —respondió.

El tiempo transcurrió lento, como sucedía entre enamorados que parecían embriagarse con cada frase que pronunciaba el otro.

—Desde que tengo uso de razón, he aguardado tu llegada —dijo Neftis—. Esperaba distinguir en el hombre que me estuviera destinado una cualidad nueva, algo que no hubiera visto hasta entonces en tantos pretendientes como me han cortejado. Ahora la veo en ti. Por fortuna, mi padre siempre ha respetado mis decisiones y jamás me ha presionado para que aceptase casarme con quien podía serle ventajoso para reforzar el imperio. Mi padre es juicioso y me escucha. Yo le informaré de tus deseos.

Neftis ya se había vestido mientras pronunciaba aquellas palabras cuando Kufu, aún desnudo, volvió a ceñirla. Le quitó la túnica que rodeaba sus hombros y la prenda cayó al suelo. Puso en sus labios un encendido beso, midiendo la presión y conteniendo su ansia. La cogió en brazos y la devolvió al lecho para volver a tomarla. Entonces recordó las palabras de su padre y por un momento pensó qué supondría para él tener un hijo con la princesa. Jamás habría podido aspirar a un honor semejante. Ni en sus sueños más venturosos habría osado imaginarse en una circunstancia así.

En solo diez días se había convertido en otra persona. En solo diez días había ocurrido lo inimaginable.

IV

Los Pueblos del Mar

La riqueza de la que disfrutaba Egipto contrastaba con la hambruna que azotaba a otros pueblos que no contaban con la bendición del Nilo, el gran benefactor que, con el limo que depositaba en sus orillas, favorecía que las cosechas fuesen exuberantes. Aquellos pueblos hambrientos dirigieron sus ojos hacia las tierras del faraón a la espera de beneficiarse de su abundancia.

Desde Oriente, algunos grupos de extranjeros se habían ido aposentando en pequeñas aldeas egipcias con el ánimo de convivir con los nativos, a pesar de que estos les mostraban su rechazo, y provocaron que, en algunos casos, hubiera egipcios que decidieran abandonar sus hogares al sentirse como extranjeros en sus propias tierras. Dos escasas crecidas continuadas los arrojaban a la escasez y la falta de alimentos, hecho que en ningún caso debía afectar a los depósitos de espelta, trigo y cebada del faraón. Otros pueblos invasores tenían mayores ambiciones y querían ser dueños de su propio territorio. Meshesher, el rey de los *mashauasch*, convocó una reunión con los líderes de los sículos y los *danuna*.

—Pediremos tierras a Ramsés para que nos permita establecernos en ellas.

—¿Qué te hace pensar que nos las dará a cambio de nada? —preguntó Hafa, el rey de los sículos.

—Sus tierras son ricas y extensas y, tras nuestras conquistas de otras ciudades, ya debe saber que representamos una amenaza. Si, como dicen, el egipcio es razonable, no veo motivos para que no atienda nuestra petición.

—Y si la rechaza con las palabras, las conseguiremos por las armas. No hemos luchado tanto para rendirnos ante el último pueblo que nos queda por conquistar —apostilló Parkesh, el líder de los *danuna*.

Después de una larga noche, el sol despuntó tras las montañas del este y desplegó su manto sobre los campos de cebada. Los rayos incidían en las gotas de rocío nocturno y los hacía refulgir como si los granos fueran esquirlas de plata.

Los reyes extranjeros habían enviado una delegación solicitando una audiencia con el faraón. El visir Atribis informó a su señor de que aquellas gentes se estaban expandiendo y conquistando territorios que hasta entonces habían sido tributarios de Egipto. A pesar de ello, Ramsés nunca consideró que unos grupos de harapientos pudiesen poner en peligro el poder de su imperio.

El faraón los recibió rodeado de generales y sacerdotes ante los que quería hacer una demostración de su supremacía sobre la de los jefes extranjeros. Después de todo, él siempre había oído decir a su padre que por sus venas corría la sangre de Ramsés II el Grande, el vencedor de los hititas en la gloriosa batalla de Qadesh.

Cuando llegaron ante su presencia, los visitantes cometieron el error de no inclinarse ante Ramsés. El faraón se tomó aquel gesto como una ofensa y no perdió la oportunidad de intentar humillarlos.

—¿Venís a pedir limosna? —preguntó con desprecio.

Ante aquellas degradantes palabras, Hafa, el rey de los sículos, empuñó su espada. Parkesh, consciente de la indefensión en la que se encontraban, lo detuvo.

—No es eso exactamente —respondió Meshesher con voz serena—. Supongo que no ignoras que antes de llegar aquí hemos arrasado Creta, Alashiya, Sidón, Ugarit, Amurru y cuantas ciudades hayan existido y de las tú conozcas el nombre. También deberías saber que del poderoso Imperio hitita ya no queda más que el recuerdo, porque también ha sido destruido. Lo que quizá no sepas es que hemos establecido asentamientos en Cilicia, en Palestina y en el sur de Siria. Toda la costa oriental ha caído en nuestras manos... Tan solo nos falta conquistar Egipto. Y para eso hemos venido, para decirte que no queremos luchar contra ti. Sabemos que tu imperio es grande y rico, y nosotros necesitamos alimentar a nuestras familias. Venimos a pedirte que nos concedas tierras en las que podamos establecernos para cultivarlas y que vivamos en paz.

Aquella petición no era la esperada por el faraón. En aquel momento constató que el ejército al que debería enfrentarse era numeroso y que, en caso de guerra, él debería recurrir a campesinos sin preparación militar para reforzar el suyo. Recapacitó valorando lo positivo que podría tener el aceptar aquella propuesta de paz. El visir Atribis, como si hubiese adivinado sus pensamientos, quiso prevenirlo del peligro. Se acercó al faraón y le advirtió de algo al oído.

—No escuches sus palabras. Si te ofrecen la paz es porque tantas guerras en las que han luchado habrán diezmado sus fuerzas y no se ven capaces de vencerte. Pero si les concedes tierras, comenzarán formando comunidades cerradas que seguirán viviendo según sus costumbres sin respetar las egipcias ni el culto a nuestros dioses. Y no descartes que, pasado el tiempo, esas comunidades puedan hacerse tan fuertes que lo que ahora son peticiones después podrían convertirse en exigencias. Si ese día llega, ¿quién te asegura que no se sentirían tan poderosos que llegaran a levantarse contra ti? Recuerda que eso ya ocurrió una vez en generaciones pasadas.

Ante el desconcierto de los reyes extranjeros y la incredulidad de sus propios cortesanos, el faraón se levantó de su trono y ordenó a Atribis que lo acompañase. Una vez a solas, el faraón se interesó por la información que acababa de transmitirle su visir.

—Desconozco ese momento del que me hablas —replicó el faraón.

—Los antiguos papiros lo mencionan: mucho tiempo atrás, llegaron pueblos desde Oriente, a los que se llamó hicsos. Penetraron en el valle del Nilo atravesando la tierra de Mafkat* y se asentaron en el delta. Comenzaron siendo movimientos migratorios pacíficos que, finalmente, se transformaron en conquistas militares. Y su poder alcanzó tal extremo que sus líderes llegaron incluso a nombrarse faraones. Muchos de tus antepasados debieron enfrentarse a ellos hasta que finalmente Amosis I consiguió expulsarlos y recuperar el trono. Y en un tiempo aún más cercano a nosotros, otros pueblos, aparentemente pacíficos, representaron la misma amenaza: desde Libia amenazaron nuestra frontera en el delta y tuvieron que ser rechazados, primero por Ramsés II y después por su hijo Merenptah. Sabiendo esto, ¿te arriesgarías a que tu nombre fuese el causante de que esa historia se repitiera?

El faraón reflexionó.

---

* La península del Sinaí.

—Tus palabras son prudentes, como siempre. Aunque rechazar sus peticiones nos conduciría a una guerra inminente para la que aún no estamos preparados. La zona del delta está desprotegida y es especialmente vulnerable.

El visir aceptó que el faraón no estaba equivocado. Tenía que pensar en alguna estrategia que les permitiera ganar tiempo para reforzar sus defensas.

—Se me ocurre algo: ofréceles tierras en Libia —aconsejó el visir.

—¿En Libia? ¿Cómo puedo ofrecerle una tierra que no es nuestra y donde reina un enemigo?

—Precisamente por esa misma razón. Cuando lleguen a territorio libio y reivindiquen esas tierras en tu nombre, los libios lo entenderán como una declaración de guerra. Y, sea quien sea el vencedor de ese enfrentamiento, tú te habrás beneficiado de la derrota de cualquiera de los dos ejércitos.

Ramsés asintió reconociendo lo positivo de aquella sugerencia. De regreso al salón del trono, transmitió a los extranjeros el consejo de su visir.

—He considerado vuestra petición y he decidido concederos tierras en Libia. Marcharéis allí y trasladaréis a su rey vuestra solicitud haciéndole saber que contáis con mi beneplácito para ocuparlas.

Ramsés no tardó en arrepentirse de haber hecho aquella oferta. Atribis desconocía que otros pueblos invasores, como los *sherden* y los *shekelesh*, habían forjado previamente alianzas con el pueblo libio para luchar contra Egipto.

—Veo que te prejuzgamos mal, faraón —dijo Meshesher—. Te creíamos sensato y compasivo, pero vemos que la mentira vive en tu boca y la maldad en tu corazón. Te hemos ofrecido la oportunidad de que conviviéramos en paz, pero tu intento de engañarnos enviándonos a un enfrentamiento con tu enemigo nos hace ver que tienes preferencia por la guerra. Pues bien, atenderemos tus deseos y no dudes de que Egipto pagará con sangre las consecuencias de tu error.

El general Ikba desenvainó su espada ante aquella afrenta a su señor y algunos soldados lo imitaron. Ramsés, impertérrito, alzó la mano.

—¡Deteneos! El suelo de una estancia que pisó mi padre no merece que se manche con la sangre de estos sucios perros harapientos. ¡Apartaos de mi vista! —ordenó a los extranjeros.

Hasta el salón del trono llegó el sonido de los cascos de los caballos que anunciaban la retirada de los visitantes.

Gracias a los conocimientos de Atribis, Ramsés ya sabía que no era la primera vez que aquellas tribus extranjeras habían hecho incursiones en territorio egipcio; si sus antecesores Ramsés II el Grande y su hijo Merenptah habían conseguido sendas victorias, él no podía permitirse que su nombre quedara manchado con una derrota. Sus generales le advirtieron de la necesidad de reforzar la frontera con Libia y levantar defensas en el delta, ya que no se temía por la estabilidad en el desierto del sur. El faraón, consciente de la inferioridad numérica de su ejército, lamentó por primera vez que las conquistas de sus antepasados hubiesen ampliado tanto unas fronteras que ahora le resultarían tan difíciles de defender. Atribis le ofreció una solución que no pudo rechazar.

—Estos grupos salvajes no forman un ejército compacto. Están divididos en tribus de diversas procedencias y desorganizados. Enviemos emisarios a algunos de sus líderes y compremos sus servicios como mercenarios. De esta manera, nuestro ejército se reforzará al tiempo que debilitaremos al suyo.

En aquella ocasión, Atribis no se había equivocado. La promesa de tierras fértiles tras la victoria hizo que guerreros *shardana*, *peleset* y *sashu* se pusieran a las órdenes del faraón.

Cuando Neftis entró en la gran sala del trono, su padre tenía ante él a un grupo de danzarinas con el pecho desnudo. Isis, su esposa, sentada a su lado, no parecía estar molesta por aquel espectáculo; al contrario, su expresión hablaba de júbilo y no dejaba de sonreír. La conversación entre ambos, sin embargo, revelaba cierta inquietud por parte de ella.

—¿Acaso piensas sustituirme por alguna de estas? —preguntó con una sonrisa.

—Sabes que no. Nadie podrá poner en peligro tu lugar en mi corazón —respondió Ramsés.

Neftis lo conocía tan bien como Isis y sabía que cualquiera de aquellas mujeres sería la amante de su padre aquella noche, pero no podía censurarlo. Después de todo, era su derecho como faraón el compartir su cama con cuantas mujeres deseara. Cuando, a una señal de su padre, las danzarinas se retiraron, Neftis se le acercó. Ramsés la besó en la mejilla y le acarició la cara.

—Quiero informarte de algo: ayer, de regreso a palacio, nos asaltaron unos bandidos. Pero no te alarmes. Tan solo debemos lamentar la muerte de algunos soldados; como ves, yo no he sufrido ningún daño gracias a la intervención de un extranjero que ha sido mi salvador. Por eso creo que su gesto bien merece una recompensa.

—Quien haya actuado así merece cuanto me pida. ¿Conoces su nombre o su paradero?

—Se llama Kufu y en este momento se encuentra en palacio como mi invitado. Precisamente de eso quería hablarte.

El faraón afirmó con la cabeza esperando la petición de su hija.

—Ya que él ha salvado mi vida arriesgando la suya, he pensado que, en agradecimiento, yo podría ofrecerle que permaneciera a mi servicio, si tú lo apruebas.

—No veo prudente introducir en palacio a alguien a quien acabas de conocer.

—Es cierto que acabo de conocerlo, pero a mí me inspira confianza. Además, me ha confesado que le gustaría poner su espada a tus órdenes cuando fuese necesario.

Ramsés sonrió al comprender que su hija podría tener un interés especial en aquel hombre.

—Sabes que tu voluntad es la mía. Si es tu deseo el tenerlo cerca, yo no me opondré. Además, quizá sí necesite de su espada... Incluso antes de lo que él imagina.

Neftis volvió a besar a su padre por haberle concedido la petición.

—Ahora déjanos; he de hablar con tu madre —le pidió Ramsés mientras le pellizcaba la barbilla.

La joven abandonó la estancia caminando con pasos acelerados que delataban su impaciencia por comunicarle a Kufu la buena noticia.

Aun cuando la sonrisa del faraón permanecía en sus labios, apenas se giró hacia ella, Isis intuyó que no iba a darle buenas noticias.

—Debo decirte algo. —Y colocó una mano sobre la de su esposa, lo que no hizo sino corroborar su aprensión—. Es inminente el comienzo de una guerra y Ramosé deberá ponerse al frente de una de las divisiones de nuestro ejército.

—¿No lo consideras demasiado joven para arriesgar su vida? Es tu primogénito, no lo olvides.

—A su edad, yo ya había combatido tres veces al lado de mi padre y las cicatrices de mi cuerpo, que tú ya has visto, son la prueba.

—¿Por qué no envías en su lugar a Pentaur?

—Él también deberá combatir. Y los dos tendrán que demostrar cuál es el más capacitado para sucederme en el trono.

Aquella revelación indignó a Isis. Cuando alzó la voz, olvidó a quién le estaba lanzando su reproche.

—¿Cómo te atreves a compararlos? Ramosé nació de mi vientre, mientras que Pentaur no es más que el hijo de Tiyi, una bailarina a quien tuviste la mala idea de convertir en tu segunda esposa un día en el que tu lucidez dejaba mucho que desear.

—Pero también es mi hijo —respondió con brusquedad—. Olvidaré tus modales porque sé que nacen de tu temor a que Ramosé pueda perder la vida, pero no vuelvas a hablarme en ese tono. Nunca te olvides de quién soy. Además, sabes perfectamente que Tiyi no es simplemente mi segunda esposa. Ella también goza del título de Gran Esposa Real, exactamente igual que tú.

Isis, visiblemente enojada, se levantó y abandonó la estancia murmurando algo que el faraón no pudo entender. La podría haber reprendido severamente por su tono al hablarle, pero amaba a Isis como nunca había amado a ninguna otra mujer, ni siquiera a la madre de Pentaur.

—¡Que venga Tiyi! —ordenó el faraón inmediatamente después.

Isis siguió caminando y atravesó la sala envuelta en una gran desazón. Se sentía pequeña, minúscula, humillada, como si todo el peso de las columnas que la sostenían hubiera caído sobre ella.

«Sé comprensiva, mujer, sé alegre, amistosa», solía decirle él cuando se refería a Tiyi. Y, sin embargo, era con la única persona con quien Isis no podía serlo. Había algo falso en la egipcia, una mezcla de coquetería e insolencia que había hecho enloquecer al faraón. Lo más desconcertante era que, a pesar del tiempo transcurrido, aún persistía aquella nube en el entendimiento de su esposo. Eso no podía perdonárselo y, menos aún, perdonárselo a ella. Lo que procedía era alzarse en su contra, pero ¿cómo derrotarla en aquel empeño? Tiyi parecía esculpida con el mismo granito que se extraía de las canteras.

A nadie podía confesar su soledad frente a él ni su impotencia frente a ella.

Tiyi había aparecido casi de repente en la vida de Ramsés. Era hija de un capitán de su ejército que había huido durante una batalla contra los libios. Al quedar su hija sin protección, la educaron en el harén. Años después, Ramsés la había conocido durante una fiesta en palacio, cuando sus formas infantiles se habían transformado ya en excitantes curvas de mujer. En esa ocasión bailó sola ante al faraón. Él se dejó seducir por los gestos insinuantes y movimientos provocativos de sus caderas, que eran una clara muestra de lo que pretendía, y su bellísima anatomía hizo el resto. Esa misma noche se convirtieron en amantes. Aquellos encuentros se fueron repitiendo cada vez con más frecuencia ante la indiferencia de Isis, que nunca había contado con la posibilidad de que, con el tiempo, el faraón también nombraría a Tiyi Gran Esposa Real y que aquel título concedería los mismos derechos hereditarios a los hijos que nacieran de ambas. Isis no albergaba ninguna duda en cuanto a que, a la muerte de Ramsés, el trono le correspondía a Ramosé como primogénito. Ignoraba que Tiyi siempre había mantenido la esperanza de que fuese Pentaur quien lo sucediera, porque ella sí era una auténtica egipcia, mientras que por las venas de Isis corría sangre extranjera ya que su madre, Habadjilat, era de origen sirio y su padre cananeo.

Tiyi acudió a la llamada de su esposo y entró en la sala, deslumbrante. El bronceado de su piel delataba su naturaleza egipcia. En su rostro, ligeramente ovalado, destacaban unos ojos grandes, verdes y expresivos, una nariz respingona y unos labios carnosos pintados de un rojo intenso. Su pelo era liso y tan negro como el *kohl* con el que se trazaba las cejas. Aquel día tuvo el capricho de pintarse una lágrima con alheña bajo el ojo, combinando su color con el que lucía en sus párpados. Sabía cómo embelesar al faraón. Era más joven que Isis y, al contrario que esta, que siempre se mostraba discreta en su forma de vestir, a ella le gustaban los vestidos ceñidos y con grandes escotes que resaltaran las redondeces de un cuerpo que hasta no hacía mucho tiempo había sido espléndido. En aquella ocasión lucía una túnica azul transparente que dejaba entrever los senos y que descendía hasta los tobillos. Siempre había sido una magnífica amante y todavía había noches en las que el faraón la buscaba. Tiyi se inclinó ante Ramsés con una sonrisa pícara al advertir una mirada lujuriosa en los ojos del rey.

—Tú dirás, mi señor.

—Voy a repetirte lo que ya le he dicho a Isis: vuestros hijos Ramosé y Pentaur me deberán mostrar su valor en la batalla que se avecina.

Tiyi recapacitó antes de responder. No podía oponerse a un deseo del faraón, pero debía hacer cuanto estuviese en su mano para evitar que la vida de su hijo corriese peligro.

—Mi señor, la capacidad de un hombre para gobernar no debería medirse solamente por su arrojo en el combate. Tú, como dios viviente, tienes las dos virtudes que debe tener un líder: valor e inteligencia, pero temo que ninguno de tus hijos haya heredado ambas. Ahora, imagina por un momento que tuvieras que elegir solo una de ellas para gobernar en las Dos Tierras. Tu indudable valor te ha servido para ser el guía de tu ejército, admirado por tu pueblo y temido por tus enemigos tras tus victorias; victorias en las que, no debes olvidarlo, los dioses te han acompañado y protegido, pero, en cualesquiera de las batallas que has librado, una flecha traicionera podría haber acabado con tu vida. Si eso hubiese ocurrido, tu pueblo se habría quedado sin tu guía y todos en el país de Kemet habrían llorado tu muerte. Tu hijo Ramosé ha heredado tu valor, mientras que el nuestro, Pentaur, es quien hace gala de tu inteligencia. Y, en caso de guerra, lo inteligente es que permanezca en la seguridad de la corte y alejado de los peligros de las armas. Tienes a tu servicio a miles de soldados que obedecerán ciegamente las órdenes de sus generales, quienes, a su vez, obedecerán las tuyas. Y el faraón tiene el deber de salvaguardar la vida de un heredero, que deberá seguir proporcionando el bienestar a su pueblo. Si, como dices, la amenaza de extranjeros es cierta, deberías valorar que Pentaur no se ponga en peligro y que sea Ramosé quien lidere tu ejército.

Ramsés, con la mirada fija en el cuerpo de Tiyi, parecía no estar escuchándola. A pesar del tiempo, su belleza seguía siendo una prueba magnífica de que estaba bendecida por los dioses. A buen seguro, su ascendencia egipcia hacía el resto. Más de una noche seguía prefiriendo sus muslos de piedra cincelada y su pecho, que podía rivalizar aún con el de esclavas más jóvenes. También sus maniobras de aproximación, que eran impredecibles.

—Isis y tú sois como dos leonas luchando por los favores del macho. Y a las dos os entiendo por querer proteger a vuestros hijos. Pero ambos son también mis hijos y, como faraón, debo ser yo quien decida cómo he de juzgar su capacidad de liderazgo. Es cierto, como tú has dicho, que el valor puede ser una invitación a la muerte, pero la inteligencia de no participar en la guerra se puede interpretar no como prudencia, sino como cobardía. Y un faraón nunca debe ser visto así por su pueblo. Tu hijo luchará igual que lo hará Ramosé. Y que sean los dioses los que me digan cuál de ellos será el más apropiado para dignificar el trono que yo recibí de mi padre.

—No eres justo, mi señor. Ramosé y Pentaur no son iguales ni se criaron igual. Ramosé bebió la leche de los pechos de su madre, mientras que yo alimenté a mi hijo con leche de cabra. Siempre admiraste mi cuerpo y lo he cuidado para ti, incluso negándole al ser nacido de mis entrañas su derecho. Jamás puso sus manitas sobre mi pecho y las puso, en cambio, sobre su biberón de arcilla. Quizá ni siquiera recuerdas sus vómitos y aquellas descomposiciones que hicieron de él un niño débil y enfermizo.

—Jamás te pedí tal cosa y es la primera vez que me confiesas esto; si lo hiciste así, lo decidiste sin consultarme. ¡Por todos los dioses! Si la leche de cabra es tan buena como cualquier otra... Y si el niño se crio débil, debió de ser por miles de causas. ¡No me sirven tus excusas!

Nunca hasta ese momento le había hablado así. El faraón le estaba mostrando una cara que había mantenido oculta.

Tiyi no acudió de inmediato a ver a su hijo, sino que permaneció en silencio, apoyada en la defensa del mirador, contemplando el extenso territorio que se perdía en el horizonte y que debería gobernar Pentaur, «cuya inteligencia —se dijo— rebasa con creces a la de su hermano». Se detuvo siguiendo el majestuoso vuelo de las águilas y de los ibis. El sol se ponía detrás de las montañas como cada día y, sin embargo, le parecía estar viéndolo por primera vez.

«Se lo he dado todo y así me paga. No hay alternativa, mi señor. Me limpiaré de toda tu suciedad y adecentaré este palacio para que no pierda la gloria que estás a punto de hurtarle».

V

Set Maat

Sinab, Metreb y Merimón culminaron con éxito su plan y se dirigieron a Set Maat*, el poblado de los obreros y artesanos que construían las tumbas para los nobles, reinas y faraones. La estación de Peret** les proporcionaba una brisa que hacía más agradable su recorrido. Ascendieron una montaña desde la que pudieron contemplar el Valle de las Reinas y se dirigieron a una zona desértica coronada por una colina baja desde la que partía un estrecho paso que habría de conducirlos en dirección al Valle de los Reyes. Desde allí, el camino ascendía, al principio de forma tortuosa, para nivelarse suavemente a medida que se acercaba a la cima. A un lado del sendero encontraron un grupo de chozas de piedra y madera construidas por los obreros que excavaban tumbas en la necrópolis. Metreb les explicó que allí

---

* Set Maat era la actual Deir el-Medina.

** La estación de Peret iba del 15 de noviembre al 15 de marzo.

pasaban la noche los trabajadores que, en ocasiones, decidían no regresar a sus casas. Llegaron exhaustos a la cumbre y se complacieron ante la incomparable visión del valle del Nilo, desde donde partía una pendiente que descendía en dirección a Set Maat.

—Mi esposa debe de estar intranquila —dijo Metreb al avistar el poblado—. Prometí regresar a la jornada siguiente con un médico y no ha vuelto a tener noticias desde hace ya tres días. Cuando lleguemos a mi casa repondremos fuerzas y regresaremos a la gruta para explorarla.

No había vuelto a referirse a su hijo durante todo el trayecto, quizá por no avivar su inquietud. En silencio, rogaba a los dioses que le concedieran un plazo suficiente como para poder costear su curación y solo así se daba ánimo para seguir.

Sin embargo, sobre todo Merimón, no lograba zafarse del pensamiento de que los dioses tenían un modo particular de infligir lecciones. Pensaba también que alguien podía haber perpetrado en el cuerpo del joven alguna canallada para aprovecharse después de su debilidad, como había pasado con el muchacho del Nilo, al que su padre no había podido ayudar y por lo que tan alto precio había pagado. Aún sentía sobre sí una furia animal y una amargura que le inflamaba el corazón.

Sinab, por su parte, se decía que el muchacho sufría un castigo como lección por alguna ofensa a los dioses que quizá no había cometido. ¿Y si Metreb, después de todo, no era tan bueno como parecía? Lo observó mientras caminaban, aunque solo fue capaz de ver en sus ojos cansados una aflicción que no parecía tener cura.

—Si alguno de los guardianes de las canteras sabe que vives allí, será el primer lugar en el que nos busquen —dijo Merimón.

—Estaremos a salvo. La ciudad está amurallada y su única entrada está protegida por unos soldados que me conocen y que me deben algún favor. Les pediré que nieguen habernos visto. En cualquier caso, no estaremos en la ciudad más que el tiempo necesario para conseguir provisiones, algunas armas y antorchas.

—¿Una ciudad amurallada? ¿Y con una sola entrada?

—La levantaron así para proteger cuanto hubiese de valor en ella. Es una ciudad que la mayor parte del tiempo está habitada únicamente por mujeres, ancianos y niños mientras los hombres trabajan en la construcción de tumbas y en las canteras.

El sol estaba alto y los halcones surcaban el cielo sobre sus cabezas en vuelo majestuoso. Para Sinab fue una sorpresa el descubrimiento de aquella ciudad construida en mitad del desierto. En ella, las casas humildes de los obreros y artesanos se entremezclaban con viviendas más ostentosas en las que residían los funcionarios encargados de su administración y las de los jefes militares que la custodiaban. Recordó la suya, que apenas contaba con dos huecos bajo una techumbre de hojas de palmera trenzadas sobre juncos. Al fondo dormían sus padres y los tres hermanos quedaban separados por una tela que una noble había regalado a su madre por cuidar de su hijo durante el tiempo en que una rigidez le había impedido tomar en brazos a la criatura. En el hueco próximo a la entrada, Tueris cocinaba durante los días más fríos y el aire se enrarecía con los humos y vapores de los guisos, aunque el resto del tiempo hacían la vida fuera. Al recordarla, una vez más, la melancolía regresó a su corazón y no tardó en rememorar a su padre y a su hermano. El ánimo se le llenó de una sorda inquietud. ¿Qué habría sido de él y de Kufu?

Las casas de Set Maat, en cambio, a pesar de ser humildes, superaban en comodidades al resto de las que habitaban los obreros de otras ciudades que no tenían el cometido de trabajar en la construcción de tumbas ni en las canteras. La de Metreb tenía la fachada pintada de blanco y azul. Desde la entrada, un pasillo conducía a una pequeña estancia que se comunicaba con otras dos. La del norte, donde dormían su esposa y sus hijos, tenía el suelo cubierto de esteras y arcones en los que se guardaba la ropa. Al este, otra que servía para almacenar las herramientas y el grano que Metreb recibía como pago por su trabajo. Desde allí, una escalera facilitaba el acceso a la azotea. Las notas aromáticas del trigo horneado hacían de la humilde vivienda un lugar acogedor. La mujer de Metreb se afanaba en la cocina y abrió la boca sorprendida al ver llegar a su marido. Se acercó a él y lo abrazó.

—No son médicos... —dijo Jendayi, queriendo asumir lo que a todas luces era evidente y señalando a los dos acompañantes del esposo.

—No, no lo son —repuso él—, pero no tardaremos en tener uno. ¿Dónde están los pequeños?

—A Pijem y Paroy los he enviado con tu hermana. Anum resiste en su lecho a base de láudano. Ve a verlo.

Metreb pasó a la estancia contigua. Su hijo despertó y miró sobresaltado la mano de su padre, que se posaba en su cara.

—Hijo..., muy pronto estaré de vuelta con el médico que te curará. Lo cierto es que no logré convencerlo con la sortija de cobre que le ofrecí.

El chico abrió los labios en un esfuerzo por pintar una sonrisa de gratitud, pero tenía la cabeza rígida: el absceso le impedía cualquier movimiento del cuello. No tardó en caer en un nuevo sopor.

—He cocido pan —dijo la mujer mientras ponía sobre la mesa unas hogazas junto con varias cebollas y un cuenco con dátiles—. Sentaos y comed.

—Como veis, la comida no sobra —dijo Metreb—. Ignoro los motivos, pero cada vez nos pagan con más retraso y las raciones de trigo y cebada son menores.

—¿Qué le ocurrió a tu hijo? —se interesó Merimón.

—Mientras estaba jugando, perdió el conocimiento. Se recuperó pronto y no le dimos importancia pensando que se había desmayado a consecuencia del calor. A los pocos días le apareció un bulto en el cuello que le fue creciendo y provocándole muchos dolores. Le ofrecí una sortija de cobre al médico para que lo operara, pero sirvió de poco. Se la quedó y me dijo que en cuanto añadiera otra que fuera de plata vendría a verlo.

—Lamento sinceramente vuestra situación. Confiemos en que nuestra suerte cambie con la ayuda de los dioses —dijo Merimón.

Sinab no quería demorarse más tiempo y mostró su impaciencia por partir.

—Más que en los dioses, deberíamos confiar en lo que podamos encontrar en la cueva. Por ello, tendríamos que explorarla cuanto antes —razonó Sinab, dirigiéndose a su amigo.

Metreb asintió y les pidió que se adelantaran. Quería despedirse de su esposa.

—No sé cuántos días pasarán hasta que volvamos a vernos, pero te aseguro que, desde ese momento, nuestra vida será diferente. Y di a nuestro hijo que los médicos que hasta ahora no han querido operarlo por ser pobres, se agolparán ante nuestra puerta implorando por hacerlo.

La esposa mostró su recelo ante las palabras de Metreb.

—Ya no me quedan más cuentos que contarle.

—¿Cuentos, Jendayi?

—Lo entretienen y hacen que olvide por unos instantes sus dolores. Le he hablado de hechiceros, del río, de los dioses, y todo acaba desembocando en una única pregunta: «¿Por qué no me curan?». «No tenemos con qué pagarles, hijo», le digo. Y su respuesta es siempre la misma: «Mi padre podrá».

—Podré, ya lo verás. Tengo el apoyo de los dioses y de estos buenos amigos.

—Confío en que no hagas nada que pueda ponerte en peligro.

Metreb no respondió y se limitó a darle en la frente un beso de despedida.

El temor de que una cuadrilla de soldados estuviera ya tras su busca los obligaba a apurar la partida hacia la montaña en cuyas entrañas se hallaba la cueva. Avanzaron hasta que las luces del ocaso hicieron peligrar la marcha y optaron por buscar amparo en las faldas de un cerro. Era lo bastante alto como para no perder de vista el camino que llevaban recorrido y poder divisar cualquier amenaza. Se acomodaron junto a una roca que les ofrecía resguardo, rodeados por el manto misterioso que lo cubría todo. Sin embargo, Sinab y Merimón no tardaron en confiarse y caer dormidos. A Metreb, en cambio, cualquier sonido lo alteraba y miraba asombrado el sopor tan inmediato en que habían caído sus compañeros. La imagen de su hijo inmovilizado en su camastro lo atormentaba.

La mañana fue abriéndose perezosa y abrazaba ya los contornos de la espesura cuando no hacía tanto que había cogido el sueño después de una madrugada en que la inquietud se le había ido extendiendo como humo. Los primeros rayos del sol le bañaron la cara y no tardó en despertar de nuevo y en ponerse en pie. Desde la altura, con aquellas primeras luces, la vega del Nilo se ofrecía jalonada de palmeras, juncales y sicomoros, y veía a los agricultores afanarse en conducir las aguas para regar las plantaciones de legumbres y cereales. Sinab y Merimón dormían aovillados junto a una roca.

—¡Levantaos!, que nadie nos tome la delantera —los azuzó el tallista, impaciente.

Merimón despabiló en primer lugar, mientras que Sinab parecía hacerlo a duras penas, como si volviera de un mundo bien distinto en el que los ojos de su madre brillaban más que la luna y su padre reía satisfecho. Solo al despertar volvieron la pena y la rabia.

A media mañana alcanzaron la sima. Acordaron que ellos dos entrarían y Merimón permanecería vigilando la entrada, dado que de los tres era quien podía moverse con más sigilo. Tal como habían hecho dos días atrás, ella se situó en el exterior de tal forma que daría la voz de alarma al menor indicio, ayudada por el eco de una grieta que concentraba el sonido como si se tratase de un cono. No debía perder los nervios y avisarlos solo en el caso de que alguien se aproximara.

Los dos hombres descendieron, encendieron sus antorchas y se dirigieron hacia la galería en la que habían visto la momia. Cuando elevaron las antorchas sobre sus cabezas, Sinab quedó hipnotizado por aquella visión y Metreb no pudo evitar que la antorcha se le cayese de la mano. No sabían si era terror o delirio; en cualquier caso, lo que tenían ante sus ojos era una escena inimaginable. Si la vez anterior habían visto en penumbra la momia de un faraón, ahora, a plena luz, eran doce las que se apoyaban en los muros de aquella gruta, y, a juzgar por sus atributos, todas correspondían a antiguos reyes. El oro brillaba en los cetros asidos entre sus brazos y se adivinaban los amuletos bajo las vendas que los envolvían en el momento de ser momificados. Cofres y arcones repletos de objetos de oro y piedras preciosas se amontonaban alrededor de los cuerpos disecados. Sinab y Metreb observaron aquellas momias, una a una, con la curiosidad de identificar a quiénes podían corresponder, algo imposible para ellos al no saber interpretar los jeroglíficos de los cartuchos en los que se hallaban escritos sus nombres. Tampoco comprendían qué hacían reunidas en aquel lugar cuando deberían estar descansando cada una en su tumba. Si estaban allí por obra de ladrones, estos habrían condenado su *ba* y nunca alcanzarían la resurrección; si, por el contrario, alguien los escondió en aquella gruta para evitar su expolio, quien lo hubiese hecho encontraría la recompensa de alcanzar la vida eterna tras haber superado el juicio de Osiris.

Una vez repuestos de su sorpresa, abandonaron aquella galería para inspeccionar las dos restantes. Estas también contenían momias además de pequeñas capillas votivas en los que se amontonaban más objetos de oro, joyas y amuletos.

Mientras pensaban en quiénes podrían haber sido aquellos personajes, oyeron la voz de Merimón que los alertaba.

—¡Se acercan unos hombres! ¡Y vienen hacia aquí!

Sinab reaccionó con presteza.

—Yo me quedo. Tú ve con Merimón. Escondeos entre las rocas y, cuando ellos hayan entrado en la cueva, volved a Set Maat. Yo me reuniré allí con vosotros.

—¿Estás seguro? Puede ser peligroso.

—No te preocupes por mí. Tengo un plan.

—¿Qué piensas hacer?

—No pierdas tiempo. ¡Vete!

Metreb apoyó la escala en la roca y ascendió con rapidez por ella. Ya en la superficie, la empujó nuevamente hacia el suelo para que nadie detectara que la habían utilizado. De no haber obedecido la orden de Sinab, los hombres, que aparecieron al instante, lo habrían descubierto antes de que se hubiese podido reunir con Merimón. Informó a la joven, que estaba ansiosa por conocer detalles de cuanto hubieran visto, pero enseguida se cruzó los labios con el índice, conminándola a callar.

Sinab se había ocultado tras una gran roca ubicada a medio camino entre la entrada y la galería en la que se encontraban las capillas votivas. Por sus voces, habría podido jurar que los visitantes formaban un grupo de tres hombres. Cuando se acercaron a la roca tras la que se escondía, pudo escuchar las órdenes del que parecía el jefe.

—Una pulsera y dos anillos. No cojáis nada más.

—¿Y el collar?

—No lo necesitaremos hasta dentro de dos días en que vendrá el comprador. Es peligroso tenerlo tanto tiempo con nosotros.

Sinab comprendió que los hombres eran bandidos que se dedicaban a vender lo que robaban en aquella tumba. No podía censurarlos ya que, antes de verlos, su intención había sido la misma. Ahora tenía miedo de las represalias que podían tomar si lo descubrían vendiendo los objetos robados. Además, tenía en su contra el inconveniente de que él no sabría cómo contactar con los posibles compradores. Su única oportunidad para sacar algún provecho de su descubrimiento era la de convertirse en miembro del grupo de saqueadores. Decidido a no dejar pasar la oportunidad que se le presentaba, cogió el puñal y se situó de pie ante la salida de la cueva con la intención de cerrarles el paso cuando pretendieran abandonarla. Al verlo, los ladrones desenvainaron sus cuchillos.

—¿Qué haces aquí? ¿Quién eres?

—Vuestro nuevo socio —respondió Sinab sin inmutarse.

El jefe del grupo, consciente de que eran tres contra uno, ni siquiera escuchó la oferta de Sinab.

—¡Matadlo! —ordenó.

El que por su aspecto parecía el más joven se lanzó contra Sinab amenazándolo con su puñal. Este le detuvo el brazo y, de un solo tajo, rebanó la garganta del agresor, que se desplomó entre borbotones de sangre. Los otros dos bandidos retrocedieron temerosos ante la habilidad que mostraba Sinab en el manejo de su arma.

Fue un pensamiento fugaz, pero nunca imaginó que tendría tanto que agradecer a su hermano Kufu, a quien había buscado para pelear en múltiples ocasiones y con tan satisfactorios resultados; sobre todo, desde que Hetmet empezara a desdeñar sus fintas por hallarse absorto entre inútiles papiros, como si con aquello fuera posible obtener la victoria en una batalla. ¡Ah!, si su padre pudiera verlo, ¡qué orgulloso se sentiría! El sueño nocturno debió de ser premonitorio. Un día se presentaría ante él y le mostraría su destreza en la lucha y su fortuna en la vida, y le ofrecería la sepultura que no había podido brindar a su madre: una bella tumba en el Valle de los Muertos y un buen embalsamamiento. Quizá, hasta pudiera dar con quienes la habían matado, maldecirlos cara a cara ante los hombres y los dioses, y rescatar el cuerpo amado para proporcionarle el descanso que merecía.

—Ahora es el momento en que tenéis que elegir entre que os mate o que hablemos —dijo Sinab.

—¿Qué es esa idea de ser socios? ¿Qué tienes que proponernos? —recapacitó el que parecía el jefe.

—Queremos unirnos a tu banda.

—¿Queremos? ¿Quiénes? No veo que nadie te acompañe.

—El otro no está aquí. Y tenéis que saber que, si no me reúno esta noche con él, denunciará la existencia de este lugar y se os acabará el negocio. Ahora es el momento de que elijáis entre compartir una parte de vuestras ganancias con nosotros o perderlo todo.

El hombre se rascó la cabeza mientras reflexionaba.

Entre tanto, a unos cuarenta codos de distancia, Merimón se había incorporado, dispuesta a ir en su busca. Metreb la disuadió: sus vidas corrían peligro. Si habían capturado a Sinab, no tardarían en apresarlos a ellos, y si él no lograba su cometido, su hijo moriría. Merimón pareció convencerse de que les convenía extremar la prudencia, pero mudó su posición y aguzó el oído. «Es voz de mando», se dijo.

Por fin, el jefe de los bandidos, respondió a Sinab:

—Esa decisión no podemos tomarla nosotros. Hay alguien por encima que nos dirige.

Sinab no necesitó oír la respuesta de quien quiera que fuese aquel desconocido. Era evidente que la aceptaría y que él estaría a salvo mientras Metreb permaneciese oculto a los ojos de aquella banda. Aunque, al menos por el momento, eso supusiera no volver a ver a su amigo más que de una manera furtiva que garantizase la seguridad de ambos.

Merimón aguzó el oído y, aunque lejanas, le llegaron las palabras de Sinab:

—Ahora, como anticipo de nuestros futuros servicios, me llevaré un anillo. Un hijo de mi amigo necesita la ayuda de un médico.

VI

Las batallas de Oriente

El faraón y sus generales se preparaban ya para afrontar un periodo convulso ante la inminente guerra contra la horda extranjera. El viento seco de levante azotaba los muros de palacio como presagio del tiempo que vendría y llevaba varias jornadas sin presentar tregua.

Ramsés, acompañado por Ramosé, escuchaba el informe del general Penheb ante el peligro de la invasión extranjera.

—La mayor amenaza la tenemos en la franja costera del noreste. Deberíamos empezar por la defensa de Gaza, Jerusalén y Meggido, las ciudades más próximas a nosotros. Una vez asegurada nuestra posición allí, nuestro ejército formará una barrera contra los pueblos de más al norte, que ahora ocupan Qadesh y Biblos.

—Si enviamos tan lejos a tantos hombres, el delta quedará desprotegido —objetó Ramsés.

—El delta no supone ningún problema mientras los invasores mantengan sus barcos alejados de las costas. Durante ese tiempo podemos levantar atalayas y muros de defensa en los límites de los ramales del río. En cuanto a las fronteras libias, estarán bien protegidas por los mercenarios.

—¿Crees que bastarán esos efectivos para cubrir todos los frentes?

—Sí, si no sufrimos un ataque marítimo y, por lo pronto, no parece que debamos temerlo.

Cientos de carpinteros y canteros se afanaron en levantar murallas de ladrillo y atalayas en lugares estratégicos. Tras varios días de trabajos, en los que el faraón supervisó que el acceso por el Nilo fuese inaccesible a los enemigos, organizó las expediciones para recuperar las ciudades orientales. Con el asesoramiento de Penheb, puso en marcha su plan de ataque nombrando a los que debían encabezar sus ejércitos.

—¿Dónde se concentra el enemigo más numeroso? —preguntó el faraón.

—Según nuestras noticias, en Gaza, y está bajo el mando de Meshesher.

—Entonces, quiero ser yo quien libere Gaza, Meshesher y yo tenemos una cuenta pendiente. Su ofensa no ha tenido una respuesta a la altura. ¡Cómo se atreve a venir a mí alardeando de sus victorias! ¿O es que acaso ignora que el faraón de Egipto no es cualquier mandatario? —dijo—. La división Ptah estará bajo el mando de mi hijo Ramosé y se dirigirá a Meggido. —El joven, que asistía al encuentro, hinchó el pecho, orgulloso de la confianza que su padre ponía en él—. Pentaur estará al frente de la división Horus, en Jerusalén, pero no tengo en él tanta confianza como en Ramosé; por lo tanto, tú actuarás como su lugarteniente y protector. A vuestro regreso me informarás de cuál ha sido su comportamiento durante la batalla.

No era la primera vez que Ramsés alababa las habilidades de Ramosé frente a las de Pentaur, pero sí la primera en que proclamaba en público sus diferencias.

—Eres un hombre sabio, mi señor —reconoció Penheb—. No dudo de que, como hijo tuyo, Pentaur pueda hacer gala también de muchas virtudes; sin embargo, no creo que una de ellas sea la de su habilidad en el combate. Me honras depositando en mí la responsabilidad de su protección. Puedes confiar en que lo haré. Juro que pondré mi vida a su servicio.

En la víspera de la partida, el gran templo de Amón se convirtió en el escenario de la ceremonia en la que los sacerdotes pedían la protección para el dios viviente rogando que regresara indemne. Mientras se sacrificaban cuarenta bueyes, el olor del incienso acompañaba a los rezos y a las ofrendas a los dioses. El faraón se dirigió a los presentes desde su trono, seguro de su victoria.

—Mañana nuestro ejército partirá hacia los países de Oriente. Allí nos esperan tribus invasoras que se creen con derecho a ocupar nuestras tierras. No os puedo asegurar cuánto tiempo nos llevará expulsarlos, pero sí os garantizo que nuestra victoria será segura. Yo soy hijo de Sethnajt, quien, a su vez, descendía de Ramsés II el Grande. Por lo tanto, llevo su sangre en mi sangre. Una sangre que también llevan mis hijos, a quienes aquí veis. Ellos me acompañarán en esta guerra y, a nuestro regreso, celebrarán conmigo una victoria que quedará grabada en estelas y papiros para que quienes nos sucedan recuerden siempre nuestros nombres.

Un solemne silencio reinó durante aquel discurso. Isis permanecía sentada al lado del faraón con la mirada ausente; parecía no escuchar las palabras de su esposo, sin duda temerosa por la suerte que podría correr Ramosé. Tras Ramsés, de pie, sus dos hijos y Tiyi. Ramosé miraba a su padre con una sonrisa de orgullo mientras que la expresión seria de Pentaur mostraba una preocupación compartida por su madre.

En cuanto el faraón terminó de hablar y cesaron las ovaciones, Tiyi salió de la sala hípetra pensando en la locura que estaba a punto de hacerse real. Le azotaban las sienes las últimas palabras que había pronunciado su esposo: «... ellos me acompañarán en esta guerra... grabada en estelas y papiros para que quienes nos sucedan...». Veía ante sí a su hijo derrotado o muerto. Habría querido gritar y que las piedras de palacio propagasen su eco y gritasen con ella. Estaba segura de que Isis había ensuciado los oídos del faraón en contra de Pentaur y, por supuesto, en contra de ella. Cada vez que la veía pavonearse por los jardines de palacio, le acometían ganas de estrangularla con sus propias manos.

Pentaur salió tras ella para ofrecerle consuelo, dispuesto a hacer gala de un valor que estaba muy lejos de sentir.

VII

La confesión de Kemish

Como padre de Kufu, lamenté la noticia de que iba a formar parte del ejército que estaría a las órdenes de Pentaur. De no haber sido por Hori, el escriba del harén, habría permanecido ignorante de la suerte que podía estar corriendo mi hijo. Los dioses quisieron que el escriba oyera la conversación entre él y Neftis cuando los amantes se encontraban despidiéndose entre arrumacos junto al templo de Seth. En ella, Kufu intercedió por mí: «Sabes que mis dos hermanos fueron vendidos como esclavos. Mi padre es viejo y, si yo muero, no tendrá a nadie que se preocupe por él. Te pido que le permitas seguir viviendo en palacio en el caso de que yo no regrese», le dijo a Neftis.

Me consta que aquella petición la sorprendió. Hasta aquel momento, yo había vivido en una de las estancias destinadas a alojar en palacio a los emisarios extranjeros; pero, si Kufu moría, mi permanencia allí no tendría justificación. Al percibir un gesto de duda en la expresión de Neftis, Kufu le había sugerido algo.

—He oído que alguien llamado Okhém, uno de los funcionarios del harén, pasará a ser consejero del faraón. Mi padre podría ocupar su puesto. Su edad y el fiel recuerdo que conserva de mi madre no le permitiría traicionar al faraón relacionándose con ninguna de sus concubinas.

Neftis valoró lo positivo de aquella proposición.

—Tu padre estará bajo mi protección mientras el mío esté ausente —había respondido la princesa—. A su regreso de la guerra, si los dioses no permiten que tú vuelvas, yo mediaré a su favor. Pero ¡vuelve, por favor, cuida de ti! Haré una ofrenda cada día mientras faltes. Los dioses se sentirán satisfechos y te protegerán.

Esas fueron las palabras que Hori me transmitió y que devolvieron cierto sosiego a mi alma entristecida.

Cuando lo vi entrar para hablar conmigo, mis ojos no daban crédito: con qué seguridad asombrosa se conducía. Mostraba la determinación del león que ha avistado su presa y sabe que ese día comerá. Kufu venía a despedirse de mí para enfilar un destino que nunca imaginó encauzado bajo la orden directa de Ramsés, a cuyo servicio había entrado «como tocado por los dioses —me había dicho Hori—, más de lo que un hombre podría obtener por sus propios medios».

Nunca olvidaré las palabras de mi hijo, henchidas de un íntimo orgullo.

—Marcho a la guerra, padre. Si no regreso, no tienes de qué preocuparte por el resto de tus días. Tengo la promesa de Neftis de que intercederá por ti ante el faraón. Por el momento te permite que seas uno de los vigilantes del harén.

Pero yo no podía dejarlo marchar sin aclarar mi duda.

—Antes de que te vayas, necesito que me digas dónde aprendiste a luchar.

Él quizá contaba con la posibilidad de que aquella pudiera ser la última conversación que mantuviéramos, por lo que se decidió a revelarme su secreto.

—En la forja. Cuando los soldados venían a recoger sus espadas, practicábamos. Con el tiempo, adquirí tanta destreza que llegaron a decirme que podría ser uno de ellos. Sinab y yo nos escondíamos para que no nos descubrieras peleando. No sé dónde estarán mis hermanos, pero si por alguno temo es por Hetmet, que solo ha tenido ojos para leer los papiros que tú le dejabas. Sé que Sinab sabrá defenderse y estoy seguro de que un día nos encontraremos.

—¿Tanto sabe también Sinab, que estuvo siempre entre cueros y correas?

—Más de una vez me hizo retroceder. En una ocasión, subimos a la loma que resguardaba la casa y lo hicimos corriendo, retándonos. Llevábamos nuestros palos... Íbamos dispuestos a pelear como hombres. Tenías que haberlo visto. Cuando regresaste de tu trabajo, yo tenía la cabeza vendada.

Recordaba bien el día. Ellos debían de tener entre doce y catorce años. Tueris le había puesto una cataplasma a Kufu y Sinab no dejaba de morderse los labios.

—Dijiste que te habías caído y te habías golpeado con la punta de una rama. Tu hermano se mantenía en silencio. Intuí que ocultabais algo, pero también que estabais de acuerdo en hacerlo.

—El sudor se me había ido acumulando en las cejas y descendió a los ojos sin que pudiera llevarme una mano a la cara. No veía nada. Entonces Sinab aprovechó su ventaja. ¡Luchaba como una fiera! —exclamó con un dejo de admiración—. Caí hacia atrás, pero no me di con una rama. Él estaba fuera de sí y me clavó su palo como lo hubiera hecho con un enemigo de verdad. —Soltó una risotada—. ¡Tenías que haberlo visto! —repitió—. Después se disculpó y convinimos en no decir nada a madre. Se habría disgustado mucho.

—¿Y eso fue todo?

No respondió. Dudé de que la herida hubiese cicatrizado, y no la de su cabeza, de la que apenas quedaba un pequeño círculo de piel con una textura delatora del incidente, sino la humillación que había padecido a manos de su hermano.

—Gritaba: «¡Sin piedad!, ¡al enemigo, sin piedad!».

Kufu debió de percibir en mis ojos una mirada que, más que de resignación, le pudo parecer de sospecha, porque siguió hablando.

—Para mí el combate no había terminado. Seguí entrenándome con los herreros y un día... —Calló y giró la cabeza hacia atrás; intuí que evitaría contármelo todo—. Un día vino el médico a casa, ¿recuerdas? Sinab tenía un buen corte en el hombro. Tú te apuraste mucho, no como cuando me viste a mí con aquel vendaje..., tan aparatoso desde la frente hasta la nuca. No le diste importancia. Dijiste: «No te la habrás roto del todo; la tienes bien dura».

No añadí nada. Entonces, sin pretenderlo, Kufu me dijo algo que me hizo tanto daño como si me hubiesen atravesado el pecho con una espada.

—Padre, ¿por qué nunca me has mostrado el mismo amor que a mis hermanos?

Aquella pregunta removió algo dentro de mí. Me sentí culpable y no supe responderle. Porque tenía razón. Nunca le había prestado la misma atención que a mis propios hijos cuando él me había demostrado más respeto y devoción que los de mi propia sangre. Cuando alcé los ojos para mirarlo, vi que su rostro se había ensombrecido y un velo de tristeza asomaba a sus ojos.

—Es el momento de que conozcas la verdad —respondí al comprender que merecía una explicación—: tú no naciste de mi semilla. Tu madre enviudó cuando eras pequeño y yo me casé con ella.

Para Kufu aquella revelación fue tan dolorosa como si le hubiesen arrancado la piel a latigazos. No porque yo lo hubiese adoptado, sino por no haber sabido nada de su padre hasta ese momento. Me pidió que le hablara de él.

—Tú eras un recién nacido cuando él murió. Su oficio era el de pescador y era el dueño de su propia barca. Vivían de la venta del pescado en el mercado y no pasaban necesidades, hasta el día en que murió. Quienes fueron testigos de aquel momento contaron que, aquel día, había conseguido pescar un pez enorme que se resistía a salir del agua. Mientras tu padre luchaba por vencer la rebeldía del pez, pudieron ver que era una perca que medía casi cuatro codos reales. Cuando intentó subirlo a la barca, cometió el error de ponerse de pie despreciando el riesgo de que no sabía nadar. Mientras el pez seguía luchando por escaparse, la barca se balanceó, tu padre perdió el equilibrio y cayó al agua. Quienes estaban cerca dijeron que lo vieron bracear intentando mantenerse a flote. Desde otra barca que se encontraba no lejos de la suya, otro pescador se lanzó al agua para intentar salvarlo, pero, cuando llegó a su altura, tu padre ya se había hundido en la profundidad de las aguas del Nilo. Nunca encontraron su cuerpo.

Kufu cerró los ojos, emitió un bufido y negó con la cabeza. Parecía no estar seguro de querer seguir escuchándome. Cuando al fin me respondió, su tono de voz mostraba una desafección hacia mí que nunca había percibido antes. Entonces fui consciente de que no debería haberle ocultado aquel secreto durante tantos años. Tras un momento en el que me miró sin hablarme, quiso aclarar algo.

—¿Y cuándo apareciste tú en la vida de mi madre?

Pronunció la pregunta con un desdén lacerante. Por su modo de decir «tú», sentí como si una flecha me hubiera impactado en el corazón.

—Un año después de la muerte de tu padre. Mi casa estaba cerca de la suya y vi que comenzaba a tener apuros económicos después de enviudar. En aquel tiempo, yo tenía arrendado un pequeño huerto, del que obtenía verduras y frutas, y algunos animales, gallinas sobre todo. Comencé a visitarla ofreciéndome a ayudarla en lo que pudiera. Poco después decidimos casarnos, pero nunca supe si fue un matrimonio por amor o porque yo estaba solo y ella me estaba agradecida. Hay cosas que suceden y uno se deja llevar sin saber por qué. Fuese por el motivo que fuese, lo importante es que nos quisimos y me dio dos hijos más. Quiero decir... Yo te consideré hijo mío desde el primer instante, pero lamento no haber sido tan cariñoso como hubieras necesitado.

Kufu entornó los ojos y me miró fijamente. En ellos advertí una clara manifestación de reproche. El pasado se reformulaba por fin de un modo nuevo en su mente.

—Sí, Kufu. Ahora ya lo sabes: Sinab y Hetmet son tus hermanastros.

Escupió en el suelo y abandonó la habitación de aquel hombre que ya no era su padre. Acababa de convertirme en un extraño para él.

VIII

Valor y temor

Pentaur habría querido que la noche anterior a su marcha hubiese sido eterna. El amanecer le obligaba a partir a la que iba a ser su primera batalla. Desde la niñez había recibido el mismo entrenamiento militar que su hermano, pero, al contrario que él, siempre había rehuido el enfrentamiento cuerpo a cuerpo.

A pesar de haber nacido del mismo padre, sus diferencias eran evidentes tanto en el aspecto físico como en su temperamento. Mientras que Ramosé presumía de un cuerpo atlético, el de Pentaur era escuálido, quizá, tal como Tiyi le había recriminado al faraón, por no haber sido amamantado por su madre quien, al mismo tiempo, lo había sobreprotegido. Isis, por el contrario, había accedido a que Ramosé afrontara por sí mismo cualquier situación que le resultara adversa, hecho que le había permitido fortalecer su carácter. Ramosé era feliz visitando las guarniciones de los soldados y practicando con ellos el manejo de las armas. Era, además, un amante de la caza y de las actividades deportivas, en las que siempre destacaba. Pentaur, por el contrario, cuando se liberaba de los compromisos a los que lo obligaba su padre, aprovechaba su tiempo libre para refugiarse en los templos y leer los antiguos papiros. En aquel momento, a punto de partir a la guerra, le reprochaba el haber tenido que tomar un camino que no le había servido más que para verse ahora ante una situación en la que temía perder la vida. Habría sido feliz de haber podido elegir. Le fascinaban los sacerdotes y su conocimiento, pero se guardaba mucho de decirlo ante el temor de mostrarse débil ante su padre. Su hermano, fuerte como un toro, lo había sabido desde bien temprano y en más de una ocasión lo buscó para provocarlo. Nunca lo consiguió, y en la única ocasión en que habría podido humillarlo, Tiyi había aparecido de la nada para ver a su hijo arrodillado frente a Ramosé y su espada descansando sobre la cabeza abatida. Pentaur sintió un alivio inmediato, aunque la sal de aquella afrenta parecía no estar dispuesta a cerrarse nunca.

Ramosé tuvo que encajar la reprimenda de Tiyi, para la que no se había servido de muchas palabras:

—Como vuelvas a abusar de tu hermano, haré rodar tu cabeza.

Al cabo de una semana, la mujer hizo traer la cabeza de un gato negro que ordenó colocar frente a la puerta de la alcoba de Ramosé para recordarle su amenaza. Habían pasado ya más de diez años, pero ese día los dos hermanos sellaron sus diferencias y no volvieron a dirigirse la palabra.

Tiyi fue siguiendo muy de cerca la evolución de Pentaur y asegurándose de que el hijo de Isis no se tropezara en su camino. En el presente, no era ajena al peligro al que iba a enfrentarse el suyo obligado por su padre.

—Tú eres hijo del faraón y tienes al Ejército a tus órdenes. No hay razón para que arriesgues la vida participando en la batalla. Delega en tus generales esa responsabilidad.

—¿Y qué pensará mi padre?

—Si los dioses no te premian con el triunfo, yo lo convenceré de que él es el culpable. No ha debido poner sobre tus hombros la responsabilidad de la victoria cuando tú nunca has combatido y no conoces las tácticas de las guerras como debe conocerlas la mala bestia de Ramosé. Es a Penheb a quien debería haberle encargado la misión que te encomienda a ti. No obstante, tenemos que mirar el lado positivo: si la victoria sonríe a tu ejército, tú serás el héroe a los ojos de Ramsés y será tu nombre el que se recuerde.

Isis se había levantado muy temprano, antes del alba, y había hecho una incursión a la cocina para tomar cuatro pequeñas vasijas con leche, vino, miel y agua del Nilo. Con ellas en una bandeja y cuatro copas de oro, cuidadosamente envueltas en telas, había acudido al templo y se había postrado ante la figura de Seth para rogarle protección para su hijo mientras vaciaba en las copas el contenido de cada jarra. Los ojos le brillaban, pero logró sujetar las lágrimas. Sabía bien que a su hijo le sobraban dotes y que su preparación había sido extraordinaria, pero la angustia anegaba su corazón. Volvió de nuevo a la cocina y llenó un cesto con pan de nueces, frutas y flores que acarreó hasta el tabernáculo, en el extremo opuesto de palacio. Prendió un incensario que perfumó el aire del templo con aromas de mirra y semillas anisadas de hisopo, y se mantuvo reclinada un tiempo largo. Solo las columnas policromadas y los obeliscos de los extremos fueron testigos de su aflicción y de su entrega.

Podría haber ordenado que lo hiciera por ella alguna de sus doncellas, pero quiso hacerlo personalmente, segura de que su petición tendría un valor mucho más alto; de que los dioses apreciarían verla postrada ante ellos en su condición humana y que así juzgarían la calidad de las ofrendas, muy por encima de lo que su rival podría brindarles; de algo le había servido madrugar. Salió confiada del templo, con la convicción de que los dioses cuidarían de Ramosé y de que volvería salvo y victorioso.

Aunque la confianza fue más un producto de su deseo que la seguridad de que su único hijo varón saldría indemne de tal peligro. En no pocas ocasiones se había rebelado frente a los designios de los dioses, que ya le habían arrebatado a cuatro de sus cinco hijos. Si perdía a Ramosé, hasta el propio faraón podría repudiarla. Ya no tenía edad para volver a gestar y una consorte sin hijos era como una muralla perforada o como un terreno yermo. «Qué gran desgracia sería —se decía a sí misma— perder el único hijo que me queda y perder, además, a quien me debo por derecho divino. Jamás volvería a ver el brillo en los ojos de mi hijo ni en los de mi esposo».

En cuanto lo tuvo delante, hubo de hacer esfuerzos para no mostrar su inquietud. A medida que la clepsidra iba vaciándose anunciando su partida, observaba en silencio cómo las sirvientas lo vestían con el atuendo militar. La preocupación en el rostro de su madre enterneció el corazón de Ramosé, que se acercó a ella para abrazarla.

—No tengas ningún temor. Llevo mucho tiempo esperando este instante —dijo exultante—. Estoy impaciente por enfrentarme a los extranjeros y no veo el momento de ofrecerle la victoria a mi padre.

A pesar de aquellas palabras de ánimo, Isis no cambió su semblante.

—Sé que ansías que él se enorgullezca de ti, pero no debes ser imprudente. Tu padre necesita un heredero y esa puta de Tiyi rezará a los dioses para que no te protejan; tu muerte sería una grata noticia para ella. Así quedaría el camino libre para que el próximo faraón fuese Pentaur, aun cuando sabe que no reúne condiciones para gobernar: es flojo, pusilánime, y ni siquiera cuenta con la musculatura que exige un dios encarnado. Su ascenso al trono sería vergonzoso.

—Eso no sucederá, recuerda lo que siempre dice mi padre: en nuestras venas llevamos la sangre de Ramsés II el Grande, y él era invencible.

Le habría gustado tener la misma convicción que su hijo. Parpadeó varias veces para eliminar la amenaza de unas lágrimas.

Al salir de la cámara, atravesó el vestíbulo y oyó una voz tras de sí.

—¿Necesitas algo, mi señora?

Se volvió hacia quien había pronunciado aquellas palabras. Era Okhém, que se ofrecía en un momento en que el mundo había perdido su color, aunque el día había amanecido hermoso, como si se empeñara en contradecir sus sentimientos. Necesitaba aliviar el desasosiego que la atenazaba, pero no abundaban las almas puras en palacio. Y se sentía en guerra permanente con Tiyi. Quería evitar en lo posible que la viera en ese estado, aunque su pesar fuera aún mayor. Pentaur era también el único vástago de la egipcia y a la vista estaba que no era un muchacho nacido para la guerra ni para heredar un imperio. Lo justo era que fuese Tiyi la esposa repudiada.

—Ven, camina junto a mí. Quizá no podamos dar muchos más paseos juntos.

—¿Qué es lo que tanto te preocupa? —preguntó Okhém, dispuesto a aprovechar la oportunidad y cumplir con el mandato del faraón.

—Tú perdiste a tu esposa, pero yo puedo perder al único hijo que me queda... Ya he perdido cuatro, el regalo más precioso que me hicieron los dioses. Después me los fueron reclamando, como si hubieran cometido un error conmigo al haberme permitido parirlos. Me pregunto qué he podido hacer que los haya incomodado hasta tal punto.

—Son tiempos duros, mi señora, pero no debes dolerte de algo que no ha sucedido... y que es muy posible que no suceda.

—¿Así lo crees?

—Es muy probable que los dioses estén ya complacidos.

—Te confieso que mi fe se tambalea. ¿Por qué les concedieron vida para requerirlos tan pronto de nuevo a su presencia?

También a él se le había hecho añicos la vida cuando se vio solo y enfermo para sacar adelante a sus hijos y también uno de ellos había muerto, pero nada de esto aliviaría a su señora. Se guardó para sí sus pensamientos.

—No nos es fácil comprender el proceder de los dioses...

—Pero no puedo evitar el temor de que me castiguen de nuevo arrebatándome también a Ramosé —exclamó, llevándose las manos a la cara—. Debo compensarlos con ofrendas diarias mientras mi hijo esté ausente.

—A tu hijo lo han bendecido con arrojo y bravura... a diferencia de a Pentaur. No será en vano, mi señora. Confía.

Habló con la serenidad que le era propia tratando de convencerla, aunque sus palabras parecían resbalar sobre ella.

Mientras que las tropas egipcias destinadas a vigilar las fronteras de Libia languidecían por el aburrimiento, la actividad militar era frenética en Tebas ante los preparativos para marchar contra los invasores de Oriente.

Los comandantes y generales pasaban revista a las divisiones a su cargo, cada una de ellas bajo la advocación de uno de los grandes dioses. Ramsés, al frente de la división Amón, Ramosé dirigiría la Ptah y Pentaur la división Horus. En el escalafón siguiente, un jefe tenía a su cargo a veinte mandos que dirigían a doscientos cincuenta hombres cada uno. El oficial de menor rango mandaba a cincuenta hombres, razón por la que era llamado «el más grande de los cincuenta». Como pertrechos para la batalla: escudos, venablos, arcos de doble curvatura, lanzas y las temibles espadas *khopesh*. A ellos se sumaban tres mil carros de combate, mil por cada división.

Las tropas estaban prestas a partir al encuentro de los invasores. Ramsés sonreía orgulloso. Lucía una túnica larga de cuero reforzada con escamas de bronce y un cinturón del que pendía una cola de león como símbolo de su fuerza; sobre su cabeza brillaba el *kepresh** que lucían los faraones cuando acudían a la guerra.

A su derecha, Ramosé ocupaba otro de los carros; a él le correspondía no defraudar a su estirpe y entregar al faraón la victoria que anhelaba. Miraba de reojo a su hermano, que trataba de aparentar una gallardía que estaba muy lejos de sentir. Los dos hermanos lucían cascos y petos de cuero y faldellines cortos, reforzados también con escamas de bronce, que les permitirían mayor libertad de movimientos en el caso de que fuera necesario entablar una lucha cuerpo a cuerpo.

Las calles de Tebas se abarrotaron de ciudadanos de todas las clases sociales que acudieron a despedir a su Ejército. Mientras la comitiva militar iniciaba la marcha, Bejem se abría paso entre la multitud para llegar junto a su jefe, Sinab, al tiempo que este apretaba el brazo de Merimón.

—Suéltame. Me haces daño.

A pesar de su queja, no la obedeció. Parecía hipnotizado ante el desfile de los soldados.

---

* Corona azul usada por los faraones durante la guerra y en los ritos funerarios.

—Sinab, ¿qué te ocurre? Estás pálido.

Tardó un instante en responder. Cuando lo hizo le señaló a un jinete montado sobre un corcel blanco que en aquel momento se alzaba sobre sus patas traseras.

—Aquel es mi hermano Kufu. No había vuelto a verlo ni a tener noticias suyas desde que me raptaron los camelleros —respondió con la mirada ausente.

Intentaron acortar la distancia que los separaba de él. Sinab quería cerciorarse de que no se había equivocado. Cuando estuvo lo suficiente cerca como para estar seguro, el caballo que montaba Kufu giró el cuello hacia donde ellos se encontraban. Mientras el jinete lo palmeaba, acariciándolo, Sinab se escondió tras Merimón.

—¿Crees que Kufu me ha visto?

—No, no ha dejado de mirar al frente. Pero, ¿por qué te escondes?, ¿no piensas decirle nada?, ¿no vas a despedirte de él?

Sinab se mostraba confuso ante una situación inesperada. Urgía tomar una decisión que podría condicionar su relación futura entre ellos; y debía tomarla en un instante. Se alegró al ver a su hermano, ¿cómo no iba a alegrarse después de tanto tiempo?, y sintió el impulso de hablarle, pero dudó; optó por ser prudente. Tal vez, aquella podía la última vez que tuviera la oportunidad de hacerlo y de preguntarle por su padre; la posibilidad de su muerte no era una quimera. Pero, si regresaba vivo, estaba seguro de que la relación entre ellos estaba destinada a ser difícil. Era evidente que Kufu le haría preguntas, quizá demasiadas. Querría saber detalles de lo que había sido su vida durante el tiempo que habían estado separados, y esa era una circunstancia que quería evitar. Su hermano era soldado y no parecía uno cualquiera. Su ubicación en el desfile, formando parte de un grupo de jinetes que escoltaba al general Penheb, lo identificaba como alguien importante mientras que él no era más que un ladrón; y tenía un gran secreto que guardar.

Al ponerse en marcha la comitiva, vio que Kufu saludaba con la mano a una muchacha que se encontraba en el otro extremo de la calle y cómo ella le lanzaba un beso de despedida. Era evidente que aquella mujer debía de tener una relación estrecha con su hermano y no descartó que quizá podía conocer el paradero de su padre. Decidió abordarla, pero prefirió que fuese Bejem quien intentara obtener la información que necesitaba; consideró prudente que él no debía darse a conocer. Cuando las vanguardias de las tropas ya estaban lejos y pasaban ante ellos las últimas filas de la infantería, Bejem se dirigió a la mujer.

—Me ha parecido que te despedías de Kufu. ¿Sois amigos? —preguntó Bejem.

Neftis se sorprendió ante la pregunta tan directa de un desconocido.

—¿Cómo te atreves a interrogarme? No sé quién eres y, aunque lo seamos, tampoco es de tu incumbencia —respondió con brusquedad.

Bejem observó la vestimenta de aquella mujer que delataban una alta posición social.

—Discúlpame, mi señora. Yo soy un antiguo amigo de Kufu. Al saber que partía a la guerra he viajado expresamente desde Esna para despedirme de él. Al verlo, he intentado llamar su atención pero el griterío de la gente ha impedido que me oiga.

Neftis miró con detenimiento a aquel hombre y aceptó su explicación. También ella le dijo un «adiós» que su amante no había oído.

—Sí, conozco a Kufu desde hace algún tiempo —se limitó a responder—. ¿De qué lo conoces tú?

—Nuestros padres eran amigos antes de que el suyo decidiera venir a Tebas. En aquel tiempo, nosotros compartíamos juegos, confidencias y alguna que otra borrachera —sonrió intentando ganarse la confianza de la princesa—. Por cierto, ya que no he podido despedirme de él me gustaría saludar a su padre, ¿sabes dónde puedo encontrarlo?

La princesa no vio inconveniente en responder a aquel hombre.

—Sé dónde está, aunque no podrás verlo. Es uno de los custodios del harén del faraón.

—¿Sabes, al menos, si está bien?

—No te preocupes, se encuentra perfectamente.

Sinab se tranquilizó cuando Bejem le trasladó aquella noticia y el hecho de que su padre ocupase aquel puesto, privado de visitas, lo liberaba de la obligación de tener que ir a verlo. Por otra parte, el deseo que sentía de ayudarlo económicamente se disipaba. Estando al servicio del faraón tenía sus necesidades cubiertas y estaba seguro de que rechazaría su dinero. Sabía que Kemish no aceptaría ni un solo *deben* cuando supiera que procedía de su actividad ilícita. Además debería soportar sus reproches con sus eternos discursos sobre los dioses. «Kemish, tan digno en sus palabras y actitudes, pero que no había conseguido que sus hijos apenas dispusieran de lo imprescindible para subsistir», pensó.

Apenas quedaba un rastro de las tropas, que ya desaparecían a lo lejos. Era la segunda vez que Sinab se distanciaba de Kufu y no sabía si en aquella ocasión sería la última. Si no regresaba, y tampoco podía ponerse en contacto con su padre, nunca conocería dónde estaba enterrada Tueris para trasladar su cuerpo a una tumba digna.

Las huestes fueron atravesando colinas bordeadas de hierbajos, que se enredaban en las ruedas y piedras y en más de una ocasión hicieron peligrar el equilibrio de los carros. Los caballos no corrían mejor suerte: las espinas de las datileras muertas y de algunas plantas como la *samwa*, que el viento transportaba, se les clavaban en los menudillos, y el polvo del galope de los primeros se sumaba a la nube de partículas en suspensión. El avance se volvía penoso por momentos. Algunas monturas cayeron, aunque los jinetes tuvieron suerte y pudieron incorporarse y reemprender la carrera. Peor fortuna tuvo el carro de Ramosé al engancharse en un arbusto desgajado del terreno que un golpe de viento interpuso en su camino: una de las ruedas se melló al no poder esquivar un peñasco y solo la pericia del jinete logró enderezarlo. Su padre lo conminó a detenerse y hacer un cambio de carro, pero él lo ignoró. No estaba dispuesto a que aquella nimiedad entorpeciera su marcha.

Cuando el sol estaba en su cénit, alcanzaron los límites de la ciudad de Gaza. Allí, Ramsés se despidió de sus hijos. Pentaur se encaminaría a Jerusalén y Ramosé continuaría hacia el norte, en dirección a Meggido.

—No tengo que decirte qué espero de ti —le dijo a su primogénito, que se inclinó ante él con una mueca de orgullo en los labios—. Haz honor a tu sangre.

Y partió con su facción del ejército por el paso que ofrecían las montañas en dirección al norte. Ramsés se dirigió entonces a Pentaur.

—Confío en que me ofrezcas tu victoria —le dijo—, y tú —dirigiéndose ahora a Penheb— no olvides tu compromiso.

Pentaur nunca llegó a comprender el significado de aquella petición de su padre al general.

Durante su formación, le habían narrado historias de batallas y contiendas de distinta índole, así como pormenores acerca de los distintos modos de asedio, pero Pentaur, con su nula disposición para la guerra, nunca había logrado darles un carácter que no fuera el de gestas que habían comprometido a sus antepasados, pero que nunca lo obligarían a él. Para eso servían soldados y oficiales, como decía su madre.

Acusaba los efectos de su impotencia antes aun de que se librase la ofensiva y se produjeran las primeras bajas. Le escocía la sal de aquella vieja herida decidida a no cerrarse y lo turbaba recordar que, a pesar de haberse librado de las humillaciones a las que lo sometía su hermano, la vergüenza había anidado en él. Era como si de nuevo, en el colmo de la ingenuidad, aguardase que asomara su madre para salvarlo.

Los carros de guerra cruzaron la planicie costera mediterránea como una exhalación. Ahora, en el campo de batalla, la mera contemplación de las huestes, los gritos enardecidos y la nube de polvo que la ventisca se empeñaba en mantener le provocaban un desconcierto que mudó en estupor paralizante para desembocar en pánico. Aunque intentaba disimularlo, ante la presencia del ejército enemigo sentía la misma falta de aplomo que había padecido frente a su hermano en tantas ocasiones. «Los hombres necesitan medirse y poner a prueba sus fuerzas, su coraje, sus agallas», le habría dicho él, como entonces.

—¡Oh, dioses! —clamaba entre dientes—, qué locura me trajo hasta este campo de muerte. Mi espada y mi escudo me interrogan en este día de cruel exterminio. Temo que los sueños de mi madre mueran conmigo por no haber contado con la protección de mi padre.

No lograba entender cómo los hombres eran capaces de entregarse a la guerra como si se entregasen a la corriente del Nilo en una tarde bochornosa. No tenían miedo a morir. Ser testigo de su fervor le fascinaba y le hacía sentirse pequeño; más aún cuando tenía clavados sobre sí los ojos del general que le recriminaban su cobardía. Correr, luchar, morir: en eso se resumía todo. De haberlo visto en aquel trance, acobardado ante el comienzo del combate, Ramosé se habría sentido omnipotente y se habría dado el lujo de aplastarlo como a una larva insignificante.

La ausencia de coraje se hizo evidente en la forma de dirigirse a Penheb, aunque el oficial ya había observado cómo las piernas del príncipe se apretaban a los lomos del caballo y sus manos se aferraban con fuerza a las bridas para ocultar el temblor que le provocaba el inminente comienzo de la batalla. Penheb, cumpliendo con la promesa hecha a Ramsés, decidió proteger a su príncipe.

—Tú no intervengas. Permanece en esta colina; desde aquí podrás contemplar nuestra victoria.

—Pero... no puedo evadir el combate. Si lo hago, seré una vergüenza para mi padre.

Quizá fue el propio miedo que lo dominaba el que le impidió oír el consejo del general. Azuzó a su caballo colina abajo.

«Dioses, llevadme pronto y escoged vosotros qué ha de ser de mi cuerpo —invocaba en su interior—. Mi honra a los designios de mi padre será inútil y mi suerte está echada. Que esto termine cuanto antes».

—¡Pentaur, vuelve! —le gritó Penheb con toda la fuerza de sus pulmones.

El joven se detuvo en seco, desconcertado. Quizá no todo estaba perdido. Penheb vio que temblaba como una hoja, que su cuerpo, delgado como un junco, no mentía.

—¡Te he dicho que no intervengas! ¿O es que no me has oído?

—¡Pero mi padre...! —gritó. No pudo terminar la frase cuando vio caer a un par de soldados a los que conocía.

—¡Vuelve! ¡No temas por eso! No le diré nada.

Jaló las riendas para obligar a su caballo a retroceder. No tardó en estar de nuevo junto al general.

—Si es así, y yo heredo su corona, obtendrás más recompensa de la que nunca hayas podido soñar.

A partir de ese instante, la muerte se convirtió en la única protagonista. Los guerreros iban cayendo y lo que hasta entonces había sido un hermoso valle rodeado de cerros fue transformándose en un infierno de cuerpos, una amalgama en la que hombres y caballos apenas podían distinguirse unos de otros. Los escudos que se mantenían en manos de los guerreros iban quedando opacados al perder su brillo en contacto con la sangre.

Tal como esperaba Penheb, los extranjeros carecían de estrategia militar, aunque la compensaban sobradamente con su demostración de furia. Ni siquiera su armamento se podía comparar al egipcio y gran parte de sus espadas se rompían al chocar contra las *khopesh*. La tierra de Jerusalén comenzaba a cubrirse de sangre. Algunos heridos, con el aliento de la muerte cabalgándoles las entrañas, se habían escondido en montículos y recuestos. Los más fieros se ocupaban de rematar los cuerpos enemigos que deambulaban como espectros mientras los cuervos sobrevolaban el valle aleteando en círculos.

En medio de aquel infierno, Penheb vio cómo un caballo hollaba los montones de cuerpos abatidos y cabalgaba en dirección a la colina en la que se encontraba Pentaur. Por los atributos que mostraba en su vestimenta y el casco que coronaba su cabeza, del que arrancaba un penacho trenzado de crin de yegua que se extendía hasta alcanzar su espalda, Penheb intuyó que era el jefe de la horda extranjera.

—¡Matad a ese caballo y apresad al jinete! —ordenó el general. Era el momento preciso de cumplir la palabra dada, aunque su desventaja era notable. Ni espoleando a su cabalgadura habría conseguido reducir la distancia que lo separaba y atinar en el disparo de la lanza.

Dos flechas alcanzaron los flancos del animal, que no sufrió daño al estar protegido por un arnés de cuero. Kufu también vio que las intenciones de aquel hombre eran llegar hasta Pentaur y fue él quien picó espuelas y alcanzó al extranjero en el momento en el que llegaba a la altura de Pentaur. Lo descabalgó de un empujón. Pentaur, paralizado desde que viera dirigirse al enemigo adonde él se hallaba, se había resignado a que aquel sería el último día de su vida. Cuando el extranjero desenvainó su espada, Kufu se lanzó sobre él desde su caballo y ambos cayeron al suelo.

—¡Ponte detrás de mí! —ordenó Kufu interponiéndose entre el enemigo y Pentaur.

A su oponente aún le quedaban fuerza para hablarle. La victoria no estaba asegurada.

—¡Perro egipcio! Maldecirás el día en que tu madre te trajo al mundo.

—Contén tu lengua y reserva tus fuerzas para luchar.

El extranjero era más fuerte de lo que Kufu había supuesto. Tras los primeros choques de sus espadas, consiguió derribar a Kufu. Al incorporarse, volvió a tener frente a él la espada en alto del guerrero *lukka*. Ese fue su error: Kufu detuvo en el aire el golpe de su rival al tiempo que con su mano izquierda desenfundaba un puñal y se lo clavaba en el costado.

Penheb había contemplado toda la escena desde la distancia. Cuando se reuniera con Ramsés para informarlo de la victoria, debería elegir entre guardar el silencio que le había prometido a Pentaur o ser sincero con su faraón revelándole los detalles de la batalla y el cobarde comportamiento de su hijo. Debería elegir, por tanto, entre las prebendas que Pentaur le había asegurado si callaba, o si mantenía su juramento de lealtad, pero aún estaba por ver si ganaban. ¿Y si callaba y Ramosé se coronaba victorioso en Meggido? No lograría amordazar la voz que le golpeaba la frente. Hasta era muy posible que el faraón acabase sabiendo por otros contendientes que uno de sus hijos no había estado a la altura. No había sido el único testigo de su actitud medrosa. ¿Qué ocurriría entonces con él, perdida ya su confianza?

Penheb albergaba pocas dudas de que el primogénito se habría alzado con el triunfo en su cometido. El arrojo con que se conducía, a diferencia del hermano, hablaba por sí solo. Sin duda, Ramosé era digno hijo de su padre.

Aun así, se conduciría con cautela, pues eran los dioses quienes tenían la última palabra y confiaba en que le susurraran cómo debía proceder.

Ante la inminente batalla de Meggido, Ramosé se sintió como un verdadero descendiente de Ramsés II el Grande. Sabía que su antepasado ya había luchado en aquel mismo escenario antes de su victoria frente a los feroces hititas en Qadesh y que su estela le procuraba una indudable ventaja.

Enfrentamiento que, según los antiguos relatos, había obligado a los hititas a firmar un tratado de paz.

—Yo —le dijo a su lugarteniente— no seré tan generoso como lo fue Ramsés II. Arrancaré la vida de hasta el último de estos perros sarnosos. Quiero que mi padre se sienta orgulloso de mí.

Acompañado de un auriga, se subió a un carro de combate, dispuesto a liderar a su ejército.

—¡Vamos! —ordenó—, estoy impaciente por ver la tierra de Meggido cubierta de muertos.

Los *tekker* no estaban preparados para enfrentarse a aquella maquinaria de guerra rodante. Lanzaban flechas contra los aurigas egipcios intentando que los carros perdieran el control pero, a medida que se insertaban entre sus filas, estas se dividían en grupos reducidos que quedaban a merced de la infantería egipcia. Ramosé sabía bien que a veces la victoria no se decantaba a favor de los guerreros más intrépidos ni mejor pertrechados, pero estaba dispuesto a perder la vida si hiciera falta sin pensar en recompensa alguna, ni siquiera en el trono prometido. Solo pretendía no decepcionar la confianza que su padre había depositado en él cuando los generales le narrasen su desempeño en la batalla. Si para ello era preciso que la tierra de Meggido guardara luto por él, estaba dispuesto. Él podía luchar, quería luchar, dejar en un lugar digno tanto su nombre como el de la estirpe de la que descendía.

Desobedeciendo el consejo de su lugarteniente, descendió del carro y se enfrentó cuerpo a cuerpo con los invasores. Sus hombres, enardecidos por los gritos de ánimo de su príncipe, jaleaban su nombre mientras sus armas se ensañaban con los cuerpos enemigos hasta conseguir su rendición.

Tras su victoria, Ramosé no se detuvo ahí; en lugar de regresar a Tebas a celebrarla, tomó la decisión de dirigirse a Gaza con sus hombres pensando en la posibilidad de que su padre necesitase ayuda.

Pentaur, sin embargo, junto a Penheb y el resto de supervivientes, regresó a palacio ostentando el dudoso honor de haber ganado una batalla cuya demanda lo había sobrepasado. Cargaba en su conciencia con la turbación de no haber sabido estar a la altura de lo que el imperio exigía de él, aunque albergaba el íntimo anhelo de que su actuación jamás llegara a oídos de su padre. Penheb era hombre de palabra y mantendría su promesa; no en vano lo había disuadido de intervenir. Además, cada hombre tenía su precio y él había sabido aquilatar el del general con la contrapartida que le ofreció por su silencio.

Aunque, por encima de todo, conservaba la satisfacción de regresar y de presentarse con vida ante su madre.

Ramsés III había elegido luchar en Gaza por ser el escenario del que se esperaba una mayor resistencia. Allí se encontraba el ejército comandado por el rey Meshesher y quería ser él quien lograse una victoria más importante que las de sus hijos. No se había equivocado: la resistencia enemiga sería feroz porque Meshesher también contaba con carros de combate que había aprehendido a los ejércitos sirios e hititas en anteriores batallas. Y no solo eso: otro enemigo que debía enfrentar su ejército era la tormenta de polvo que se avecinaba y que cegaría los ojos de los guerreros de uno y otro bando.

Los egipcios habían acampado a campo abierto para esperar la llegada de los invasores a la mañana siguiente. Una inmensa polvareda que ocultó el horizonte era el anuncio de que el ejército enemigo se acercaba y que se sumaba ya a las partículas que el viento levantaba de la superficie arenosa.

No bastaba con sobrevivir. Su actuación debía estar a la altura de lo que demandaba su extenso linaje de dioses encarnados y servir de ejemplo a sus vástagos.

Ramsés dispuso la formación de su ejército. En primera línea de combate, las tropas de élite formadas por mercenarios, principalmente, los temibles *shardana* armados con largas espadas y protegidos con escudos redondos y una coraza. Sobre su cabeza lucían un casco con dos cuernos flanqueando un disco central. Tras ellos, y en ambos flancos, la línea de carros. Los carros egipcios eran ligeros y transportaban a dos hombres, el auriga y un arquero, que les darían ventaja frente a los del enemigo, más pesados.

—¡Luchamos por la victoria! Si alguno prefiere morir a manos del enemigo, no seré yo quien se lo impida. En caso contrario, que muestre su coraje como Egipto y su faraón esperan de él.

Solo la nube de polvo atestiguaba el avance de las huestes contrarias, aunque los carros de Meshesher se acercaban con paso lento. Ramsés permanecía a la espera, observándolos; a duras penas sujetaba el ardor de su pecho. Cuando estuvo seguro de que se encontraban al alcance de sus arqueros, las primeras flechas egipcias comenzaron a caer sobre los cuerpos de los aurigas dejando sin control a los carros enemigos que iban en vanguardia. Meshesher no tardó en ordenar la retirada para reorganizarse, sin caer en la cuenta de que cometía un error al dar tiempo a que los carros egipcios se fueran situando en la primera fila de la batalla, aprovechando la ventaja que les regalaba su rival. Cuando Meshesher dispuso una nueva carga, Ramsés ordenó que sus carros se dividieran en tres grupos; uno en cada una de las alas de la formación y otro en el centro, con él a la cabeza. Para los cinco mil hombres que formaban su ejército, entre infantería, lanceros y arqueros, aquel acto de valor estimuló su afán de victoria al tiempo que sembró el desconcierto entre los *mashauasch*. Ramsés hizo que los carros ubicados en las dos alas laterales iniciaran un movimiento de tenaza para atacar a los *mashauasch* por la espalda. Aislado el cuerpo de carros enemigo, la infantería egipcia, apoyada por los lanceros, tuvo a su alcance a los hombres de Meshesher, que no podían competir ni en número ni en experiencia militar con los de Ramsés. Cuando la infantería y el cuerpo de carros egipcio alcanzó la retaguardia enemiga, Ramsés pudo ver que los supervivientes huían tirando de pesadas carretas en las que se encontraban las mujeres, los hijos, el ganado y los víveres de los combatientes que confiaban haber podido asentarse en aquellas tierras después de la victoria. Ramsés detuvo a sus hombres cuando estos intentaron perseguir a los vencidos y sus familias. Sabía que matar a mujeres y niños no le habría acarreado gloria, sino vergüenza.

Aún estaba abrazándose a sus generales, celebrando la victoria, cuando el sonido de unas ruedas de carros y un galope de caballos le anunciaron la llegada del ejército de Ramosé. Ramsés se enorgulleció de la iniciativa de su hijo de haberse desplazado hasta Gaza para apoyarlo en su batalla cuando podría haber regresado como triunfador a Tebas y recibir los vítores de los ciudadanos.

—Es evidente que llevas en ti mi sangre guerrera y la de nuestros antepasados.

—¿Tienes alguna noticia de Pentaur? —preguntó Ramosé.

—Un emisario me ha traído la buena nueva de su victoria. A nuestro regreso a Tebas organizaré fiestas y banquetes en las calles para que todos celebren nuestros triunfos y alaben nuestros nombres. A partir de este momento, nadie más se atreverá a enfrentarse al poder del Ejército egipcio.

Cuando Ramsés pronunció aquellas palabras, ignoraba el peligro del ataque naval que se cernía sobre el delta.

De regreso a Tebas, el faraón convocó a Penheb. Quería conocer el informe de la batalla de Jerusalén y del comportamiento de Pentaur.

—Mi señor, tus órdenes fueron las de proteger a tu hijo y las cumplí. Él no tomó parte en el combate —le notificó Penheb.

—Explícame eso —ordenó el faraón, confuso.

—Cuando se inició la batalla, no vi en él la fiereza del león, sino la mansedumbre de un cordero, y decidí que lo más prudente era que no participase en ella. Debes alegrarte de que conserve la vida, aunque se la deba a un soldado que se enfrentó al cabecilla de los extranjeros cuando se disponía a matar a Pentaur. Si no hubiese sido por él, ahora estarías llorando la muerte de tu hijo.

Aquella noticia, que le confirmaba la cobardía de Pentaur, ensombreció el rostro del faraón. Aunque, por otra parte, agradeció que los dioses le hubiesen enviado una señal y aclarado sus dudas con respecto a quién debía ser su sucesor en el trono.

—A ti los dioses sí te han bendecido con la fortaleza de un león y yo compensaré tu lealtad como mereces.

Lo que no manifestó el faraón fue que parte de su dignidad acababa de serle arrebatada. Era obvio que, en algún punto, su descendencia quedaba señalada. Tal vez Isis tenía razón y se debía a la sangre de Tiyi, cuya estirpe no provenía de la realeza. ¿Debía, por tanto, dar la razón a la Segunda Esposa Real, cuando trató de disuadirlo de que enviase a combatir al hijo que ella había engendrado? Las mujeres albergaban no poco conocimiento que guardaban con celo. «Solo quien es capaz leer en las líneas ocultas de sus parlamentos tenía acceso a sus secretos», dijo para sí.

Neftis esperaba a Kufu con impaciencia. Habían transcurrido dos cosechas desde su marcha y no había sabido nada de él desde entonces. La incertidumbre del resultado de la guerra la devoraba.

Cuando conoció la noticia de su regreso, se mostró impaciente por volver a abrazarlo. Ordenó a su sirvienta que la maquillara y perfumara para ofrecerle el recibimiento que, a su entender, merecía después de tanto tiempo batallando. Lo recibió vestida únicamente con una peluca negra que le caía sobre los hombros, sujeta con una diadema dorada con incrustaciones de piedras preciosas. Se abalanzó sobre él en cuanto entró en la habitación. Se sorprendió cuando vio que Kufu no correspondía a su abrazo después de una ausencia tan prolongada.

—¿Acaso has fornicado tanto en tierras extranjeras que ya no me necesitas? —le reprochó.

Kufu suspiró profundamente y cerró los ojos. Parecía que su pensamiento no estaba en aquella habitación. Neftis, ofendida, quiso conocer la causa de su desapego.

—Si te has cansado de mí, puedes hablarme con sinceridad. No tomaré represalias; aunque no era este el final que esperaba para nosotros. Un día me manifestaste tu temor a que yo te abandonara y me dijiste que, si llegaba ese momento, podrías seguir al servicio de mi padre. Si ese sigue siendo tu deseo, no me opondré, pero querría saber cuál es el motivo de que me rechaces.

Kufu la abrazó, lamentando no haberlo hecho antes.

—Estás equivocada, te aseguro que no es por ti.

La mirada inquisidora de Neftis le hizo comprender que merecía una explicación.

—Aunque ya había luchado antes, ahora, por primera vez, he conocido un verdadero escenario de muerte y aún conservo ante mis ojos el drama de la guerra. Tengo la amarga sensación de que ya no soy el mismo hombre que era antes de participar en la batalla. No sabría explicarte la razón, pero, mientras combatía, no lo hacía con la idea de salvar mi vida, sino con la de privar a mis enemigos de la suya; y no sé si eso me convierte en un guerrero o en un asesino. No puedo transmitirte las escenas atroces que he vivido, la crueldad de los enfrentamientos, la desesperación de quienes no morían de inmediato y clamaban por una ayuda que nunca llegaría. Quizá ese deseo animal de acabar con cada soldado enemigo y los momentos de horror y violencia deben de ser la razón de que mi cuerpo no responda a los estímulos que aprecia un hombre en la caricia de una mujer. Eres bella, mujer, bellísima, pero mi alma y mi cuerpo están atrapados en el lodazal de la muerte. La sangre salpica cada escena que acude a mi cabeza.

Neftis se mostró comprensiva. Intentó darle ánimos.

—Solo debes recordar quién eres y a qué destino has sido llamado. Has cumplido con creces tu deber, pero no habría imaginado que mi recibimiento fuera causa de un pesar añadido. Me entristece saberlo.

—Nada tiene que ver contigo, créeme. Solo tu presencia me libra por momentos del pesar que acarreo.

—Anímate. Pentaur te diría que, en la guerra, o matas o mueres.

—Pentaur quizá ofrecería otra alternativa. La de huir.

—¿Qué quieres decir? ¿Insinúas acaso que rehuyó el combate? ¿El hijo del faraón?

—El hijo cobarde del faraón —remarcó la palabra—. Él no intervino en la batalla y si conserva la vida es porque yo se la salvé.

—Mi padre debe saberlo.

—No lo sabrá por mi boca. ¿De qué serviría? Es una ignominia; el nombre del faraón mancillado por la actuación vergonzosa de uno de sus hijos. No fui yo solo el que lo vio y mucho me temo que haya otras bocas que no callen.

Neftis reflexionó durante unos instantes. Aquella información era extremadamente valiosa para los intereses de su hermano. De saberlo Ramsés, aumentaría su preferencia por Ramosé para nombrarlo su heredero y descartar aún más a su hermanastro Pentaur. La relación entre los hijos de las dos reinas se había roto hacía tiempo y la tensión entre ellos se agudizaba ahora que se acercaba el momento en que el faraón se mostraba cada vez más cerca de elegir a su sucesor.

—Pentaur nunca tuvo arrestos para luchar —explicó la princesa—. Una vez se enzarzó con su hermano en una pelea que más parecía una danza por las piruetas que hacía él para zafarse, mientras

Ramosé trataba de abrirse paso entre aquellas contorsiones para atacarlo. En una ocasión esquivó un golpe de mandoble de Ramosé y, en lugar de enfrentarlo y luchar, echó a correr. Ni siquiera miró atrás —dijo resignada—. Su madre tiene buena culpa de que sea así, huidizo, temeroso... Lo ha protegido en exceso toda su vida y jamás dejó que se defendiera por sí mismo. ¿Qué podría esperarse de él en una batalla de verdad? Por otra parte, entiendo que mi padre debía ser justo y ofrecerles a ambos la misma oportunidad. De otro modo se le habría juzgado con dureza.

Kufu no dijo nada. Neftis calló y reflexionó durante unos instantes. Pobre Pentaur, eterno perdedor. ¿Habría para él un futuro que no fuera humillante?

Paibekkamen, el Gran Chambelán, había organizado un banquete en palacio para celebrar las victorias egipcias sobre los pueblos extranjeros. Aquellos triunfos merecían una celebración especial y el salón de recepciones mostraba un aspecto más espléndido del que nunca se hubiera visto. El faraón había retrasado deliberadamente su entrada al gran salón. Quería hacerla cuando los invitados ya estuvieran reunidos y recibir sus vítores y alabanzas en el momento en que apareciera. Cuando Ramosé se disponía a entrar, el padre lo detuvo sujetándolo del brazo.

—Mantente a mi lado, entraremos juntos, tú también mereces recibir parte de este homenaje.

Ignoró a Pentaur, quien ya había hecho su entrada y ocupó la mesa a donde lo había dirigido Paibekkamen siguiendo instrucciones precisas de Ramsés.

Apenas puso un pie en el salón, los invitados estallaron en vítores. Los hombres se pusieron de pie para inclinar la cabeza ante su paso mientras las mujeres le arrojaban flores de loto, acacia y mirto. El faraón ocupó la mesa presidencial, a cada uno de sus lados Isis y Ramosé, junto a ellos los fieles generales Penheb e Ikba.

Tiyi no podía soportar aquella humillación hacia ella ni el desprecio hacia su hijo. Sus ojos se cruzaron con los de Ramsés en el momento en que los músicos comenzaron a tocar. La mirada de Tiyi desprendía ira; la de Ramsés, indiferencia. A una señal de Paibekkamen los sirvientes comenzaron su desfile depositando sobre las largas mesas bandejas repletas de mújoles, tilapias, palomas, cordero, cerdo y vaca, carnes a las que tan solo tenían acceso los poderosos. El faraón ordenó que se sirviera *shedeh** y la finísima cerveza *sheremet* que el faraón reservaba para él pero que, en aquella ocasión, había decidido compartir con sus invitados. Retiradas las sobras, pusieron ante ellos enormes bandejas de higos

* Variedad de vino obtenido a partir de granadas.

cocidos, dátiles, frutos rojos frescos, y pastelillos de sémola y harina de trigo impregnados de miel y cubiertos de semillas de hinojo que ayudarían a la digestión. Mientras los guerreros aclamaban al faraón y chocaban sus jarras de vino y cerveza, las mujeres los miraban con admiración y cuchicheaban entre ellas alabando sus cuerpos atléticos. En medio de aquel bullicio, los músicos hacían sonar los sistros, el arpa y los caramillos, marcando el ritmo a unas bailarinas sirias y etíopes que interpretaban el baile de la garza. Cuando estas se retiraron, un sonido de tambores invadió la sala precediendo a un grupo de danzarines nubios. Los hombres, con sus cabezas adornadas con diademas de plumas, se ubicaron al lado de los músicos tocando sus tambores y ellas, con el torso desnudo, se entremezclaban con los invitados moviendo sus senos a un ritmo frenético que provocaba el entusiasmo de algunos hombres al tiempo que la incomodidad de sus esposas, que mostraban sobre sus cabezas conos de cera perfumados. El júbilo que mostraban todos los asistentes contrastaba con el semblante serio de Pentaur y de Tiyi, que apenas probaron los manjares dispuestos ni intercambiaron palabras con ninguno de los presentes, atentos a rehuir sus miradas recelosas. Solo madre e hijo se dirigían algunas palabras de vez en cuando y hacían esfuerzos para no perder la compostura. Ambos evitaban también mirar al vencedor, a quien traía las tierras conquistadas bajo la suela de sus sandalias y «había logrado reducir el mundo en el que imperaba el desorden», en orgullosas palabras de su padre. Había quedado demostrado que Ramosé no tenía rival en el campo de batalla y que, a ojos de quienes cifraban la fuerza del imperio en las armas —todos, salvo escasas excepciones—, era digno heredero del trono. Tiyi y Pentaur también se esforzaban en evitar el cruce de miradas con Isis, que mostraba una altivez insolente.

Antes de finalizar la celebración, cuando el sol de media tarde coronaba la montaña, Ramsés hizo llamar uno por uno a aquellos que más se habían distinguido durante el desarrollo de las batallas para hacerles entrega de regalos: ascensos en sus graduaciones, oro, esclavos y, a los más valerosos, incluso tierras.

Hasta aquel momento, las recompensas de aquellas acciones habían dependido del número de manos cortadas a los enemigos que le presentaban al faraón; así había sido en las dinastías precedentes y así lo atestiguaban numerosos manuscritos. Ya no lo era. Tras la primera guerra contra los libios, Ramsés descubrió que algunas de aquellas manos les habían sido amputadas a los propios egipcios muertos y se las habían mostrado con la intención de recibir mayores riquezas. A partir de entonces, el faraón sustituyó la prueba del valor: en lugar de las manos de sus enemigos deberían mostrarle sus falos cortados. Si no estaban circuncidados, sabría que habían pertenecido realmente al cuerpo de un soldado enemigo.

Al llegar el turno en el que el faraón debía condecorar a Penheb, el general percibió el odio visceral en las miradas de los perdedores. Lejos de sentirse culpable por no haber mantenido su promesa de silencio, pensaba que el príncipe no debería odiarlo, sino agradecerle el hecho de seguir vivo por haberlo mantenido apartado del peligro. Pentaur, en cambio, pensaba lo contrario: aquella traición del general había puesto en evidencia su cobardía ante su padre, aunque, hasta aquel momento, aún no se la hubiera reprochado. Y Penheb temía que ese reproche no tardaría en llegar.

Cuando Ramsés daba por concluida la entrega de recompensas y los combatientes se hubieron retirado, Neftis se adelantó y le tomó la mano. Consideró que no encontraría un mejor momento que aquel para interceder a favor de su amante, a quien le había pedido que aguardase. Pentaur también había abandonado el gran salón, cabizbajo, aunque rumiando su venganza.

El murmullo de los últimos asistentes se disipó y el faraón abandonaba el salón, instante que Neftis aprovechó para alcanzar a su padre.

—Creo que también deberías premiar a quien ha permitido que Pentaur siga con vida.

Ramsés miró con extrañeza a su hija. No comprendía el significado de aquellas palabras.

—¿De quién me estás hablando?

—De Kufu. Parece que su destino sea el de salvar la vida de tus hijos; primero la mía y ahora la suya.

Ramsés hizo llamar a Kufu ante su presencia, y con él, a Penheb.

—¿Es este el soldado del que me hablaste?

—El mismo, mi señor —respondió Penheb—. De no haber sido por él, hoy Pentaur estaría ante el juicio de Osiris.

Kufu mostraba un rictus grave para contrapesar el júbilo que sentía por dentro al intuir a qué se debía tal requerimiento. Ramsés puso su mano sobre el hombro de Kufu y se dirigió a él en tono solemne:

—Hoy es el primer día que te tengo ante mí; pero no será el último. Desde este instante pasas a formar parte de mi guardia personal. Esta será tu recompensa y, si me sirves bien, te garantizo que no será la última.

Kufu no podría haber recibido mejor noticia; ahora, además de continuar gozando de la compañía de Neftis, contaba con la confianza del faraón. No había ninguna circunstancia que oscureciera su futuro.... por el momento

Tiyi, a diferencia de su hijo, se había mantenido a la espera de que Ramsés abandonara el gran salón cuando lo vio volver sobre sus pasos y hablar con Kufu. Intuyó que en aquella conversación se estaba hablando de Pentaur y que no sería precisamente para ensalzarlo.

Estaba en lo cierto. Ramsés quería conocer los detalles de lo ocurrido.

—Tu fidelidad y tu arrojo me satisfacen sobremanera, pero evidencian aún más la cobardía de mi hijo. Quiero saber cómo transcurrió la estrategia.

Kufu se vio comprometido. Pentaur era hijo del faraón y temía humillarlo con sus palabras y, sin embargo, no podía eludir el requerimiento.

—Mi señor, no lo vi todo el tiempo. El enemigo exigía una fuerza y una atención que impedían ver quién se entregaba con más ahínco.

—¿Viste luchar a Penheb?

—Lo vi derribar a muchos enemigos de sus monturas y ganar terreno. Es un gran combatiente.

—De igual modo debiste ver a mi hijo en algún momento...

Los labios del faraón se fruncieron en una mueca burlona. Sabía cuál era la respuesta.

—El movimiento furioso de las tropas me impedía seguir a los nuestros. Solo si luchaban junto a mí podía reparar en alguno, mi señor.

—¿Viste, al menos, a mi hijo en el campo de batalla? ¡Respóndeme a eso! —ordenó en tono mordaz, sabedor del conflicto al que se veía expuesto el soldado.

—Solo lo vi en la colina, cuando el enemigo se abría camino hacia él.

—Entiendo. Lo viste en la colina porque nunca descendió. El enemigo no tuvo que hacer grandes esfuerzos para alcanzarlo.

Llegada la noche, Tiyi irrumpió en la habitación de Ramsés cuando él se disponía a yacer con una concubina. La reina tenía el rostro desencajado y los ojos encendidos por la ira.

—¡Reserva tus ganas de fornicar para más tarde; tenemos algo que discutir! ¿Cómo te has atrevido a ni siquiera dirigir una mirada a Pentaur durante la ceremonia?

El faraón reaccionó indignado. Aquella era una intromisión que no pensaba permitir ni a su propia esposa.

—¿Cómo te atreves tú a entrar en mi aposento sin que yo te haya llamado y a hablarme en ese tono? ¿Ignoras ante quién estás?

—Nooo, no lo ignoro. Veo perfectamente que estoy ante un hombre que acaba de menospreciar a mi hijo que es también el suyo.

—No ha habido menosprecio, simplemente he ignorado su presencia mientras premiaba a los que, con su valor, me han ofrecido sus victorias; algo a lo que él no tenía derecho porque, ¡respóndeme!, ¿desde cuándo se premia la cobardía? Pentaur ha tenido la misma educación, los mismos privilegios, el mismo tratamiento ante mis súbditos y la misma formación militar que Ramosé. Y, en efecto, los dos son hijos míos. El nacido de Isis es una viva representación de mí mismo y del que me siento tremendamente orgulloso, mientras que Pentaur ha deshonrado mi nombre al mostrarse como un cobarde.

Y ahora me pregunto si esa cobardía no le viene de que en su sangre, además de la mía, vaya mezclada la de tu padre.

Tiyi no supo reaccionar ante aquel insulto. En su cabeza se atropellaban pensamientos que no sabía convertir en palabras. Ante su silencio, Ramsés la cogió del brazo para acompañarla fuera de la habitación. En aquel momento, Tiyi tomó la decisión de que nada ni nadie impediría que su hijo gobernase en las Dos Tierras. Aunque, para ello, debiera morir Ramosé y hasta el propio faraón.

La humillación que Pentaur acababa de sufrir lo había llenado de un odio que desconocía. Buscó al general Penheb, que ostentaba orgulloso la medalla de general en jefe de los ejércitos del faraón.

—Por eso que llevas ahí colgado, tu insistencia en que no luchara. Te has llenado de gloria y a mí me has hundido en el fango. ¡Eres una rata, general!

—Te equivocas. Fue Ramsés quien me pidió que te protegiese.

—¿Mi padre te lo pidió? ¡Mientes!

—Le juré hacerlo con mi vida. Pregúntaselo a él.

—Si es así, mi padre y yo habremos terminado para siempre. Y tú, pide a los dioses que intercedan por ti cuando yo me siente en el trono de Egipto.

Aún se celebraban sus victorias en Oriente cuando Ramsés recibió noticias de que una nueva invasión los amenazaba. El rey libio, consciente de que el Ejército egipcio había quedado debilitado tras aquellas batallas, había decido que era el momento de dar el golpe de gracia para derrotar a Ramsés y apoderarse del delta. Apoyado por las tribus *sherden, tekker*, *shekelesh* y *akaywash*, y consciente de que los egipcios no podrían oponer resistencia si los atacaban en dos frentes al mismo tiempo, diseñó una estrategia que, a su entender, le garantizaría el triunfo: por tierra, atacaría la frontera egipcia con sus propias tropas y el apoyo de los *sherden*. Al mismo tiempo, el resto de tribus aliadas emprendería una ofensiva naval aprovechando que la desembocadura del río se dividía en varios ramales, lo que dificultaría su defensa y facilitaría la entrada de sus barcos a través del delta. Al frente de las naves iría Beder, el rey de los *tekker*. Los egipcios contaban con la ayuda de los filisteos, que ya habían luchado al lado de Sethnajt contra Tausert. Tras la victoria de Ramosé en Meggido, Ramsés decidió confiarle de nuevo el mando en aquella batalla. El general Ikba defendería la frontera libia mientras que Ramosé estaría al frente de las naves protegiendo el delta. Los egipcios no tenían experiencia en la lucha naval, pero contaban con barcos construidos en Biblos, sólidos, aunque de navegación ligera, que esperarían a los invasores a la entrada del delta. El príncipe ordenó que algunas de sus embarcaciones se dispusieran bloqueando los accesos a las bocas del río y el resto en posición de ataque cuando avistaran a los invasores. No era solo la fuerza lo que distinguía al heredero, sino arte para dirigir las operaciones militares.

Las naves se aproximaban mientras las recibía una lluvia de flechas egipcias lanzadas desde tierra que ensombrecía el cielo. Los barcos egipcios embistieron los flancos de los invasores abriendo vías de agua y dejando a sus ocupantes indefensos mientras intentaban alcanzar a nado la orilla donde los esperaba la infantería de Ramosé. Otras naves quedaron inmovilizadas por los garfios lanzados por los defensores del delta para poder abordarlas. En el cuerpo a cuerpo, las espadas extranjeras se rompían al chocar contra los *khopesh* egipcios y el Nilo no tardó en teñirse de sangre. El cielo se había cubierto de nubes negras y una tormenta se desató sin previo aviso añadiendo un fatídico elemento a la tierra reseca. El agua cayó con fuerza salpicándolo todo y convirtiendo la ladera en un inmenso barrizal.

Ramosé divisó la nave que guiaba a los extranjeros y quiso presumir ante su padre de haber dado muerte personalmente a Beder. No tuvo oportunidad de hacerlo. Abordó la nave desde la que Beder dirigía el ataque y lo conminó a rendirse. Antes de hacerlo, el extranjero miró a su alrededor y pudo comprobar cómo sus barcos habían caído en la trampa egipcia. Consciente de que la mayor parte de su flota se había perdido, Beder se arrodilló ante Ramosé y le entregó su espada. Mientras, Ikba apenas había encontrado resistencia en el ataque libio y, tras una victoria más pronta de lo esperado, la seguridad en la frontera quedaba garantizada.

Una vez reunidos los prisioneros, Ramosé se dirigió a ellos.

—Habéis traído el caos a una tierra en la que reina el orden de la diosa Maat y por ello merecéis los mayores castigos. Nuestra diosa de la guerra, Sekhmet, ha guiado nuestra mano y nos ha conducido a la victoria. Pero a vosotros, como valientes guerreros que habéis sido, os ofrece la oportunidad de salvaros si os unís a nuestro ejército. Si lo hacéis, recibiréis el mismo trato que si hubieseis nacido egipcios. Quien renuncie será marcado a fuego con el sello del faraón y vivirá, y morirá, como un esclavo a las órdenes de mi padre, o en los templos, bajo el control de los sacerdotes.

Para los vencidos, aquellas palabras de Ramosé no eran tan solo una muestra de generosidad: al pasar a ser considerados como egipcios se abría ante ellos la esperanza de una nueva vida siempre que se mostraran fieles al faraón y aceptaran como suyas las costumbres egipcias.

Ramsés recibió con alborozo la noticia del nuevo triunfo de su hijo. Aquella victoria consagraba al Ejército egipcio como el único capaz de derrotar a aquellos temibles Pueblos del Mar tanto en tierra como por el mar enardecido. Ramsés se vanagloriaba de haber superado las victorias que habían conseguido cualesquiera de sus predecesores. Sus primeras palabras fueron para ordenar que los muros de su templo en Medinet Habu quedaran grabados con el testimonio de sus hazañas.

IX

La humillación de Beashi

Gracias a la petición de mi hijo Kufu a Neftis, inicié mi tarea como guardián del harén. Ahora, aunque me avergüence, debo contar que antes de ser admitido como custodio tuve que pasar una prueba que cualquier hombre consideraría denigrante: a pesar de mi edad y mis juramentos de que jamás traicionaría la confianza del faraón poniendo mis ojos sobre ninguna de sus amantes, me vi obligado a mostrarme desnudo ante ellas; la razón de esta exigencia era que querían asegurarse de que la belleza de un cuerpo femenino ya no podía excitarme. Con el paso de los años, un hombre se endurece con respecto a lo que los demás puedan pensar o decir de él, pero no puedo negar que me sentí humillado ante los comentarios y las risas de las mujeres más jóvenes mientras me observaban. Por fortuna, las de más edad y una negra joven llamada Beashi acudieron a cubrirme, al tiempo que reprochaban su comportamiento a las más desvergonzadas.

Con el tiempo supe que en realidad no había un solo harén, sino dos. El más pequeño estaba anexo al palacio y en él residían los hijos del faraón y las mujeres que lo acompañaban en sus desplazamientos. Neftis había vivido también allí hasta el momento en el que se hizo mujer y solicitó disponer de su propia estancia, como la tenían las reinas, en el interior del palacio, petición a la que Ramsés otorgó su beneplácito. El otro harén, el principal, estaba situado en una de las torres de acceso al recinto del templo de Medinet Habu y se distribuía en diversos espacios repartidos a lo largo de extensos pasillos y de acuerdo a determinadas funciones: talleres de artesanía, de tejido, fabricación de perfumes y cosméticos, aprendizaje de canto y de instrumentos musicales... El edificio tenía un salón central con una plataforma elevada sobre la que se asentaba el trono del faraón en sus visitas. En otra estancia, con las paredes reproduciendo escenas eróticas, muy descriptivas, una piscina. En este harén, además de las concubinas, residían las esposas secundarias del faraón así como los hijos e hijas que hubiese tenido con ellas, y existía una jerarquía muy definida. La máxima responsable era la Gran Esposa Real y nada de cuanto ocurriese en su interior debía escapar a su control. Tiyi había conseguido de Ramsés que fuese ella quien ocupase aquel cargo. Isis, a pesar de ser a ella a quien correspondía aquel cargo, al ser la Primera Esposa, no se opuso a su nombramiento al haber obtenido del faraón el privilegio de compartir, junto con el visir Ta y el administrador Remakhte, la supervisión sobre la administración de los *nomos* y las tierras del faraón, además de ser su primera consejera. De haber vivido, la siguiente mujer en responsabilidad habría sido la madre del faraón. Al haber muerto, eran las esposas secundarias quienes ostentaban aquella competencia. Por debajo de ellas, las hijas del rey, que podían continuar viviendo allí mientras permanecieran solteras, casadas con algún miembro de su propia familia o con algún alto funcionario. A las hijas le seguían en importancia las hermanas y tías del faraón. Tras ellas, las llamadas Ornamentos Reales, casadas con un noble, pero que habían tenido algún hijo con el faraón y, en último lugar, aquellas conocidas como Bellezas de Palacio y las Amadas del Rey, mujeres procedentes de algunas de las familias más poderosas de Egipto y otras que provenían de alianzas con reyes extranjeros, que enviaban a sus hijas como ofrenda al faraón.

Entre aquellos muros, vi a Okhém, a quien yo sustituiría, por primera vez. No sabía gran cosa de él, pero enseguida llamó mi atención. En su rostro vi una extraña combinación de pesadumbre y orgullo que me sorprendió. Me dirigió una sonrisa acompañada de un leve gesto de asentimiento, aunque habría jurado que sus ojos, del color del basalto y tan ásperos como él, cargaban con grandes penalidades. Era un hombre triste.

Cierto día supe que la reina había elegido personalmente a diez concubinas que debían acompañar al faraón durante un viaje hacia el país de los negros. Ignoro qué pudo haber sucedido durante aquella travesía; lo cierto es que, a su regreso, las muchachas parecían más alegres que cuando partieron y Tiyi me advirtió de que, a partir de aquel momento, algunos hombres podrían acceder al interior del harén y que yo no debería impedírselo, sino informar de sus nombres a Hori, el escriba encargado de registrar los ingresos y los gastos que conllevaba la administración del harén. Porque, económicamente, el harén tenía sus propias tierras y generaba ingresos tanto para su mantenimiento como para ampliar los de la casa del rey. Hori, como persona de confianza de Tiyi y mío, sería el enlace entre los dos. No entendí aquella orden cuando, en realidad, yo apenas era una figura decorativa, ya que los verdaderos vigilantes eran otros a los que se les llamaba los Seis Guardianes de las Puertas, y tampoco podía entrar y salir a mi voluntad.

Tardé algún tiempo en comprenderlo.

Unos días después, la barca real había partido en dirección a las tierras del sur donde el faraón quería comprobar las defensas que sus hombres habían levantado en los límites del país de Nubia. Lo acompañaba el comandante Paiis. Ambos conocían la ferocidad de los guerreros negros, ya que algunos eran mercenarios en el Ejército egipcio, y con aquella inspección querían estar seguros de que las fronteras del reino estaban bien protegidas. Viajaba también la Segunda Esposa Real, que había ordenado incluir un séquito de sirvientes, concubinas, recitadores de versos y músicos.

Durante el trayecto de regreso a Tebas, Tiyi presenció una escena que le repugnó, aunque, al mismo tiempo, le hizo concebir esperanzas de haber encontrado una cómplice para llevar a cabo sus planes de atentar contra su marido. La embarcación real se deslizaba sobre el Nilo mientras los músicos amenizaban el trayecto haciendo sonar sus laúdes, sistros y flautas. El faraón no había dejado de beber durante buena parte del viaje, hasta que llegó un momento en el que estaba totalmente ebrio. Las concubinas ocupaban la proa de la embarcación y el portador del abanico aventaba al faraón mientras este se bamboleaba en su trono bajo un dosel de tela azul bordado con la imagen del dios Amón. Con voz pastosa, Ramsés gritó.

—¡Mirad a vuestro faraón!

Todas las mujeres, incluida Tiyi, obedecieron adivinando sus intenciones. Todas se encomendaron a los dioses para no ser la elegida de satisfacer su deseo. No era solo su estado, que hubiera bastado por sí solo para provocar repugnancia, sino las costras de su cuerpo, que ocultaba a diario tras sus vestidos de dignidad. Esa tarde había corrido abundante vino y Ramsés recitaba poemas dirigiéndose a unas y a otras llamándolas «hermanas» mientras las desvestía sin el menor pudor. Las miró una a una y finalmente escogió a Beashi, una negra corpulenta que, a pesar de no tener el rostro más agraciado, mostraba una figura de curvas generosas. Beashi pertenecía a la familia real de Nubia, reino que permanecía oprimido por Egipto desde que, tiempo atrás, lo conquistara Ramsés II, y había llegado a Egipto a petición expresa de Ramsés III, como una exigencia más impuesta a su hermano, Balaam. A su pesar, el rey nubio tuvo que entregársela.

—Ven... aquí y siéntate... sobre mí —balbuceó Ramsés.

Beashi no podía negarse a la orden del rey a pesar de la repulsión que le provocaban tanto el estado de ebriedad del faraón y su misteriosa enfermedad como el tener que atender sus apetencias a la vista de los componentes de la tripulación y del resto de concubinas. Obedeció y se sentó sobre él. Ramsés le desgarró la túnica que llevaba sujeta con un broche sobre uno de sus hombros y dejó los senos al alcance de su boca. Mientras le cubría los pezones de babas, Beashi hacía esfuerzos para acallar las arcadas que le provocaba el olor a vino que desprendía el aliento del rey. Pudo contenerse hasta que el bufido de Ramsés le indicó que ya daba el acto por consumado. Cuando se levantó, no pudo evitar correr hacia la popa a vomitar. Por suerte para ella, el faraón no lo advirtió: mientras recorría el corto espacio que los separaba de la popa, el faraón ya se había dormido.

Tiyi aprovechó el momento para acercarse a Beashi.

—No pareces feliz a pesar de que ocupas un puesto que muchas envidiarían —le dijo Tiyi con tono irónico.

La indignación que sentía la nubia hizo que respondiera a la reina sin medir las consecuencias que le podían acarrear sus palabras.

—Detesto esta vida. Sabes perfectamente por qué estoy aquí y no soporto el aliento apestoso de tu marido, ni el roce de su piel áspera... Eso que tiene ahí... —dijo señalándose el bajo vientre.

—El faraón es divino, pero también es hombre y no siempre toma decisiones rectas. No está libre de enfermedades.

—Me repugna. Haría cualquier cosa para evitar que volviera a tomarme.

Aquella confesión supuso una ventana abierta a las esperanzas de la reina. Vio claramente que era un momento propicio para intentar ganar adeptos que la ayudaran en su propósito de atentar contra Ramsés.

—¿Eres consciente de lo que acabas de decir? ¿Realmente harías lo que fuera por evitarlo?

Beashi miró a la reina preparada para aceptar cualquier reto.

—Ponme a prueba —respondió con rotundidad.

Tiyi miró fijamente a Beashi. La concubina respiraba con dificultad y su expresión de rabia convenció a la reina de que podía confiar en ella cuando se atrevió a preguntarle abiertamente:

—Mientras el faraón viva, estáis todas condenadas a seguir siendo víctimas de sus caprichos. ¿Estarías dispuesta a apoyar su muerte para evitar ser vosotras las que corráis la misma suerte? Médicos y magos afirman que no hay remedio para su mal y que le espera un final horrible —mintió.

Aquella extraña enfermedad presentaba una enorme mancha roja cubierta de escamas blanquecinas sobre el pubis del rey que le provocaba intensos picores. Su médico personal lo había tranquilizado diciéndole que aquel era un mal al que los griegos llamaban *léuki** y que tan solo era molesto. El médico, que desconocía el remedio, se esmeraba en aplicarle emplastos que únicamente conseguían aliviarlo de aquella comezón.

A los intereses de Tiyi convenía propagar lo contrario.

—El faraón padece una enfermedad que probablemente le haya transmitido alguna amante hebrea. Ellos la conocen como *tsara'ath***, es muy contagiosa y no tiene cura —le dijo a Beashi.

Beashi no se estremeció ante aquellas palabras. Al contrario, las aceptó como el anuncio de una libe-

---

* Psoriasis.

** Lepra.

ración que, aunque representara su propia muerte, había ocasiones en las que ansiaba que llegara lo antes posible.

—Dime qué tengo que hacer —respondió sin dudar.

—Sé que tienes influencia sobre otras concubinas del harén y tengo confianza en que te escucharán. Cuando desembarquemos, dejarás de formar parte del harén itinerante y pasarás a formar parte del principal. Desde allí, tienes que sondear cuántas estarían dispuestas a formar parte de nuestra causa. Si ves que alguna muestra temor, pídele que lo destierre porque estará bajo mi protección. Si aun así se muestra reticente, dile que se presente inmediatamente ante mí, pero que no puedes garantizarle que regresará para reunirse con vosotras después de nuestra entrevista. Comprenderán el mensaje...

Beashi no necesitó recurrir a ninguna amenaza: todas las concubinas con las que estableció contacto albergaban la misma esperanza de liberarse del faraón. Unas por no volver a sentirse como un objeto de su deseo y otras porque, lejos de considerarse privilegiadas, percibían su estancia en el harén como si se tratara de prisioneras. Tenían cierta autonomía..., pero las borracheras del faraón eran una prueba dura de superar; incluso cuando no estaba borracho su aliento era nauseabundo. Y aquella infección en su piel... Si las palabras de Tiyi eran ciertas, podía condenarlas a ellas.

—A nuestros hijos nos les falta sustento ni protección —dijeron algunas.

—Los míos llevan consigo el ojo de Horus. También nosotras deberíamos portarlo mientras debamos ceder a sus caprichos —agregó otra mujer.

—¿Y no peligrará nuestra supervivencia? —dudó otra, aterrada por la perspectiva de formar parte de una maquinación semejante. Quitarle la vida al faraón ¿no acarrearía un castigo en la vida futura?

—No has entendido nada. El faraón se muere de todos modos. Lo que tratamos es de que no sufra los tormentos que le esperan cuando avance la enfermedad. Son las palabras de Tiyi y no podemos dudar de ellas.

Todas quedaron en silencio, como sopesando el argumento. En verdad era un asunto triste, pero sería desgarrador cargar con el peso de una muerte lenta y dolorosa de aquel dios encarnado. A pesar de las reticencias, no fue difícil que se fueran sumando a la causa.

Una vez conseguidas sus voluntades, Tiyi las reunió para darles unas nuevas instrucciones, que recibieron con alborozo.

—A partir de ahora, y como reconocimiento por vuestra buena voluntad, se ha acabado vuestra reclusión. Os permitiré que recibáis en vuestros aposentos a militares de alto rango y a los hombres influyentes de la corte. Incluso podréis visitarlos en los suyos cuando os lo soliciten. A cambio, necesito que os confiesen cuál es su opinión con respecto al faraón y que me digáis los nombres de aquellos que no se opondrían a conspirar contra él. Por supuesto, se requiere máxima discreción. Los últimos días de Ramsés deben de ser los más dichosos que pueda recordar en el instante de su tránsito.

—¿Los Guardianes de las Puertas no nos delatarán si entramos y salimos a nuestra conveniencia? —preguntó una concubina.

—No os preocupéis por ellos; algunas de sus hijas y esposas forman parte del harén y están de nuestro lado.

—¿Y ese viejo protegido de Neftis?

—Tampoco representará ningún problema. Ha recibido unas instrucciones muy concretas bajo pena de castigo si no las cumple. En realidad, será nuestro cómplice sin saberlo. Tiene mis órdenes para informarme de las visitas que se produzcan en el harén y algunas serán visitas que yo misma habré programado. De este modo, comprobaré si me dice la verdad o si me está ocultando alguna que se escape a mi control.

Para las concubinas, la libertad de entrar y salir de aquellos muros que las aprisionaban suponía una nueva forma de vida desconocida hasta entonces. Y habrían estado dispuestas a hacer cualquier cosa para que no cambiase aquel privilegio. Una de ellas incluso pensó en la posibilidad de huir. Se llamaba Akila. El mero hecho de poder contagiarse la determinó a apoyar la causa. Fue la primera que así lo declaró abiertamente. Sabía que nunca llegaría a sacerdotisa ni sería instruida en la ciencia divina, su anhelo profundo; tampoco los dioses terminaban de bendecirla con un hijo, aunque sus muslos y su pecho habían sido ungidos y frotados con la sangre de una niña que menstruaba por vez primera. La vida en el harén se ceñía a hilar, tejer, coser, cantar y tocar instrumentos musicales. De nada le habían servido ni su belleza ni su inteligencia y, menos aún, haber yacido con el faraón cuando estaba ya poseído por su horrenda enfermedad.

—Que vuestros vuelos traigan la libertad a Kemet —les había dicho Tiyi.

Una vez conseguido el apoyo de las concubinas para su causa, Tiyi comenzó una nueva búsqueda de leales. El primero fue Paibekkamen, el Gran Chambelán, encargado de la despensa real, que gozaba de la suficiente libertad de movimientos y tenía contactos en el exterior de palacio. Contactos que, a la postre, serían imprescindibles. Mientras tanto, Pentaur buscaba apoyos entre algunos de los oficiales del Ejército, descontentos por el salario que percibían y los exiguos reconocimientos tras toda una vida dedicada a la defensa del rey. El comandante Paiis y el oficial de infantería Tai-Nakhet fueron los primeros en ofrecer su apoyo.

X
Okhém

A los pocos días del regreso de las mujeres tras su viaje, vi que oficiales y cortesanos empezaron a acceder libremente al recinto prohibido y algunas concubinas se ausentaban sin que nadie les pidiera explicaciones. También observé que, de tanto en tanto, algunas mujeres formaban grupos y se apartaban de las demás para hablar en voz baja y otras escribían notas que les entregaban con disimulo a las que se disponían a salir del recinto, quién sabe con qué objetivo. En la indiscreción de una de ellas deduje que se estaba organizando algo contra Ramsés. Eran días convulsos y entonces vi de nuevo a Okhém. No se parecía a ninguno de los demás custodios. Su rostro no presentaba la lisura de los de su condición, se adivinaban señales de afeitado y nunca lo había visto hablar con nadie, por lo que deduje que era mudo.

Yo quería ver a Kufu y en un par de ocasiones intenté hablar con Tiyi para solicitar su permiso, pero ella me ignoraba, de manera que me mantenía atento a cualquier posibilidad de abandonar el recinto, aunque la puerta estaba vigilada día y noche. Yo quería saber; estaba ávido por conocer qué pasaba fuera y qué pasaba dentro. Las mujeres se comunicaban en susurros y callaban cuando me acercaba. Solo Beashi parecía no tener reservas en hablar conmigo, pero la forma en que movía aquel cuerpo voluptuoso y de pararse en jarras para decirme cualquier cosa me desconcertaba y me inhibía. Hasta que la vi con Okhém, el hombre enigmático. Me pareció que mantenía una conversación en toda regla.

—¿No es mudo? —le pregunté.

Beashi se me acercó dándose aire con su túnica, un foco de luz sobre su piel oscura.

—No es mudo, no. Es... demasiado bueno.

—¿Qué quieres decir?

—Es leal.

—No es malo ser leal.

—Depende. Ser leal a quien te somete es como empujarte al Nilo y quitarte la soga que te sujeta.

—¿Qué quieres decir?

—El faraón está enfermo y hay quien quiere evitarle el sufrimiento que le espera. La enfermedad avanza.

Esa era la explicación que tenían los cuchicheos de las mujeres, los silencios cuando me aproximaba a alguno de los grupos; los dedos de las manos, que hablaban con enigmáticos gestos. Ardía en deseos de saber, pero no quería precipitarme y que alguno de los guardias se alertara. Beashi me miró con tal intensidad que me apuré.

—Si quieres ver a tu hijo, deberías adherirte a la causa de Tiyi.

—¿Tiyi? Es su esposa...

—Como Isis, en efecto, si es lo que vas a decir.

—Explícate.

—Ven —dijo en voz más baja aún—. Allí podremos hablar.

Y se dirigió a un rincón a sabiendas de que no vacilaría en seguirla. Se situó frente a mí, de espaldas a la sala. Abrió su túnica y se llevó la mano al pecho. Después tomó la mía y la puso sobre la suya y permanecimos así un instante, sin decir nada. Después, sin dejar de mirarme con aquellos ojos negros rodeados de rojo alheña, retiró la mano y sentí los latidos de su corazón. Se me secó la garganta.

—No tengas miedo.

—¿Por qué habría de tenerlo? —pregunté tratando de imprimir aplomo a mi voz.

Me erguí sin apartar los ojos de ella y retiré la mano de su pecho. Me pareció que quemaba. No lograba entender qué quería de mí, un anciano que no representaba la menor amenaza y cuya condición de asistente del harén lo incapacitaba para poder entrar y salir a voluntad. Desde que recalé en él por cortesía de Neftis, no había vuelto a pisar las calles. Recordé el día en que me humillaron para constatar que no representaba peligro alguno para las mujeres y que Beashi había sido la única de las jóvenes que no se había reído de mi desnudez.

—También tú eres un buen hombre. Y no te conviene serlo tanto.

—Dime qué sabes de una vez por todas, mujer.

—El faraón tiene una enfermedad y, a pesar de ella, sigue tomándonos cuando le place. Isis dice que no es contagiosa y Tiyi dice lo contrario; asegura que lo sabe por boca de Pairekamenef. ¿Quién se atreve a contradecir a un médico? Yo no quiero morir; tengo veinticinco años. —Giró la cabeza para comprobar que no había nadie y en un susurro añadió—: Quiero saber si podemos contar contigo.

—¿Para atentar contra el faraón?

—Para ayudarlo a que no sufra y que no perezcamos nosotras.

—¿De qué enfermedad se trata? Los sacerdotes podrán hacer algo por él...

Uno de los guardias había abandonado la puerta y se presentó ante nosotros. Llevábamos demasiado tiempo intercambiando confidencias. Debió de pensar que a mi hombría le quedaban aún arrestos para seducir a las concubinas del dios vivo.

—Anciano, muchos cuentos te traes con esta mujer.

—He sido yo —se adelantó ella—. Este hombre me merece un gran respeto —dijo con tono altivo— y me he interesado por su salud. Me pareció que cojeaba. Pero insiste en que está bien y que no necesita hacerse ver por un médico.

Hicimos una reverencia al unísono y yo me alejé dejando que mi cuerpo se venciera hacia un lado, simulando cojear, mientras meditaba las palabras de la negra Beashi. ¿Cómo iba a querer que muriera, tan joven, tan bella? Ni quería que muriera ninguna, por supuesto. Pero ¿cómo prestarme a un ardid contra el faraón? Si Isis tenía razón, si no se trataba más que de una afección pasajera, todo aquello acabaría siendo un gran disparate.

Me sentía solo y desanimado, pero ni siquiera la promesa de poder ver a Kufu me ayudaba a decidirme. Mi hijo era guardia real y el faraón nos había dado cobijo y comida. Tiyi, en cambio, me había ignorado en las ocasiones en que yo había tratado de acercarme a ella.

También hasta entonces había ignorado yo la presencia de Okhém, pero volví a verlo hablando con Beashi. Seguí observándolo durante unos cuantos días a la espera de una ocasión propicia para abordarlo. Algo en su comportamiento me llamó la atención. Vi que cada vez que servían la comida rondaba las mesas, tomaba porciones de pan, de queso, higos, cebollas o frutas que no comía y guardaba con disimulo entre los pliegues de su túnica. ¿Pasaría hambre? ¿Por qué no comía apenas cuando cada día había alimento en abundancia?

—¿Por qué haces eso? —me atreví a preguntarle.

Su voz se quebró y me miró desconcertado.

—No sé a qué te refieres —respondió, pero no rehuyó mis ojos.

—Sabes bien a qué me refiero. Guardas comida. Te he visto y no ha sido solo una vez. Te aprovechas de que puedes entrar y salir a placer...

—No es lo que crees —dijo, lacónico.

Retrocedió un poco como para asegurarse de que nadie había reparado en nuestra conversación. Era un hombre de mediana edad, de porte sereno, aunque envuelto en cierto halo de misterio, y bien por lo que me había contado Beashi o por lo que me infundió su presencia, pensé que podía traerme beneficio llevarme bien con él.

—Tendrás tus razones. No diré nada, descuida —le dije.

—Es para mi hija..., ella...

Tragué saliva y vi reflejada en su expresión mi cara de desconcierto. Habría seguido hablando, pero Beashi venía hacia nosotros y el calló bruscamente.

—Tú —le dijo a Okhém— sabes cómo puede salir de aquí. No ha hecho nada y también es padre, como tú, pero a diferencia de ti está forzado a permanecer aquí. Yo solo os digo que es fácil ponerse de acuerdo en esto: sirvamos a quien más nos ofrece; y no solo oro y plata, sino una vida cómoda, con libertad para entrar y salir. ¿Por qué este hombre —dijo señalándome— no puede ver a su hijo? ¿Por qué tú, Okhém, tienes que cuidarte de los guardias para alimentar a tu hija?

Lanzó una mirada furtiva a su alrededor y continuó:

—Esta noche Raisha y Tahirah y otras bailarán para el faraón y nos reuniremos para ver el espectáculo. La guardia vigilará los patios mientras dure el recorrido y después se apostará en la entrada de la sala. Entonces podréis hablar y entenderos.

Okhém asentía sin decir nada. Cuando vio entrar a Tiyi, y que le hacía una señal para que se acercara, vi como unas gotas de sudor aparecían en su frente. Mi sorpresa fue grande cuando la reina no me pidió que me alejara antes de hablar con él. Parecía ignorar mi presencia.

Tiyi necesitaba conocer mejor a aquel hombre que se había ganado el favor del faraón y las razones que habían conducido a su esposo a adoptarlo cuando los asuntos del imperio habían de resolverse por las armas. Era Atribis el consejero indicado, tal como venía siendo, y a quien la propia Tiyi tenía ya de su lado, no aquel hombre de rostro alicaído y aire melancólico a quien no había prestado atención hasta entonces, y, sin embargo, veía conducirse por palacio con prerrogativas de alto cargo.

Por otro lado, necesitaba saber hasta qué punto podía contar con él en su propósito de ver a Pentaur sentado en el trono de Egipto.

—Mi señora... —dijo inclinándose y dirigiéndole una mirada inquieta. Temió haber incurrido en algún error involuntario.

—Dicen que el faraón te ha tomado como consultor... ¿Es eso cierto?

—Lo es. Su generosidad es grande y a él debo mi puesto.

—¿Y puedo saber a qué se deben tus méritos?

—Eso no podría decirlo yo —respondió turbado—. Solo soy un hombre que no se mete en habladurías.

—Y ese aprecio que el faraón siente por ti, ¿es mutuo por tu parte?

—¿Cómo no apreciar a quien se ha hecho cargo de mí y de mi hijo?

En el modo de responder de Okhém, Tiyi vio que era reticente a darle explicaciones. Tendría que presionarlo.

—Pero, según mis noticias, tienes también una hija. ¿No se preocupa de ella el faraón? Los dos podrían vivir al cuidado de las concubinas.

Okhém, haciendo gala de su prudencia, no quiso extenderse en explicaciones. Deseaba ardientemente que la mujer dejara de hacerle preguntas y desapareciera. Pero ella seguía examinándolo con sus ojos verdes y duros como piedras.

—Mi hijo vive bajo el amparo de un sacerdote, quiere convertirse en escriba. Ella... ya tiene su propia vida.

Ante la parquedad de Okhém, la reina no parecía dispuesta a perder más tiempo.

—Dejémonos de rodeos. Sé que estás aquí por la influencia que Isis ejerce sobre nuestro esposo.

Okhém no respondió, se limitó a asentir.

—Supongo que entonces no ignoras que nuestra relación no es precisamente lo que se podría decir... amistosa. Para las dos, lo más importante son nuestros hijos, como imagino que para ti serán los tuyos, ¿me estoy explicando bien?

—Creo que te entiendo perfectamente.

—Me alegra oírlo. Estamos viviendo un momento delicado en el que cada uno debe de ser consciente de sus decisiones y asumir las consecuencias que puedan derivarse tanto de sus palabras como de sus silencios..., sobre todo de sus silencios. ¿Comprendes también eso?

Y dicho esto, abandonó la estancia. Okhém quedó sumido en el desconcierto más absoluto ante aquella amenaza velada.

A la hora en que las sombras comenzaban a alargarse y se encendían las lámparas, parte de la guardia del faraón vigilaba los alrededores de palacio y los soldados que custodiaban el interior conducían a las mujeres hasta donde tendría lugar la representación. El ambiente era festivo y las concubinas acudían envueltas en comentarios, chismes y risas. Todas sin excepción se habían cuidado de rizarse el cabello y exhibir sus atuendos más exquisitos. Las gemas de sus collares titilaban al pasar delante de las llamas de las jarrillas de terracota, que se alternaban con las antorchas para proveer de luz en una noche en que la luna no se mostraría. ¿Quién sería la afortunada? Ningún anhelo era superior a engendrar un hijo del dios viviente.

Aquella noche pude salir del recinto prohibido para contemplar la danza en honor del faraón. En medio de aquel tránsito, a lo lejos, vi a Kufu, pero me guio la prudencia: estaba rodeado de soldados y consideré que no era momento de acercarme.

Los instrumentos de cuerda y las flautas emitían ya sus primeros acordes y, como si se tratase de una señal que ambos podíamos descifrar sin necesidad de intérpretes, Okhém y yo nos fuimos quedando rezagados, aunque ninguno sabía muy bien cómo romper el silencio e iniciar una conversación. Entre nosotros planeaba el asunto de mayor calado, el complot contra Ramsés, pero estimábamos la prudencia y nos sobrevolaba también el comentario de Beashi, a quien no sabíamos si admirar por su osadía o temer por lo mismo. La serpiente Apofis podía aparecer en cualquier momento para tentarnos en cuanto perdiéramos cuidado, y una cosa era cierta: gozábamos de los bienes precisos y de nada habíamos sido despojados. Y, sin embargo, puede que ambos anheláramos lo mismo: una mayor libertad sin mengua de nuestra posición y, por descontado, conocer la verdad acerca de lo que circulaba entre voces bajas y susurros; secretos que parecían querer emerger del fondo de las vasijas de barro.

—¡Padre! —exclamó una voz juvenil a nuestras espaldas.

Ambos nos volvimos y tuvimos delante a un joven menudo, de rostro amable, ojillos risueños y una cabeza coronada de bucles negros. Jadeaba; parecía haberse pasado la tarde corriendo. Okhém frunció el ceño y arrugó los labios. En el ocaso, los jóvenes que vivían en el templo debían estar ya recogidos. Las jornadas de estudio se iniciaban a horas tempranas y sus instructores se cuidaban mucho de que estuviesen descansados. Ellos debían ser llama y luz de los días venideros de Egipto y no era la primera vez que alguno quedaba adormilado para acudir a las clases y recibía las regañinas del maestro.

—¿Qué haces aquí, Aarón? ¿Te has escapado del templo? —El muchacho sonrió.

—Quiero ver el baile, padre; solo un poco. Tendré cuidado y me retiraré pronto. Lo prometo. Nadie me verá. ¡Lo prometo!

Era claro que el chico tenía prisa por alcanzar la felicidad que le ofrecería un cuerpo femenino. Podía entenderlo, pese a no recordar apenas cómo era yo a su edad, y su voz me llegaba como un antiguo cántico desde tiempos muy lejanos para decirme que yo también había sido joven y apasionado. Pero Okhém mantenía un gesto severo y casi reprobatorio. Mantuvo un monólogo callado consigo mismo durante unos segundos.

—Solo un momento. Y vuelve aquí para que yo pueda comprobar la veracidad de tus palabras. Este hombre y yo aguardaremos tu regreso.

—Ten cuidado —añadí yo—, que aquel soldado que ves allí con el arco dispuesto es bien fiero y podría traerte de las orejas si te descubre...

El muchacho me miró con aprensión y dudó, pero enseguida se repuso. Por sus ojos cruzó un destello de inteligencia que me recordó al aleteo de un pájaro cuando advierte al depredador para, en un instante, alzar el vuelo que lo alejará del peligro.

—Seré prudente y me escabulliré como una lagartija —replicó resuelto mientras miraba a su padre.

—¿De veras es hijo tuyo? —pregunté, perplejo.

El chico lo miraba anhelante, aguardando una licencia que no llegaba, y mi compañero lo miraba a él, echaba la cabeza hacia atrás, cerraba los ojos, volvía a mirarlo... Deduje que no era la primera vez que el joven desobedecía o mostraba un comportamiento censurable.

—No puedes comportarte así. ¿Es eso lo que te enseñan tus maestros?, ¿te enseñan que puedes andar por donde tú quieras como si fuera tu propia casa?

Nos sonrió, elevó los hombros y, en un instante, torció el gesto y se le humedecieron los ojos. Okhém debió de conmoverse:

—Te acompañaremos hasta un lugar seguro, pero ya has visto lo que ha dicho este hombre. Si te ve la guardia merodeando por aquí, nos encerrarán a todos en la mazmorra. Ponte detrás y camina junto a nosotros.

El chico, que no tendría más de diez años, primero contrajo el gesto, formuló un horrorizado «¿a todos?» sin parpadear, con los ojos y la boca muy abiertos.

—A todos —respondió Okhém con una voz que hubiera querido sonar grave y que, en cambio, sonó cariñosa—. Anda, síguenos.

—Gracias, padre —musitó, cabizbajo, y obedeció.

Pensé que quizá aquel niño no había nacido de él, sino que lo había hecho hijo suyo como yo mío a Kufu, o tal vez que fuera huérfano y lo hubiera recogido como un mero acto de generosidad, o podía tratarse del vástago de alguna noble extranjera que lo habría concebido y tenido en ausencia de un esposo llamado a combatir por el imperio. Cuando ya no quedaba nadie rezagado y la música sonaba con toda su intensidad, el muchacho se apostó junto a una columna dorsal y nosotros regresamos afuera, a la espera de que los primeros bailes concluyeran. «Solo dos», había concedido el padre. Nosotros nos acomodamos junto a una palmera, en un recodo desde el que podíamos ver la entrada a la sala. No me había respondido y me apresuré a enmendar mi pregunta, pensando que, tal vez, había sonado ofensiva:

—Admiro tu actitud. Por fortuna, la juventud de hoy es bien distinta de la que yo viví. En mi memoria quedan solo vestigios de un tiempo gris que no me es grato recordar. Un tiempo de trabajos que comenzaban con el alba y concluían con la caída de la tarde, al lado de mi padre, arando la tierra y plantando simientes. Yo temía a mi padre. Era demasiado recto... Jamás se me hubiera ocurrido pedirle licencia para ir a ver a una mujer.

Okhém prolongaba su silencio. Se contemplaba las manos, como si leyera en ellas. La noche era opaca, sin una sola estrella en medio de la intensa negrura. Cuando me respondió, parecía inmerso en los recuerdos de su infancia.

—Esas cosas sucedían con el tiempo. Nos hacíamos mayores sin que nadie nos dijera cómo habíamos de ser ni qué debíamos hacer para saber de la vida. Todo era trabajo y más trabajo.

Volvimos a guardar silencio. Él lo interrumpió.

—¿Kufu es hijo tuyo?

—Lo es. En realidad, es hijo de mi difunta esposa, pero lo he criado como a los míos —dije, respirando aliviado.

Puede que no hablase él, pero era evidente que lo hacía su curiosidad.

—Hay más de uno, por lo que dices...

—Dos más: Sinab y Hetmet, pero no están aquí. Tuve la desgracia de perderlos; a ellos y a su madre. Quieran los dioses que se encuentren bien, aunque... —Tuve que callar. Si seguía hablando de ellos, me vendría abajo.

Pareció entenderlo. Pero no era para hablar de los hijos que nos habíamos reunido. Me hizo partícipe de su preocupación por lo que se comentaba sobre Ramsés y los temores de Beashi a haberse contagiado.

—No está claro que el faraón tenga una enfermedad contagiosa. Yo la he visto cuando lo lavaban las sirvientas y, de haber sido tan pegadiza como asegura, ya se habrían infectado. Y no lo han hecho. Detrás de esos rumores está Tiyi y su rivalidad con Isis. Las esposas tienen celos de que no sea su primogénito el elegido para suceder al faraón. Y pretenden que Ramsés abdique, pero no lo hará...

Me parecía descabellado que hubiese una maquinación contra Ramsés. Pero Beashi me había hablado con el corazón y ya me había defendido en dos ocasiones. No querría enemistarme con ella; tal vez así lograra el favor de la Segunda Esposa Real. No descarté que sus palabras y su miedo al contagio no fueran más que un ardid para comprometerme y saber, llegado el momento, por cuál de las dos reinas tomaría partido.

—En el harén ya no hay división. Tiyi ha prometido oro y plata. Y la libertad de entrar y salir sin mengua de privilegios —replicó él.

—Pero, si fracasara en sus intenciones, ni siquiera alguien tan hábil como ella sería capaz de asegurar que no habrá represalias. Ten por seguro que protegería sus prerrogativas e ignoraría cada una de sus promesas.

El muchacho apareció en medio de las columnas pasándose las manos por los ojos. No venía solo. Kufu se paró delante de nosotros. Me miró y fingió no conocerme.

—¿Sabe alguno de vosotros quién es?

—Es Aarón, mi hijo. Se instruye en el templo. —Okhém había alzado los brazos al verlo, pero inclinó la cabeza ante el tono severo del soldado. No podía hacer mucho más.

—¿Y qué hace viendo el espectáculo cuando debería estar recogido?

—Es solo un muchacho llevado por la curiosidad —intervine yo.

—¿Tú por qué respondes? ¿Es también hijo tuyo? —me preguntó en tono severo.

Noté cómo un frío helador recorría mi cuerpo. Tuve la sensación de que mi vida se escurría como el agua en una clepsidra, la certeza de que, si las cosas se torcían, ni siquiera podría contar con quien había sido el hijo que más afecto me había mostrado desde que lo hice mío siendo una criatura. Mi vida transcurría en un sendero de dudas y mi salvación consistiría en ser prudente y en saber elegir bien en aquel mundo dividido. Me preguntaba si mi instinto podría ser infalible y si, en caso de tener que elegir, podría hacerlo sin equivocarme.

Mis pensamientos, que ahora me cuesta describir, pasaron por mi mente a la velocidad del viento. Apenas reparé en que el niño se había arrodillado ante su padre rogando clemencia.

—¡A una mazmorra, no!, ¡a una mazmorra no, padre! —suplicaba.

Pero Kufu tuvo un gesto de fingida piedad que supe agradecerle. Había dejado de ser hijo mío y, sin embargo, advertí en su modo de resolver el drama del muchacho un rasgo de nobleza que —quise pensarlo así— había heredado de mí.

—¡Levántate! —le ordenó—. Los hombres no lloran. Un hombre solo debe clamar piedad a los dioses. En adelante, si quieres moverte por palacio, es a mí a quien debes recurrir. Si no lo haces, te devorará una araña mientras duermes y ni siquiera tu padre podrá hacer nada por ti. ¿Me das tu palabra?

El joven Aarón se quitó un mechón que le caía sobre la frente, se secó las lágrimas y trató de recobrar su apostura antes de asentir con la cabeza. No era mal final para una noche en que, a buen seguro, había dejado de ser niño.

En nuestro siguiente encuentro descubrí la razón por la que Okhém se encontraba allí. Nunca olvidaré la tarde en que lo sorprendí tomando un baño en la pileta del harén. No tuvo ningún rubor al mostrarse desnudo, pero al cabo de un rato en que ninguno supo qué hacer o adónde mirar me preguntó:

—¿Nunca has visto un hombre a medias?

—Lo... lo siento...

Me quedé mudo. Tragué saliva y me volví para regresar por donde había venido cuando él añadió:

—Soy inofensivo, pero sé a quién me debo.

No entendí bien qué quería decir con aquellas palabras. Me encontré ante el dilema de preguntarle y preferí callar. Él me miró frunciendo el ceño y me preguntó si quería conocer su historia. Salió del agua y se mostró ante mí con su desnudez íntegra. Seguía siendo un hombre cuyo pubis parecía, en cambio, el de una mujer que hubiera envejecido de forma prematura. Solo un apéndice reducido revelaba que en aquel cuerpo seguía habiendo un hombre. Su rostro era triste y lo surcaban unas cuantas arrugas verticales. Hasta entonces no había visto que su boca no estaba completa: le faltaban un par de dientes en la hilera de abajo. Pero su dignidad era alta.

—Estoy seguro de que no fue por propasarte con nadie —me atreví a verbalizar.

—Ocurrió en las caballerizas, limpiando las patas traseras de un caballo. Pensé que se curaría pasado un tiempo. —Calló e hizo una respiración honda. Luego prosiguió—: El dolor, poco a poco, remitió, pero la sangre se fue retirando de ahí. Supuse era el proceso natural, que se acabaría al cambiar de color. Cuando pude pagar a un médico, ya era tarde.

—¿Cómo reaccionó tu esposa?

—¿Qué podía hacer? Siguió a mi lado hasta que unas fiebres se la llevaron. Gracias a ella estoy aquí. Intercedió ante Isis y a su generosidad me debo.

—¿Y tus hijos?

—Al pequeño lo conoces. Mi hija... pasa necesidades. No puedo tenerla conmigo.

No pregunté por qué, pero entendí que la comida que guardaba debía de ser para ella. Me sentí avergonzado y solo fui capaz de musitar de nuevo «lo siento», como si en lugar de un compañero hubiese sido un hijo mío el que tuviera delante.

XI
La sorpresa

Tras abandonar la cueva de las momias, Sinab se reunió con Metreb y Merimón, a los que debía mantener informados de su negociación con los saqueadores. Se acercaron hasta una casa abandonada que había a las afueras, cerca del río. Parte de la techumbre se había desplomado y del vano de la entrada solo quedaba la mitad, que abría paso hacia el interior salpicado de escombros. Se adentraron y tomaron asiento sobre lo que debieron de ser un par de bancos empotrados en dos paredes enfrentadas y desde donde podían controlar el camino. Por su ubicación, era perfecta: sus encuentros no tendrían testigos.

—Nadie sabe quién eres —le dijo Sinab a Metreb—. Por lo tanto, debes permanecer en la sombra o mi vida estaría en peligro.

—¿Qué quieres decir?

—Para garantizar mi seguridad, les he dicho que, si yo muero, tú revelarías la existencia de la tumba. El precio que nos toca pagar es que nunca deben vernos juntos. De lo contrario, no tengo dudas de que intentarán matarnos a los dos.

Metreb vio en aquella explicación un intento de dejarlo al margen de obtener su parte en la recompensa de su hallazgo. Sinab percibió la desconfianza de su amigo y despejó sus dudas. Sabía bien que, si le negaba su parte, si no conseguía un médico que curase a su hijo, estaba dispuesto a enemistarse con él... y a hacérselo pagar. Llevado al extremo, era capaz de lo que fuera. Su causa estaba por encima de todo.

—Esta noche conoceré al jefe de la banda y quedará claro que a mí me corresponderán dos partes de cualquiera que sea el beneficio de la venta de las joyas. Una parte será tuya. A partir de entonces, Merimón será el único enlace que exista entre nosotros, al menos, por el momento.

Sinab apreció un gesto de contrariedad en el rostro de Merimón.

—En cuanto a ti, no debes preocuparte: dividiré contigo una parte de lo que yo perciba.

Había acordado reunirse con Bejem y Akmón, los dos ladrones, un par de miserables sin capacidad de enmendar un destino que se reía de ellos, para que lo condujeran ante la presencia del jefe de la banda. Se habían citado en la taberna El León Dorado, desde donde partirían al encuentro con el desconocido.

A pesar de ser noche cerrada, las calles de Tebas estaban atestadas de gente. Durante el camino, se cruzaron con dos soldados nubios y a Sinab le pareció que uno de ellos saludaba con la cabeza a Bejem, el de la sonrisa de hiena, y que este le correspondía... ¿Era posible? ¿Un soldado saludando a un ladrón?, se preguntó. No pudo evitar el sentirse inquieto ante la posibilidad de que lo que debía ser una cita se tratase, en realidad, de una encerrona; inmediatamente descartó esa posibilidad. Tenía el salvoconducto que le ofrecía Metreb.

Cruzaron varias callejuelas hasta que el olor que impregnaba el aire le hizo comprender que se dirigían hacia el barrio de los pescadores. No se equivocó. Pasaron junto a unas casas situadas frente al embarcadero. Allí, ante las puertas, y a luz de las antorchas, algunas mujeres asaban pescado sobre unas trébedes y otras reparaban las redes de los pescadores, al tiempo que ellos cantaban mientras bebían vino y cerveza. Sinab se extrañó de que, a pesar de la oscuridad, aún continuaran llegando barcas, hasta que le explicaron que algunas se dedicaban a la pesca nocturna.

Doblaron una esquina y entraron en un callejón estrecho y mal iluminado. Al fondo, tan solo se veían dos casas que parecían abandonadas. Rodearon una de ellas buscando una entrada trasera y entraron a través de una puerta desvencijada. Después de recorrer un largo pasillo, llegaron a una estancia iluminada con dos pequeñas antorchas. Allí, tras una mesa, escondido entre las sombras, lo esperaba el jefe de los ladrones.

—Así que eres tú el que quiere participar en mi negocio.

Sinab entornó los ojos para concentrar su mirada en quien le hablaba, intentando ver su rostro. No pudo disimular su sorpresa al comprobar que se trataba de Atib, el tratante de esclavos que lo había vendido a Maneb. Un auténtico hijo de mala madre.

—Recuerdo haberte vendido junto a una mujer, y sé que los dos habéis huido juntos de la cantera. ¿Seguís teniendo contacto?

A Sinab le sorprendió aquella pregunta. Aquella era una reunión para conseguir integrarse en la banda y no para hablar de sus asuntos personales.

—Eso no es cosa tuya ni el motivo de esta reunión. He venido porque sé que estás desvalijando tumbas y quiero formar parte de tu grupo. Supongo que estos dos ya te habrán informado de cuáles serán las consecuencias para vosotros si no aceptas mi proposición.

—Sí, ya sé que tienes por ahí fuera un socio que estaría dispuesto a revelar nuestro secreto.

—Y no dudes de que lo hará a la primera ocasión en la que no reciba mis noticias.

—Siendo así, deberemos tratarte con mucho cuidado, no nos conviene que mueras —Bejem y Akmón acogieron con risotadas aquel comentario de su jefe—, pero te repito mi pregunta: ¿sigues en contacto con aquella mujer?

—¿Por qué tienes tanto empeño en saberlo? —preguntó Sinab.

—Porque en nuestro, vamos a llamarlo, «negocio», una mujer despierta menos sospechas que un hombre; además, siempre es bueno tener a una cerca. Nunca se sabe si la puedo necesitar para... algo más —dijo sonriendo, a pesar de que su mirada era fría, casi cruel.

Aquella insinuación no le gustó a Sinab. La personalidad que Atib le estaba mostrando no era la misma que manifestaba cuando actuaba como vendedor de esclavos. Era evidente que en el mercado fingía un papel que no se correspondía con su verdadero carácter. Si como vendedor de esclavos se mostraba alocado y jovial, ahora lo veía como a un ser malicioso y calculador.

—Ten cuidado. Acercarse demasiado a ella puede resultarte peligroso según lo que pretendas conseguir —le advirtió Sinab.

Sus miradas se cruzaron en lo que parecía un claro desafío. Atib rompió el silencio.

—Mañana esperamos la visita de un sirio que quiere comprar uno de los anillos que mis hombres recogieron ayer de la gruta. Tú te encargarás de ofrecérselo y yo estaré cerca para ver cómo te las arreglas durante la transacción. La venta aún no está cerrada y es posible que deba intervenir si veo que no consigues arrancarle un buen precio.

—¿Con cuánto te darías por satisfecho?

—Por un mínimo de cuatro *debens* de cobre.

—¿Y si consigo más?

Esa vez la carcajada surgió de la garganta de Atib.

—Veo que desconoces el carácter negociador de los sirios. Te costará mucho esfuerzo conseguir esos cuatro *debens*.

—¿Cómo podré reconocer a ese hombre?

—¿Acaso eres tan estúpido que no sabes distinguir a un sirio de un egipcio? Aparte de por sus ropas, lo reconocerás enseguida. Tiene una barba negra y rizada.

Al día siguiente, Sinab esperaba al extranjero en La Gacela Blanca. A aquella hora de la mañana no había nadie más que él en la taberna, excepto un hombre que le daba la espalda: era Atib, dispuesto a escuchar cómo se llevaba a cabo la negociación.

Antes de cruzar la puerta, el sirio miró hacia el interior de la taberna. Al ver a dos hombres en mesas separadas, dudó hacia cuál de ellos debía dirigirse. Sinab le hizo un gesto con la cabeza indicándole que se aproximara. Una vez reunidos, puso el anillo sobre la mesa.

—Si quieres este anillo, te costará cinco *debens* y cuatro *kites* de cobre.

El sirio ni siquiera se había molestado en examinarlo y ya mostró su disconformidad con el precio.

—Me habían advertido de que los egipcios os creíais con derecho a engañar a los extranjeros. Ese anillo no vale más de cuatro *debens*.

Ante la sorpresa del sirio, que probablemente esperaba entablar una negociación para rebajar el precio, Sinab recogió el anillo y se levantó de la silla dispuesto a dar por finalizada la reunión. Cuando ya estaba a punto de salir de la taberna, escuchó a su espalda la voz del extranjero.

—¡Te ofrezco cinco *debens* y dos *kites*!

Sinab volvió a donde se encontraba el comprador y le dirigió una mirada amenazadora.

—Tienes suerte de que hoy me sienta generoso. Acepto tu oferta, pero si algún día tenemos que volver a negociar, no intentes ofenderme de nuevo discutiendo el precio que te pida, porque, si lo haces, mediré cuánto puede hundirse mi cuchillo en tu garganta.

El pánico cobró vida en el rostro del sirio. No respondió, se limitó a afirmar con la cabeza dándose por enterado de la amenaza mientras sus ojos no se apartaban del cuchillo que Sinab sostenía en la mano. Atib, que había escuchado la conversación, estaba seguro de haber encontrado en Sinab a su mejor negociador.

A Sinab le carcomía la curiosidad de saber cómo habían encontrado la cueva de las montañas y por qué estaban allí aquellas momias. Consiguió que Bejem le confiara el secreto.

—¿Sabes quién fue Bakenkhonsu? —preguntó Bejem.

—¿Un sacerdote?

—Sí, pero no uno cualquiera. Era el sumo sacerdote del templo de Amón, en Tebas. Durante muchos años, Atib estuvo a su servicio. En su lecho de muerte, Bakenkhonsu lo llamó a su lado y le reveló un secreto heredado de uno de sus antepasados: la existencia de una cueva en la que unos piadosos sacerdotes habían ordenado ocultar las momias de antiguos faraones para evitar que fuesen expoliadas por los ladrones de tumbas. Antes de expirar, Bakenkhonsu le indicó a Atib la ubicación exacta de la tumba. Previamente, le hizo jurar que tan solo revelaría este secreto a alguien de su plena confianza cuando él también estuviese a punto de morir. Pero, cuando Atib entró por primera vez en la tumba y descubrió sus riquezas, traicionó su juramento. Desde aquel momento, al verse rico, su carácter cambió. Si hasta entonces había sido un hombre humilde y en quien se podía confiar, se convirtió de pronto en alguien receloso, arrogante y tiránico, incluso con los que siempre habíamos sido sus amigos.

—Y teniendo tantas riquezas a su alcance, ¿por qué se dedica a la venta de esclavos?

—Es su tapadera. De alguna forma ha de justificar su estilo de vida, en el que no faltan mujeres, vino y cuanto puede desear un hombre.

—Y tú ¿cómo llegaste a formar parte de su banda?

—Nos conocemos desde niños. Yo trabajaba como curtidor de pieles. Atib entendió que él no podía estar ocupándose al mismo tiempo de la venta de esclavos y de saquear los objetos de la tumba. Nos reclutó a mi hermano Akmón y a mí para formar una banda, pero no todo fue tan provechoso para nosotros como él nos lo presentó. Antes de llegar vosotros, mi hermano y yo éramos los encargados de desvalijar y vender los objetos de la tumba pero, a pesar de ser los que más nos arriesgamos, Atib nos entrega una mínima parte de las ganancias. Aun así, aunque más peligroso, es un trabajo menos sacrificado que el de curtir pieles y los beneficios son mayores.

—¿Y no se os ha pasado por la cabeza la idea de quitarlo del medio?

—No te lo negaré, pero mi hermano es un saco de huesos y yo... —Se rascó la cabeza, miró al suelo y añadió—: Me falta valor.

A media tarde, con el sol a punto de ocultarse tras las montañas y la brisa ondeando su túnica, Sinab vio a Merimón aproximarse a la casa derruida y apresuró sus pasos. Tenían trabajo y todo indicaba que estaban por sacar buenos beneficios. Solo faltaba que ella entrase en el juego.

Había valorado la propuesta de Atib y llegado a la conclusión de que no era una mala idea: convertir a Merimón en vendedora de objetos robados podría otorgarle cierta ventaja al negociar con los hombres y, al mismo tiempo, ella tendría una parte de pleno derecho en el reparto de los beneficios sin que él tuviese que compartir una parte de los suyos. Y no olvidaba que estaba en deuda con ella por el tiempo que estuvo a su cuidado en las canteras. No le había resultado fácil convencerla. Ella era una mujer sencilla que aspiraba a tener una vida normal y corriente, como la que había tenido antes de que su padre la vendiera confiado en que tendría una vida mejor. No había sido así. Aunque no la conocía mucho, sabía que le asqueaban ese tipo de historias. «Hay hombres y mujeres que enloquecen con la promesa de joyas y placeres, pero las joyas y los placeres nunca traen la paz que prometen», le había dicho días atrás. Él había insistido en que no era algo que hubieran buscado, sino que había venido a ellos. «Será por poco tiempo; te lo prometo», le había asegurado.

—¡Aborrezco a ese hombre! Estoy segura de que es una farsa y que tan solo pretende tenerme cerca.

—Quizá te equivoques. A él le interesa que nos vaya bien...

—Creo que no has adivinado sus verdaderas intenciones. Intuyo perfectamente lo que quiere de mí.

—Eso no ocurrirá. Si te pone una mano encima es hombre muerto.

—Si no te mata él antes...

—No lo hará. Me necesita. Además, no es rival para mí.

Merimón se esforzó en creerlo. Puede que fuera su propia aprensión después de haber visto la mirada sucia de Atib el día que los vendió. Detestaba a aquel hombre. Habría querido no verlo más. Finalmente, cedió, pero no sin obtener a cambio el juramento de Sinab de que se irían lejos en cuanto la mercancía estuviese vendida. Omitió decir si juntos o cada uno por su lado. Quizá él no sentía lo mismo por ella.

—¡Vaya vaya! Veo que tu amante te ha convencido para que volvamos a encontrarnos —dijo Atib cuando tuvo frente a él a Merimón.

—Ni hemos sido, ni somos amantes —respondió Sinab con brusquedad—; tan solo he considerado que tu propuesta era razonable. Pero, aun así, quiero que sepas que no permitiré que corra ningún riesgo; la tendré vigilada. Nunca se sabe qué puede ocurrir si el comprador se niega a cerrar el trato y surge alguna disputa.

—¿Has visto, Merimón? En Sinab, acabas de encontrar a tu protector —ironizó Atib—. Por mi parte, no solo no me opondré, sino que aceptaré su ofrecimiento. Me da seguridad. Tu primera venta será mañana y... ya veremos el resultado.

—¿Qué ocurrirá mañana? —preguntó Merimón, insegura.

—Conocerás a un mercader babilonio que ha hecho fortuna como tejedor y quiere alardear de ella presumiendo de poseer un collar que haya colgado del cuello de algún antiguo noble egipcio. Es este.

Cuando Atib puso el collar sobre la mesa, Merimón lo tomó y al instante apreció la delicadeza de la labor: tenía tres vueltas, el oro se alternaba con la plata y en el centro lucía una piedra brillante de un color azul que ella no había visto nunca antes.

—¿Qué clase de piedra es esta?

—Es un zafiro y su precio está al alcance de muy pocos. Perteneció a Panehesy, un gran visir del faraón Merenptah, hijo del Ramsés II el Grande, lo que lo convierte en un objeto muy valioso.

—Y ¿cuánto debo pedir por él?

—No aceptaré menos de nueve *debens* de oro. Si el babilonio es tan rico como alardea, no discutirá el precio. Y, si lo hace, no escuches ninguna oferta inferior y regresa con el collar. Por fortuna, no faltan interesados en poseer objetos que hayan pertenecido a antiguos nobles y faraones y siempre habrá alguien dispuesto a pagar el precio que pido.

Merimón intentaba disimular su azoramiento ante aquella primera reunión. El babilonio mostró su extrañeza al ver que la vendedora era una mujer. Por esa razón se mostró reacio a regatear el precio pensando que, si no lo hacía, quizá podría obtener otro tipo de recompensa. Su decepción fue que tan solo recibió una sonrisa de agradecimiento por parte de Merimón. Ella se sintió aliviada, la operación le había resultado fácil y aumentó su confianza para futuras transacciones. No valoró que todas no iban a ser sencillas ni que, posiblemente, debería pagar un alto precio por haberse unido a aquella banda de ladrones.

Desde aquel día, Sinab y Merimón fueron los elegidos para llevar a cabo la mayoría de las ventas, y provocaron el malestar de los otros dos miembros de la banda.

—Llegáis los últimos y os hacen responsables de los mejores tratos. No me parece justo —dijo Bejem.

—No es a mí a quien debes decírselo. Yo sigo las órdenes de Atib igual que tú. Es a él a quien debes quejarte —respondió Sinab.

Atib sonreía satisfecho escuchando la discusión entre sus hombres. Hacía mucho tiempo que no presenciaba ninguna reyerta y le pareció que en aquel momento estaba a punto de iniciarse una.

—No te molestes, Bejem —intervino Atib—. Si Merimón hace tantos tratos es porque espero que, algún día, esté dispuesta a agradecérmelo con algo más que una sonrisa. Comprenderás que no puedo esperar lo mismo de ti.

Bejem no pudo replicar al argumento, aunque no le hizo ninguna gracia, menos aún a Sinab. No era la primera vez que Atib hacía aquel tipo de insinuaciones. El hijo de Kemish decidió que aquella sería la última.

—Vuelve a insultarla así y te aseguro que será la última vez que lo hagas.

Atib no se inmutó ante la amenaza, confiaba en la ayuda del resto de la banda si Sinab lo atacaba. Pero no tuvo en cuenta que ellos ya habían comprobado la habilidad de Sinab con el cuchillo el día que lo encontraron en la cueva, y no estaban dispuestos a intervenir.

—No te ofendas —continuó Atib—. Seguro que ella no lo ha hecho. ¿Acaso conoces a una sola mujer a la que no se la pueda deslumbrar con tantas riquezas como las que yo poseo?

—No lo sé porque yo no he vivido tantos años como tú ni poseo tantas riquezas como dices tener. Pero no tendrás la oportunidad de volver a deslumbrar con ellas a ninguna otra mujer.

Se había preguntado muchas veces por qué eran ellos los únicos que arriesgaban. Si los veían los guardias en alguna de las transacciones, se acabaría la admiración de su padre y el feliz descanso que anhelaba para su madre. Atib solo esperaba la ganancia sin exponerse lo más mínimo. ¿Para qué lo necesitaban? Hacía tiempo que no estaba conforme con la parte del botín que recibía mientras veía cómo aumentaba la fortuna de Atib. Estaba decidido a invertir aquella situación y convertirse en el líder de la banda. Y sabía que, para conseguir sus propósitos, debería matar a su jefe.

Sinab se acercó a Atib con el cuchillo en la mano. Este tuvo miedo al comprobar que los otros no estaban dispuestos a ayudarlo. Intentó mostrarse conciliador, pero Sinab sabía que aquel era un momento que debía aprovechar y no pensaba darle otra oportunidad. Merimón miraba a su alrededor y, nerviosa, dio unos cuantos pasos hacia atrás tratando de encontrar un rincón que le permitiera seguir el desarrollo de la pelea, temerosa de un desenlace fatal; solo la idea de perder a Sinab y quedar en manos de Atib la aterraba.

—Bejem, dale un cuchillo. Quiero que tenga la oportunidad de defenderse —ordenó Sinab.

—No lucharé contigo —respondió Atib—. Si te mato, tu misterioso amigo revelaría el paradero de la cueva y... no me conviene.

—Dices eso porque eres un cobarde. Sabes que no tienes ninguna posibilidad de matarme. ¡Bejem, te he dicho que le entregues un cuchillo!

Bejem puso un cuchillo en la mano de Atib y él comprendió que debía elegir entre morir o que, quienquiera que fuese el amigo secreto de Sinab, desvelara el paradero de la cueva por haberlo matado. Eligió vivir. Los dos hombres cortaban el aire con sus cuchillos apuntando hacia el pecho del otro. Atib lanzó un primer ataque contra Sinab, este se echó a un lado y la hoja lo hirió en el brazo izquierdo. La herida de Sinab hizo que Atib cobrara confianza. Cuando intentó un segundo ataque, una patada de Sinab en la mano de Atib, hizo que se le cayera el cuchillo quedando a merced del arma de Sinab. Ninguno de los presentes imaginaba que sería capaz de matar a un enemigo indefenso que, con los brazos en alto, suplicaba por su vida. Se equivocaron. Lo vieron sonreír mientras su cuchillo se clavaba en el corazón de Atib.

—Ya habéis visto lo que le ocurre a quien se enfrenta a mí. A partir de ahora las órdenes las doy yo. ¿Alguien quiere oponerse?

Negaron con la cabeza aceptando su liderazgo. Sinab miró el cuerpo ensangrentado de Atib y ordenó a los hombres que se marcharan para quedarse a solas con Merimón. Entonces, la cogió por la cintura y la besó sin que ella mostrara resistencia. Muy al contrario, Merimón había estado esperando aquel momento desde que, por primera vez, le llenó el cuenco de agua cuando trabajaban en las canteras y, aun después, cuando limpió sus heridas y compartió su olor.

Sin temer el castigo de los dioses por su desprecio hacia la presencia del cuerpo inerte de Atib, y ante la perspectiva de las riquezas que les aguardaban, a ninguno de los dos les importó que su cadáver fuese el único testigo del instante en que, por primera vez, se convertían en amantes.

XII

La proposición de Tiyi

Durante la entrega de recompensas por las victorias de los ejércitos de Ramsés, Tiyi había observado el momento en el que Ramsés mantenía una conversación con Kufu. Al llegar la noche, lo hizo llamar a su aposento. Cuando entró, la reina le daba la espalda mientras miraba desde la defensa de su terraza hacia el valle. Tan solo el ulular de una lechuza rompía el silencio nocturno.

—Sé bienvenido —le seguía dando la espalda mientras le hablaba—. Ante todo, quiero darte las gracias por haber salvado la vida de mi hijo. Sé lo que hiciste por él y, al igual que el faraón, yo también estoy dispuesta a recompensarte. Dime qué puedo ofrecerte y lo tendrás. —Entonces, se giró hacia él y lo miró fijamente a los ojos—. Sea lo que sea.

Kufu se inclinó hacia ella y tardó un instante en responder.

—Te lo agradezco, mi señora; pero no me debes nada. Yo tan solo cumplí con mi deber de soldado.

Tiyi no estaba segura de si el militar estaba rechazando su proposición o no la había comprendido. Quiso aclararlo, porque, Kufu, como hombre cercano al faraón, podía tener una importancia decisiva para llevar a cabo sus planes; y necesitaba ponerlo de su parte.

—Veo que no eres ambicioso y no estoy segura de que eso me guste. ¿No eres ambicioso, Kufu? —preguntó entornando los ojos y clavándole una mirada inquisidora.

Ante lo directo de aquella pregunta, Kufu no supo qué responder. Titubeó.

—Tengo cuanto necesito —respondió al fin.

Tiyi sonrió mientras negaba con la cabeza.

—Déjame ver: si no estoy equivocada, no eres más que un soldado al servicio del faraón que algunas noches se acuesta con Neftis, ¿o eres algo más que eso?

Kufu no supo distinguir si aquellas palabras en boca de la reina encerraban ironía o desprecio, pero decidió mostrarle su orgullo.

—Yo no lo veo así. Gozo de la confianza de Ramsés y del amor de tu hija.

—¿De mi hija, dices? ¿Qué clase de amantes sois si no sabes que Neftis no es hija mía? Es hija de Isis, la extranjera. Eso me hace ver que tan solo os reunís para fornicar, que ni siquiera sabéis nada el uno del otro. Además, si te conformas solo con eso y con servir de escolta al faraón... quizá no merezcas nada más. Puede que ignores también que los mayores triunfos pertenecen a hombres arriesgados... y no solo en las batallas. Son quienes logran cambiar el curso de situaciones y acontecimientos injustos.

Kufu comenzaba a impacientarse ante lo que consideraba un hostigamiento por parte de la reina. ¿Injusticia? ¿De qué hablaba? Decidió preguntar abiertamente.

—No te comprendo, mi señora. Me haces llamar a tu estancia privada, comienzas por ofrecerme una recompensa y terminas insultándome. En realidad, ¿qué pretendes?

Tiyi supo valorar aquel gesto de indignación de Kufu; le indicaba que no era alguien sumiso aunque precisamente era eso, sumisión, lo que pretendía conseguir de él. Comprendió que debía hablarle sin ambages.

—Lo que pretendo es que sepas que, si tú quisieras, podrías cambiar a tu princesa por una reina y, al mismo tiempo, dejar de ser un simple guardián de Ramsés para convertirte en visir de Pentaur, cuando se convierta en faraón.

Kufu empezó a comprender el sentido de aquella conversación. Ramsés gozaba de buena salud y nada hacía prever su muerte. Y el faraón tenía más hijos que también aspiraban al trono.

—¿Tan segura estás de la coronación de tu hijo?

—Para eso te he hecho llamar, para pedir tu apoyo. Ya son muchos los que aprueban la muerte de ese viejo borracho. Y no solo eso: tiene una enfermedad que va contagiando a quien se aproxima a él. Ya hay más de una concubina infectada. De seguir así, puede acabar con todo el harén y hasta con sus dos esposas.

—Entonces, ¿para qué me necesitas si, como tú dices, no soy más que un simple soldado?

—Porque tú formas parte de su entorno de seguridad más cercano y él confía en ti. Y te necesito porque quiero que convenzas al resto de su guardia personal de que, cuando llegue el momento en el que Ramsés tenga que morir, no salgáis en su defensa y no os opongáis a la coronación de mi hijo. Habla con ellos y asegúrales que sabré recompensar su compromiso. Pero evita hacerlo con los mercenarios *shardana* de su entorno. Desde que Ramsés les concedió tierras por aliarse con él en las batallas de Oriente, le son más fieles que los propios egipcios. Cuando llegue el momento nos encargaremos de ellos.

Tiyi percibió un reproche en la mirada de Kufu.

—Esto, que parece un complot rastrero, encierra una preocupación por su estado de salud. Le espera un gran tormento. Eso, sin hablar de las mujeres que se ven obligadas a yacer con él en estas condiciones.

—¿No sabe que su enfermedad es contagiosa?

—Ni lo sabe ni debe saberlo. O se le arruinarán los días que le queden por vivir. Sería una crueldad; así lo ha asegurado su médico.

—¿Y qué ocurrirá con Ramosé? Él se considera el legítimo heredero.

—Ramosé no será ningún problema, como tampoco lo serán Isis ni Neftis con quien, es evidente, que no debes comentar nada de lo que estamos hablando. La enfermedad del faraón es un secreto que no debe ser desvelado. De propagarse, su ira podría llegar a desatar plagas que... es mejor no imaginar. Las leyendas de nuestros antepasados relatan cosas terribles. Él está seguro de que lo suyo es pasajero.

—¿Qué piensas hacer con ellos?

—Ramosé también debe morir. Sigue fundando la expansión del reino en las batallas, y es claro que hay otras vías de anexionarse territorios —dijo muy segura—. En cuanto a Isis... ¡Ah, Isis! —exclamó juntando las manos—. Es una intrusa. Por su culpa me engañó Ramsés. Ella dio de mamar leche de su pecho a Ramosé y a mí me ordenó guardarme para él.

—Estoy seguro de que su pecho nunca habrá lucido tan hermoso como el tuyo... —dijo recorriéndolos con su mirada.

—Puedes estar seguro. ¡Él no quería ver mis pechos como los de Isis! ¡Y mira con qué me paga! Tuve que criar a mi hijo con leche de cabra... A la vista está que sus músculos y los de su hermano no son los mismos. Tampoco el carácter lo es. Y ahora su padre pretende equipararlos en una disputa que no es pareja. —Se dejó caer en el diván. La rabia se adueñó de su voz y su mirada se tornó pérfida—. Es una hechicera que le hace ver lo que ella quiere que vea. Por esa razón a ella no la mataré; le reservo un destino peor que la muerte: estará recluida en el harén a disposición de cuantos hombres quieran gozar de ella. Y, cuando llegue el día en el que sea tan vieja que todos la rechacen, se la entregaré a los embalsamadores. Ninguna mujer quiere fornicar con ellos debido al olor a cadáver que desprende su piel, y se ven obligados a hacerlo con las muertas. Me quedarán eternamente agradecidos si les ofrezco un cuerpo femenino que, aunque esté deteriorado por los años, aún conserve en su interior un corazón latente. En cuanto a Neftis... su vida te la regalo... si es que de verdad la quieres. Aunque, como te he dicho antes, puedes elegir entre tener a tu lado a una pobre princesa huérfana que vivirá sus días llorando sobre tu hombro... o a una reina dispuesta a concederte todos tus caprichos y a satisfacer tus deseos.

Mientras pronunciaba aquella última frase, Tiyi se había ido despojando lentamente de su túnica. Su voz era suave pero firme, melodiosa pero rotunda, y en sus ojos y en su piel brillaba la llama de la concupiscencia. ¿O era la profusión de joyas que la adornaban lo que brillaba y emitía destellos que parecían emerger de su figura?

Fue cuando, en lugar de admirar las redondeces del cuerpo de la reina y los afeites que embadurnaban su piel, los ojos de Kufu recorrieron los objetos de oro que la adornaban: diademas, anillos, collares, tobilleras y pulseras de oro que, ahora, eran su único vestido.

La reina puso en su mano algo antes de que abandonara la estancia. Se la cerró sin que él llegara a ver nada, le dedicó una última mirada con sus ojos de hechicera y solo dijo:

—Ahora, puedes retirarte.

Al abandonar la estancia real, abrió la mano para comprobar qué era aquel regalo de la reina. Desde aquel momento, en sus orejas lucirían dos magníficos aretes de oro.

Cuando Kufu regresó al lado de Neftis, ella dormía. Él no pudo hacerlo en toda la noche pensando en las palabras de Tiyi. Sentía que, una vez que había pasado a formar parte del entorno del faraón, ya no la necesitaba. Ahora que la reina le había hablado de fuerza y de osadía, veía a Neftis con mayor claridad: a la armonía de su rostro le faltaba precisamente eso, determinación, arrojo.

Quizá se debiera a que era hija de la extranjera, como le había confesado Tiyi. Para él, su relación con la princesa no había sido más que una aventura y, si en algún momento sintió por ella algo de cariño, el tiempo lo había arrastrado con la misma cadencia con la que fluían las aguas del Nilo; aquella falta de carácter había terminado por desmotivarlo. Veía a las claras el coraje y la audacia en la expresión de la Segunda Esposa Real que, sin duda, merecía ser la Primera. Tiyi era más joven que Isis y estaba bendecida con una belleza que, a pesar de su edad, resultaba turbadora. No solo eso, sino que parecía tener una visión nueva de cómo debían ser los atributos del nuevo faraón. La historia de Egipto estaba plagada de guerras que esquilmaban las arcas y regaban de sangre los campos.

Pero tampoco podía despreciar a la princesa sin una buena razón; al menos, no alguna que le pudiera confesar y que ella estuviese dispuesta a aceptar. Quizá —pensó— la única podía ser la de que entre ellos ya había demasiados silencios, o confesarle que su único interés por ella había sido el de aprovecharse de que era la hija de Ramsés. O serle completamente sincero y hacerle saber que, en realidad, ya no sentía nada por ella. Que incluso dudaba de haber sentido nunca nada por ella, y decirle que él no se consideraba responsable de que hubiese cometido la locura de entregársele con aquella pasión que él nunca le pidió. Neftis no podría lanzarle ningún reproche, porque él ni siquiera le había dicho ni una sola vez que la amaba... al menos que él lo recordara. Quizá al principio, cuando aún trataba de garantizarse su permanencia en palacio al servicio del faraón o cuando las palabras que pronuncian los amantes están destinadas a halagar los oídos del otro pero que en realidad no se sienten y quedan ocultas bajo el manto de la mentira o del tiempo.

Pero recordó que ella le había ofrecido libertad para acabar con su relación, si él lo deseaba. Entonces le surgieron dudas: ¿y si aquella oferta eran tan solo palabras?, ¿cómo confiar en la reacción de una mujer que se siente despechada cuando, además, era la hija del faraón?, ¿le retiraría Ramsés su favor si la abandonara? Y, por último, ¿qué ocurriría con Kemish, su padre, si se descubría la conspiración antes de que se produjera la muerte del faraón? Porque, a pesar de haberse distanciado de él, no olvidaba que lo había acogido junto con su madre.

Esos pensamientos bullían en su cabeza cuando la miró. Le estaba agradecido por haberle entregado su juventud y facilitado su ascenso en la corte, pero no dejaba de pensar en la oferta de una reina, todavía atractiva, cargada de oro, poder y promesas.

Apenas se había puesto el sol en dos ocasiones desde que Tiyi le hiciera su oferta. Todo ese tiempo de zozobra lo acababa conduciendo a un callejón sin salida. No podía imaginar qué sería de él si se negaba. La propia reina, cuyo poder de seducción era innegable, podía indisponer a su esposo en contra de él, que no era sino un simple escolta. Si Ramsés atendía las razones de la reina, tanto él como su padre podían verse fuera de palacio; del mismo modo que los había acogido, podía retirarles su protección.

No obstante, aún quiso asegurarse de que el faraón tenía la enfermedad de la que le había hablado la soberana. Kemish, que estaba en contacto con las mujeres de las que se servía el faraón, debía saber qué había de cierto en ello. Desde que le confesó que no era hijo suyo, solo lo había visto una vez, y no por su voluntad.

XIII

Un reencuentro inesperado

Para mí fue una sorpresa la visita de Kufu. Cuando lo tuve enfrente quise disimular mi emoción, evitar sentimentalismos y saber a qué se debía su presencia después de que se ausentara de forma tan violenta durante nuestro último encuentro.

—¿Qué te trae por aquí? —pregunté, procurando que el tono de mi voz no le sonara a reproche.

—Vengo a pedirte disculpas. Fui muy desconsiderado contigo el día que reprendí al hijo de tu amigo. Yo sé bien quién eres y sé quién has sido para mí.

Le ofrecí asiento. Quería creer que volvía arrepentido, pero no olvidaba que detrás de su mansedumbre quizá se ocultaba alguna otra intención. Tal vez su visita se debía al interés por alguna mujer.

—He sido desleal contigo. Eres el hombre que se hizo cargo de mi madre y de mí. Mereces mi respeto y mi gratitud.

No quise ocultarle que mi corazón se había quedado roto desde aquel día. Si fue duro verlo salir airado el día que le hice la confesión, más había sido aquel otro en que me había tratado como a un perfecto desconocido ante la presencia de Okhém.

—Te eduqué lo mejor que supe y, a mi manera, os amé a tu madre y a ti. Créeme: podría no haberte confesado la verdad, pero sé que a mi vida no le queda ya mucho tiempo y tu inquietud me brindó la oportunidad de sincerarme. Un hombre vive su vida como sabe, o como puede, y va dejando para mañana todo aquello que ignora cómo abordar hoy. ¿Habríamos sido yo mejor padre y tú mejor hijo si lo hubieras sabido antes?

Kufu callaba y se miraba las sandalias. Vio un escarabajo negro, brillante, corretear junto a la pared. Lo tomó como una señal de que el dios Khepri se hallaba presente en aquella conversación y lo invitaba a renacer como un hombre nuevo, maduro, hecho ya a sí mismo, tal como hacía el dios y lo hacía el sol cada mañana. De hecho, a nadie podía culpar de que las cosas hubieran sido como fueron. Su padre estaba muerto y su madre también. Una vez que Sinab y Hetmet vivían condenados a su suerte, yo era su única familia.

—Alguna vez le dije a tu madre que debíamos contarte la verdad y me dijo: «Me repudiará; se escabullirá una noche y no volveré a saber de él. Aguardemos a que sea mayor y pueda entenderlo. Kufu es sensible y lo comprenderá». Para mí fueron suficientes aquellas palabras; lo contrario habría significado oponerme a su voluntad. Y, muerta ella, podrías haber seguido ignorante y habrías seguido reprochándome no haber sido más cariñoso contigo. El día que me interpelaste podría haberte dicho que eran imaginaciones tuyas, haber esquivado la respuesta. Lo cierto es que, aunque te quise, siempre te vi como el hijo de otro... —dije arrastrando las palabras—, y es ahora en cambio cuando siento que eres hijo mío; ahora, cuando ya no hay secretos entre nosotros.

Volví a ver la tristeza en los ojos de mi hijo mientras yo cargaba con mi pesar. Y también su madre había arrastrado el suyo. Entonces se interesó por mi situación.

—¿Te tratan bien aquí? ¿Necesitas algo?

—Me tratan bien. No te inquietes por mí. ¿Y tú?, ¿mantienes tu amistad con la hija del rey?

—La mantengo, aunque ya no es como al principio. Pero me han servido mucho tus consejos para no pecar de impaciente.

—¿Y se presenta un... heredero?

—Ella me ama, pero yo no estoy tan seguro. Fue todo un honor lograr este puesto en la guardia real y se lo debo a ella, pero confieso que mi relación ha servido a este interés. Hay muchas mujeres y aún soy joven...

—Ten cuidado. Si piensas dejarla, muévete con cautela. Una mujer despechada es capaz de la mayor vileza.

—Lo sé —aún tenía frescas las palabras de Tiyi—, y no olvido que estamos aquí gracias a ella. Seré prudente. Por ti y por mí. Por cierto, ¿has oído lo que se dice del faraón?

En aquel momento me surgieron dudas acerca del verdadero motivo de su visita. Parecía que no había venido a disculparse, sino a comprobar si yo podía facilitarle alguna información.

—¿Del faraón? Oh, sí, eso. Las mujeres se quejan cada día de sus requerimientos. Debe de ser un trago duro complacer a quien apenas se tiene en pie, ya sea por su edad o por sus continuas borracheras.

—¿Qué hay de su misteriosa enfermedad?

—Algo dicen, pero no sé detalles.

—Yo he oído por ahí que es contagiosa y que ha pasado ya a algunas de las concubinas.

—La negra Beashi se ha puesto enferma, pero ha sido por alguna afección en el vientre. Ya está mejor.

—Pero puede que lo que se dice de su enfermedad no sean más que habladurías. Quizá hay otros intereses... La pugna entre los dos herederos es enconada.

—Que alrededor del faraón haya intrigantes es el precio que ha de pagar por su condición. Tú lo que has de tener presente es a quién debemos nuestra vida aquí. Tus hermanos no han corrido la misma suerte.

—Descuida. Me mantendré alerta.

Al salir de la alcoba, puse la mano sobre su hombro y le acaricié el rostro. Entonces vi que de las orejas de Kufu pendían dos aretes de oro.

Tras la visita a su padre, Kufu despejó algunas dudas respecto al estado del faraón, pero continuaban las que tenía en cuanto a su relación con Neftis. Cuando se las comunicó a Tiyi, ella sonrió.

—Quizá no me creas, pero te aseguro que puedo entenderte. Ahora tú eres como yo. Los dos nos sentimos como presos en una cárcel sin barrotes, pero de la que no podemos escapar. Aunque... quizá te guste saber que yo sé cómo conseguir la llave.

Tiyi necesitaba que Kufu se sintiera liberado de la cadena que lo ataba a Neftis y estaba decidida a romperla. Llegó a la conclusión de que, para poner a Kufu de su parte, Neftis tenía que morir, aunque debería ser de forma que ni el mismo Kufu pudiera albergar cualquier sospecha y acusarla de ser ella la culpable. En ese caso, podría hallarse también hasta cierto punto responsable, sentir remordimientos y desbaratar sus planes.

XIV

El sueño de Maatem

Pensey condujo a sus alumnos hacia una pequeña cueva alejada del templo. Para llegar hasta ella habían necesitado realizar una larga caminata por caminos de tierra y ascender hasta casi alcanzar la cima de una colina desde la que, a lo lejos, se veía el palacio de Medinet Habu. En la entrada de la cueva, unas pequeñas antorchas apenas iluminaban el largo pasillo que los condujo a una estancia presidida por una estatua del dios Heka. Los aspirantes a magos mostraron su desconcierto por lo insólito del lugar.

—La cueva en la que nos encontramos —informó Pensey— es un lugar sagrado. Aquí tuvo lugar la primera aparición del dios Heka de la que tenemos noticias. Fue muchas generaciones atrás, cuando dos cazadores perseguían a una presa. Al alcanzar la cima de esta colina, uno de ellos se desplomó a consecuencia del calor y del cansancio y, en su caída, se golpeó la cabeza. Después de unos momentos de inconsciencia, se incorporó, pero ya no era capaz de recordar su propio nombre ni de reconocer a su compañero. En aquel momento, de forma repentina, se produjo una lluvia torrencial que los obligó a buscar refugio. Entraron en esta cueva y contaron que, de la nada, apareció un hombre que dijo llamarse Heka; se acercó al accidentado y le puso su mano sobre la cabeza al tiempo que movía los labios, aunque, según contaron, no pronunciaba palabras. Al instante, el cazador entró en un sueño profundo; al despertar, había recuperado la consciencia y pudo recordar las circunstancias de su accidente. En aquel momento, Heka se desvaneció de pronto mientras pronunciaba su propio nombre. Desde entonces, esta cueva se convirtió en su santuario y será aquí donde él decida quiénes de vosotros mereceréis ser ungidos como representantes de su ciencia ante los hombres. Para ello, deberéis pasar una última prueba.

Todos se mantenían expectantes ante la próxima revelación del maestro. Mensub, uno de los aspirantes, se impacientó ante el momentáneo silencio de Pensey.

—¿Qué prueba es esa, maestro?

Pensey los miró uno a uno sin responder. En sus ojos se podía adivinar la tristeza de saber que, tras años de instrucción, no todos superarían aquel examen. Quienes no lo hicieran no serían reconocidos como magos y tendrían prohibido poner en práctica los conocimientos que hubiesen adquirido hasta aquel momento; algo que todos sabían y habían aceptado antes de comenzar su aprendizaje.

Al fin, Pensey respondió.

—Esta noche dormiréis aquí. Allí —señaló unos odres apoyados en una de las paredes de la cueva— encontraréis agua con la que debéis purificaros. Lo haréis esta noche, antes de acostaros, y mañana, antes de que salga el sol. Después, una embarcación os conducirá hasta el Valle de los Muertos, en el que reposan los restos de los antiguos faraones. Peregrinaréis ante sus tumbas y elevaréis una oración en cada una de ellas. Cuando llegue la noche, dormiréis a cielo abierto y, al amanecer, regresaréis aquí. Yo os estaré esperando.

Los aspirantes a magos esperaban con impaciencia la conclusión de aquella prueba que, a sus ojos, era demasiado sencilla como para no dudar de que podrían superarla.

Llegaron al Valle de los Muertos cuando el sol ya comenzaba a declinar. Durante la peregrinación ante las tumbas de los difuntos, Maatem observó que algunas estaban abiertas, señal de que habían sido violadas. Había oído que sus muros estaban decorados con magníficos relieves y pinturas de vivos colores y sintió el impulso de penetrar en una de ellas para contemplarla. Para su decepción, un guardián se lo impidió con insultos y a empujones.

—¡No soy un granuja! Mi interés se cifra en deleitarme con la belleza de los muros —dijo Maatem tratando de ablandar el corazón del custodio, pero aquel lo miró con aire contrariado y lo ignoró como si hubiera ofendido su dignidad.

Tal como había prometido, Pensey los esperaba a su regreso a la cueva. A medida que iban entrando, les acariciaba la cabeza y los invitaba a sentarse para que escucharan sus palabras. Una vez hecho el silencio, se dirigió nuevamente a ellos.

—Mi corazón rebosa de alegría al ver que habéis regresado todos, algo que no siempre ocurre.

Los alumnos se miraron unos a otros y después a Pensey, desconcertados por aquellas palabras.

—¿Acaso murió alguno, maestro?

—Ciertamente no. Pero contaban que los sueños que tuvieron al dormir entre las tumbas fueron terribles. Tanto que decidieron pedir la protección de los guardianes durante la noche y, al amanecer, al regresar al templo, renunciaron a sus votos.

—¿Y cuáles fueron esos sueños tan espantosos? —preguntó Anaeb, otro de sus discípulos.

—Nunca quisieron contarlos con detalle, algunos tan solo dijeron que se les habían aparecido seres del inframundo amenazándoles con castigos horribles si se atrevían a utilizar contra ellos la magia aprendida; otros, mientras el terror se reflejaba en sus rostros al revivir sus sueños, se negaron a revelar ni el más mínimo de los detalles de lo que habían soñado. —Pensey hizo una pausa antes de continuar mientras miraba con atención a sus alumnos—.

Ahora, lo que necesito saber es si vosotros también habéis tenido sueños... y cómo han sido.

Los diez aspirantes interpretaron aquella situación como un momento de asueto sin saber que sus respuestas podrían condicionar el nombramiento al que aspiraban. Ukhotep, un joven rollizo con mejillas sonrosadas, fue el primero en contar su experiencia.

—Maestro, yo he vivido ese mismo sueño al que tú acabas de referirte: una terrible figura con cabeza de cocodrilo y cuerpo de serpiente se apareció ante mí y amenazó con devorarme si me atrevía a utilizar mi magia contra alguno de los seres del inframundo. Intenté rebelarme haciéndole ver el poder que había alcanzado y le dije que no me inspiraba el más mínimo temor. Entonces, aquel ser monstruoso se giró sobre sí mismo, me golpeó con su cola elevándome del suelo y me tragó de un solo bocado antes de que cayera de nuevo. Ya en su interior, me encontré con más hombres que habían sufrido mi misma desgracia y me contaron que también habían sido aspirantes a magos. Cuando, ante mis alaridos, mis compañeros me despertaron, tenía la frente empapada en sudor y temblaba de miedo. Por esa razón, solicito tu permiso para abandonar la Casa de la Vida y poder regresar junto a mi familia, donde me ocuparé de administrar las tierras de mi padre.

—Es evidente —respondió Pensey— que tú no estabas predestinado a servir a Heka, y lo lamento sinceramente. Una vez regresemos al templo, podrás recoger tus pertenencias y partir, tal como es tu deseo.

El siguiente en tomar la palabra parecía confuso.

—Era la estación en la que migran las aves. Una enorme bandada de codornices volaba sobre mí, cuando, de repente y para mi sorpresa, una de ellas descendió y se posó sobre mi hombro. Me llamó la atención el color de su plumaje, pues, en lugar de ser pardo y veteado, como es natural en ellas, era completamente blanco. Yo iba de camino a visitar a mis padres y me detuve ante la casa de un pajarero. En su puerta había una jaula hecha con juncos que tenía la trampilla abierta; la codorniz voló hasta introducirse en ella y la trampilla se cerró sin necesidad de que nadie la tocara. Al oír mis pasos, el pajarero apareció con una escudilla de agua. Yo bebí y, cuando quise dar de beber también a la codorniz, había desaparecido. Lo extraño era que la jaula continuaba cerrada. Sin embargo, salvo el pajarero y yo, no había nadie cerca que pudiera habérsela llevado.

Pensey no dudó ni un instante en interpretar aquel sueño.

—La codorniz te representa a ti. Su color blanco simboliza el de la túnica que tú habrías de vestir una vez ordenado sacerdote. La jaula, el templo o palacio donde deberías desempeñar tus funciones.

Dando por sentado que había superado el examen del dios, el rostro del muchacho se iluminó con una sonrisa, mientras que el de Pensey dibujó un gesto de tristeza.

—Lamentablemente —continuó diciendo el maestro—, la desaparición de la codorniz dentro de la jaula nos transmite una mala noticia: significa que tu futuro no está en ningún lugar en el que sean necesarios tus servicios como sacerdote. Este es el mensaje de Heka.

La decepción que sintió el muchacho la compartían el resto de aspirantes al comprobar que los dos primeros no habían superado la prueba. Entonces llegó el turno de Anaeb.

—Yo soñé que, cuando el sol estaba en su cénit, de repente quedó oculto tras una inmensa nube negra. El cielo se cubrió de rayos y una lluvia furiosa descargó sobre las montañas del Valle de los Muertos. El agua arrastraba tanta arena y guijarros de las montañas que, al depositarlos ante las puertas de las tumbas, llegaron incluso a ocultar los accesos a algunas de ellas*.

Ante aquel relato, Pensey no manifestó ninguna reacción ni hizo comentarios.

—Yo —dijo Mensub— soñé que un ejército de extranjeros atravesaba el desierto con la intención de llegar a Tebas y nuestras montañas les cerraban el

* Algunos expertos creen que esta descripción pudo ser la causa de que la tumba de Tutankhamón permaneciese oculta hasta 1922.

paso. Cuando intentaban rodearlas, las montañas se desplazaban como si tuvieran vida propia y de nuevo impedían su avance. Finalmente, los invasores, rendidos, abandonaron sus intenciones de invadirnos.

—Tu sueño nos dice que Egipto es tan poderoso que ni siquiera necesita que su ejército tenga que luchar para derrotar a sus enemigos.

Pensey observó que otro de los alumnos parecía querer hablar, pero se mostraba dubitativo.

—Puedes hablar libremente. No importa lo que sea que quieras decirnos.

—En mi sueño vi que unos extranjeros que se habían aposentado entre nosotros construían templos con la intención de adorar a sus propios dioses. Pero, en el momento en el que colocaban la última piedra, y sin que todavía hubiesen llevado a cabo el primer rezo, el templo se derrumbaba. Ellos volvían a levantarlo y caía de nuevo. Así, una y otra vez. ¿Tiene eso algún significado?

El maestro sonrió antes de responderle.

—Así es. Y el mensaje es muy claro. Significa que los egipcios tenemos nuestros propios dioses y es a ellos a los únicos a los que se debe adorar en nuestra tierra. Los que quieran vivir entre nosotros han de aceptar nuestra cultura y abandonar la suya porque a ellos nada les debemos y tampoco les hemos pedido que vinieran.

Uno tras otro, todos fueron revelando sus sueños. Hasta que le llegó el turno a Maatem.

—Yo, maestro, he soñado que un gran toro negro caminaba con paso lento hacia un cañaveral cercano al río; se metió en él y desapareció de mi vista. Instantes después, desde el mismo cañaveral, apareció un toro más pequeño y se acercó adonde yo estaba. Me miró, comenzó a pastar, e inmediatamente se convirtió en otro toro tan fuerte como el que antes había desaparecido.

En aquella ocasión, el maestro se mostró muy interesado por aquel relato.

—¿Puedes recordar algún detalle de ese segundo toro?

—Sí, claramente. Era muy negro, excepto en su frente, en la que aparecía un pequeño triángulo de color blanco. Tenía los pelos de la cola divididos en dos grupos y su lengua tenía la forma de un escarabajo.

Al terminar Maatem de explicar su sueño, Pensey entornó los ojos y se mostró pensativo.

—Ese toro es la representación del dios Apis, y lo que tú has soñado es una premonición. El toro que desapareció entre los cañaverales representa a nuestro faraón y el toro joven a quien habrá de sucederlo. Tu sueño, Maatem, indica que estarás presente, cerca del faraón, cuando se produzca la sucesión en el trono.

Maatem dudó antes de seguir hablando.

—En realidad, no ha sido uno solo. He tenido dos sueños más, maestro.

Se dejó oír un murmullo en la sala que Pensey mandó acallar. Ya había vislumbrado en Maatem mejores condiciones para el oficio que en el resto de estudiantes. De no haber advertido tal facultad, habría autorizado uno solo de los sueños, pero tratándose de él y, aunque sabía de la rivalidad entre los alumnos, hizo un ademán con su mano derecha que lo invitaba a continuar.

—Habla, pues.

Cesaron los murmullos y las miradas se concentraron en él. Respiró hondo antes de que su voz se oyera en la sala.

—En el primero de ellos nos reclutaban a todos nosotros para arengar a las masas desde lo alto de una cantera que también parecía una mazmorra. Ellos —se dirigió a sus compañeros— saludaban a muchos hombres allí reunidos como si los conocieran. Era el tiempo de la crecida del Nilo y veía subir las aguas como si la propia cantera se hubiera transformado en un pozo. Los guardias nos repartieron unas tablillas en las que debíamos grabar cada pormenor del día: a qué hora del sol amanecíamos, cuándo acudíamos a los templos, cuándo comíamos y también qué sueños habíamos tenido. Vi que en una de las oquedades se escondía una mujer de edad que azuzaba a otra muy joven para que se acercara a mí. Yo debía enseñarle a descifrar jeroglíficos muy antiguos y me pareció imposible. Sentí miedo y creí que iba a desfallecer de un momento a otro. En lugar de ello, me puse a cantar una canción que oía cantar a mi madre. Vi a mi madre, aunque no era ella. El cabello le había crecido hasta el pecho y me avisaba de una conspiración inminente. Entonces aparecías tú, maestro, y nos recomendabas ignorar cualquier palabra que saliera de su boca y abstenernos de tocar a ninguna mujer, por muchos favores que nos ofreciera.

A Pensey se le llenó el ánimo de sombríos presentimientos. Temía que las dotes de Maatem hubieran disfrazado de imágenes oníricas algo que, sin embargo, podía estar a punto de suceder. Ojalá se equivocase. Al alumno aún le quedaba un tercer sueño por revelar; si corroboraba lo que apuntaba el primero, podía estar a punto de modificarse el futuro inmediato de Egipto. Los presentes habían enmudecido. Se miraban unos a otros arrugando la frente y alguno se rascaba la cabeza con el corazón afectado.

También Maatem estaba desconcertado: había omitido decir que no conoció a su madre y que, por supuesto, nunca la había oído cantar.

—Un sueño espantoso, sin duda —confirmó Pensey—. Confiemos en que se trate de reminiscencias de un pasado que te visita ahora. Veamos qué rebela ese otro. Adelante, Maatem.

—Vi una figura vendada al completo. Era grandiosa, tenía casi al doble del tamaño de un hombre. No sé cómo, pero sabía que era el primogénito del faraón. Vi también que una mujer llegaba apresurada a una especie de cripta excavada en las profundidades de una montaña. Parecía querer que aquella momia se desvaneciera sin que nadie supiera quién era y porque nada pudiera vincularla con tal desaparición. Recuerdo que se había dado buena prisa en vendarla. Al poco, la oquedad se llenaba de curiosos, pero ella ya no estaba allí, sino en la Casa de la Vida, desnuda, luciendo la corona del faraón en su cabeza e instruyendo en ciertas artes a quienes la escuchaban embobados.

—¿Ciertas artes? ¿A qué artes te refieres?

—En realidad, no hablaba.

—¿Cómo era, en tal caso, que actuaba como instructora?

Maatem se tomó la cabeza con las manos y cerró los ojos en un intento de apresar nuevos detalles de su sueño.

—Bebía agua de una jarra y el líquido mojaba su garganta y se deslizaba por sus senos y su vientre. Entonces el público..., mucho público que ya no estaba en la Casa de la Vida, sino en la explanada, enfebrecido, golpeaba el suelo y la adoraba. El trono lo ocupaba su hijo. Ella reía satisfecha, maestro.

Calló. Al momento, se quitó las manos de la cara y abrió mucho los ojos.

—Me miró así, pero no tenía ojos, sino solo las cuencas, y ya no era ella, aunque yo no tenía dudas de que lo era. De su boca salía un humor oscuro que me formulaba preguntas y me reprendía: «Quién eres, este no es tu sitio, pagarás cara tu osadía». —Suspiró angustiado—. Ella fue poniéndose los ojos y pintándose y volvía a ser la de siempre. Ya no me miraba. Entonces me giré para abandonar la sala y vi a mi padre hecho pedazos en un pozo negro. Ha sido una horrible pesadilla.

Reinó el silencio. El maestro miraba consternado al discípulo, como si sus palabras hubieran quedado impresas en el aire. Desde los vanos, flanqueados por delgadas columnas, se alzó un estrépito de risas.

Era como si el público del tendido que ovacionaba a Tiyi y celebraba su actuación hubiera traspasado los límites entre ambas realidades y se encontrara allí, en las afueras de la cueva, donde se hallaban ellos lanzando miradas escrutadoras y cuchicheando en voz baja.

XV

Dania

Nebamón había mandado llamar a Hetmet. Al entrar, el joven vio en la cara de su maestro un ligero gesto de preocupación. Se abrazaron y Nebamón lo invitó a sentarse alrededor de una mesa en la que un sirviente había colocado una bandeja con rosquillas de harina de avena cubiertas con unas gotas de miel y una infusión de granos de anís. Hetmet nunca había degustado aquella bebida y apreció su sabor intenso y casi picante con toques dulces.

—El médico me la ha recomendado para remediar los cólicos que padezco últimamente. Pero no es para hablarte de eso para lo que te he hecho llamar.

El tono grave en la voz de Nebamón acentuó la inquietud de Hetmet.

—Te escucho —replicó el joven.

El maestro reflexionó un instante, parecía que buscara las palabras adecuadas para no inquietar a su protegido.

—Son muchos años los que llevo al lado de Renón, hecho que me ha permitido conseguir una modesta fortuna.

Hizo una pausa que avivó la curiosidad de Hetmet ante una confidencia que no esperaba.

—¿Por qué me cuentas eso, maestro?

—Porque cuando alguien llega a mi edad sin haber tenido descendencia, ha de pensar en quién puede hacer un buen uso de ella. Para mí tú eres lo más parecido al hijo que nunca tuve y por eso he decidido que cuanto yo poseo pase a tus manos en el momento en el que Osiris deba juzgarme.

Aquellas palabras, lejos de complacer a Hetmet, despertaron sus dudas.

—¿Acaso padeces de algún mal que haga peligrar tu vida?

—No, pero, en cualquier caso, es mejor que quede escrita mi voluntad. Toma —le entregó un papiro—, este es el testimonio de lo que acabo de decirte. El escriba Mentú, a quien conoces, lo ha redactado y, llegado el caso, él mismo puede dar fe de su autenticidad.

—Quieran los dioses que ese momento esté muy lejano.

Hetmet intentó inclinarse ante su maestro, pero este se lo impidió.

—Lo único que espero es que, cuando mi fortuna esté en tus manos, no dejes de ser el Hetmet que un día fue vendido como esclavo, y que ayudes a quien pueda necesitarte.

Volvieron a abrazarse y Hetmet abandonó la reunión con lágrimas en los ojos. Si se hubiese vuelto para mirar a Nebamón, habría visto las que también brotaban en los de su maestro. Nebamón no quiso confesarle que hacía tiempo que sufría la sensación de tener una llama en el estómago y que algunos días vomitaba una sangre negruzca sin que los médicos hallaran ningún remedio para curarlo.

Aquella noche, Hetmet se dirigió a una Casa de Cerveza acompañado de Maatem, al que quería hacer partícipe de sus buenas noticias. Desde la mesa en la que estaban sentados, vieron a una mujer joven que los miraba con expresión de tristeza. A pesar de no estar maquillada era muy bella y, aunque no se parecían, por alguna razón, a Maatem le vino a la memoria Pin-Amón.

La muchacha se dirigía hacia ellos cuando un hombre fornido se interpuso en su camino. Por sus gestos, parecía estar increpándola. Cuando ella abandonó el local, el hombre se dirigió a los dos amigos.

—Debéis huir de esa mujer como quién huye de un demonio. Ignoro si es porque practica la brujería o porque sea una experta en las artes amatorias. Lo cierto es que todo hombre que la conoce íntimamente cae en desgracia y acaba enfermo o arruinado, tal es el poder que ejerce sobre ellos. Lo puedo afirmar sin reservas porque algunos de mis amigos han sido víctimas de sus encantos.

Al quedar solos, los amigos se miraron incrédulos ante aquellas palabras. No podían dar crédito a que una mujer tan joven y agraciada pudiera poseer aquel poder maligno. Entonces, se acercó a ellos la tabernera, una mujer extremadamente gruesa, con vello en el bigote y un delantal cubierto de manchurrones.

—Ignorad las palabras de ese hombre. La chica es una pobre desamparada que no tiene más remedio que alquilar su cuerpo para poder alimentar a su padre, que es viejo y está enfermo. Yo la conozco bien, se llama Dania, frecuenta este sitio a la espera de conseguir a alguien que le pague por sus servicios.

—¿Y entonces? ¿Por qué las palabras de ese hombre? —preguntó Hetmet.

—Es un proxeneta. Tiene varias jóvenes trabajando para él y quería que esta fuera una más. Ella se negó y, desde entonces, ese malnacido hace todo lo posible por impedirle que trabaje. Si yo fuese un hombre os aseguro que le prohibiría cruzar la puerta de mi negocio.

Aquella información removió la conciencia de Hetmet.

—Deberíamos intentar ayudarla de alguna forma —dijo.

Salieron en su búsqueda. Cada uno partió en direcciones distintas para intentar darle alcance, pero ninguno pudo localizarla.

Durante la noche, Hetmet no podía borrar de su cabeza el relato de la tabernera. A su compasión por el drama que estaba viviendo la muchacha se unía la petición que por la mañana le había Nebamón: «ayuda a quien pueda necesitarte». Se levantó de la cama y regresó a la taberna con la esperanza de volver a encontrarla, pero no apareció. Antes de abandonar la taberna, se dejó seducir por el olor a cordero asado que salía de la cocina, una jarra de vino y un pastelillo con miel. Viendo el aspecto descuidado de aquel lugar, nadie habría dicho que tuviera una cocinera tan excelente.

—Una vez comentó que vivía en el barrio de los artesanos; si tanta prisa tienes en encontrarla, puedes buscarla allí —le dijo la tabernera mientras le servía la comida.

Siguió su consejo y al día siguiente la buscó en aquel lugar. Desde la distancia, creyó verla entrar en una modesta casa de adobe. Llegó a la puerta y la llamó por su nombre. No se había equivocado. Allí, frente a él, estaba Dania.

—¿Me puedes atender un instante? La tabernera me ha hablado de ti y sé a lo que te dedicas.

Dania lo invitó a entrar. Vivía en un modesto cuartucho con las paredes ennegrecidas por el humo de un fogón junto al que había una pequeña repisa; sobre ella, una col y un par de puerros. A escasos codos, dos taburetes y un camastro en el que dormitaba su padre.

—¿Dónde duermes tú?

—En el suelo, sobre una estera, ya ves que no hay sitio para otra cama. Y aquí, con mi padre delante, no voy a atenderte.

—No es eso lo que busco. Quiero saber algo más de ti. ¿No tienes más familia que tu padre?

Dania parecía reticente a hablarle de su vida, pero vio algo en la mirada de Hetmet que le hizo sincerarse. Al mismo tiempo, necesitaba un desahogo.

—Tengo un hermano que vive en Abidos. Cuando supo de la enfermedad de mi padre decidió venirse a Coptos con nosotros pero, desde que partió, ya debería haber llegado hace tiempo. Temo que le haya ocurrido algo por el camino.

Aquel temor de Dania le hizo recordar el momento en que él mismo fue raptado por los camelleros apartándolo de su padre y de su hermano Kufu. Pensó que aquel hombre podría haber sufrido el mismo final que ellos y que, como él mismo, Dania quizá no volviera a tener noticias suyas. Si necesitaba una razón más para ayudar a la muchacha, aquella era definitiva. Invocó a los dioses para que alguien también hubiese ayudado a los miembros de su familia. Metió la mano en la faltriquera y extrajo una bolsa repleta de piezas de oro y cobre.

—Toma. Con lo que hay aquí podrás pagar un médico para que cuide de tu padre y vivir en una casa más grande.

Dania lo miró desconcertada.

—¿Por qué hace esto si no me conoces y ni siquiera me pides nada a cambio?

—Créeme, tengo dos buenas razones —respondió Hetmet, sonriendo y pellizcándole la barbilla.

XVI

El anuncio de Imhotep

Ramsés se levantó temprano después de haber tenido una pesadilla y sufriendo todavía el dolor de cabeza que le había provocado la borrachera de la noche anterior. En aquel mal sueño, se le había aparecido Imhotep, el arquitecto convertido en dios que había diseñado la pirámide escalonada para el faraón Djoser, en Saqqara. Imhotep lo había advertido de que los arquitectos que estaban construyendo su tumba en el Valle de la Muerte habían cometido un error en el plano y que las obras no podían seguir adelante. Fue entonces cuando se despertó. Aquel día tenía que recibir a representantes extranjeros pero, inquieto por aquel sueño, decidió ir a comprobar por sí mismo el avance de los trabajos, delegando en Ramosé la recepción de los emisarios. Después de un baño purificador, un sirviente lo ayudó a vestirse. Lo ungió con perfumes mientras el faraón no paraba de rascarse el bajo vientre y añadió un ungüento prescrito por uno de los médicos de palacio que le calmó el prurito. Acto seguido, le dibujó el contorno de los ojos con *kohl*, que los protegería de la luz del sol. Por último, lo ayudó a ponerse un collar y varias pulseras. Se colocó el *nemes* sobre la cabeza y acudió a las habitaciones de Isis.

—Acompáñame a ver mi tumba.

Isis se sorprendió ante aquel cambio de planes de su marido.

—¿Y la recepción de tus invitados?

—No son mis invitados, son emisarios extranjeros —respondió bruscamente.

Isis sabía que cuando Ramsés empleaba aquel tono era porque algo le preocupaba.

—¿Puedo saber qué te ocurre?

—Vamos, te lo explicaré por el camino.

Apenas habían abandonado las habitaciones de Isis, cuando se encontraron frente a frente con Tiyi. Esta no pudo disimular su malestar al creer que habían pasado la noche juntos. A la egipcia no le importaba que su marido se acostara con cuantas concubinas quisiera, era su derecho, pero se rebelaba contra la idea de que siguiera haciéndolo con Isis cuando a ella siempre le decía que era mejor amante. Isis, que captó solo una parte de los pensamientos de Tiyi, le dedicó una sonrisa destinada a confirmarle lo que en realidad no había ocurrido. Al ver la expresión de rabia en el rostro de Tiyi, supo que había conseguido su propósito. Ramsés comprendió la situación y sonrió para sí, henchido de vanidad, al saberse objeto de la rivalidad entre sus dos esposas.

—Me atrevería a decir que maquina algo —dijo Isis.

—¿Lo dices porque te mira mal? Son celos, mujer.

—Lo digo porque no es la misma desde que conoce tu elección. Desde que sabe que su hijo no gobernará Kemet.

—Es ambiciosa. Más que tú, pero se acostumbrará. Pentaur podrá llegar a ser un gran visir y hasta un canciller del rey, su hermano. No tiene músculos, pero tiene más cabeza que Ramosé.

Isis lo miró como si hubiese sido un extraño quien acabara de pronunciar aquellas palabras y prosiguieron el camino sumidos cada uno en sus pensamientos.

La construcción de su hipogeo no era una iniciativa de Ramsés. Se había iniciado para acoger el cuerpo de Sethnajt, su padre. Este, tras haber visto la tumba en la que reposaba Tausert, la reina maldita a la que había derrocado, decidió paralizar las obras. Exigió sacar de la tumba el sarcófago de Tausert, borrar su nombre para condenarla al olvido y dejar escrito que allí lo enterraran a él. Al quedar libre la iniciada por su padre, Ramsés había ordenado la continuación de las obras para que esa fuese su última morada.

Al llegar al Valle de la Muerte, se encontraron con una multitud de hombres que discutían ante la entrada de la tumba. Entonces, Ramsés comprendió que las palabras que Imhotep le había dicho durante su sueño eran, en realidad, el anuncio de un problema real.

Al acercarse a aquel grupo, vio como los temerosos canteros se alejaban de la entrada dejando solo al capataz, quien no pudo ocultar un gesto de preocupación y temor ante la imprevisible reacción que pudiese tener su rey.

—Decidme qué ocurre.

Panhayboni, el capataz de obras, se inclinó ante él.

—Mi señor, un imprevisto nos ha obligado a paralizar la excavación.

—¿Por qué motivo?

—Mientras nos adentrábamos en la montaña, hemos colisionado con la tumba de tu antepasado Amenmeses, y no podemos continuar.

—¿Cómo ha podido ocurrir?

—La tumba de Amenmeses está muy cerca de esta y, sin duda, ha habido algún error en la planificación de la tuya. Acompáñame al interior y podrás comprobar lo ocurrido con tus propios ojos.

A la tumba se accedía a través de dos pilares bajo un dintel con las imágenes de los dioses Hapi, el gran dios del Nilo, Ra y Amón, rodeados de Isis y Neftis. Una vez traspasado el acceso, llegaron a un primer corredor flanqueado por cuatro relieves que representaban a la diosa Hathor. El segundo corredor contenía una representación de la letanía de Ra, caracterizado en sus setenta y seis formas, que elogiaba al rey y lo relacionaba con el dios. Desde allí se accedía a un tercer corredor en el que Ramsés había ordenado levantar ocho capillas con pinturas de arpistas, escenas del Nilo, vasijas contenedoras de vino, marfiles y otros elementos que simbolizaban parte del que sería su ajuar funerario. Al fondo de ese corredor, Ramsés pudo comprobar la causa que había paralizado las obras. Tal y como le había anunciado Imhotep en su sueño, y acababa de confirmarle el capataz, se había cometido un error en la planificación y la excavación de su tumba había colisionado con la de su antecesor Amenmeses, provocando el derrumbe de una de las capillas. Ramsés hizo llamar al arquitecto.

Un hombre tembloroso se le acercó llorando y se arrodilló ante él.

—Perdóname, mi señor. Ha sido un accidente que tan solo demorará las obras unos días, pero no dudes de que los dioses permitirán que vivas lo bastante como para que puedas ver tu tumba terminada. Y te garantizo que será la más magnífica de cuantas se han construido en este valle.

El arquitecto levantó la cabeza buscando la comprensión del rey, pero tan solo recibió su desprecio.

—Tu error ha causado un gran daño en la tumba a la vez que a mí una profunda decepción. Ahora veo que no mereces el título de arquitecto que ostentas. Por tu desacierto, se te cortarán la nariz y las orejas.

Aun así, permitiré que tengas tu propia tumba, pero en ninguno de sus muros figurará tu nombre. Ese será tu castigo.

Isis intentó interceder a favor del arquitecto.

—Mi señor...

—Tú no intervengas. Esto es una afrenta a la memoria de mi padre. Te recuerdo que fue él quien ordenó la construcción de esta tumba.

Isis calló. Era consciente de que no debía responder a su marido cuando estaba irritado. Antes de su marcha, el faraón se dirigió a Panhayboni.

—Te preocuparás de que venga un nuevo arquitecto que deberá poner remedio a esta catástrofe. Y le dirás que quiero que se construya un pozo profundo que impida la entrada a quienes pretendan saquearla una vez que yo haya sido enterrado en ella. Adviértele de que procure no cometer otro error. Ya has visto las consecuencias que sufren aquellos que me decepcionan. Y esa advertencia también va para ti.

XVII

El anillo delator

Metreb caminaba trabajosamente hacia la casa derruida en la que reunía con Sinab y Merimón levantando polvo con cada paso que daba. Habían conseguido retirar los escombros para hacer de ella algo parecido a un hogar provisional y sobre el suelo lucían ya dos grandes alfombras compradas con los primeros beneficios de sus operaciones. El sol se escondía tras la cortina de nubes que persistía arrimada a la montaña y había refrescado. Pensaba en su hijo. Confiaba en reunir pronto el dinero necesario para regresar con los suyos, pagar al médico que se ocupara de la operación y aliviar de cargas a su mujer. Entre tanto, los días pasaban con una lentitud exasperante, por más que el panorama había cambiado desde que murió Atib. Aún resonaban en sus oídos las palabras que, unos cuantos días atrás, le regalara su compañero: «Ya no tendrás que permanecer alejado de mí ni deberás ocultarte para que ese malnacido no te vea. Ya está donde no puede ordenar ni interponerse en nuestros planes».

Se había sentido ligero como una pluma al oírlo; los dioses empezaban ya a dar muestras de atender sus ruegos. Desde entonces, habían llevado a cabo varias transacciones exitosas y solo aquel día le había costado más trabajo defender el precio por el escarabajo sagrado que hasta se hubiera guardado para sí, convencido de que su suerte había cambiado gracias a él. No lo había hecho; se lo debía a sus amigos, a Sinab. Era un buen muchacho y tenía palabra.

Aunque arrastraba los pasos por el recuerdo de los suyos, volvía satisfecho. Sinab aguardaba apoyado en el marco de lo que antaño fuera la puerta de la casa y que ahora se hallaba cubierta por una cortina adquirida en un puesto del mercado.

—Como puedes ver, tenemos un negocio muy lucrativo y ya no hay razón para que debas permanecer oculto ni que sigas viviendo en Set Maat. Estos días te has estado moviendo sin necesidad de guardar precauciones y has ganado ya lo suficiente como para permitirte incluso comprar una casa en Tebas. Busca alguna y, cuando la encuentres, yo iré contigo a Set Maat para ayudarte a trasladar a los tuyos y tus pertenencias.

—Tienes razón. Es como haber tenido sobre mis espaldas el peso de un avestruz muerto y me lo hubieran retirado. Aún me cuesta creerlo. No es como trabajar en la cantería, ni tiene parecido lo que se gana. Ha cambiado nuestra suerte.

—¿Entonces?

—Mañana mismo iré a ver al médico que me negó sus servicios. No podrá negarse esta vez.

En cuanto las luces del día alumbraron una nueva jornada, regresó a Set Maat y, antes de acudir a su propia casa y dar a los suyos la buena nueva, fue en busca del médico. La casa se hallaba situada en un nivel superior, y en su puerta aparecía un cartucho indicando que allí vivía un *sun-nu*. Abrió la puerta un esclavo flaco y desdentado al que le anunció que traía dinero para pagar una operación. El sirviente se retiró y no tardó en volver. Lo hizo pasar a una estancia amplia. Las paredes estaban pintadas por algún maestro que había dibujado con gran esmero la imagen de Imhotep rodeado de vasijas, ungüentos y utensilios que servían de ayuda al quehacer del gran experto en la ciencia médica. El *sun-nu* no tardó en aparecer exhibiendo una amplia sonrisa.

Cuando Metreb le enseñó al médico el anillo que Sinab le había entregado, no tardó en ponerse a su servicio para operar a su hijo. La intervención tendría lugar al día siguiente, en cuanto amaneciera. Solo tenían que ocuparse de poner agua a hervir y disponer un lienzo limpio sobre el que recostar al muchacho.

Acababan de asear a Anum y de acostarlo en el lecho inmaculado cuando se presentó el médico sin abandonar la sonrisa de la víspera. Miró al joven postrado, que no tendría más de diez años, y escudriñó el bulto, del tamaño de una granada;

descomunal para hallarse alojado en la nuca de un muchacho. El absceso, desde que emergió, no había dejado de crecer y de supurar un humor viscoso. Mandó acercar el caldero con el agua hirviendo y disponer todos los paños que tuvieran. Después, pidió a los padres que abandonaran la habitación.

El tiempo de espera fue largo. Metreb asía del brazo a su esposa haciendo esfuerzos vanos por tranquilizarla.

—Está en buenas manos, tenemos de sobra para pagarle y esto —y le mostraba el anillo— que, a buen seguro, lo tomará. He visto el brillo en sus ojos. Todo irá bien.

—El tiempo que ha pasado... Tú no has visto crecer esa... —Jendayi arrugó el rostro con una mueca de repugnancia— cosa cada día, ni has visto salir de ahí una... —le costaba hallar las palabras— papilla espesa y maloliente, ni a tu hijo languidecer.

—No es tarde, confía. El médico conoce su oficio.

—Él no dirá que es tarde si le has puesto ante los ojos esa joya.

Había transcurrido buena parte de la mañana cuando el médico y su ayudante, con el hatillo de trapos entre las manos y un trozo de carne envuelto en ellos, salieron de la habitación.

—Dormirá hasta que el sol esté alto. Esto —dijo señalando la pelota de hebras— podéis ofrecérselo a los dioses... o a los patos —añadió con sorna—. Mujer, quédate tranquila. Tu hijo está ya fuera de peligro. Puedes pasar a verlo.

Jendayi se escabulló. El médico pidió al ayudante que aguardase fuera y Metreb y él quedaron a solas. Metreb volvió a mostrarle el anillo. El médico se lo colocó en el dedo impresionado por su belleza. Era de oro con dos rubíes engarzados en la montura.

—Es una joya magnífica. ¿Cómo la has conseguido tan pronto cuando hace apenas unos días no tenías con qué pagarme?

—Eso no es asunto tuyo. Tu trabajo era el de operar a mi hijo y mi obligación la de remunerar tu servicio. Los dos hemos cumplido, ahora estamos en paz.

Pero el médico no quedó satisfecho con aquella respuesta. Sabía que Metreb había estado trabajando extrayendo oro en las canteras y dedujo que su repentina fortuna podía estar relacionada con aquella ocupación. No conforme con el pago recibido, pensó que, si su sospecha se confirmaba, quizá obtendría alguna compensación añadida de parte del responsable de la cantera al informarlo de la repentina riqueza de Metreb.

Lo conocía desde que desposó a Jendayi. El parto de los gemelos, Pijem y Paroy, se había presentado a las puertas de la casa del futuro médico y Tmesis, su esposa, le brindó toda la ayuda que requería. Metreb, en agradecimiento, talló una bandeja hecha de piezas de tamarisco ensambladas con falcas de acacia: en cuanto la esposa del médico tuvo la bandeja en las manos, le faltó tiempo para acudir al templo con ella y mostrársela a sus allegados. Su intersección ante gentes influyentes hizo el resto: Metreb logró el reconocimiento de sus vecinos gracias a aquel singular golpe de suerte.

Por aquel entonces, Hamadi, el *sun-nu*, se preparaba para ser médico en la Casa de la Vida. Una vez que lo logró, prohibió a su hijo acercarse a los de Metreb y advirtió a su esposa de la inconveniencia de confraternizar con Jendayi. Eran buenas personas, aunque pobres, y ellos se debían a su nueva posición.

La humilde casa en la que vivía Metreb en Set Maat no podía compararse a la que acababa de comprar en Tebas. La casa de origen era, en realidad, una humilde casucha de barro con dos huecos comunicantes. La tebana, siguiendo el consejo de Sinab, seguía pareciendo modesta a juzgar por su fachada: no convenía hacer ostentación de riqueza para no levantar sospechas acerca de su procedencia. Estaba situada en una calle no demasiado ancha y desembocaba en otra que conducía directamente a la avenida de las esfinges, que daba acceso al gran templo de Amón. Se accedía a través de una sencilla puerta de madera envejecida que no permitía hacerse una idea de cómo era por dentro. Un corto pasillo daba acceso a una galería que rodeaba un patio con una fuente en su centro. La galería se abría a dos habitaciones pintadas con escenas cotidianas de la vida egipcia y techadas con madera labrada, y a una tercera desde la que se ascendía a una terraza en la que dormía la familia en las calurosas noches estivales, y que ofrecía una vista general de la ciudad de Tebas.

Tal como le había ofrecido Sinab, ambos se dirigieron a recoger las pertenencias de la casa de Metreb en Set Maat. Al llegar a la entrada de la ciudad, uno de los guardianes puso sobre aviso a Metreb.

—El guardián al que acabo de relevar me ha dicho que ha venido alguien preguntando por ti.

Los dos amigos se inquietaron ante aquella noticia.

—¿Te ha dicho su nombre? —preguntó Metreb.

—No, pero todavía debe de estar en tu casa. Me dijo que no hacía mucho tiempo que había llegado y yo no he visto salir a ningún desconocido.

Se acercaron a la casa intentando evitar el menor ruido. La puerta estaba entreabierta y pudieron ver a la mujer de Metreb. Estaba sentada y lloraba mientras miraba al frente, de donde surgía la voz de un hombre. Sinab desenfundó su cuchillo y entró en la estancia seguido de Metreb.

Merimón ya tenía la suficiente seguridad como para atreverse a cerrar las ventas de los objetos robados sin necesitar de la protección de Sinab. Esa confianza la llevó a dirigirse a un extranjero cuando lo vio acercarse al tenderete de un *shuty* y se mostraba interesado por comprar algo en concreto. Aquel *shuty* exhibía la mayor exposición de todo el mercado, tanto de baratijas como de objetos labrados en oro, plata y materiales preciosos, tan solo al alcance de compradores pudientes. El extranjero pensó que quizá aquel vendedor podría ofrecerle otra clase de objetos, aunque no los tuviese expuestos.

—¿Vendes algo más de lo que tienes a la vista?

El *shuty* lo observó con extrañeza.

—¿Qué quieres decir? ¿Qué andas buscando?

El hombre miró a su alrededor antes de contestar, quería asegurarse de que nadie lo escuchara. A unos codos de distancia estaba Merimón. El extranjero bajó la voz al dirigirse nuevamente al *shuty*.

—He oído decir que se están vendiendo joyas antiguas y podría estar interesado en comprar alguna.

—¿Joyas antiguas?

—Joyas que pertenecieron a vuestros antepasados y que, según se dice, se han robado de sus tumbas.

El *shuty* negó enérgicamente con la cabeza.

—Veo que eres extranjero y desconoces que los *shutyu* debemos rendir cuentas de nuestro comercio al faraón. Ninguno de nosotros se atrevería a meterse en semejantes operaciones. Y te recomiendo que abandones ese interés. Si eso que cuentas fuese cierto y compraras un objeto robado, te podrían cortar la nariz y las orejas.

El extranjero desconocía que le pudieran infligir un castigo semejante; aun así, no pensaba renunciar a conseguir lo que buscaba. Estaba seguro de que aquella pena debía referirse solo a los ciudadanos egipcios. De cualquier modo, su intención era la de estar apenas dos días en Tebas, y cuando regresara a su país, ya no tendría nada que temer. Se dirigía ya hacia otro *shuty* para hacerle la misma petición cuando Merimón, que estuvo atenta a las palabras que habían intercambiado entre comprador y tendero, se interpuso en su camino. Asumió el riesgo de considerarlo un comprador auténtico y de que no se tratara de una trampa.

—Quizá yo pueda ayudarte.

Tras el aviso que había recibido del *shuty*, el extranjero se mostró prudente.

—No sé de qué me hablas.

Merimón bajó la voz y no se acercó al oído del forastero por pudor. Desde que se dedicaban al negocio de las joyas, lo tenían claro: hasta las paredes podían delatarlos.

—Es mejor que no perdamos el tiempo. La casualidad ha querido que oyera tu conversación con el *shuty* y yo conozco a alguien que vende joyas antiguas. Dime, exactamente, ¿qué estás buscando?

El hecho de que aquella oferta viniera de una mujer le hizo confiarse. El extranjero le mostró las manos: en todos los dedos, excepto en uno, lucía anillos de oro y plata.

—Me falta un anillo para adornar este dedo y quiero que sea el mejor de cuantos ya poseo —respondió vanidoso.

Merimón se convenció de que aquel hombre sería su próximo comprador.

—Mañana, cuando el sol se ponga, ve a la taberna La Gacela Blanca. Yo te proporcionaré lo que buscas.

Poco después, Merimón ordenaba a Bejem que trajera de la cueva el anillo que ella vendería al día siguiente al extranjero. Bejem no pudo disimular su malestar de que fuera una mujer la que se permitía darle órdenes, aunque no se atrevió a desobedecer el mandato de la que ya era la amante de su jefe.

Cuando Bejem llegó al pie de la montaña en la que se ocultaba la cueva, vio dos caballos atados a una roca, sus pertrechos indicaban que pertenecían a soldados, pero no había ningún rastro de los jinetes. Temió que hubiesen descubierto la entrada a la cueva. Se ocultó con la esperanza de que aparecieran pronto, se marcharan y le dejaran el camino libre. En caso contrario, se vería obligado a regresar cuando ya fuese de noche, con el riesgo que implicaba aventurarse solo por aquellos caminos donde no era extraña la presencia de bandidos.

Cansado de esperar, se alejó del lugar en el que estaban los caballos y ascendió con sigilo por una cara lateral de la montaña aguzando el oído para percibir cualquier ruido. No tardó mucho en escuchar unos jadeos. Se acercó como una serpiente, ocultándose tras las rocas, y los vio allí, desnudos y acariciándose. No los censuró, tan solo se compadeció de ellos porque nunca conocerían el placer de fundir sus cuerpos con los de las hermosas mujeres tebanas. Siguió ascendiendo. Desde el punto en el que se encontraba, tendría un descenso fácil a la cueva cuando los soldados se marcharan. No tuvo que esperar mucho: el relincho de uno de los caballos los puso en alerta obligándolos a regresar, y le dejaron el camino libre.

Se adentró en la cueva. Por unos segundos, miró embobado lo que allí se exponía y sus ojos, pequeños y bajo cejas muy pobladas, se llenaron de reflejos dorados. Nunca había sido voluntad de nadie ofrecer tal despliegue a la vista de extraños y, sin embargo, allí estaba él. Una vez más, se recriminó su falta de coraje, más frágil aún que el de una mujer. Le habría sido menos doloroso seguir adelante de haber ignorado que valía tan poca cosa. Le pareció curioso que durante el tiempo que estuvo a las órdenes de Atib no había tenido pensamientos de ese tipo ni pensaba en nada que no fuera seguir sus órdenes y actuar como un perrillo leal.

Tomó el anillo y salió rápidamente dejando atrás los demás tesoros, aunque sus recelos no le quitaban ojo de encima.

Quizá por haberlo intuido, Sinab no se sorprendió al conocer la identidad del visitante de Metreb en Set Maat. Era Maneb, el capataz de la cantera.

—¿Qué haces aquí? —preguntó Sinab.

Estaban fuera de la casa y los gemelos correteaban de un lado para otro. Anum seguía reponiéndose de la operación, pero ya no emitía aquellos quejidos que tanto habían atormentado a su madre. Maneb se sentó sin inmutarse por la amenaza del arma que empuñaba el antiguo esclavo.

—Puedes guardar el cuchillo, no he venido a pelear contigo.

Sinab aún conservaba el recuerdo de cuánto le había hecho sufrir aquel malnacido.

—¿Entonces, a qué has venido?

Ahora Maneb dirigía su atención a Metreb.

—Parece que vuestra fuga os ha resultado provechosa. Tu mujer me ha confesado que has comprado una casa en Tebas y que has pagado con un hermoso anillo al médico que ha operado a tu hijo.

Comprendieron que el médico los había delatado y le había indicado dónde vivía Metreb. Al mismo tiempo, intuían las pretensiones del capataz. Jendayi no perdía detalle de la conversación, oculta en el interior.

—Dinos qué quieres.

—Que me recompenséis por mi silencio. No pido mucho, tan solo lo suficiente como para no tener que volver a ocuparme en mucho tiempo de la cantera —respondió mientras sonreía.

—Me parece un precio muy alto. Prefiero matarte, me saldrá mucho más barato —dijo Sinab.

Maneb no se inmutó, sabía que no le resultaría tan sencillo.

—La ciudad solo tiene una puerta de salida. Decidme, ¿podríais sacar mi cadáver del poblado sin que lo vieran? Si no es así, ¿dónde lo ocultaríais?

Sinab aceptó que Maneb tenía razón. El cadáver de Atib no podían relacionarlo con ellos ni supieron tampoco quién lo encontró, pero aquella situación era distinta. Su cabeza se puso a trabajar a una velocidad desatada. No tardó en concluir que ni siquiera cavar una fosa con la profundidad necesaria en la parte de atrás era viable. La tierra estaba reseca y les costaría un tiempo del que no disponían. Además, en el mejor de los casos, si nadie se apercibía del ruido de las paladas, la tierra movida tardaría en asentarse. Si la guardia que custodiaba las calles nocturnas no la veía antes, cualquier vecino daría la voz de alarma.

—Está bien. Te daremos cuarenta debens de plata*. Pero si algún día vuelves con más peticiones juro que, entonces, sí te mataré. Espéranos mañana en la taberna de El Ibis Negro y allí te pagaremos. ¿Has hablado de esto con alguien más?

---

* Egipto no tenía plata (procedía del Próximo Oriente) y se valoraba más que el oro, que era abundante en Nubia. Con dos *debens* de plata se podía comprar un esclavo.

—No, será nuestro secreto —respondió sonriendo y guiñando un ojo.

El rumor de que se estaban vendiendo joyas de antiguos nobles y faraones había llegado hasta palacio. Ramsés sabía que antes de que gobernara su padre, sobre todo bajo los reinados de Tausert y Siptah, se habían profanado tumbas y que, por alguna razón, se habían llevado a las momias fuera de sus hipogeos. El faraón pensó que, si la venta de joyas era cierta, sería posible localizar a los ladrones y devolver las momias a sus tumbas para que pudieran descansar en paz. Asignó la investigación a Kufu, en quien ya tenía depositada toda su confianza.

Kufu era consciente de lo delicado de la investigación. Debía llegar hasta quien estuviese perpetrando aquellas ventas sin levantar sospechas. Aunque intuía que se estarían llevando a cabo de forma discreta, no descartaba la posibilidad de que también se estuvieran haciendo a través de cualquiera de los *shutyu* que ofrecían sus artículos en los mercados. Su primera intención fue la de enviar a algunos de los soldados que tenía a sus órdenes para efectuar estas pesquisas, pero recapacitó ante el temor de que alguien los reconociera y que su investigación provocara que los traficantes cesaran en su actividad, al menos, mientras consideraran la posibilidad de ser descubiertos. Por tanto, necesitaba recurrir a alguien que fuese desconocido en Tebas si pretendía tener éxito en su misión.

Transmitió sus dudas al general Ikba, que ya formaba parte del círculo más cercano tanto de Ramosé como de Ramsés tras su defensa de la frontera libia contra los Pueblos del Mar. Ikba le ofreció una solución que Kufu aceptó inmediatamente.

—Haz que vengan investigadores de cualquier otro *nomo* y que nunca hayan estado en Tebas, para hacerse pasar por compradores. Así evitarás el peligro de que alguien los pueda reconocer. Yo conozco en Edfu a un capitán del Ejército y puedo escribirle pidiéndole que nos envíe a un hombre de su confianza.

Días después llegaron no uno, sino tres hombres para ponerse a las órdenes de Kufu, que estaba ansioso por ofrecer un nuevo servicio a su señor y seguir siendo merecedor del puesto que detentaba. Aborrecía a quienes vivían como parásitos a su sombra, aquellos que se dedicaban a halagarlo creyéndose esenciales. Si cada vez le importaba menos el afecto de Neftis, perseguía con ahínco el aprecio del faraón. En cuanto a Tiyi, dudaba de que aquel interés por ganarse su simpatía no encerrase un único propósito: apartar del trono a Ramsés sin que nadie se opusiera e ingeniárselas para que gobernase Pentaur. También se le cruzó la terrible idea de que pudiera estar tramando quitar del medio a todo aquel que contraviniera sus planes. Pero ¿y si la enfermedad que aquejaba a su señor era de veras letal y solo perseguía, como afirmaba ella, aligerarle el sufrimiento? Solo le quedaba confiar en que entre médicos y sacerdotes dieran con un remedio eficaz antes de que fuera tarde. Y ser cauteloso, como le había recomendado Kemish, si no quería que la desgracia cayese sobre él o, peor aún, también sobre su padrastro. No era su padre, pero no había conocido otro y siempre le había dado buenos consejos.

Apenas hubo intercambiado los saludos de rigor con los forasteros, los puso al corriente de la situación. No necesitó decirles que confiaba en su absoluta discreción.

—No en vano os ha escogido a vosotros vuestro capitán y os ha asignado esta misión. A partir de ahora, abandonaréis vuestro atuendo militar. Vestiréis como cualquier egipcio y recorreréis los mercados. Se os prestarán pulseras y collares de oro y haréis ostentación de ellos para que todos con cuantos tratéis piensen que sois ricos. Allí donde veáis que se están vendiendo joyas, intentad haceros merecedores de la cordialidad de los mercaderes, sed complacientes con ellos e interesaos por si os pueden ofrecer alguna pieza antigua. Presumid de vuestras riquezas y decidles que el precio no representará ningún obstáculo. Hacedlo incluso en aquellos tenduchos en los que tan solo ofrezcan bisutería. No debemos descartar nada ni a nadie; es evidente que quien esté vendiendo unos objetos tan valiosos no los tendrá a la vista.

—¿Cómo debemos actuar si localizamos al vendedor? ¿Lo detenemos? —preguntó uno de los soldados.

—No. Vosotros estaréis solos y él podría tener algún cómplice cerca. En ese caso, os podrían hacer frente o huir. Si lo encontráis, decidle que en ese momento no lleváis encima lo suficiente para pagarle, pero que regresaréis pronto con oro bastante... La siguiente visita que recibirá no será la vuestra, sino la de los soldados del faraón. Ellos lo arrestarán.

Siguiendo las instrucciones de Kufu, los tres desconocidos recorrieron cuantos tenderetes podían ser sospechosos de estar vendiendo las joyas, sin obtener resultado. Dejaron transcurrir unos días y se alternaron en las zonas que debían inspeccionar para evitar que los mercaderes pudieran reconocerlos o albergar cualquier sospecha. Una y otra vez repitieron las pesquisas, que siempre resultaron infructuosas.

—Nadie sabe nada de este asunto —informó a Kufu uno de los soldados—. Debe de tratarse únicamente de habladurías.

Tanto Sinab como Metreb desconfiaban de Maneb. Estaban seguros de que no se conformaría con el cobro de aquellos cuarenta *debens* de plata que le habían ofrecido. Sabían que, más tarde o más temprano, les pediría más recompensa por su silencio. Dando por seguro que ese día iba a llegar inevitablemente, y que entonces Sinab debería matarlo, decidieron no esperar. Sabían dónde vivía Maneb y, si moría ahora, se ahorrarían el primer pago del chantaje. Además, moriría en su propia casa, donde nadie podría relacionarlo con ellos.

El día acordado, Metreb entró en la taberna cargando una bolsa que contenía el pago al capataz. Bejem se había mantenido oculto en la calle para asegurarse de que Maneb llegaba sin compañía y de que no tendría protección cuando abandonase la reunión. Mientras tanto, Sinab había estado vigilando el momento en el que Maneb salía de su casa para acudir a la taberna a recibir su recompensa. Una sirvienta le abrió la puerta y Sinab consiguió convencerla de que Maneb le había dicho que lo esperara dentro.

—No te preocupes por mí. Puedes continuar con tu trabajo. Tu señor y yo debemos mantener una conversación privada cuando regrese.

Bejem se había asegurado de que Maneb acudía solo a la reunión. En caso contrario, debería avisar a Sinab para que abandonase la casa.

La reunión fue breve. Metreb esperaba al capataz tomando una cerveza. Este entró en la taberna y ni siquiera se sentó. Vio una bolsa sobre la mesa y la cogió.

—Supongo que esto es para mí.

Metreb se limitó a asentir sin pronunciar ni una sola palabra.

Durante el camino de regreso, Maneb se detenía de cuando en cuando para observar si Metreb iba tras él. Suspiró tranquilo al comprobar que no lo hacía. Quien lo estaba siguiendo era Bejem, pero él ignoraba quién era; nunca lo había visto antes.

Desde un ventanuco, Sinab vigilaba su llegada. Al verlo aparecer por la calle, se ocultó tras la puerta con el cuchillo en la mano. Era consciente de que en un enfrentamiento cara a cara con Maneb, este podría vencerlo dada su mayor corpulencia. Antes de entrar en su casa, el capataz se dio la vuelta por última vez para asegurarse de que nadie lo había seguido. Al cruzar la puerta, Sinab se abalanzó sobre él atacándolo por la espalda. Con el odio acumulado por el sufrimiento que le había hecho padecer en las canteras, le clavó una primera puñalada que le alcanzó el riñón. Mientras el capataz se retorcía de dolor, se puso frente a él para asestarle con saña una segunda que le atravesó el corazón. Sinab no huyó de repente. Se puso en cuclillas junto al cuerpo aún con vida de Maneb mirándolo a los ojos y sonriendo mientras experimentaba el placer de contemplar los últimos segundos de vida de quien había sido su verdugo.

—Alguien tiene que encargarse de que la balanza recobre el equilibrio —le dijo mientras el capataz aspiraba una última bocanada de aire.

No tardó en aparecer la sirvienta que, al ver que Sinab se llevaba el índice a los labios y a su señor tirado junto a un charco de sangre, ahogó un grito.

—¡Ay de mí! Yo..., yo... —exclamó asustada, con la palma de la mano en la boca y haciendo ademán de retroceder.

—Tú no has visto nada. —Se acercó a ella y le tendió dos *debens* de oro—. Sal ahora mismo para el mercado, en cuanto yo me vaya. Cuando regreses, puedes dar la voz de alarma y gritar todo lo que quieras. No me conoces ni he estado jamás aquí o serán contados los días que te queden.

Echó un vistazo desde la puerta a ambos lados de la calle y antes de dejar la casa atrás, añadió:

—Este miserable ya no abusará más de ninguno de los dos.

Había transcurrido la estación de *Akhet** y no se tuvieron noticias de nuevas ventas de objetos robados. Se habían dado por terminadas las investigaciones cuando ocurrió algo inesperado que obligó a abrirlas de nuevo: Ramsés debía atender la visita de un embajador griego que portaba un mensaje de su rey en el que le ofrecía su amistad. El faraón recibió al mensajero con una actitud altiva, como siempre se

---

* La estación de *Akhet* tenía lugar entre el 19 julio y el 15 de noviembre.

mostraba cada vez que ocupaba el trono. Cuando el emisario extendió el brazo para entregarle el mensaje, Ramsés miró con atención uno de los anillos que llevaba este en su mano derecha.

—¡Llamad a Kufu y a Messui! —ordenó de repente.

Kufu acudió inmediatamente. Mientras llegaba Messui, el jefe de los escribas del faraón, Ramsés susurró algo al oído de Kufu, que asintió. Instantes después apareció el anciano Messui y se inclinó ante el faraón.

—Tú dirás, mi señor —dijo en tono cansado.

—Muestra ese anillo a este hombre —ordenó Ramsés al extranjero.

El griego se sobresaltó. Temeroso ante aquella orden, tendió la mano para que el escriba contemplase el anillo. En él aparecía un texto grabado en lenguaje jeroglífico.

—Dime lo que dice esa inscripción —pidió Ramsés.

Messui lo leyó. Antes de responder, miró primero al mensajero y después al faraón.

—Mi señor, aquí está escrito el nombre del gran faraón Tutmosis III, que reinó muchas generaciones antes que tú.

Kufu vio que aquella era una puerta abierta que le permitiría penetrar en el misterio de las joyas robadas.

El miedo se apoderó del mensajero; se maldijo por haber comprado aquel anillo. Ahora, recordando el aspecto desaliñado de quienes se lo habían vendido, pensó que debió haber sospechado de ellos.

Al ver el estado de nerviosismo en el que se encontraba el griego, Kufu no quiso mostrarse demasiado inquisitivo desde el principio. Pidió a uno de los sirvientes que trajese vino, le ofreció una copa al mensajero y se dirigió a él en tono amistoso.

—Es un anillo realmente precioso, ¿de dónde lo has sacado? —preguntó.

—Mi señor, ignoraba a quién pertenece; de saberlo, jamás me habría atrevido a ponerlo en mi dedo.

Lejos de permitir que fuese Kufu quien continuara con el interrogatorio, el faraón intervino. Quería una respuesta inmediata, por ello, su tono fue enérgico.

—No has respondido a la pregunta que te han hecho. Ahora te la repetiré yo y será la última vez que lo haga: ¿de dónde lo has sacado?

El griego aspiró profundamente antes de responder. Cuando lo hizo, intentó ocultar el temblor en su voz.

—Lo compré en una taberna. Mientras bebía una cerveza, vi que en una mesa había dos hombres y una mujer. Dos eran egipcios y el otro parecía extranjero. Hablando entre ellos, pude escuchar el nombre de los egipcios: él se llamaba Metreb y ella, Merimón; el del extranjero no puedo recordarlo. La mujer le mostraba el anillo al extranjero, que parecía interesado en comprarlo. Finalmente, no le debió de convenir el precio porque abandonó la reunión maldiciendo, y los vendedores se mostraron decepcionados al no haber cerrado la venta. Cuando se disponían a marcharse, yo me interesé por él y se lo compré. Pero te juro que no sabía a quién pertenecía. Y que los dioses me castiguen si te miento.

Ramsés y Kufu se miraron fijamente. Parecía que el faraón estaba interrogando con los ojos a su consejero. Kufu afirmó con la cabeza aceptando que el relato era creíble.

—¿Cuál es el nombre de esa taberna? —preguntó Kufu.

—Se llama La Gacela Blanca y está...

—Sé dónde está —interrumpió.

Segunda parte

La conjura

XVIII

Pairekamenef

Pairekamenef le debía a Tiyi su posición en la corte. Todo comenzó el día en que, siendo todavía un estudiante de medicina, acudió a visitarla acompañando a su maestro Sethmeneph, un hombre con la espalda encorvada por los años que hasta aquel momento era el *sun-nu*, su médico personal y del faraón. Ella padecía de una tos persistente, moco y exceso de agua en los ojos, y Sethmeneph le había prescrito que durante cuatro días tomase cominos sumergidos en miel. Pasado ese tiempo, la reina apenas mostraba mejoría. Entonces, intervino Pairekamenef.

—Maestro, si tú me lo permites...

—Habla —concedió Sethmeneph.

—Quizá el remedio que le hemos suministrado no haya dado su fruto por no haberlo acompañado del necesario ritual mágico.

—¿Acaso tú conoces la magia? —se extrañó el anciano.

—Sí, maestro. Antes de venir a Tebas para aprender contigo la medicina, estudié sus secretos en la escuela de magos de Menfis. Si mi consejo no ha de servirte como ofensa, recomendaría cambiar el tratamiento y acompañarlo de un ritual.

Tiyi miraba con curiosidad a aquel hombre alto y delgado, intrigada por sus conocimientos. Le intrigaban, además, sus ojos, en cuyo fondo leía una gran determinación. Los del médico, en cambio, apenas se entreabrían ya con esfuerzo en aquel rostro cansado. Era un hombre de otro tiempo y hasta su ciencia estaba anticuada.

—Entonces, ¿tú que sugieres? –preguntó Sethmeneph.

—Tu diagnóstico acerca de que el tratamiento debe durar cuatro días es acertado, pero deberíamos elaborar una medicina diferente y que la reina la tome mientras eleva una oración a los dioses.

Pairekamenef miró a la reina esperando su permiso para hablarle. Se lo concedió extendiendo la mano hacia él.

—Ordena a tu sirvienta que cada día introduzca algarrobas en un bote con leche de vaca y que lo caliente al fuego. Masticarás las algarrobas y las tragarás con la leche. Para el exceso de agua en los ojos y el moco, pondrás en un recipiente miel, una flor de papiro machacada y polvo de malaquita. Por último, y mientras tomas la mezcla, invocarás a Amón y a Horus pidiendo tu sanación.

Al quinto día, Pairekamenef acudió con su maestro a comprobar el estado de la reina. No albergaba ninguna duda con respecto a que su tratamiento habría sido un éxito. Tiyi los recibió sonriente y ordenó a un criado que trajese vino para compartirlo con ellos, un honor inusual a no ser que fuese durante la celebración de algún banquete.

Tras el brindis, Sethmeneph se anticipó al discurso de la reina al intuir que aquel sería el último día como su médico privado y con temor en el ánimo. Prefería renunciar a su cargo por decisión propia y evitar la humillación de que la reina lo despojara de él.

—Mi señora, al verte en este estado, como si nunca hubieses padecido enfermedad alguna, he comprendido que mi sabiduría no basta para estar al servicio de alguien tan digno como tú. Pairekamenef me ha hecho ver que los conocimientos de un *sun-nu* no son suficientes si no se combinan con los que poseen los magos. Yo ya soy mayor para incluir en mi cabeza métodos nuevos, así pues, te ruego que, en consideración a mi edad, me permitas que renuncie al honor que he tenido sirviéndote durante tantos años.

Aquella iniciativa de Sethmeneph supuso un alivio para la reina. En efecto, ella estaba dispuesta a prescindir de sus servicios y sustituirlos por los de Pairekamenef, pero no habría sabido cómo hacerlo sin causarle ofensa alguna; algo que no merecía después de tantos años a su lado y en los que había hecho gala de todo su conocimiento. Ante la renuncia del médico, se sintió en la obligación de agradecerle sus servicios durante el tiempo que había estado atendiendo a sus cuidados y respiró complacida.

—Por tu fidelidad durante tan largo periodo con nosotros, mereces una recompensa que está al alcance de muy pocos: di a tus hijos que construyan para ti una tumba en el Valle de los Nobles. Y que, si mueres antes de que esté finalizada, te trasladen a ella desde donde esté tu cuerpo en ese momento. Diles también que en todos sus muros se graben relieves con tu nombre para que nunca sea olvidado.

Sethmeneph comprendió que ya nunca volvería a estar en presencia de su reina. Se inclinó ante ella poniendo las manos sobre las rodillas y retrocedió sin darle la espalda hasta que abandonó la estancia. Pairekamenef iba a imitar el gesto de honor de su maestro, pero ella lo detuvo:

—Tú espera.

—Mi señora... —concedió. Enderezó la espalda e inclinó la cabeza, apurado por lo que hubiera podido molestar a la reina.

—Acércate.

Obedeció la orden mientras los guardias cerraban la puerta. No se atrevió a mirar a su alrededor ni, menos aún, a mirarla a ella, y mantuvo la cabeza inclinada a la espera de que la voz todopoderosa lo invitara a proseguir, con el corazón latiéndole en las costillas. Una vez solos, Tiyi volvió a hablar:

—Lo primero que he decirte es que estoy impresionada por tus conocimientos. A ellos debes agradecer que, a partir de hoy, te nombre primer médico de la corte. Pero, escucha bien lo que voy a decirte: estarás exclusivamente a mi servicio y al del faraón. No quiero que lo olvides. Insisto en ello porque sabes que el faraón tiene otra esposa. De Isis no debes ocuparte a no ser que el faraón te lo ordene expresamente y, si es así, quiero estar informada. Espero que sepas apreciar el privilegio que te concedo y que me lo correspondas con la misma obediencia y fidelidad que siempre me mostró Sethmeneph mientras estuvo a nuestro servicio.

—Mi señora, la fidelidad y obediencia que me pides no son suficientes para agradecerte el honor de este nombramiento. Desde ahora, además de tu médico, puedes considerarme también tu siervo.

Ramsés no tardó mucho en comprobar los conocimientos de Pairekamenef. Lo mandó llamar tras sentir una opresión en el pecho y un ligero dolor en el brazo izquierdo. El médico lo auscultó y le tomó el pulso. Tras su análisis, detectó una anomalía en los latidos cardíacos del faraón.

—Mi señor, conozco esta enfermedad y pondré a tu servicio todos mis conocimientos para luchar contra ella, aunque debo decirte que tu corazón sufre de grandes alteraciones. No puedo curarte, pero si escuchas mis palabras y sigues mis consejos, podrás vivir muchos años.

Ramsés no quiso ocultar un gesto de desconfianza ante la valoración que hacía de su estado. Aquel médico le parecía demasiado joven como para asumir la responsabilidad de velar por él, que era el representante de los dioses ante los hombres.

—¿Cuáles son esos consejos? —preguntó con brusquedad.

—El primero es que debes guardar reposo a lo largo de siete puestas de sol. Durante ese tiempo evitarás hacer esfuerzos físicos y deberás delegar en tu esposa o en tus hijos las preocupaciones de tu cargo; además, cada día tomarás dos infusiones, una de espino albar y la otra de lino machacado. Transcurrido ese tiempo, yo volveré a verte y comprobaré tu mejoría.

Ramsés no quedó satisfecho con aquel diagnóstico. Una vez a solas, ordenó que acudiese Tiyi.

—¿Qué clase de médico es este que reconoce no poder curar al faraón? ¿Dónde está Sethmeneph?

—La edad ya había debilitado sus fuerzas y solicitó nuestro permiso para renunciar a su cargo, que yo le concedí también en tu nombre pensando en que no te opondrías. Además, reconoció no estar al corriente de los últimos secretos de la medicina que se enseña en los grandes templos de otros *nomos*. Prueba de ello es que no supo mejorar mi última dolencia, algo que sí hizo Pairekamenef. A partir de ahora, debemos confiar en él tras haberme demostrado sus grandes conocimientos.

A pesar de aquellas palabras de su esposa, que intentaban convencerlo, Ramsés recelaba de su nuevo médico. También le molestaba su actitud excesivamente servil hacia Tiyi, con quien se comportaba más como un esclavo que como su médico. Además, le desagradaba sobremanera que ella no lo hubiera consultado antes de tomar tal decisión. Sethmeneph siempre se había mostrado sabio en sus consejos. Fue él quien acabó con la idea de que fue el faraón quien causara la afección que soportó Tiyi cuando su predecesor en el cargo le había inducido a creer lo contrario. ¡Cómo pudo decir que él era el origen de la enfermedad de su esposa! Un malestar rabioso en la caverna de su sexo la había incapacitado durante un tiempo para la intimidad, y lo obligó a tener que conformarse con las concubinas, y con Isis, aun cuando sus pechos habían perdido la turgencia de la juventud hacía mucho tiempo. Con Isis mantenía una conexión que llamaba «espiritual» y una complicidad que él sabía bendecida por los dioses. Con Tiyi, la relación era carnal y, a todas luces, insuperable. También su carácter díscolo y la seguridad con que se conducía la volvían irresistible a los ojos del faraón. Aquel carácter precisamente era el que ahora lo hacía indisponerse y dudar. Sethmeneph fue quien finalmente la curó y quien siempre había atinado en la administración de cualquier fármaco eficaz. ¿A qué venía ahora aquel capricho de permitir su marcha?

Pasaron los días y Ramsés no podía borrar de su cabeza el incidente que había provocado el derrumbe en la tumba. Aquella noche sabía que no podría conciliar el sueño y necesitaba descargar su rabia en alguien. Ordenó a su sirviente que llamara a Pairekamenef.

—Dame algo que me permita dormir.

—Mi señor, no deberías abusar de mis pócimas. Si las tomas a menudo, pueden hacer que no consigas desprenderte de sus efectos y obligarte a necesitarlas con más frecuencia.

—¡Maldito perro faldero! —exclamó, y le dirigió una mirada airada—. ¿Cómo te atreves a decirme lo que puedo y no puedo hacer? ¡Soy el faraón y mi voluntad debería ser la tuya!

Pairekamenef no respondió. Agachó la cabeza y abandonó la habitación. Al tiempo, regresó con un recipiente que contenía extracto de adormidera. Cuando intentó verter su contenido en una cuchara para ofrecérsela, Ramsés le arrebató el recipiente de la mano y bebió directamente de la botella. Mientras el faraón se sumergía en un sueño profundo, Pairekamenef pidió a los dioses que aquel fuera su último trago y no volviese a despertar jamás. Su actitud era insufrible: despreciaba todo remedio que no obedeciera a su capricho y despreciaba el conocimiento al que solo algunos médicos tenían acceso, impartido en uno de los templos más importantes de todo Kemet. El rey de los egipcios no había asistido a uno solo de los notables sacrificios que se llevaban a cabo y que lograban transformaciones insospechadas. Sin embargo, eran multitudes las que acudían a presenciar los sortilegios, mientras que los sacerdotes apenas les daban la importancia que merecían ni prestaban atención a las gentes, que los veían discutir detalles que cualquiera habría encontrado insignificantes.

Era obvio que el faraón ignoraba incluso que el dios Ptah podía desatar su ira contra él. ¡Cómo podía ser tan necio cuando su propia mujer había obtenido tan claros beneficios!

El médico desconocía el porqué, pero, desde que estaba a su servicio, no había recibido de él más que insultos y desprecios.

XIX
El Sacerdote Puro de Sekhmet

Llegó el día en el que los estudiantes de la Casa de la Vida finalizaron su formación. Según la preparación recibida, algunos alcanzarían su reconocimiento como escribas, médicos, arquitectos... Aquellos que habían elegido el sacerdocio prestarían sus servicios en diferentes cleros de los distintos dioses y dentro de una jerarquía muy definida: algunos obtendrían el grado de Sacerdotes Lectores, otros, el de Sacerdotes del Misterio, conocedores de los ritos más ocultos; algunos, los de Sacerdotes Funerarios o Sacerdotes de los Templos Solares...; y los menos conseguirían el reconocimiento de Sacerdotes Puros. De entre estos, los que alcanzaban el mayor rango, el de Padre del Dios, tenían acceso al sanctasanctórum, el lugar más recóndito del templo en el que se guardaba la imagen del dios, lo que implicaba que gozaban de contacto directo con él y compartían su poder. Maatem había sido elegido para ser uno de ellos aunque, hasta aquel momento, él lo desconocía. Nebamón, que formaba parte del tribunal encargado de asignar tales nombramientos, se dirigió a él.

—A pesar de que tú lo ignoraras, he seguido muy de cerca tu trayectoria. Ya puedes considerarte un gran sacerdote y mago, pero aún espero algo más de ti. Mi deseo es que te conviertas en Sacerdote Puro, o Padre del Dios, de la diosa Sekhmet. Entonces todo su poder estará en tus manos.

El rango de Puro era el más codiciado por cualquier aprendiz de mago; la máxima aspiración, la condición definitiva que lo catapultara a los pastos de la divinidad. Sin embargo, los candidatos permanecían en la ignorancia por alguna razón que solo los maestros conocían. Era un poder de tal magnitud que se requería una gran prudencia, mesura y sabiduría para ser acreedor de él. Y el poder era, ligado a la codicia, el último desafío al que se enfrentaba todo humano que no descendiera por vía directa de la estirpe divina, aunque se tratase de un reputado mago. Para acceder a tal distinción, eran necesarios dones y una moral intachable.

Maatem recibió aquella noticia con inusitada sorpresa.

—Ignoraba que existiera esa distinción, maestro.

—Pero ahí está. Y si ya es un privilegio ser reconocido como mago, de entre ellos, son escasos los que pueden acceder al honor de ser llamados Puros. Y tú te has hecho merecedor de alcanzarlo.

—¿Y cuál es ese poder que aún me falta conseguir?

—El que Sekhmet tiene en su mano sobre la vida y la muerte y que te transmitirá por medio de un ritual mágico. A partir de ese momento, su poder pasará a ser también tuyo. Pero antes has de saber que la diosa tiene un carácter dual y puede actuar tanto como Sekhmet, su lado maléfico, o Ubastet, su aspecto bondadoso. Cuando lo hace como Sekhmet, su aliento puede propagar los males o, como Ubastet, curarlos. Al convertirte en Puro, el tuyo podrá causar el mismo daño o ser un vehículo de sanación, según sea tu voluntad en el momento en el que decidas utilizarlo.

—No comprendo eso, maestro.

—La diosa tiene la facultad de sanar las enfermedades que ella misma ha causado con su furia. Cuando aparece como Sekhmet es terrible y destructora. Se acerca el calor sofocante de *Epiphi** que anuncia la próxima inundación. Sekhmet tiene el poder de contaminar las aguas y provocar fiebres y epidemias. Por esa razón, para evitar que sea dañina, es necesario conseguir que se transmute en Ubastet, que es su cara benéfica y protectora de la vida. Para que esa transformación se produzca, es preciso realizar un ritual llamado *Sehetep Sekhmet,*

* Undécimo mes del calendario egipcio correspondiente a mayo-junio.

que tiene su origen en el principio de los tiempos, cuando los hombres se levantaron contra Ra, el padre de la diosa, que por entonces vivía en la tierra en compañía de los hombres.

Maatem se mostró vivamente interesado en conocer aquella historia, a lo que accedió Nebamón.

—Un día, los hombres se alzaron contra Ra, a quien ya consideraban viejo, y dejaron de adorarlo como a un dios. Ra, temiendo perder su poder, envió a Sekhmet para luchar contra ellos y esta, enfurecida, no estuvo satisfecha hasta que provocó tal matanza que el desierto quedó cubierto de sangre. Ra, al ver el poder de destrucción de su hija, temió que no quedaran suficientes hombres vivos para seguir dedicándole sus ofrendas y le ordenó que dejara de luchar, pero ya era tarde. Tras haber probado la sangre, Sekhmet estaba dispuesta a seguir matando. Entonces a Ra se le ocurrió la idea de engañarla: sabiendo que era una gran bebedora, le ofreció cerveza teñida con un pigmento rojo diciéndole que era sangre. Sekhmet bebió y bebió hasta emborracharse y desde entonces relaciona la bebida con la sangre. El objetivo del ritual es el de calmarla antes de que llegue la inundación del río. Y tienes que llevarlo a cabo junto al faraón: él tiene un papel importante en su desarrollo.

—¿Y nadie en Tebas puede llevar a cabo ese rito?

—En este momento no. Allí, el más poderoso es un sacerdote llamado Iyry, pero no ha alcanzado la condición de ser Sacerdote Puro de ningún dios; además, no presta servicio en la corte. Oficia en el templo de Hathor como Sacerdote Lector. La realización de esa ceremonia estará tan solo a tu alcance.

—Entonces, significa que debo abandonar Coptos.

—Así es. Pero no deberías afligirte. Abandonarás Coptos para trasladarte a Tebas, donde tendrás el privilegio de servir al faraón y celebrar con él el rito antes de que se produzca la próxima inundación.

A pesar del honor que representaba pasar a formar parte del entorno del rey, Maatem lamentaba tener que alejarse tanto de su maestro como de su amigo Hetmet. Lo que Maatem desconocía era que aquella sería su despedida definitiva de Nebamón. Su viejo benefactor padecía una enfermedad que los médicos eran incapaces de sanar y que el consejero mantenía en secreto.

—Ahora es el momento de que prestes atención al desarrollo del ritual: antes de que llegue la próxima crecida, el faraón y tú debéis postraros ante una imagen de Sekhmet, adorarla y fumigar la estatua. Después ordenarás sacrificar un oryx y cuatro ocas que simbolizan a los hombres de los cuatro puntos cardinales. Por último, harás una ofrenda de vino, como representación de la sangre de los hombres. Una vez que Sekhmet se embriague, se apaciguará su carácter violento y destructor.

—Tu relato me aterroriza —exclamó Maatem.

—No he terminado. Cuando la diosa se haya tranquilizado, es el momento de la segunda parte del ritual para conseguir alegrarla. Para ello debes tener a tu alcance un collar *menat**, dos sistros, una clepsidra, dos espejos circulares y un cetro en forma de papiro. El sonido del collar y los sistros, al zarandearlos, ahuyentará definitivamente su furor. A continuación, el faraón pondrá frente a ella los dos espejos que, por su forma, representan a la luna y el sol. Después, volteará la clepsidra para facilitar que la noche pueda transformarse en día; así, la diosa Maat impedirá que se detenga el orden cósmico. Por último, tomará en su mano el cetro de papiro, que simboliza la renovación de la vida y la salud que Sekhmet, transformada ya en Ubastet, puede restituir.

—Temo no ejecutar correctamente el ritual y no poder calmar la ira de la diosa.

—No has de temer nada, pues tu condición de Sacerdote Puro te convertirá en alguien tan poderoso que incluso serás inmune a su influencia. Y también lo será el faraón por estar a tu lado.

Maatem no había podido olvidar el día en que conoció a Pin-Amón en la taberna El Perro Ciego, cuan-

---

* Collar al que se le atribuían propiedades mágicas. Generalmente llevaba inscripciones de diferente diosas, como Hathor o Sekhmet.

do Taedos, su antiguo maestro, la liberó de su encantamiento. Antes de abandonar Coptos, decidió ir a visitarla para despedirse de ella y de su padre. Cuando entró en la taberna, no vio a ninguno de los dos. En su lugar, un hombre fornido rellenaba unas jarras de vino dispuesto a servirlas en una mesa a la que se sentaban un grupo de soldados.

—¿En qué puedo servirte? —preguntó con voz ronca el tabernero.

—Busco a Pin-Amón y a su padre.

El tabernero negó con la cabeza mientras chasqueaba la lengua.

—Ya no los encontrarás aquí. El padre murió y ella, al encontrarse sola, puso en venta la taberna. Me pareció que era un buen negocio y yo se la compré.

Maatem recibió con desagrado aquella noticia. Tanto por conocer la muerte del padre de Merimón como ante la perspectiva de no volver a encontrarla. A pesar de haberla visto solo durante el poco tiempo que había durado la ceremonia del desencantamiento, no había día en el que no la recordara.

—¿Sabes dónde la puedo localizar?

—Difícil lo tienes. Desde luego, en Coptos no. Me dijo que su intención era trasladarse a Tebas.

No quiso irse de inmediato y pidió una bebida de canela molida. Tomó asiento en un extremo, desde donde divisaba el mostrador y la puerta por donde se despidieron la mañana en que Taedos llevó a cabo el ritual. Le pareció verla allí, radiante como un sol. Y se dejó caer en una dulce melancolía.

Cuando, entristecido, se disponía a abandonar la taberna, oyó que uno de los soldados le gritaba.

—¡Eh, tú..., sacerdote! ¡Ven a beber con nosotros!

Maatem se dio la vuelta hacia el origen de aquella voz y vio que procedía de la mesa de los soldados. No le fue difícil comprobar que estaban borrachos.

—Os lo agradezco, pero yo no bebo.

Uno de los soldados se tomó la negativa como un desprecio. Se levantó de la mesa y cogió a Maatem por el brazo con intención de arrastrarlo hacia donde se encontraban los demás.

—Te he dicho... que vengas a beber... con nosotros —balbuceó.

—Y yo te he respondido que no bebo, déjame marchar en paz y vuelve con tus amigos.

El soldado, ebrio, no aceptó su respuesta. La entendió como una provocación. El tabernero intuyó que aquella situación podía acabar en una trifulca y se dirigió hacia ellos con la intención de poner paz, pero, antes de llegar a donde se encontraba Maatem, el soldado ya tenía la espada en la mano.

—Te lo diré por última vez. Pero, ahora, es una orden. ¡Ven a beber con nosotros!

En aquella ocasión, Maatem no se opuso. Acompañó al soldado a la mesa y le pidió al tabernero que acercara la jarra de vino. Puso su mano sobre ella y le pidió que llenara las copas. A medida que el vino salía de la jarra, los soldados veían con estupor cómo el líquido iba cambiando de color: cuando llegaba a las copas, se había convertido en agua. Maatem levantó su copa.

—Ahora sí puedo beber con vosotros. Brindemos por el faraón.

Con el paso de los días, Tiyi y Pentaur fueron sumando partidarios a su causa. En el harén contaban con la complicidad del intendente Panouk, las concubinas, y la del comandante Paiis como responsable de los Guardianes de las Puertas, encargados de custodiar los accesos al edificio prohibido. En el entorno más cercano al faraón, el Gran Chambelán Paibekkamen, Pairy, el supervisor del Tesoro; además de los escribas reales Shotmaadje y Messui, y diversos chambelanes. En el exterior habían conseguido el apoyo del capitán de la policía Nanai, del capataz de obras Panhayboni y del oficial del ejército Tai-Nakhet. Tebas parecía estar bajo el control de los conspiradores a falta de aislar a los militares que continuaran siendo fieles a Ramsés y, por supuesto, a Isis, Ramosé y Neftis; esta seguía siendo el único obstáculo para conseguir el apoyo definitivo de Kufu como jefe de la guardia personal del faraón, si bien, su afecto por la hija de Ramsés continuaba siendo más producto de la lealtad que de un amor genuino. Solo era necesario reconducir del todo tal lealtad en otra dirección. Y Tiyi sabía bien que cada hombre tenía su precio, aunque ese precio, en ocasiones, no se tradujera en oro, joyas u otro tipo de prebendas. Solo era cuestión de insistir un poco más. Hasta que el estrecho lazo que aún seguía uniéndolos se deshiciera. Y todavía mantenía una duda con respecto al papel de Okhém y su grado de fidelidad al faraón. Se hizo la encontradiza con él cuando el eunuco se dirigía al molino.

—¡Okhém! —exclamó alzando la mano y sonriéndole—, caminemos juntos. Me pregunto si has pensado sobre lo que hablamos hace unos días.

—Yo... —dijo turbado.

—Aguarda —le interrumpió ella alzando una mano—. Sé que tienes un corazón puro y que comprendes a todo el mundo, aunque lo cierto es que no conoces mi historia ni sabes nada de mi hijo. Pentaur ha recibido instrucción militar como hijo del rey, pero yo no lo he educado para la guerra, sino para la estrategia, el conocimiento. Es molesto para un joven así que su padre lo haya obtenido todo por las armas.

Los rumores de una maquinación contra el rey se habían filtrado ya por todas las grietas de palacio y Okhém no tenía dudas de que ella era la instigadora. Ahora podía verlo en su cara, en el brillo de sus ojos de serpiente. Estaba confuso.

—Tu confianza me honra, mi señora. Desconocía tal cosa de tu hijo.

—¿No crees que es tiempo ya de que las cosas cambien?

—No soy quién para decirlo. Los tiempos de los dioses y los tiempos de los hombres no siempre caminan parejos.

—Si conocieras a mi hijo, verías que es un hombre inteligente. Te lo dije: el rey morirá en medio de un gran tormento si no actuamos antes. ¿Qué crees, que deberíamos aguardar una cosecha más, que se infectaran las mujeres que yacen con él y que cada uno arrastre luego su enojo, su dolor, el peso de su falta de responsabilidad, y que no le quede más remedio que rumiar tal situación como inevitable?

—Puede que los sacerdotes logren dar con el remedio que lo sane.

—El tiempo corre en contra. Sus artes no logran revertir la situación. Pairekamenef ha estado aplicándole remedios desde que apareció la primera mancha y el mal no ha hecho más que extenderse.

—Las mujeres, en cambio, parecen inmunes...

El gesto de Tiyi se ensombreció. El confidente del faraón, pese a su condición de hombre disminuido, le hacía perder su frescura. Solo le quedaba una salida.

—Por cierto —su tono era amenazador—, ¿desde cuándo no ves a tu hijo?

A pesar de que los días transcurrían con una lentitud exasperante, los secretos, intrigas y maquinaciones eran ya frecuentes. Las paredes de palacio parecían irse llenando de los ecos de cuantos iban tomando parte desde que Tiyi lanzara su enjambre de moscas a los ánimos de los servidores.

Ramsés, después de su habitual baño en el estanque, había mandado llamar a Okhém, cuyo corazón, junto con el de algunos de sus generales —pocos— y su tesoro, debía de ser lo único puro que le rodeaba.

—¿Qué ven tus ojos?, ¿qué oyen tus oídos? —le preguntó sin ambages mientras terminaba de frotarse los brazos con los aceites que la sirvienta le había aplicado.

El rostro de Okhém revelaba preocupación. Debía extremar su prudencia para contentar al rey y no desvelar tanto como iba sabiendo sin poder distinguir qué era cierto y qué falso.

—Se habla de tu enfermedad..., de cuán grave pueda ser —dijo dirigiéndole una mirada llena de inquietud.

Ramsés tosió ligeramente y arrugó el entrecejo.

—Hay muchas enfermedades molestas que no revisten gravedad. ¿Quién puede estar difundiendo algo así? ¡Bah! No son más que habladurías. Mi enfermedad mejora con los remedios.

—Lo celebro, mi señor.

—¿Y qué más?

—Mi señor, cada esposa tuya aspira a que sea su hijo quien te suceda. Toda su animadversión tiene su origen ahí.

—Mis esposas están demasiado ociosas y piensan más como madres que como esposas del faraón, que es el único que tiene el poder de decisión sobre el futuro del reino. No te preocupes por ellas.

Okhém respiró satisfecho. Oculto entre sus ropas llevaba un regalo de su difunta esposa: un amuleto protector que, una vez más, le había permitido ajustarse a lo que requería la situación y salir airoso de ella.

Akila pidió entrevistarse a solas con Tiyi. Había sido la primera en conceder su apoyo a la reina, pero su situación había cambiado: estaba preñada. Llevaba un hijo del faraón en su vientre.

—¿Y esperas que Ramsés te dé un trato especial por esa circunstancia?

—¿No es a sus hijos a quienes más protege?

—¡Qué necia eres! ¿Crees que sabe cuántos tiene? Y los protege, sin duda los protege; los administradores cuidan de que nada les falte, ni a ellos ni a las madres, pero ni siquiera los conoce. Y tiene ya dos esposas reales, ¿o es que no lo sabes? No habrá una tercera. Además, el rey se muere y no vivirá para conocerlo. El destino de Kemet está decidiéndose en estos momentos.

—Nunca he querido vivir en el harén. Odio tejer, pero no conozco otro oficio. Tal vez, si se lo pido... Y no me negará una instrucción militar para mi hijo. Quizá el día de mañana... Sé que me ama.

—No me hagas reír. Tu hijo jamás tendrá derecho al trono porque ni siquiera será reconocido. Llegaste aquí en la fiesta del Bello Encuentro, poco antes de que el faraón volviera de la batalla de Gaza. Y se fijó en ti como se fija en todas: de un modo tan intenso como pasajero.

—Yací con él al término de la fiesta.

—Te digo que no significa nada. Fuiste afortunada esa noche. Solo eso. ¿Quién dice que no estabas ya preñada?

—No... Yo nunca yací antes con otro hombre. Mi sangre lo atestiguó.

—El nacimiento de tu hijo le será notificado y acudirá a conocerlo, pero tu hijo crecerá y acabará siendo tan desconocido para ti como para él.

—Cómo puedes decir eso...

—Yo misma me negaría a creerlo si no lo hubiera vivido.

—¿Tampoco tu condición de esposa real te ha beneficiado en eso?

—Los hijos no significan lo mismo para nosotras, que no vamos a la guerra. Él tiene sus privilegios y nada podemos hacer, salvo ayudarle a irse antes de que pierda su dignidad. A un faraón al que su soberbia ha vuelto ciego tendría que llevárselo Seth cuanto antes.

Akila se resistía a creer que, estando a las puertas de cumplir uno de sus sueños, todo se viniera abajo.

—Entonces, lo que pronunciaron sus labios...

—Desengáñate. Solo puedo desearte que no te pase como a mí. Si su capricho por ti perdura, tendrás que dar a tu hijo para que lo críe una nodriza. No lo harás tú si insiste en que te mantengas bella para él, ni podrás amamantarlo, como no pude yo, o tus pechos dejarán de ser apetitosos. Pero escúchame bien: si no lo haces, si no amamantas a tu hijo, no se criará robusto ni podrá aspirar a ganar batallas.

Aquellas palabras provocaron que Akila se sintiera indispuesta y le pidió permiso para sentarse. Tiyi dio dos palmadas. Su sirvienta se personó rápidamente y la reina le ordenó una bebida de canela y una copa de vino.

—Toma. Te sentará bien. Si acaba reinando Ramosé, el poderío de Egipto seguirá rigiéndose por los músculos y el arrojo en las batallas. Si lo hace Pentaur, en cambio, se abre un camino nuevo. Hasta tu hijo podrá elegir su futuro y tú serás la sacerdotisa que anhelas. Eres joven aún.

Un par de oídos se mantenían atentos a la conversación que tenía lugar entre ambas mujeres cuando percibieron los pasos rítmicos de un guardia. Okhém se ocultó tras un cortinaje de la cámara de Tiyi mientras la reina recibía la noticia.

—Beashi ha enfermado, mi señora, y me ha rogado que te informe.

—Tú dirás, mi señora. —Pairekamenef se inclinó ante la reina tras haberlo convocado.

—¿Recuerdas cuáles fueron tus palabras el día que te nombré médico de la corte?

—Sí, mi señora. A pesar del tiempo transcurrido, las recuerdo con la misma exactitud que si acabara de pronunciarlas. Te dije que para ti no solo sería un médico, sino que en mí tendrías también a un siervo.

—Me alegra que tengas tan buena memoria porque, precisamente, eso es lo que espero de ti en este momento: que me sirvas.

—Sabes que mi medicina está a tu disposición.

—No es tu medicina lo que necesito, sino tu magia. Y te anticipo que lo que he de pedirte no puedes compartirlo con nadie. Si alguien más llegara a saberlo, tu muerte será tan horrible que maldecirás el nombre de tu madre por haberte parido.

—Mis labios están cosidos ¿Qué quieres pedirme?

—¿Conoces a Kufu?

—Si me hablas del soldado que escolta al faraón, sí.

—Bien. Kufu mantiene una relación con Neftis que debe terminar. A él lo necesito para mis propósitos y ella representa un obstáculo. La princesa debe morir, pero de una forma que no levante sospechas.

—Un veneno en su comida...

—Si eso es todo lo que se te ocurre, he de confesarte que me decepcionas. La muerte por envenenamiento en Egipto es tan habitual como la mordedura de la serpiente o el picotazo de un escorpión. Todos sabrían que fue provocada. La de Neftis ha de parecer que se ha producido de forma natural o a consecuencia de alguna enfermedad extraña que, naturalmente, tú afirmarás desconocer. Lo único importante es que no se pueda acusar a nadie de estar detrás de ella.

La petición de Tiyi sorprendió al médico. A pesar de ello, no creyó que debiera pedirle ninguna explicación. Después de todo, le había ofrecido su obediencia y no estaba dispuesto a faltar a su juramento.

—Una cosa más —dijo la reina—: deberías hacer un esfuerzo por ganarte el favor del faraón; echa demasiado de menos a Sethmeneph, tu predecesor, mientras que a ti no parece tenerte demasiada simpatía. Y considero imprescindible que te ganes su confianza. Necesito que estés muy cerca de él y tenerlo vigilado.

—Ignoro cómo puedo hacerlo, mi señora, he puesto mi ciencia a su servicio con la misma dedicación que al tuyo. Y lo respeto y obedezco como a ti. Pero percibo en él un desprecio hacia mí para el que no encuentro ninguna explicación.

—Dale tiempo. Ramsés sentía un gran aprecio por Sethmeneph, a quien consideraba su amigo y confidente. Sin embargo, tú, si he de serte sincera, no le inspiras ninguna confianza. Está convencido de que Sethmeneph habría encontrado un remedio más adecuado para la dolencia de su corazón, aunque yo lo he intentado convencer de lo contrario. Por cierto..., ¿hasta qué punto es grave esa enfermedad de mi marido?

—Ciertamente es bastante severa, mi señora. Si no extrema sus cuidados y evita los problemas que le acarrea su cargo, las consecuencias pueden ser fatales.

La reina recapacitó y consideró que aquel era un buen momento de ganarse definitivamente la voluntad del médico.

—Pues en previsión de que, los dioses no lo quieran —dijo con una sonrisa—, el faraón muriese inesperadamente, te recomiendo que estreches tus lazos con Pentaur, mi hijo y futuro ocupante del trono.

—No tenía noticias de que el faraón ya lo hubiese designado su heredero.

—No lo ha hecho... aún, pero hay ciertos rumores de que el tiempo de Ramsés ya ha pasado. Durante sus muchos años en el trono ha hecho mucho bien por Egipto y sus gentes, pero ya es viejo, y tanto en el pueblo como entre algunos miembros de la corte han surgido voces que hablan de elegir a un nuevo líder más joven; y el nombre que más se escucha para sucederlo es el de Pentaur. Comprenderás que yo, como su madre, no pueda sentirme más orgullosa. Además, sinceramente, no se me ocurre nadie mejor que mi propio hijo para heredar el trono vacante, ¿o acaso a ti sí? —preguntó inquisidora.

Pairekamenef optó por ser prudente y no responder, pero su lengua le traicionó.

—Te ruego que me disculpes, mi señora, pero creo que la batalla de Meggido se libró a favor de Ramosé y que...

—... y que —Tiyi le interrumpió— ya es hora de que se deje de derramar sangre para conseguir la prosperidad del reino. Mi hijo habría dirigido la de Jerusalén si su padre no se hubiera opuesto y habría seleccionado a los mejores generales, pero... ¿sabes qué te digo? —le preguntó encarándolo—. Antes aun la habría evitado. Hay otros caminos posibles, ¡bien que lo sabes!, pero todavía no ha nacido un faraón capaz de ampliar sus dominios sin exponer la vida de sus súbditos.

—En eso debo darte la razón —afirmó mientras se inclinaba.

—Y no solo eso: a Ramsés empiezan a fallarle las facultades. Cada día bebe más y exhala un aliento nauseabundo. Las concubinas lo temen. Beashi vomitó la última vez que yació con él y... —hizo una pausa dramática mirándolo por el rabillo del ojo— la mandó azotar. Solo yo pude evitar el castigo; Isis ni siquiera se conmovió. La pobre Beashi no merece ese trato.

Pairekamenef no podía sino admitir que los datos corroboraban aquel juicio. Y él se debía a ella.

—Has dicho que tu hijo, con el apoyo de algunos miembros de la corte, está listo para suceder a su padre... ¿Y los que le sean contrarios?

—Me enfrentaré a todo aquel que se oponga a su nombramiento.

—¿No temes que se declare una guerra civil?

—No. Para todo hay otros caminos posibles, como acabo de decirte. Si tu magia contra Neftis funciona de manera tan convincente que no levante sospechas, el siguiente será Ramsés. No sufrirá; no tiene por qué sufrir. Y una vez muerto, nadie tendrá argumentos para revelarse contra mi hijo.

—¿Y Ramosé?

—Estará lejos de Tebas mientras muere su padre; cuando regrese, el trono ya estará ocupado por Pentaur. Sé que son los designios de los dioses. A los hombres, se les puede enajenar la razón... y la edad, como es el caso de mi esposo, es un agravante. A los dioses no; a los dioses no les aqueja el paso del tiempo hasta que vuelven a tomar cuerpo. Yo misma he tenido una visión en la que se me mostraba a mi hijo dirigiendo los destinos de Kemet.

—¿Cómo conseguirás que Ramosé no esté en Tebas?

—¡Me importunas con tantas preguntas! —exclamó—. Lo único que, de momento, puedes saber es que ya hay mucha gente movilizada, y no solo militares. Hay chambelanes, sacerdotes, escribas, incluso simples sirvientes. Tan solo falta enviar emisarios a los diferentes *nomos* para saber si alguno de sus gobernantes se opondrá al nombramiento de mi hijo y a las razones que le asisten. —Se acercó a él y lo miró fijamente—. Y, antes de que salgas de esta habitación, quiero saber si tú también estás de mi parte.

—Mi señora, tu voluntad es la mía y mi ciencia está a tu servicio. Aunque hay algo que debo decirte: mi magia contra los hombres será eficaz contra Neftis, eso te lo garantizo, pero no es suficiente para afectar a un dios viviente como es tu marido. Contra él necesitamos una fuerza superior a la que yo domino. La buena noticia es que conozco a quien la posee. Se trata del Sacerdote Lector Iyry, que oficia en el templo de Hathor.

— ¿Podemos confiar en él?

—Hasta tal punto que mi voluntad es la suya. Yo lo acogí en mi casa cuando sus padres murieron y lo introduje en la Casa de la Vida. Allí se formó, primero como escriba y, más tarde, tras alcanzar otros grados, como Sacerdote Lector. El poder de su magia es inimaginable y hará cualquier cosa que yo le pida sin cuestionarme.

Al día siguiente, Pairekamenef volvió a reunirse con la reina. Iba acompañado de otro hombre. Tiyi quedó impresionada ante la visión de aquel personaje extrañamente delgado. Tenía los ojos hundidos y en su rostro se marcaban los pómulos y el hueso de la mandíbula, mostrando un aspecto cadavérico.

—¿Sabes por qué estás aquí? —preguntó la reina.

—Lo sé, Pairekamenef me ha informado. Pero debo decirte algo: para actuar contra tu marido necesitaré recurrir a un conjuro secreto que está escrito en un papiro que se conserva en su archivo privado, al que yo no tengo acceso. Sin el recitativo de ese conjuro, mi magia contra Ramsés sería tan inocente como una caricia tuya en el lomo de una gata.

—No será ningún problema. Puedes contar con él.

Kufu nunca hubiese imaginado lo que estaba a punto de presenciar. De haberlo sabido, no habría acudido a su cita para comer con Neftis. El calor era sofocante y su deseo inmediato habría sido pedir que dispusieran los manjares en un salón interior. Por otra parte, conocía de sobra el gusto de ella por contemplar la ciudad desde la terraza y así era también en esa ocasión, aun cuando el sol parecía querer fundir los cuerpos y trastornar las cabezas. Cuatro sirvientes se afanaban en procurar que el aire caliente se transformara en brisa balanceando abanicos elaborados con plumas de avestruz.

Los sirvientes de la princesa habían preparado la mesa en una terraza desde la que tenían una visión elevada del valle y del río. Cuando Kufu apareció en la estancia, Neftis ya lo esperaba sentada a la mesa. Se acercó y la besó en la frente, extrañamente fría, antes de sentarse frente a ella. Pidió cerveza a la sirvienta y le ofreció una jarra a Neftis. Ella ni la aceptó ni la rechazó, tan solo lo miraba, y tan fijamente que no parpadeó ni un solo instante. A Kufu le pareció que lo miraba sin verlo, que era una mirada perdida.

—Neftis, ¿te ocurre algo?, te encuentro extraña.

Sin responder, la princesa se levantó de la mesa y se sentó en la balaustrada dando la espalda al vacío; era tan alta que los pies no tocaban el suelo.

—Bájate de ahí, es peligroso.

El rostro de Neftis seguía inexpresivo, como si no pudiese ver ni escuchar nada de lo que sucedía a su alrededor.

—Neftis, bájate de ahí —repitió.

La princesa comenzó a mecerse y Kufu se levantó para ayudarla a apearse de aquel asiento inestable. Cuando apenas le faltaban dos pasos para alcanzarla, Neftis se dejó caer hacia atrás mientras lo miraba a los ojos con expresión imperturbable. Durante la caída no pronunció ningún grito, ninguna palabra. Nada. Como si su acto hubiese sido inconsciente; como si alguien dominara su voluntad y le hubiese ordenado arrojarse al abrazo de una muerte segura.

Los Guardianes de las Puertas vieron el cuerpo estrellarse ante sus ojos atónitos. Uno de ellos acudió a socorrerla mientras otro daba la voz de alarma. Entró como una exhalación en palacio pidiendo a gritos un médico y Tiyi lo vio desde uno de los corredores del piso superior.

—¿Qué ocurre?, ¿a qué se debe ese escándalo?

—Mi señora —dijo el soldado—, un... terrible accidente. La princesa Neftis... ha caído desde lo alto.

—Yo me ocupo. Regresa a tu puesto.

Tiyi dio orden a su sirvienta de que acudiera en busca de Pairekamenef. No tuvo dudas de que el sortilegio había funcionado. Cuando se reunió con él y acudieron junto a la princesa, ya se había reunido un buen número de personas en torno al cuerpo inerte. El médico no pudo hacer sino certificar su muerte mientras los gritos se propagaban por el interior de palacio y llegaban a oídos del faraón y la Primera Esposa, que comentaban las vicisitudes de las recientes batallas en las que tanto Ramsés como Ramosé habían quedado victoriosos.

—¡Tiene que haber un error! —exclamó Isis, descompuesta.

—No... no es posible —dijo él con un ahogo.

Corrieron hacia la calle, seguidos por concubinas y sirvientes, y vieron lo que nunca habrían querido ver: Pairekamenef, de rodillas ante el cuerpo, recitaba un salmo rodeado de curiosos, que también se habían arrodillado. El aullido de Isis fue desgarrador; se abrazó al cuerpo sin vida de su hija y la tomó en brazos gimiendo y diciendo entre sollozos: «¡No puede ser, mi niña, mi hija adorada..., no puede ser!». Ramsés, consternado, elevaba las manos al cielo rogando un milagro a los dioses.

A partir de aquel momento, todo fue tratar de consolar a los padres dolientes mientras Pairekamenef apartaba no sin esfuerzo a la madre. Apremiaba proceder con el ritual que dispondría el cuerpo de la princesa para la eternidad.

—Los dioses así lo han querido, mi señora. Tu hija camina hacia ellos. Hemos de preparar su tránsito. —Y ordenó a su ayudante un remedio que atenuaría la congoja de la reina.

Kufu se mantenía apartado. No terminaba de aceptar lo que acababa de ocurrir. Alguien le puso la mano en el hombro. Era Reptos, su compañero de armas, un hombre justo, de brazos fornidos, cuya mandíbula cuadrada denotaba un carácter firme. Llevaba quince años en la corte, tiempo suficiente como para que su lealtad hubiera sido puesta a prueba en más de una ocasión, aunque esta era la más reciente. Nunca confesó a nadie su viejo amor por la princesa, y menos aún, a Kufu. El rictus serio y el brillo en los ojos del que había sido el salvador de Pentaur le parecieron muestras evidentes de que también su corazón había dejado de latir; como el de ella.

En el instante en que retiraban el cuerpo entre dos esclavos, Reptos vio que Isis se tambaleaba y acudió a socorrerla antes de que se desplomara. Cayó en sus brazos. El sol se ocultó tras las nubes y el atardecer se cubrió de un aire extraño.

Durante los setenta días que duró la preparación de su momia en la Casa de la Vida, Kufu no pudo evitar cierto sentimiento de culpa. Pensaba que, sin pretenderlo, podría haber sido responsable del triste final de Neftis. Temía que ella hubiera percibido que su relación estaba a punto de finalizar y ese hecho la hubiese empujado al suicidio. Intentaba desterrar esa sensación de melancolía diciéndose que él nunca le había hecho promesas que no hubiera cumplido y que la hubiesen podido decepcionar hasta el punto de quitarse la vida. Ahora ya solo necesitaba que tuviera lugar la sepultura. Introdujeron su cuerpo en un rico sarcófago tallado con imágenes de la princesa y su séquito mientras recibían el saludo de la diosa Maat con los brazos abiertos emplumados.

Una vez que estuvo dispuesto el ajuar funerario y el cuerpo ubicado en su morada definitiva, Kufu descansó.

La investigación de la venta de joyas contribuyó a distraer su mente y ayudarlo a no obsesionarse con la muerte de la princesa. La confesión del emisario griego al decirle que había comprado el anillo de Tutmosis III en La Gacela Blanca le hizo sospechar que ese podría ser el sitio en el que se vendían las joyas robadas y volver a centrarse en la investigación. En un principio, envió a un soldado para que hiciera averiguaciones sobre Pertes, el propietario de la taberna. Lo descartó como sospechoso cuando supo que, en su juventud, Pertes también había formado parte de la guardia personal de Ramsés. Sabiendo que podía confiar en él, mantuvieron una entrevista en la que Pertes se ofreció a ayudar a Kufu cuando este le expuso su plan.

—Tenemos sospechas de que los ladrones están usando tu establecimiento como lugar de venta de los objetos robados. Durante los próximos días, Sensub, un soldado de mi confianza, se hará pasar por uno de tus empleados y vigilará cualquier movimiento que tenga relación con nuestra investigación. Si, con tu ayuda, conseguimos desarticular a la banda de traficantes, te garantizo que recibirás una recompensa directamente de manos del faraón.

No hubo que esperar mucho tiempo para ver como un hombre y una mujer entraban en la taberna y se sentaban en la mesa más alejada de la entrada. Al acercarse a ellos, pudo oír sus nombres: eran Metreb y Merimón a la espera de cerrar el trato con un nuevo comprador. Sensub ordenó a Pertes que fuese a buscar a la guardia mientras él se hacía cargo de la situación en el caso de que los sospechosos quisieran abandonar la taberna.

A pesar del tiempo que habían compartido en las canteras y bajo las órdenes de Atib, Metreb apenas sabía nada acerca de la vida de Merimón y quiso aprovechar el tiempo en que esperaban al comprador para interesarse por ella.

—No es mucho lo que puedo contarte. Me casé muy joven, pero mi marido murió pronto a consecuencia de unas fiebres. Mi padre era médico, pero adoraba los pájaros y, como no tuvo hijos varones que pudieran ejercer su profesión, nos enseñó a fabricar jaulas de junco a mi hermana y a mí para que tuviésemos un medio de subsistir cuando él faltase. Un día pasó por allí una de las caravanas de camellos que hacían la ruta por el desierto. El que se identificó como su jefe se encaprichó de mí y le propuso a mi padre que me entregara a él para convertirme en su esposa. Al principio mi padre se negó argumentando que me necesitaba para hacer jaulas, pero el camellero insistía diciéndole que, con mi oficio y su ayuda, podría establecerme en Tebas y hacer fortuna. Finalmente, mi padre consideró que mi hermana podría salir adelante por sí misma y se dejó convencer ante la oferta de aquel hombre, que le ofreció llevarme a la ciudad a cambio de un caballo, dos cabras y diez *debens* de cobre. Lo que mi padre no sabía era que el caravanero no me quería para él, sino que era para entregarme a Atib, que me vendería como esclava a cambio de ganarse una parte de lo que obtuviera por mi venta.

—Y no has vuelto a verlo. ¿No sabe nada de tu suerte?

—No. Después, cuando llegué a la cantera...

No pudo acabar de contar su historia. Un grupo de soldados apareció de repente y la apresó junto a Metreb.

Antes de que abandonaran la taberna, Pertes llamó a uno de los soldados. Le hizo una confidencia en voz baja.

—Dile a Kufu que estos dos no actúan solos. Hace algún tiempo presencié otra venta entre un sirio y otro egipcio. Recuerdo su nombre: se llama Sinab. Deben de pertenecer todos a la misma banda. Y recuérdale que me hizo una promesa si lo ayudaba y aún no la ha cumplido.

Kufu se mostró escéptico ante aquella información. A pesar del tiempo transcurrido desde que se separaron, creía conocer lo suficiente a Sinab como para admitir que se hubiera convertido en un delincuente. Aunque «nadie sabe de qué es capaz de hacer un hombre cuando lo tienta la codicia», pensó. A pesar de ello, debía descartar que aquella información no era un infundio. Para hacerlo, era imprescindible apresarlo.

Llegó la noche y Metreb y Merimóm no se reunieron con Sinab como habían acordado. Decidió acudir a La Gacela Blanca. Pretendía que el tabernero le confirmara que habían estado allí aquella mañana. Kufu había previsto que su hermano tomaría aquella decisión y no se equivocó. Apenas entró en la taberna, y ante un gesto de Pertes, tres soldados sin el atuendo militar apresaron a Sinab para llevarlo ante él.

Encerrados, pasaban las horas en una celda cochambrosa en la que no tenían más compañía que la de las ratas. El olor a orina y heces convertía la atmósfera en irrespirable.

—¿Qué será ahora de nosotros? —preguntó Merimón a Metreb.

La respuesta le llegó de uno de los guardianes mientras sonreía con un gesto sádico.

—Pronto lo descubriréis.

Al amanecer del día siguiente dos soldados entraron en la celda y sujetaron a Metreb por los brazos. Lo arrastraron hasta una estancia contigua en la que iban a interrogarlo y lo sentaron en una jamuga. Ante él, un hombre fornido sostenía un látigo. En uno de los rincones de la habitación, Metreb vio una llama sobre la que reposaba un hierro candente y, en una mesa, diferentes herramientas de metal entre las que distinguió unas tenazas.

En un principio, aquel hombre se mostró conciliador.

—Doy por hecho que sabes por qué estás aquí, y no sufrirás ningún daño si revelas de dónde proceden las joyas robadas.

—No sé de qué me estás hablando —respondió Metreb.

Como si esperase aquella negativa, el hombre decidió no perder más tiempo. Un primer puñetazo en el rostro de Metreb le hizo caer al suelo, donde recibió una lluvia de patadas en la cabeza y en el pecho. Lo levantaron y volvieron a sentarlo mientras continuaban los puñetazos. Su rostro comenzó a amoratarse al tiempo que se le cerraba el ojo izquierdo a consecuencia de la hinchazón del párpado.

Desde su celda, Merimón escuchaba los lamentos de Metreb por el tormento al que lo estaban sometiendo. Temió ser ella la siguiente en sufrirlo.

El verdugo advirtió que el prisionero estaba dispuesto a soportar el castigo y pensó que su silencio era una oportunidad para que el pueblo aprendiera que, si alguien robaba al faraón, no quedaría impune. Con esa idea, decidió interrumpir la tortura en el interior de la celda para continuarla en el exterior, a la vista de los ciudadanos de Tebas.

Trasladaron los instrumentos de tortura frente a los muros que rodeaban el palacio y clavaron un poste en el suelo, en el que atarían a Metreb si continuaba obcecado en no confesar. Durante el trayecto que lo separaba de la mazmorra en la que se hallaba preso, un soldado caminó tras él cubriendo su espalda de latigazos. El verdugo alzó la voz para dar a conocer el motivo de aquel castigo.

—Este hombre es un criminal. Y, como tal, merece un castigo que, al mismo tiempo, será una lección para todos vosotros. Ahora podréis comprobar con vuestros propios ojos lo que les espera a aquellos que se atrevan a robar lo que, por ley, pertenece al faraón.

Volvieron a sentarlo y lo inmovilizaron atándole las muñecas a los apoyabrazos de la jamuga. Mientras le arrancaba las uñas con las tenazas, los gritos de dolor de Metreb acallaban las voces de cuantos eran testigos de aquel espectáculo; Bejem estaba entre ellos. El verdugo insistió en su reclamación. Volvió a elevar la voz para que todos los presentes la escucharan.

—De ti depende el que cese esta tortura. ¿Estás dispuesto a decir de dónde proceden las joyas robadas?

—Te lo repito: no sé de qué me hablas —respondió entre gritos de dolor.

En vista de la resistencia de Metreb, lo ataron al poste. El verdugo cogió el hierro por el mango de madera y lo puso sobre el fuego hasta que estuvo al rojo vivo. Con él en la mano, se acercó a Metreb.

—Voy a darte la última oportunidad de que confieses; de lo contrario, después de quemarte las piernas y los brazos, aplicaré el hierro sobre tus ojos y quedarás ciego para la eternidad.

Aquella amenaza hizo recapacitar a Metreb. Él siempre había pensado que la ceguera representaba una desgracia mayor que la de la propia muerte. Aun así, no estaba dispuesto a revelar el paradero de la cueva. Su confesión significaría traicionar a Sinab, a quien tanto debía.

—Nunca lo sabrás por mí —respondió.

El olor a carne quemada provocó el vómito de algunos espectadores. Otros decidieron marcharse para no continuar viendo aquella escena macabra. Metreb ya sentía el calor que desprendía el metal mientras se acercaba a sus ojos. El dolor a causa de las quemaduras, mezclado con el miedo a quedarse ciego, le hicieron perder el conocimiento. Fue entonces cuando una voz atronó dando una orden al verdugo.

—¡Detén tu mano en nombre del faraón!

Al oír la invocación al rey, el verdugo buscó entre la gente a quién pertenecía aquella voz. Era la de Kufu.

—¿Es este el ladrón? —preguntó, mientras miraba el estado deplorable en el que se encontraba el prisionero.

—Es uno de ellos —respondió el verdugo—. También hay una mujer a la que interrogaremos después, si este se empeña en no hablar.

—Devolved a ese desgraciado a la mazmorra —ordenó tras un instante de reflexión—, no será necesario continuar con un espectáculo tan lamentable. Yo la interrogaré a ella. Las mujeres temen más al castigo físico que los hombres y creo que bastará simplemente con la amenaza de torturarla para que no se resista a confesar.

—¿Y este se quedará sin castigo? —preguntó el verdugo señalando a Metreb.

—¿No te parece suficiente el que ha sufrido ya? Todos los que han presenciado esta demostración de crueldad se irán de aquí con la lección aprendida. Temerán el castigo del faraón, pero hemos de evitar que el pueblo lo vea como si también fuese un verdugo, como tú, en lugar de un dios viviente. Por esa razón te he ordenado detener el castigo en su nombre. No olvides que Ramsés es el encargado de impartir la justicia que dicta la diosa Maat y el pueblo apreciará su clemencia.

Kufu entró en la celda en la que se encontraba encerrada Merimón dispuesto a ser magnánimo. No quería tener sobre sus espaldas el peso de haber inducido una nueva muerte. Si algo había aprendido del hombre a quien llamó padre toda su vida era que jamás debía ponerse en duda la ecuanimidad de su conducta.

La encontró vomitando.

—Comprendo tu temor, pero no debes tenerlo si colaboras y nos das la información que buscamos. De lo contrario, tú también sufrirás el tormento del verdugo.

—No vomito por miedo, es a causa de mi embarazo.

Aquella información representaba un inconveniente para Kufu. En su memoria todavía retenía el instante en el que vio morir a Neftis y, por alguna razón que no alcanzó a comprender, se sintió incapaz de ordenar hacer ningún daño a Merimón. De nuevo, recordó a su padre. Se dirigió a ella con voz pausada.

—¿Tu hijo es del hombre al que hemos castigado antes?

Merimón lo miró y Kufu vio en ella un gesto sereno y le pareció que, hasta cierto punto, era afectuoso cuando le respondió. Lo que nunca hubiese esperado es que lo llamara por su nombre.

—No, Kufu. El padre del hijo que espero es tu hermano Sinab.

XX

Malas noticias

Yo, Kemish, conocía el nombre de algunos de los hombres que comenzaron a frecuentar el harén tras la promesa de libertad que Tiyi le había hecho a las concubinas. De los que no, era Hori quien me informaba.

Fue por él por quien tuve conocimiento de que, a través de aquellas visitas, las mujeres del harén estaban ganando adeptos al complot organizado por la reina para derrocar al faraón. Mientras algunos lamentábamos nuestra suerte por haber perdido a nuestra familia, otros no tenían problema en segar la suya, me dije. Me advirtió también que tanto las concubinas como los escribas y guardianes del harén debíamos guardar silencio. En realidad, no podíamos hacer más, pues dependíamos directamente de sus órdenes. También se nos advirtió de que debíamos fingir ignorancia si alguien nos hacía preguntas acerca de si sabíamos algo de la conspiración que se estaba gestando.

Hori todavía me dijo algo más. Y esa información me obligó a plantearme el renunciar a mi puesto y abandonar el palacio a pesar de que, si lo hacía, no tendría ningún otro sitio a donde ir. Pero aquella noticia me impedía dormir por las noches al tiempo que me corroía las entrañas durante el día: me informó de que entre los nombres de los que apoyaban la caída del faraón se encontraba el de mi hijo Kufu. No quise creerlo e intenté hablar con él para disuadirlo. Pero yo no tenía acceso al palacio del faraón; en cambio, Kufu podía entrar y salir y visitarme cuando quisiera. Yo debía esperar a que algún miembro de la corte se acercara al harén para solazarse con alguna concubina, y pedirle que convenciera a mi hijo para que se reuniera conmigo y así poder rogarle que no participase de aquella infamia. No puedo recordar a cuántos hombres les hice esta petición, pero Kufu nunca vino. Nunca se repuso de lo que consideraba una traición por tanto tiempo de silencio, aunque aún me pregunto qué habría hecho de no haber sido así. ¿Habría aceptado que las cosas eran como eran cuando no tenía suficiente uso de razón? Además, me castigaba por mi sequedad. De eso y no de otra cosa era yo culpable, y bien saben los dioses que me arrepiento. Si los hombres conocieran a tiempo las consecuencias que acarrean los propios actos, aun cuando obran del modo que consideran recto...

También él había de lamentar algún día lo que hiciera ahora. También los dioses lo castigarían a él.

No sabría explicar cuánto fue mi dolor tras aceptar que no volvería a ver al único de mis hijos del que conocía su paradero. Me resignaba a que quizá no volvería a saber nada de Hetmet. Y ojalá no hubiese tenido noticias de Sinab; no para saber lo que ocurrió entre mis hijos y que nunca habría querido saber. Pero, por desgracia, no fue así.

XXI

Cara a cara

Antes de interrogar a Merimón, y en consideración a su estado gestante, Kufu dio orden de que llevaran a Sinab a su presencia. Después de tanto tiempo sin verse, estaba expectante por ver la reacción de su hermano. A decir verdad, él mismo no sabía cómo debía comportarse. Por una parte sentía la necesidad de abrazarlo y de que le contara qué había sido de él desde aquel día aciago —¿tendría noticias de Hetmet?—; por otra, debía mantener la distancia, obligado por el motivo del enojoso encuentro en que tenía la obligación de interrogarlo. Decidió que, dadas las circunstancias, como hermano, debía mostrarse afectuoso, pero, al mismo tiempo, exigirle su confesión. ¿Sabría Sinab que no tenían un padre común?

Kufu intuía que la actitud de Sinab al enfrentarse a él sería imprevisible. Al entrar en la sala en la que lo esperaba su hermano, Sinab paseó su mirada por los muros en los que se mostraban escenas de batallas que tenían como protagonista al faraón y en los que se representaban paisajes con la fauna y la flora del valle del Nilo. No se sorprendió al encontrarlo allí y en calidad de guardia real. Cuando lo vio en el desfile militar que partía a la guerra ya intuyó que debía de tener una alta responsabilidad en la corte.

Finalmente, se dirigió a su hermano con indiferencia.

—Por lo que veo, no te ha ido mal desde que nos separamos.

Kufu le respondió en el mismo tono distante.

—Por lo que yo he oído, a ti tampoco.

Ante aquella acusación velada, Sinab se puso a la defensiva.

—Depende de qué sea lo que hayas oído.

—Que estás comerciando con objetos robados. Y si te he hecho llamar, no es para pedirte explicaciones, tus razones tendrás para degradarte hasta ese extremo, sino para exigirte que me digas de dónde los obtienes.

Por su aspecto, nadie hubiese dicho que Sinab era un hombre rico. Se vestía deliberadamente con ropas humildes para no llamar la atención y evitar destacar por encima de cualquier otro sencillo ciudadano de Tebas.

—Creo que estás mal informado. Mira mi aspecto: una sola de las sandalias que tú calzas vale más que toda la ropa con la que yo me visto.

—No pretendas engañarme. No a mí. Sé que tus ropas no son más que un hábil disfraz para ocultar tu verdadera fortuna. Una fortuna de la que, es evidente, no sabes disfrutar. Y es mejor que no perdamos el tiempo. Tengo testigos que te señalan como jefe de los saqueadores.

Sinab estaba seguro de que su hermano pretendía tenderle una trampa y que no tenía ninguna prueba contra él. Sonrió.

—Si eso fuese cierto, no habrías tenido necesidad de traerme a tu presencia. Cualquiera de tus testigos habría confesado ya.

—Por el momento, eso no ha sido posible. Uno de ellos no puede hablar, está moribundo por el castigo al que lo ha sometido el verdugo. Al otro no quiero torturarlo a no ser que tú te empeñes en guardar silencio.

—Vaya, ¿tan especial es ese testigo? —preguntó con sorna, aunque intuía que tan solo podía tratarse de Metreb o Merimón. Lo había sospechado desde el momento en el que lo arrestaron en la taberna.

—Lo es —Kufu guardó un instante de silencio antes de revelarle su nombre y sabiendo el efecto que tendría sobre Sinab. Lo hizo mirándolo fijamente a los ojos—. Ese otro testigo es la madre de tu hijo y, si tú no confiesas, Merimón correrá la misma suerte de Metreb. Quedará a merced del verdugo.

Aquella noticia paralizó a Sinab, que no supo cómo reaccionar. Finalmente, respondió convencido de que las palabras de su hermano no eran más que una trampa para obtener su confesión.

—Estás mintiendo, Merimón no está embarazada.

Kufu guardó un instante de silencio. ¿Sería posible que Sinab no supiera de la preñez de su compañera? En aquel momento, a pesar de la aparente indiferencia que Sinab quería mostrar, Kufu percibió en él un gesto de sorpresa y no vaciló en aprovecharlo.

—Si no confías en mis palabras, ella misma te las confirmará. ¡Traed a Merimón! —ordenó.

Tras unos instantes, que a Sinab le parecieron eternos. Merimón apareció ante ellos. Al verla, Sinab, al que la ira le había nacido en el pecho al empezar a creer que el embarazo podía ser cierto, le espetó:

—¿Es cierto que estás esperando un hijo mío?

Merimón no respondió, se limitó a afirmar con la cabeza.

Sinab comenzó a caminar de un lado a otro de la estancia mientras resoplaba.

—¿Por qué me lo has ocultado? ¿No crees que tenía derecho a saberlo? —le reprochó.

Merimón agachó la cabeza, como si estuviera avergonzada.

—Hay algo que debes saber —respondió al fin—: este no es mi primer embarazo. Me quedé preñada de otro hombre cuando apenas había dejado de ser una niña. En aquel momento mi naturaleza era demasiado frágil como para dar a luz y, según los médicos, nuestras vidas estaban en peligro. Lo perdí durante el segundo mes de gestación. He tenido miedo de que me volviera a ocurrir lo mismo y consideré que lo más prudente era dejar pasar más tiempo para estar segura de que ni el niño ni yo corríamos ningún riesgo. Te pido perdón por no habértelo dicho antes.

La confesión encolerizó a Sinab, pues la consideraba una traición imperdonable. En aquel instante, Kufu juzgó que lo más prudente era que Merimón abandonase la estancia para volver a quedarse a solas con su hermano.

—Y bien, ¿qué piensas ahora? —insistió Kufu—. Dime de dónde sacáis las joyas. Si confiesas, te garantizo que intercederé a tu favor ante el faraón y me aseguraré de que no tome represalias. Quedarás en libertad y podrás disfrutar de la fortuna que hayas conseguido hasta ahora y vivir en paz con tu familia. De lo contrario, no dudaré en ordenar que torturen a Merimón hasta que sea ella quien hable. He visto cómo actúa el verdugo, y te aseguro que no tendrá consideración porque se trate de una mujer ni porque esté encinta. Si cae en sus manos, puedes dar por seguro que perderás a tu hijo.

Sinab no podía pensar con claridad. Se sentía acorralado y confuso. Ni siquiera se detuvo a valorar la propuesta de Kufu. Le pudo más la ira de saberse engañado por Merimón de quien, hasta aquel momento, nunca había dudado. Reaccionó sin pensar en las consecuencias de su respuesta. Al hacerlo, no fue consciente de que sus palabras serían una confesión de su culpabilidad y de que lo iban a traicionar.

—No. No renunciaré a nada de lo que aún puedo conseguir. Aun a tu pesar, seguiré adelante hasta que llegue el día en el que me resulte imposible saber a cuánto ascienda mi riqueza.

—Estás cegado por la ambición.

—El hombre que no tiene ambiciones no es un verdadero hombre. Y no deberías censurarme por pensar así. Mírate a ti mismo: has pasado de ser un simple forjador de espadas a convertirte en protegido del faraón utilizando a su hija.

—¿Qué sabes tú de eso?

—¿Quién lo ignora todavía en Egipto? Eres la comidilla de todo el mundo. En los círculos, en las tabernas. ¡No saques pecho, hermano! Hay quien te culpa de su muerte.

—¡Eso es una infamia! ¡Se quitó la vida! Nadie podría acusarme de algo así.

—¡Oh, no, claro! No habrás sido tú quien la empujó. Has aprendido a ser... sigiloso, como una víbora —dijo con gesto irónico—. Si has llegado tan lejos es porque tú también has demostrado ser ambicioso, igual que yo.

—No. Yo no soy igual que tú. Yo no he robado ni matado a nadie. Kemish no nos educó para convertirnos en ladrones ni asesinos. Él es un hombre honrado. Y, en mi caso, fue la fortuna la que hizo que la hija del faraón quisiera pagarme así el haberla salvado de una emboscada. De algo me valió mi oficio. Ojalá el tuyo te hubiera valido del mismo modo.

Sinab sonrió mientras negaba con la cabeza.

—Yo conozco a muchos hombres honrados que educaron a sus hijos transmitiéndoles sus valores y hablándoles de los dioses, pero esos hijos son ahora pescadores o labran la tierra. En cambio, yo, cuando tenga el mío, le dejaré una fortuna que le permitirá vivir sin las ataduras de la miseria, que es lo único que conocí cuando nuestro padre nos criaba.

—El que nazca el tuyo o no depende de ti. Acabas de comprobar que la suerte de esa mujer está en mis manos.

—Merimón ya no me importa, pero te juro que si pierdo a mi hijo por haberla torturado, seré yo quien te mate a ti.

A la vista del estado iracundo en el que se encontraba Sinab, Kufu quiso darle tiempo para que se sosegara.

—Tranquilízate, Sinab. Estás demasiado alterado para ser consciente de lo que dices. Sé que no podrías matarme. Creo que necesito recordarte que somos hermanos.

Lejos de apaciguarse, la cólera de Sinab aumentaba cegado ante la idea de perder a su hijo.

—Te equivocas. Soy yo quien te recuerda que lo somos solo a medias. Tú y yo no nacimos del mismo padre.

Kufu no esperaba aquella respuesta y se miraron como si fuesen dos desconocidos. Como si jamás hubiese existido ningún lazo afectivo que los hubiera unido.

—Nunca habría podido imaginar que fueras miserable hasta el punto de amenazarme con la muerte de mi hijo —dijo Sinab mientras empuñaba su cuchillo y se acercaba a Kufu.

—No hagas eso, Sinab, no te atrevas a amenazarme.

Kufu pudo esquivar la primera acometida de un cuchillo que buscaba su pecho mientras le hacía la última advertencia a su hermano.

—Sinab, guarda ese cuchillo. No me obligues a matarte. Sabes que puedo hacerlo.

Sinab, ciego de ira, no parecía escuchar a Kufu. Inició un nuevo ataque desoyendo su advertencia.

Al comprobar que las amenazas de Sinab no se quedaban solo en palabras, Kufu supo que debería matarlo. En la siguiente embestida de Sinab, Kufu le atravesó el estómago con su espada. Antes de encomendarse a Osiris, Sinab le hizo una última petición.

—No le hagas daño a Merimón... Hazlo... por mi hijo.

Merimón recibió con entereza la muerte de Sinab. A pesar de confiar en que Kufu no la torturaría, pensó en su situación y fue consciente de que lo más sensato sería indicarle la ubicación de la cueva. No veía el modo de seguir obteniendo beneficios ella sola. Decidió negociar.

—Estoy dispuesta a revelarte el origen de las joyas, pero antes necesito un compromiso de tu parte —le dijo.

—Te escucho.

—Metreb es un buen hombre que se vio obligado a robar para poder pagar a un médico y salvar la vida de uno de sus hijos. Dame tu palabra de que no tomaréis represalias contra mí ni contra él una vez que se reponga de sus heridas.

—Te lo garantizo. Pero necesito saber algo más: ¿erais solo vosotros tres?

—No. Había otros dos hombres: Bejem y Akmón, su hermano, pero esos no eran más que unos pobres desgraciados que tan solo recibían órdenes y que, a buen seguro, después de lo que ha pasado, ya habrán huido de Tebas. No vale la pena ni siquiera que penséis en ellos. Y una cosa más: quiero tu palabra de que podré conservar la fortuna que tu hermano había acumulado hasta ahora. Se lo debes a mi hijo por haber matado a su padre.

—Cuenta con ello. Ahora, dime lo que necesito saber.

—Es una cueva en la que hay momias de antiguos faraones y que encontramos por casualidad mientras huíamos de la cantera en la que trabajábamos como esclavos. Para llegar a ella, debéis ascender por la ladera izquierda de la montaña que protege el templo de Hatshepsut, en Deir el-Bahari. La cueva está cerca de la cima. La encontraréis sin dificultad.

Con el secreto del paradero de la cueva en su poder, Kufu tenía en su mano el revelarlo o guardar silencio y ser él quien continuara enriqueciéndose con los tesoros que guardaban las momias. Sopesó las consecuencias que le podría acarrear cualquiera de las dos posibles decisiones que tomara. Si se limitaba a desvelar su paradero, el tesoro pasaría a manos del faraón y él no recibiría más reconocimiento del que ya disfrutaba en la corte. Tampoco obtendría una recompensa mayor de la que ya le había prometido Tiyi al lado de Pentaur una vez que hubiese muerto Ramsés. Por el contrario, si realmente eran tantas las riquezas ocultas, guardaba silencio y se apropiaba de ellas, significarían para él el comienzo de una vida diferente que le permitiría incluso vivir alejado del entorno del faraón. Dejaría de formar parte de su escolta y no necesitaría estar al servicio de Tiyi para cumplir con sus caprichos y satisfacer sus deseos. Ninguna mujer mantenía su hermosura más allá de un tiempo y, tras haberla probado, también la necesidad del hombre quedaba disminuida.

Sabía que la riqueza a la que tenía acceso podría poner a su alcance a otras y más jóvenes mujeres.

Nadie había sido testigo de la confesión de Merimón y, una vez muerto Sinab, si Bejem y su hermano habían huido de Tebas, tan solo él, Metreb y Merimón sabían dónde se ubicaba aquel tesoro. Decidió que, por el momento, guardaría el secreto que le había revelado la mujer.

Al salir de la estancia en que la había interrogado, dio una orden al verdugo.

—Mátalos. A ella y a Metreb. Ya no son necesarios.

Aquella noche, antes de que lo venciera el sueño, Kufu recordó haberle reprochado a su hermano el estar cegado por la ambición.

Bejem había sido testigo del momento en el que el verdugo torturaba a Metreb ante las puertas de palacio y de la intervención de Kufu. Contando con la posibilidad de que Metreb no hubiera confesado, vio ante él la posibilidad de convertirse en el nuevo dueño de la cueva.

La idea de pasar a ser el poseedor absoluto de tantas riquezas lo entusiasmaba, pero al mismo tiempo no quería precipitarse a regresar a la cueva al no estar del todo seguro de que Metreb no hubiese revelado su paradero y los enviados del faraón ya la estuvieran buscando. Se aprovisionó de un zurrón con comida y agua y se dirigió a la montaña decidido a aguardar algún tiempo antes de volver a entrar en ella. Si hubiese podido contar con la ayuda de su hermano, uno podría haberse quedado vigilando mientras otro entraba, pero Akmón había huido de Tebas por temor a que lo detuvieran y correr la misma suerte de Metreb.

Al tercer día de espera, cuando ya estaba convencido de que nadie más compartía su secreto, vio aproximarse a un jinete. Bejem ascendió la montaña y se ocultó cerca de la entrada de la cueva. Esperaría allí para comprobar si el desconocido tomaba la misma dirección. Al ver que se dirigía hacia ella sin vacilar, se convenció de que alguien le había indicado su ubicación exacta. Estaba claro que Metreb había confesado. Su primera intención fue la de matar al visitante, hasta que estuvo lo bastante cerca como para comprobar de quién se trataba. Era Kufu... Entonces, descartó la idea; dio por seguro que, si desaparecía, desde palacio saldrían a buscarlo y podrían descubrir el escondite de las momias. Entendió que lo más razonable era negociar con él. Cuando vio que Kufu se preparaba para descender al interior de la cueva, Bejem salió de su escondite.

—Para ver lo que se esconde ahí dentro, necesitarás una antorcha, y yo puedo facilitarte una.

Kufu no pudo ocultar su sorpresa ante la presencia de Bejem. Desenvainó su espada.

—Cometerías un error si me matas, Kufu. Te resultaré más útil vivo que muerto.

Era la segunda vez que alguien, desconocido para él, lo llamaba por su nombre.

—¿Cómo es que sabes quién soy?

—¿Quién no conoce en Tebas al favorito del faraón? —respondió Bejem.

—¿Y tú quién eres?

—Mi nombre es Bejem y, durante un tiempo, trabajé con tu hermano Sinab.

Para Kufu fue una sorpresa escuchar aquel nombre.

—Merimón daba por seguro que habrías huido al saber que habíamos detenido al resto de la banda.

—¿Ha sido ella la que te ha enviado hasta aquí?

—No, fue Sinab —mintió—; confesó antes de morir.

Bejem lamentó aquella noticia, aunque evitó manifestarlo.

—¿Y Merimón?

Kufu recapacitó antes de contestar. Finalmente, decidió hacerlo. Daba por seguro que, a su regreso a la ciudad, el verdugo ya habría cumplido con sus instrucciones.

—También murió, como Metreb. Ninguno sobrevivió a la tortura.

—Entonces, si tu hermano ha confesado, sabrás el valor de lo que se encierra aquí. Tenía la esperanza de que sería mío, pero ya veo que tendremos que compartirlo.

—¿Compartirlo? —Kufu sonrió—. ¿Qué te hace pensar que yo quiera compartir algo contigo?

—Que eres inteligente. Piénsalo. Tú no puedes dedicarte al expolio estando solo. No podrías venir aquí cada vez que necesites alguna joya para venderla, buscar a los compradores y exponerte a ofrecerla tú directamente cuando todo el mundo te conoce. Además, tienes una responsabilidad al lado del faraón y no deberías arriesgarla ¿Qué pensaría él si supiera que su hombre de confianza le está robando cuando era el responsable de detener a los ladrones? No, Kufu, tú necesitas a alguien como yo que conozca el negocio y continúe con el mismo trabajo sucio que hacía cuando estaba al servicio de tu hermano.

Cuando Merimón vio entrar al verdugo en su celda, pensó que lo hacía para comunicarle que quedaba libre tras su confesión. Al ver que empuñaba un cuchillo y se dirigía hacia ella, comprendió que sus intenciones eran otras.

—¿Qué intentas hacer? Tengo la promesa de que tanto Metreb como yo seremos libres.

—Metreb ya lo es. Acaba de liberarse de continuar entre los vivos —sonrió con malicia— y está a la espera de que tú lo acompañes.

—¿Te atreverás a desobedecer una orden de Kufu?

—No, es precisamente lo que voy a hacer. Su orden es la de que debo matarte.

Merimón no tardó en comprender las intenciones de Kufu. Si había dado orden de matarla era para ocultar que ella le había confesado la ubicación de la cueva. Estaba claro que quería apoderarse de los tesoros que ocultaba. Pensó en denunciarlo ante el verdugo, pero temió que no la creyera. No vio más alternativa que la de intentar sobornarlo.

—Escúchame con atención. Kufu no se va a molestar en venir a comprobar si has cumplido sus instrucciones. Dará por seguro que no te habrás atrevido a desobedecerlo. Concédeme que siga viva. Me marcharé y no regresaré jamás a Tebas. Te garantizo que nadie volverá a verme en esta ciudad. Si me permites huir, te recompensaré con cuatro *debens* de oro.

El verdugo recapacitó y concluyó que aquel trato le resultaba beneficioso. Era lógico. El temor a ser descubierta haría que Merimón no se atreviera a regresar a Tebas. Por otra parte, Metreb ya no podía delatarlo. El verdugo valoró aquella proposición y no dudó en aceptarla, pero quiso incrementar el precio de su silencio.

—Cuatro *debens* no son suficientes. Perdería la vida si Kufu se entera de que no he cumplido su orden. Te dejaré huir si a esos cuatro *debens* de oro añades otros cuatro de plata.

Merimón respiró aliviada.

—Estoy de acuerdo.

—¿Y cómo piensas pagarme?

Se alzó la manga de la túnica. En el brazo mantenía oculto un brazalete que le había regalado Sinab. Tenía dos vueltas, una de oro y otra de plata y dos esmeraldas engarzadas.

—Toma esto. Cualquier *shuty* te pagará en el mercado más de lo que me pides.

El verdugo miró el brazalete y comprobó que sus palabras eran ciertas. Aquella joya valía sobradamente el precio de su silencio.

Poco después, Merimón deambulaba como una transeúnte más a la espera de una oportunidad. No tardó en encontrársela en forma de un manso pollino cuyo dueño acababa de enlazar el cordaje a una palmera. Vio que otro hombre se acercaba a saludarlo, que intercambiaban algunas palabras y, juntos, entraban en la Casa de la Cerveza.

XXII

El ocaso del rey

Ramsés se miró en el espejo y vio que ya no quedaba nada de lo que había sido años atrás. Necesitó recurrir a su memoria para volver a ver el rostro de su juventud sin aquellas arrugas que ya le adornaban los párpados y las comisuras de los labios, y sin las manchas que delataban su vejez ensuciando el dorso de sus manos y aquellas ronchas que, a pesar de los remedios, persistían en épocas de mayor virulencia, aunque en otras la tortura fuera más llevadera. Comprendió, entonces, que era el momento de empezar a contar el tiempo hacia atrás. Que la vida se le escapaba antes de emprender el último viaje que lo llevaría ante la presencia de Osiris y que, ahora, cada día del que gozara era un regalo porque representaba uno menos, irremediablemente. Y decidió beberse la vida como si temiese que a la mañana siguiente no volvería a ver de nuevo la luz del sol; como si cada minuto, y cada segundo, fuesen los últimos que le quedaran por vivir. A su favor tenía su título, su dinero y su poder, que le podían ofrecer todo cuanto deseara. Entonces pensó en su pueblo. En todos aquellos que un día tras otro no habían hecho más que deslomarse trabajando sin haber obtenido más recompensa que la de un trozo de pan ácimo y unas cebollas con las que, sin conseguirlo, intentaban engañar a unas tripas que rugían permanentemente insatisfechas. Aquellos que morían con la decepción de unas ilusiones inalcanzadas: las ilusiones de una vida mejor. Y se compadeció de ellos mientras pensaba en los privilegios de los que él había disfrutado a lo largo de la suya.

Y, tal vez, por esa misma razón, por poder gozar de tanto como tenía a su alcance, se negaba a mirar a la muerte cara a cara. Porque a aquellos que gozan de riquezas y poder les resulta más difícil aceptar la muerte que a quienes poseen poco o casi nada, porque tienen menos que perder.

Ni siquiera se consolaba con la promesa que le habían hecho los sacerdotes de que, tras abandonar este mundo, resucitaría a una nueva vida en la que seguiría disfrutando de los mismos placeres de los que gozaba en esta. ¿Y si no era así? Hacía tiempo que su fe flaqueaba y, con ella, la confianza que había tenido en la otra vida mientras fue joven y solo pensaba en gozar. Se negaba a aceptar sus palabras porque nadie había regresado tras la muerte para dar fe a los vivos de que esa otra vida existía; ni siquiera su hija, a la que noche tras noche le pedía una señal, una muestra ínfima siquiera de que su partida no había sido el fin.

Por eso, plenamente consciente de que su corazón estaba cada vez más debilitado, decidió que cada instante de su futura existencia sería exclusivamente suyo. Que no lo compartiría con nadie: ni con Isis, ni con Tiyi, ni con sus hijos, ni con nadie. Únicamente suyo. Habían sido muchos años preocupándose por las obligaciones de su cargo y por atender a los dioses. A partir de aquel momento dedicaría el resto de su vida a colmar sus apetencias en lo que más placer encontraba: el alcohol y las mujeres.

Pero la vanidad es tan dañina que puede devorar la voluntad de los hombres y, antes de ceder el trono, quiso volver a oír las alabanzas y los vítores de su pueblo tal como los había escuchado el día en que puso sobre su cabeza la doble corona y durante los primeros años de su reinado.

Ningún momento era más favorable que aquel: acababa de cumplir sesenta y cuatro años, se habían cumplido treinta desde que se sentara por primera vez en el trono y ordenó a Ramosé que organizara el jubileo de su coronación, su fiesta *Heb Sed*, en la que, mediante una representación simbólica, vería regenerada su fuerza. Su —estaba seguro— último jubileo antes de que la diosa Maat pesara su corazón en la balanza de la verdad y que el dios de la resurrección le diera acceso a la vida eterna. Después le cedería su trono a Ramosé.

Ramosé había dedicado toda su energía a cuidar hasta el más mínimo detalle para que su padre disfrutara de una ceremonia que le resultase inolvidable. Todos los templos levantados entre el delta y la frontera con Nubia tenían que enviar a Tebas las imágenes de sus dioses para la celebración de la ceremonia *Heb Sed*. Ante ellos, el faraón debía alzar su petición de ser aceptado de nuevo como gobernante de su pueblo y ellos le concederían las necesarias fuerzas renovadas para que viese cumplido su deseo.

El príncipe había ordenado construir un estrado desde el que su padre vería acercarse cada uno de los barcos que portaban las imágenes de los dioses de los diferentes *nomos*.

Todo estaba perfectamente programado: a medida que las naves arribaban al puerto y desembarcaban la imagen del dios correspondiente a cada templo, se alejaban del embarcadero y se situaban unas frente a otras formando un pasillo a modo de bienvenida para las que continuaban llegando. Ramsés contemplaba aquel espectáculo henchido de vanidad. Miró a Ramosé y, con su mirada y una sonrisa, le agradeció el esmero que había puesto en la organización del acto. Ramosé correspondió al gesto de su padre inclinando la cabeza. Mientras tanto, Tiyi volvía a ser testigo de la indiferencia del rey hacia Pentaur.

Una vez desembarcadas las estatuas de los dioses, las distribuyeron rodeando todo el perímetro interior del templo; aquella noche y toda la madrugada permanecerían iluminadas con antorchas hasta que con las luces de la mañana siguiente diera comienzo la ceremonia del jubileo.

El primer acto consistió en enterrar una estatua que representaba al espíritu del viejo Ramsés, que renacería con fuerzas renovadas tras su nueva coronación.

Sentado en su trono, el faraón recibió a todos los grandes sacerdotes que habían escoltado el día anterior a los dioses desde los diferentes templos. Tras poner sobre su cabeza la doble corona del Alto y Bajo Egipto, cada uno de los sacerdotes le besó el anillo mostrándole que lo aceptaba como un faraón regenerado. A continuación, se fueron ubicando a su alrededor en la terraza desde la que tenían una visión privilegiada del gran patio exterior del templo. Allí, el faraón había decidido hacer una demostración de su fuerza sobrehumana como final de aquella ceremonia. Previamente, rodeó el templo en todo su perímetro y lanzó cuatro flechas en dirección a cada uno de los puntos cardinales como símbolo de su poder y de protección hacia su pueblo. Para demostrar que la ceremonia había regenerado su fuerza, y que contaba de nuevo con la protección de los dioses, quiso enfrentarse a un toro, que representaba al dios Apis, al que debía derribar, tal como lo había hecho el día de su primera coronación. En aquel entonces tenía treinta y cuatro años y recordó cómo sí fue capaz de plantarse sin temor ante aquel gran astado negro, al que cogió por los cuernos y, ayudado por los dioses, pudo abatir sin excesivos esfuerzos. Ahora no sabía si sería capaz de volver a hacerlo y se arrepintió de haber incluido aquel espectáculo dentro de los actos de su jubileo. Temió morir y perder los privilegios que aspiraba a disfrutar durante el resto de los días que le restaran por vivir.

En la arena se habían dispuesto unas barreras que aislaban a los asistentes del espacio central en el que el faraón se enfrentaría al toro. Aparecieron dos esclavos conduciendo al animal sujeto por los cuernos y un tercero que lo cogía por la cola mientras lo dirigían hasta donde lo esperaba Ramsés. El faraón levantó su mano y los esclavos se retiraron dejándolo frente a frente con la bestia. Ramsés la miraba expectante, esperando una embestida que no acababa de llegar. Ante la quietud del astado, fue él quien avanzó. El miedo encogía el corazón de los asistentes, que temían por la vida de su faraón. Ramsés, todavía desconcertado por la pasividad del animal, continuaba acercándose lentamente mientras el toro permanecía estático, como si alguna fuerza oculta le estuviera impidiendo moverse; la única muestra de que estaba vivo era un ligero movimiento de su cabeza y, de vez en cuando, un resoplido. Cuando asió con sus manos los cuernos del animal y lo derribó, el público estalló de júbilo entre vítores y alabanzas a su nombre. Con el toro rendido a sus pies, Ramsés, aún sorprendido por su hazaña, alzó los brazos en señal de victoria y caminó solemnemente hacia la tribuna en la que se encontraba su trono; antes de sentarse en él, Ramosé se le acercó para felicitarlo.

—Las pócimas de los hechiceros no solo actúan con los hombres; como ves, también tienen sus efectos en los animales —le susurró al oído mientras sonreía y recibía el abrazo agradecido de su padre.

Aquellas celebraciones, que debían significar la regeneración del poder del rey, fueron, en realidad, el preludio de un periodo que marcaría una tragedia que ninguno de los dos podía sospechar mientras se fundían en aquel abrazo.

XXIII

El complot

Una vez finalizado el *Heb Sed*, Tiyi decidió que había llegado el momento de acabar con la vida del faraón. Se reunió con aquellos que consideraba imprescindibles para llevar a cabo su propósito.

—Para que el faraón quede sin protección, es prioritario alejar a Ramosé del palacio. Entonces tú, Iyry, utilizarás tu magia contra Ramsés. Por cierto, Pairekamenef, aún no te he felicitado por el desenlace en el asunto de Neftis.

Hasta aquel momento, ninguno de los presentes había sospechado de la implicación de la reina ni de Pairekamenef en la muerte de la princesa. Los comentarios en la corte siempre habían sido que se había suicidado, aunque desconocieran el motivo.

Iyry intervino para dirigirse a la reina.

—Mi señora, recuerdo haberte dicho que para que mi magia contra el faraón fuese efectiva necesitaba acceder a un conjuro especial escrito en determinado papiro —respondió el mago.

—Y yo te garanticé que no encontrarías ningún impedimento para obtenerlo. Cuando Ramosé abandone Tebas, Messui lo copiará en la biblioteca del faraón y lo tendrás a tu disposición. La llave para acceder está en poder de Shotmaadje. —La reina lo miró en espera de su aprobación.

Shotmaadje no respondió, se limitó a inclinar la cabeza, asintiendo.

—¿Y cómo conseguiremos que Ramosé se ausente de Tebas? —preguntó Paiis.

—De eso se ocupará Beashi. Tengo un plan que no puede fallar. En cuanto a ti, Tai-Nakhet, viajarás a los *nomos* para averiguar si sus gobernantes están dispuestos a aceptar a mi hijo como nuevo dios viviente. Debemos saber con cuantos apoyos contamos y deponer de sus cargos a cuantos se muestren contrarios a su coronación.

Hasta aquel momento, Pentaur había escuchado los planes de su madre en silencio. De repente, tomó la palabra.

—Aplaudo tu estrategia, madre, pero me preocupa que el pueblo se subleve ante un atentado contra el faraón y que no acepte mi nombramiento.

—El pueblo es una chusma formada por campesinos, sirvientes y esclavos sin ninguna capacidad para discernir si le conviene más un gobernante u otro. Además, no cuenta con el privilegio de elegir a sus dirigentes. A los pobres ignorantes les basta con que, desde el poder, se les haga creer que el faraón es un elegido por los dioses para que no discutan su autoridad. Y ese poder va a estar en tus manos. Está fuera de toda duda que por tus venas corre la sangre de Ramsés. Eso no puede discutirlo nadie.

—Aun así, no deberíamos menospreciarlos. Me parece más inteligente ofrecerles un argumento sólido que los convenza de que Ramsés los ha abandonado a su suerte para que sean ellos mismos los que se levanten contra él.

Todos los presentes dirigieron sus ojos hacia Pentaur. Aquel razonamiento era brillante, pero no podían imaginar cómo llevarlo a cabo. El pueblo era demasiado numeroso y una rebelión contra ellos podría acarrear consecuencias imprevisibles.

—Tus palabras son sabias, pero ¿cómo conseguir el apoyo de las gentes? Hasta ahora, nunca ha habido una sublevación contra ningún faraón —afirmó el Gran Chambelán.

—Las gentes, Paibekkamen, como tú las llamas, no son más que una pléyade de necios que, desde que se levantan hasta que se acuestan, no hacen más que trabajar y no piensan más que en comer y fornicar. No podemos prohibirles que sigan trabajando porque iría en contra de nuestros propios intereses —Pentaur sonrió maliciosamente—, ni impedirles que sigan fornicando, pero sí podemos limitar el que sigan comiendo. Si se convencen de que el alimento que llega a sus estómagos, y al de sus hijos, es cada vez menor a causa de que el faraón ha dejado de atender a sus necesidades, no solo no lamentarán su muerte, sino que la celebrarán.

—No alcanzo a entender cómo lograr ese objetivo —dijo Hui, el portaestandarte de infantería.

—No será difícil. Si la actual situación económica de Egipto ya no es de por sí buena, tan solo se trata de agravarla ante ellos. Todos sabemos que Egipto se alimenta gracias a las crecidas del Nilo. Y que estas se producen por la intercesión del faraón, como guardián del orden de Maat. Extenderemos entre el pueblo el rumor de que Ramsés ha perdido el favor de la diosa y que por esa razón las dos últimas inundaciones no han irrigado los campos con la suficiente abundancia de agua para favorecer las cosechas. Es lamentable, pero la cabeza de mi padre ya no es la que era —añadió con las pupilas clavadas en los presentes— y olvida las necesidades de su pueblo.

La luz se retiró y el silencio se adueñó de la estancia. Ninguno parpadeaba. Pentaur iba paseándose y mirándolos uno a uno. Chasqueó la lengua y prosiguió:

—Por otra parte, hemos de decirles que, mientras sus familias pasan necesidades, el faraón no deja de derrochar los escasos recursos del Estado en la construcción de templos y en fiestas privadas con el único objeto de hacer ostentación de su poder. Mi plan es impedir que arriben naves con suministros extranjeros, reducir el grano de nuestros silos que se les entrega a los trabajadores como salario y provocar un levantamiento de los obreros de Set Maat que trabajan en las tumbas. En dos ocasiones anteriores no se les había entregado el pago prometido y ya mostraron su malestar.

—Eso es muy cierto. Está en la memoria de todos —corroboró su madre.

—Ahora les diremos que este mes tampoco lo percibirán y hay que convencerlos para que dejen de trabajar, vengan a Tebas y protesten ante las puertas del palacio; haremos que el eco de esas protestas se extienda hasta llegar a los oídos de todos los habitantes de la ciudad y ya no les quedará ninguna duda de quién es el responsable de su sufrimiento. Ese será el momento idóneo para el atentado. Entonces, con Ramsés muerto y Ramosé ausente, yo apareceré ante ellos como su salvador y no tan solo no se opondrán, sino que celebrarán mi nombramiento. Tu labor, Nanai, como jefe de policía, será la de controlar que las protestas no se conviertan en actos violentos que nos obligaran a emplear la fuerza para controlarlos. No quiero que me vean como a un enemigo desde antes de coronarme.

XXIV

Reclusión

Yo tuve conocimiento de aquella reunión debido a que Hori asistió a ella como escriba del harén. Mientras me informaba, observé en él cierto nerviosismo y preocupación, como lamentando haber participado en ella. En aquel momento pensé que, quizá, Tiyi estaba demasiado confiada en el éxito de sus planes y no había tomado las suficientes precauciones a la hora de elegir con quiénes los compartía.

El día del regicidio parecía inminente y yo seguía sin poder ponerme en contacto con Kufu.

Ya que él, a pesar de mis peticiones, no había querido venir a verme, yo intenté ir a palacio, pero no me fue posible abandonar el recinto del harén. El intendente Panouk me lo impidió diciéndome que había recibido órdenes muy concretas a ese respecto. Aquello me convertía en un prisionero a expensas de las informaciones que me quisiera seguir transmitiendo Hori de lo que ocurría en el exterior. Y habría querido morir cuando, días más tarde, escuché de sus labios que Kufu había matado a Sinab.

No sé qué fue, pero aquella noticia provocó que algo se desgarrara dentro de mí. ¿Cómo puede soportar un padre la idea de que uno de sus hijos haya sido capaz de matar a otro? Ninguna circunstancia puede justificar un acto tan abominable. Cegado por el resentimiento, lamenté aquel lejano día en que le prometí a su madre que Kufu sería como un verdadero hijo también para mí. Ahora, al conocer su acción, me asaltó la duda de si mi dolor habría sido el mismo, o menor, de haber sido Sinab quien hubiera dado muerte a mi hijastro. Esa duda dejó una huella en mi corazón que no se ha borrado con el tiempo, y creo que llegará el día de mi muerte sin haberla despejado. Porque Kufu siempre me había dado más cariño del que me habían ofrecido mis propios hijos... hasta el momento en que le confesé que no había nacido de mí. Desde entonces fue como si ese hilo invisible que nos unía se hubiese roto definitivamente. Y yo ya no quería volver a atarlo.

Al poco tiempo, a lo lejos, vi a Tiyi entrar en el harén. En aquel momento decidí pedirle que ordenara a Kufu que viniera a verme; a ella la obedecería. Ahora, más que nunca, quería verlo, pero ya no era para disculparme. Ahora quería mirarlo a los ojos, reprocharle lo que me debía por haberlo acogido y educado, y llamarlo asesino por haberme arrebatado a un hijo que sí era de mi propia sangre. No pude hacerlo. La reina entró apresuradamente en una de las estancias y los guardias me impidieron acercarme a ella, a pesar de que intenté convencerlos de que únicamente quería hablarle. No puedo estar seguro de cuánto tiempo permaneció allí, pero recuerdo que no fue poco. Cuando se marchó, Hori, visiblemente inquieto, me informó de que Tiyi se había reunido con Beashi. La nubia confiaba en mí y me contó que la reina le había ordenado que escribiera a su hermano con unas instrucciones muy concretas. El mensaje consistía en que el rey de Nubia enviara una invitación a Ramosé para que lo visitara con objeto de agasajarlo y ofrecerle su fidelidad cuando llegase el día en el que sucediese en el trono a su padre. Al mismo tiempo, como agradecimiento por su visita, le entregaría a una de sus hijas para que el faraón pudiera disponer de ella como esposa o concubina. En realidad, el objeto de aquel ofrecimiento consistía en alejar a Ramosé de Tebas y que Ramsés quedase desprotegido. Al mismo tiempo, la vida de Ramosé quedaba en manos del nubio. Para asegurarse de que Balaam aceptara el mensaje de Beashi, Tiyi le garantizaba que Nubia dejaría de estar sometida a los dictados de Egipto una vez que Pentaur fuese coronado.

Ante aquel ofrecimiento inesperado, la respuesta de Balaam no se hizo esperar. Envió el mensaje que le solicitaba su hermana y dispuso una avanzadilla de soldados para que lo alertaran del momento en el que el príncipe se acercara a la frontera. No estaba completamente seguro de que Ramosé cayera en su trampa y no quiso desplazar a más hombres de los necesarios. Cuando avistaran la presencia del séquito del príncipe y comprobaran el número de sus componentes, sería el momento de decidir con cuántas tropas lo atacarían. Y lo harían dentro de territorio egipcio. De esta forma, si finalmente el complot fracasaba, podría argumentar que ningún nubio había participado en su muerte. Tales fueron las palabras de Beashi.

XXV

El verdugo

La nueva etapa de Bejem como socio de Kufu le resultaba más provechosa que cuando estaba al servicio de Sinab. Había sobornado a Pertes, el tabernero de La Gacela Blanca, ante quien ahora no tan solo podía llevar a cabo sus ventas sin temor a que lo denunciara, sino que, incluso en ocasiones, era el mismo Pertes el que le facilitaba los compradores. Para el tabernero, aquella nueva actividad era una forma de resarcirse de la promesa que le había hecho Kufu cuando le aseguró una recompensa de manos del faraón que nunca llegó. Y Pertes se había mostrado como un eficaz mediador en sus operaciones.

Cierto día, Pertes le dijo que había alguien interesado en la compra de un collar y que iría a recogerlo a la noche siguiente. Cuando llegó el momento de la entrega, Bejem vio que el comprador era el verdugo que había torturado a Metreb. Se extrañó de que tuviese la cantidad de oro suficiente para poder pagar aquella joya, pero su dinero era tan bueno como el de cualquier otro. Extrajo el collar de la faltriquera y lo puso sobre la mesa. Desde una distancia prudencial, Pertes observaba la escena.

—Este collar te costará un *deben* de plata y uno de oro.

El verdugo soltó una sonora carcajada.

—Veo que ignoras quién soy. Me llevaré ese collar a cambio de nada y agradece que no te lleve conmigo a ti también y te torture como ya hice con tu amigo. ¿O acaso crees que no sé quién eres y de dónde procede esta joya?

Aquella revelación alertó a Bejem al tiempo que se indignaba ante la negativa del verdugo a pagarle. Deseó matarlo, pero sabía que no podía hacerlo ante su mayor corpulencia. Bejem, impotente ante aquella situación, dirigió su mirada hacia Pertes buscando su ayuda. El tabernero negó levemente con la cabeza y le hizo una señal indicándole que abandonara la taberna. Bejem no comprendió que Pertes no interviniera a su favor, pero decidió atender a su petición a pesar de no comprenderla. Mientras abandonaba la taberna, vio que Pertes se dirigía hacia el verdugo y se inclinaba con intención de hablarle; pensó en la posibilidad de que ambos pudieran tener algún tipo de acuerdo para engañarlo. Descartó inmediatamente la idea: a Pertes no le convenía ponerse del lado del verdugo y enemistarse con él; eso supondría renunciar al beneficio de futuras transacciones. En aquel momento no había nadie más en la taberna. Desde la calle, Bejem aguzó el oído y pudo escuchar la invitación que Pertes le hacía al verdugo.

—Mañana por la noche hay una cena especial en la que asaré un cabrito. Para mí será un honor que alguien tan importante como tú asista como invitado.

El verdugo aceptó la invitación orgulloso de que el tabernero lo hubiese reconocido. Cuando abandonó la taberna, Bejem, que se había mantenido oculto en la oscuridad de un portal, regresó para pedirle explicaciones a Pertes.

—No pienses mal —explicó el tabernero—. Tengo un plan para que recuperes el collar: sé dónde vive ese miserable y que no tiene mujer. La idea es que mientras él esté aquí, cenando, tú puedas entrar en su casa y lo robes.

—Cuando regrese y vea que le falta sospechará de mí. Ya has oído que me conoce.

—No te preocupes. Conozco a alguien que lo estará esperando en el camino de regreso. Te aseguro que no llegará a su casa.

A la noche siguiente, Bejem vigilaba ante la casa del verdugo esperando a que saliera para dirigirse a la taberna. Cuando tuvo el camino libre, entró en la casa y encendió una antorcha para buscar el collar. Dos soldados que hacían la ronda nocturna vieron desde el exterior como la luz que desprendía se trasladaba de un rincón a otro de la estancia. Sabían que aquella era la casa del verdugo y lo llamaron extrañados de aquellos movimientos. Bejem se asustó y apagó la antorcha. Al no obtener respuesta, los soldados entraron en la casa y lo encontraron escondido bajo un camastro.

—¿Qué haces aquí? ¿Quién eres?

Bejem se vio perdido y no supo qué responder. Se entregó sin oponer resistencia y prefirió no pensar en qué le podría ocurrir a partir de aquel momento.

Pasaron dos días cuando se presentó ante él la última persona a la que hubiese podido esperar. Era evidente que el asesino que había contratado Pertes había fracasado en su misión de acabar con la vida del verdugo.

—¿No te alegras de verme? —preguntó el verdugo sonriendo y aproximando su cara a la de Bejem.

Bejem imaginó que Pertes habría pagado la consecuencia de su error. Se interesó por él.

—Tuvo la desgracia de que su taberna se incendiara con él dentro. Tendrías que haber oído sus gritos de angustia mientras ardía como una tea.

Viendo que su final estaba cerca, Bejem decidió destapar el secreto de la cueva a cambio de su libertad.

—No deberías poner tus manos sobre mí antes de que hable con el faraón.

El verdugo se rio al tiempo que lo miraba con desprecio.

—¿El faraón? ¿Qué te hace pensar que él querrá hablar con alguien tan insignificante como tú? —respondió mientras preparaba los instrumentos de tortura.

—Estoy seguro de que le gustará oír la información que tengo para él. Se refiere a Kufu. Se está apropiando de algo que pertenece al faraón.

Al oír el nombre de Kufu, el verdugo contó con la posibilidad de que no le estuviera mintiendo. Si lo hacía, su castigo sería aún más doloroso.

El verdugo se encaminó a la búsqueda del faraón. Atravesó los pasillos que partían del sótano y subió a la planta noble. Cerca de uno de los patios, junto a un surtidor que vertía agua por distintas bocas de animales, se encontró con Ramosé y decidió transmitirle el mensaje de Bejem. Después de todo, aquella información le afectaba a él tanto como a su padre. Ramosé no se demoró en pedirle que trajera a su presencia al detenido.

—¿Qué historia es esa sobre Kufu? —preguntó Ramosé cuando tuvo a Bejem delante.

—Quiero que sepas que ha traicionado la confianza que tu padre depositó en él.

—¡Habla! ¿De qué manera?

—Antes quiero tu promesa de que no sufriré tortura y que quedaré en libertad.

Ramosé no admitiría ningún chantaje, pero si la información de Bejem resultaba ser cierta, de alguna manera, acceder a su petición era un modo de agradecer el servicio.

—Quedarás libre en cuanto compruebe que no me has mentido.

Escuchó con atención el relato de Bejem. Para asegurarse de que era cierto, envió a dos soldados a verificar la existencia de la cueva, y el verdugo atestiguó que él mismo se había interesado en la compra de un collar, aunque, para evitar ser inculpado de alguna forma, aseguró que desconocía su procedencia.

A la vista de los acontecimientos, Ramosé ordenó la detención de Kufu. Sabiendo de los problemas de corazón que padecía su padre, no quiso informarle de que su hombre de confianza lo había traicionado. A su regreso de la misión que lo iba a llevar a Nubia, se ocuparía de él. Antes de su marcha, mandó llamar al comandante a cargo de los guardianes de la cárcel.

—Estaré ausente durante unos días. Hasta mi regreso, nadie, repito, absolutamente nadie, puede acercarse al prisionero. Tú serás responsable si no se cumplen mis instrucciones.

Poco después de la ceremonia de su fiesta *Heb Sed*, Ramsés se sintió revitalizado a pesar de que su dolencia cardíaca continuaba. Ahora estaba exultante ante la iniciativa del nubio de ofrecerle una nueva esposa. Mientras Ramosé preparaba su marcha para recibir el tributo de Balaam, Isis manifestó sus dudas.

—No comprendo este ofrecimiento tan repentino. El rey de Nubia no tiene ninguna necesidad de ofrecerte una esposa cuando tú puedes ordenarle que te la envíe si ese fuera tu deseo. Parece olvidar que no es tu aliado, sino tu súbdito.

—Eso es lo de menos —respondió Ramsés—. Lo realmente importante es su predisposición a aceptar el nombramiento de Ramosé. En un momento tan delicado para Egipto como es este, no debemos desoír ninguna muestra de fidelidad y, mucho menos, despreciarla. Sobre todo de Nubia, que podría resultar un enemigo poderoso. Conozco por propia experiencia la ferocidad de sus guerreros y no quiero tenerlos como enemigos. Ramosé viajará hasta allí y me traerá a esa nueva esposa.

En aquel momento intervino Tentopet, la esposa de Ramosé.

—Yo comparto la desconfianza de Isis. ¿Y si fuese una encerrona?

—Despeja tus dudas, mujer. Lo que tú temes es que me pueda seducir alguna mujer nubia y decida abandonarte —bromeó Ramosé—. No debes preocuparte. ¿Qué sentido tendría que me tendieran una trampa? Como mi madre ha dicho, los nubios son nuestros súbditos. No se atreverían a levantar una mano contra mí. Temen demasiado a nuestro ejército.

No obstante, Ramosé hizo llamar al general Ikba, el oficial fiel y discreto que nunca presumía de sus hazañas. En las reuniones periódicas que su padre mantenía con los oficiales, siempre permanecía callado si no lo interpelaban. Aun así, su presencia se hacía notar y todo el mundo lo tenía en una alta consideración.

—Mi señor...

—Marcho por unos días y dejo a mi padre a tu cuidado.

El general Ikba llevaba toda su vida al servicio del faraón y no podía haber deseado mejor cometido que ocuparse personalmente de su rey. Había oído rumores, pero no era hombre dado a habladurías y las intrigas de palacio le producían hartazgo. Aun así, no pudo evitar el sentir un mal presentimiento.

Tiyi y Pentaur habían coordinado a todos los partidarios de la conspiración a la espera de que Ramosé emprendiera su viaje. El día de la partida del príncipe cada uno de ellos se responsabilizó de llevar a cabo la misión que se le había asignado. En palacio eran pocos los que se opondrían al atentado contra Ramsés. Los conspiradores contaban con la ausencia de Penheb, que acompañaría a Ramosé en su viaje a Nubia. Ahora debían asegurarse también de la complicidad del general Ikba a quien, en los últimos tiempos, se le veía a menudo en compañía del faraón. Paibekkamen decidió hablar con la esposa del general para sondearla.

Apenas había amanecido cuando Ikba se vistió dispuesto a acudir al campo de entrenamiento en el que los soldados a su cargo se ejercitaban en la lucha cuerpo a cuerpo. Un golpe de tos despertó a su esposa.

—¿Tan pronto te marchas?

—Sí, he pasado mala noche, me duele la cabeza y necesito tomar el aire. Hoy no me esperes para comer, debo reunirme con el faraón. Te veré en la cena.

—Ramsés te absorbe demasiado tiempo.

—No deberías quejarte, si me requiere tanto a su lado es porque gozo de su confianza.

—¿Qué crees que querrá ahora?

—Lo ignoro —fue su respuesta seca.

Neferamún no replicó. Conocía demasiado a Ikba como para no darse cuenta de que cuando empleaba aquel tono cortante no debía insistir en sus preguntas. Lo que lamentaba es que en los últimos tiempos lo utilizaba con demasiada frecuencia.

Apenas Ikba abandonó la estancia, Neferamún se incorporó para vestirse. Acostumbraba a dormir desnuda esperando un acercamiento por parte de su marido que hacía mucho tiempo que no llegaba. Llamó a su sirvienta de confianza y, frente a ella, le lanzó una pregunta que desconcertó a la joven.

—Dime qué ves.

La joven se mostró confusa y apenas pudo tartamudear su respuesta.

—No... no te comprendo, mi señora.

—Sé que no eres estúpida. Dime sinceramente si crees que mi cuerpo ya no puede excitar a un hombre.

—Mi señora, yo no puedo responder a eso; temo ofenderte.

—Tu temor a ofenderme ha sido tu respuesta.

La sirvienta dudó un instante antes de dirigirse de nuevo a Neferamún.

—¿Puedo preguntarte a qué se debe tu pesar?

Neferamún sopesó la respuesta antes de contestar.

—Temo que Ikba haya encontrado en otra mujer unos senos más firmes que los míos y una piel que no le cuelgue de los brazos, como ya me ocurre a mí.

La sirvienta, en silencio, se limitó a agachar la cabeza.

—Anda, vísteme. Hoy me pondré la túnica rosada, me hace parecer más joven. —Sonrió con tristeza.

Tras vestirla, debía maquillarla. La sirvienta cogió una paleta sobre la que había diferentes tonalidades de ocres obtenidos de arcillas y óxido de hierro, que abarcaban desde el amarillo hasta el marrón oscuro. Mezcló polvo blanco con amarillo para iluminar el rostro y el cuello. Para acentuar los pómulos, aplicó una capa ligera de marrón rojizo y la difuminó con los dedos. Delineó un trazo fino alrededor de los ojos utilizando *kohl;* la línea superior se prolongaba hasta la sien en paralelo a la línea de las cejas, también pintadas. Una segunda línea, aplicada en la parte inferior del ojo, ascendía hasta unirse con la primera mostrando la forma de una gota que hacía recordar la imagen del ojo de Horus. En los párpados aplicó una tonalidad verde, clara sobre las pestañas, y que se oscurecía a medida que ascendía hacia las cejas. Con un palito, le pintó los labios con *fucus** y, por último, colocó sobre su cabeza una peluca negra y corta que le cubría las orejas al estilo nubio.

—Hoy no quiero desayunar. Hazme una infusión de *karkadé*** —ordenó.

Al quedar sola, los pensamientos bullían en la cabeza de Neferamún. No era la primera vez que había pensado en pedirle el divorcio a su esposo, era su derecho, pero nunca se había sentido capaz de dar aquel paso. Representaría renunciar a una vida en la que no le faltaba nada de lo que pudiera necesitar, salvo el amor de Ikba. Un amor que, dada su edad y el deterioro de su cuerpo, dudaba encontrar en otro hombre.

Apenas había tomado el primer sorbo cuando la sirvienta le anunció una visita.

—¿Quién es?

—Es un hombre que dice llamarse Paibekkamen.

Neferamún no reaccionó al oír aquel nombre. Permaneció pensativa mientras su dedo recorría el borde de la taza.

---

* Pigmento que se obtenía a partir de algas rojas.

** Hibiscus.

—Hazlo pasar —dijo al fin.

Cuando Paibekkamen entró en la estancia, ella continuaba sentada y con la mirada fija en la flor de *karkadé*. Él se acercó por la espalda y la besó en la mejilla. Solo entonces se cruzaron sus miradas.

—¿A qué has venido? —preguntó ella.

—No esperaba una respuesta tan fría —respondió el chambelán, algo decepcionado por aquel recibimiento.

—¿Y qué esperabas después de tantos años?

—Tenía que decidir, pero sabes que fuiste muy importante en mi vida, tanto que, por ti, rompí mis votos de castidad durante el tiempo en que debía mantenerlos.

—Algo más rompiste, y fue dentro de mi pecho —le reprochó.

Paibekkamen no supo qué contestar. Había confiado en que el tiempo hubiese cicatrizado la herida que le causó tras abandonarla por otra mujer que más tarde lo dejó a él para fugarse con un tratante de telas babilonio. Al encontrarse sola, Neferamún se casó con Ikba, aunque no fue por amor, sino por despecho. Y no tardó mucho tiempo en arrepentirse de haber tomado aquella decisión.

—No he venido a recordar el pasado, no tendría sentido —dijo Paibekkamen.

—Los recuerdos son algo a lo que no podemos renunciar; viven dentro de nosotros, y luchan por escaparse.

—Entonces debemos encadenarlos para que no salgan de ahí. Dejemos que sigan callados. ¿De qué serviría removerlos, sino para hacernos más daño?

Neferamún suspiró profundamente intentando sobreponerse a una situación que, por inesperada, la había alterado. Tuvo que esforzarse para ocultar la inseguridad en su voz. Intentó centrarse en el motivo de aquella visita.

—Dime qué quieres.

—Se trata de Ikba —respondió el chambelán tras una breve pausa.

—¿A qué viene ahora ese interés por él? ¿Acaso...?

—No tengo ningún interés por él —interrumpió—. Es más bien, digamos..., preocupación.

—Explícate.

—Tengo curiosidad por saber cuál es la auténtica relación entre tu marido y Ramsés. Doy por sentado que tú debes conocerla.

Neferamún suspiró mientras negaba con la cabeza. Apelando a los momentos vividos en su relación pasada, vio que tenía ante ella una oportunidad para desahogarse.

—Desgraciadamente, la relación entre ellos es mejor de la que existe entre Ikba y yo.

—Lamento oír eso.

—Pero no comprendo...

—En la corte —Paibekkamen la interrumpió— los he visto juntos en innumerables ocasiones y, en mi opinión, pasando más tiempo del necesario, pero tenía dudas en cuanto a si esa cercanía se basaba en una relación sincera o interesada por parte de Ikba.

Neferamún fue rotunda en su respuesta.

—Es sincera. Mi marido aprecia al faraón y este lo cuenta, junto a Penheb, entre sus generales más leales.

—Entonces, mi visita no habrá servido de nada. A no ser por el placer de haberte visto de nuevo.

Por un momento, Neferamún creyó ver otra vez a aquel hombre al que tanto había amado. Pero, inmediatamente, volvieron los recuerdos de su ruptura, esos que el chambelán acababa de decirle que debían mantener acallados.

—¿Y qué te preocupa?

—Nada en especial. Tan solo quería asegurarme de la fidelidad de cuantos pululan alrededor del faraón, que no son pocos —mintió—. Como te he dicho, los veo muy a menudo juntos y únicamente quería despejar una duda que tú ya me has aclarado. Lo que te pido como favor es que no le hables de mi visita. Ten en cuenta que nos vemos frecuentemente en torno a Ramsés y no querría que, a partir de ahora, me mirara con desconfianza.

Neferamún pareció dudar antes de aceptar aquel compromiso. Finalmente accedió; después de todo, su silencio no significaba ninguna traición hacia su marido.

Tiyi recibió con desagrado aquella noticia. Si Ikba no se ponía de su parte, y llegaba a sospechar algo sobre el complot, podría desbaratar sus planes. La fidelidad del general hacia el faraón acababa de convertirlo en candidato a ser otra de las víctimas de Iyry.

Antes de la partida de Ramosé a tierras nubias, Pentaur no olvidó introducir a uno de sus partidarios entre los soldados que componían la expedición. Llevaría con él una paloma mensajera para que le comunicara la noticia de la muerte del príncipe.

Aquella misma noche, Shotmaadje acompañó a Messui al archivo privado del faraón en el que se guardaba el papiro secreto del Gran Conjuro que permitiría hechizarlo y adueñarse de su voluntad. Para entrar, era necesario que Ramsés estuviera ausente de su alcoba y que los guardias que la custodiaban no les impidieran el acceso. Tiyi sabía cómo conseguir que el faraón la abandonara.

—Hoy he comprado una nueva esclava que está impaciente por conocerte. En este momento se está bañando y he pensado que, a lo mejor, te gustaría verla desnuda.

Ramsés ni siquiera respondió: su sonrisa era una clara muestra de aceptación. Mientras se dirigía hacia donde la esclava lo esperaba, Shotmaadje entregó una bolsa de oro a los guardias que protegían la cámara del faraón a cambio de que guardaran silencio sobre su visita. Shotmaadje era el encargado de la organización del archivo, por lo que no tuvieron ninguna dificultad en localizar el papiro que buscaban. Lo desplegaron sobre una mesa de madera de cedro para que Messui pudiera copiarlo, pero vio que era demasiado extenso y temió que Ramsés regresara antes de terminar. Entonces pensó en memorizarlo y recitárselo a Iyry. Tampoco lo hizo ante el temor de que le fallara la memoria. Lo más prudente sería llevárselo con él para que Iyry lo leyera personalmente. Así, si el conjuro no daba resultado, quedaría exento de culpa. Ante el riesgo de que el faraón pudiese notar la falta del papiro a su regreso, Shotmaadje puso en su lugar otro que extrajo de un estante elevado en el que se archivaban documentos de menor relevancia. Cuando Iyry lo leyera, lo devolvería a su lugar y colocaría de nuevo el Gran Conjuro en el espacio que le correspondía.

Iyry no perdió tiempo, aquel documento daba instrucciones precisas de cómo modelar figurillas de cera que simbolizaran a aquellos sobre los que se quería aplicar los diferentes hechizos. Trabajó durante toda la noche representando a los afines al faraón, poniendo especial interés en las figuras de Ramsés y del general Ikba, que había permanecido en Tebas con la misión de protegerlo. A Ikba le provocaría un estado de catalepsia y serían los momificadores de la Casa de la Vida los que acabarían de hecho con su vida durante el proceso de momificación. Ramsés, por instrucciones de Tiyi, sufriría una muerte lenta y cruel: iría perdiendo la razón poco a poco hasta que se convirtiera en un ser inanimado e incapaz de percibir la realidad de cuanto sucediera a su alrededor. Finalmente, cuando Iyry se lo ordenara, el faraón recuperaría por un momento la consciencia, cogería un cuchillo y se cortaría las muñecas a la vista de quienes en aquel momento estuvieran presentes. En ninguno de los dos casos se levantarían sospechas de que habían sido asesinados.

Un criado ayudaba a Ramsés a purificarse antes de irse a dormir. Eliminó el maquillaje de su rostro, lo bañó y lo roció con perfumes. Apenas se había acostado cuando notó un pinchazo agudo en el cuello. En una habitación contigua, Iyry acababa de clavar una aguja en la figura de cera que representaba al faraón.

A la mañana siguiente el calor era especialmente sofocante. En el campo de entrenamiento, los soldados realizaban sus ejercicios y hacían prácticas de tiro con el arco, el venablo y la lanza. Ikba observaba satisfecho como los más expertos se esmeraban en la enseñanza a los aspirantes a formar parte del ejército del faraón. Se sorprendió al ver que la fuerza de uno de ellos estuvo a punto de derribar a su instructor, quien tan solo pudo reducirlo gracias a su experiencia en la lucha cuerpo a cuerpo, que había aprendido de un soldado griego.

Estaba a punto de abandonar el campo cuando se desplomó y quedó sin conocimiento. Uno de los capitanes se acercó a él para intentar reanimarlo, sin éxito. Su voz atronó.

—¡Avisad inmediatamente a un médico!

En aquel preciso instante, Pairekamenef estaba junto a Iyry viendo como este cogía entre sus manos un trozo de cera modelada a semejanza de un hombre y le presionaba ligeramente la cabeza con los dedos.

—Aunque pueda sorprenderte, este muñeco es la personificación exacta del general Ikba —Iyry sonreía maliciosamente—. Y puedes estar seguro de que no tardaremos mucho tiempo en tener noticias suyas.

Pairekamenef mostró sus dudas ante aquella afirmación.

—¿Por qué precisamente de Ikba? No veo ninguna señal que lo diferencie de cualquier otro muñeco de cera.

—Eso carece de importancia. Aunque, tienes razón, a simple vista no es evidente, pero es su interior quien lo personaliza.

El gesto de incredulidad de Pairekamenef obligó a Iyry a informarlo con más detalle.

—Ayer vi como el faraón ofreció a Ikba una copa de vino y brindaban. El sirviente había recibido mis órdenes de hacerme llegar la que Ikba había tenido en su mano. Con ella en mi poder, la rompí e introduje en esta figura uno de sus trozos. Ese fragmento es el que la identifica con el general por tener sus huellas.

Apenas había terminado la explicación cuando un sirviente los alertó para que acudiesen en auxilio de Ikba. Por el camino, Iyry instruyó a Pairekamenef de cuál debía ser su cometido a partir de aquel momento.

—Ahora encontraremos al general en un estado en el que, aunque no lo esté, parecerá muerto. Tú, como médico del faraón, deberás certificarlo ante los presentes y no te separarás de su cuerpo hasta que llegue a la Casa de la Vida. Allí ordenarás a los momificadores que comiencen su trabajo inmediatamente. Hazles entender que, por tratarse de alguien que ha sido tan relevante en la corte, deben darle prioridad a su momificación sobre la de cualquier otro cuerpo. Incluso te recomendaría que permanecieras allí hasta comprobar con tus propios ojos el momento en el que le extraen el cerebro por la nariz, abren su cuerpo y le extirpan los órganos. Entonces ya sabremos que no existe ningún riesgo de que despierte antes de que supere el juicio de Osiris.

—¿Y su viuda? Querrá saber qué le ha ocurrido —dudó Pairekamenef.

—No pienses en ella, no supondrá ningún problema. Lo sé por Paibekkamen, que la visitó hace algunos días y me dijo que la conocía desde mucho tiempo atrás. Él será el encargado de comunicarle la noticia y de convencerla de que la muerte de Ikba fue por causas para las que la medicina todavía no tiene explicación. Además, ante cualquier recelo que pudiese albergar, los soldados que lo vieron desplomarse le pueden confirmar que su muerte se produjo ante ellos de forma repentina. No sospechará nada.

Atendiendo el consejo de Iyry, Pairekamenef acompañó al cuerpo de Ikba a la Casa de Vida. Llamó a la puerta de la sala de momificaciones. Al abrirse, un olor fétido, en el que se mezclaba el de carne podrida con el de las resinas que intentaban enmascararlo, le hizo vomitar. En aquel momento no pudo comprender cómo aquellos hombres podían vivir permanentemente rodeados de aquella atmósfera nauseabunda.

—¡Dejad inmediatamente lo que estéis haciendo y preparad el cuerpo de este hombre!

Su voz llegó al interior de la sala y llamó la atención del que parecía dirigir aquel lugar.

—¿A qué vienen tantas prisas? Ahora estamos muy ocupados. Deberá esperar su turno.

—Este no puede esperar. Es un general y son órdenes expresas del faraón. Poneos inmediatamente con su cuerpo. Yo esperaré aquí hasta comprobar con mis propios ojos que se han cumplido.

Apenas había caído el sol cuando lo invitaron a pasar. Se cubrió la nariz con un paño que le ayudara a soportar aquel hedor y entró en la sala de momificaciones. Allí, sobre una losa de granito, estaba el cuerpo de Ikba. Tenía un corte en el lado izquierdo del abdomen por el que le habían extraído el estómago, los intestinos, el hígado y los pulmones. A su lado, cuatro vasos canopos guardaban cada uno de los órganos. Junto a la cabeza, una masa viscosa que pertenecía a su cerebro. Pairekamenef respiró aliviado. La muerte del general representaba un obstáculo menos.

—Habéis sido diligentes en vuestro trabajo. Informaré al faraón —mintió—, y estoy seguro de que sabrá recompensaros por vuestro trabajo.

Ya no había dudas, el cuerpo de Ikba estaba preparado para que Anubis lo presentara ante Osiris.

Pairy, el administrador de la Casa del Tesoro del Faraón, había sido designado para viajar al poblado de los trabajadores de Set Maat. Su misión era la de conseguir sublevarlos contra Ramsés. Una vez allí, llamó al capataz Panhayboni y le pidió que los reuniera a todos para transmitirles su mensaje.

—Este mes vuestra ración de grano llegará con retraso y será menor. Los silos están agotando sus reservas y es necesario racionarlo. El faraón os pide paciencia y ha empeñado su palabra en que el mes próximo se os pagará según lo acordado.

Los trabajadores recibieron aquella noticia con gritos de protesta. El capataz alzó la voz, indignado.

—¿Cómo podemos ser pacientes? Los hijos del faraón pueden elegir lo que quieren comer cada día, los nuestros no. Los nuestros se alimentan con lo que nosotros ganamos con nuestro sudor, no con promesas. ¡Exigimos que se nos ofrezca lo convenido!

—No soy quién para que le exijáis nada. Yo tan solo os transmito las palabras del faraón.

—Ya apenas nos queda grano para alimentarnos durante unos días, ¿qué comeremos a partir de entonces?

—No tengo respuesta para eso. Lo único que puedo deciros es que lamento vuestra situación tanto como vosotros y que comprendo vuestras quejas. Lo que es seguro es que nadie os ofrecerá una solución si permanecéis aquí trabajando sin alzar la voz contra el faraón, que es el verdadero responsable de compensaros por vuestro trabajo y quien ha incumplido su pacto con vosotros.

—¿Y qué podemos hacer? No podemos enfrentarnos a él.

—Enfrentaros, no. Pero protestar, sí. Yo en vuestro lugar arrojaría al suelo los mazos y los cinceles y me encaminaría hacia las puertas del palacio. Cuando sepa que os negáis a seguir trabajando hasta que se os pague, recapacitará. Ramsés tiene prisa en ver acabada su tumba y se verá obligado a atender vuestras peticiones.

Una vez se hubo marchado Pairy, los trabajadores se reunieron para estudiar su consejo y tomar una decisión. Todos lo aceptaron como la única solución posible. El capataz sería su portavoz en el supuesto de que el faraón quisiera recibirlo para escuchar sus reivindicaciones. Solicitó audiencia y se sorprendió cuando no encontró ningún obstáculo en ser recibido. Aunque no por Ramsés, sino por Pentaur. El príncipe, que ya lo esperaba, aprovechó aquella entrevista para comprar su voluntad a cambio de una bolsa repleta de piezas de plata. Panhayboni, que aún recordaba la advertencia que le había hecho Ramsés el día en que fue a visitar el accidente de su tumba, no tardó en ofrecerle su apoyo.

—Vuelve junto a los trabajadores y diles que Ramsés se ha negado a escuchar sus peticiones —ordenó Pentaur—. E incítalos a que muestren públicamente su malestar. Quiero que sus gritos de protesta hagan temblar los lienzos de las murallas de Tebas.

Cuando el capataz transmitió a los trabajadores las instrucciones del príncipe se iniciaron las protestas. Tal como había previsto Pentaur, el mensaje se fue extendiendo entre las gentes y, progresivamente, lo que al principio era la manifestación de unos pocos canteros, se fue convirtiendo en una concentración numerosa de tebanos que esperaban curiosos el desarrollo de los acontecimientos. Pentaur aprovechó aquel momento para hacer su aparición ante ellos.

—Panhayboni ha transmitido vuestras reivindicaciones a mi padre y él las ha ignorado, pero yo las he considerado justas. Por esa razón, os garantizo que mañana mismo recibiréis completa vuestra ración de grano. Ignoro cuáles pueden ser para mí las consecuencias de desobedecer su orden, quizá me destierre o me niegue mi derecho a ser yo quien lo suceda en el trono, pero siempre he dicho que un faraón, mientras Amón le permita vivir, debe ser justo con su pueblo y atender a sus necesidades.

Aquel discurso provocó el júbilo entre los asistentes, que vitorearon el nombre de Pentaur al tiempo que maldecían el de Ramsés. A partir de aquel momento, Pentaur estaba seguro de que nadie lamentaría la muerte de su padre.

Desde el mismo instante en el que Tiyi había asignado las funciones que le corresponderían a cada conspirador, el jefe de infantería, Tai-Nakhet, había enviado delegados a diferentes *nomos* para sondear su predisposición a apoyar la subida al trono de Pentaur.

Si los *nomarcas* mostraban su preferencia por Ramosé, Egipto podría desangrarse en luchas intestinas. Para conseguir que se inclinaran a favor de Pentaur, Tiyi les ofrecía títulos, riquezas y libertad para gobernar sin la tiranía de un poder centralizado. La aceptación de algunos mostraba la desafección que existía hacia la idea de un Egipto unido bajo una sola corona. Tai-Nakhet se dirigió personalmente a

Coptos para solicitar el apoyo de Renón. Hetmet asistía a la reunión en su calidad de escriba. El mensajero se mostró contrariado con su presencia.

—Guarda tu cálamo y tu tablilla. No debe quedar constancia de esta reunión. Nos podría comprometer y poner en peligro nuestras vidas.

Hetmet buscó la mirada cómplice de Renón, que asintió.

—¿Qué te trae hasta aquí? —preguntó Renón.

Las instrucciones del mensajero eran muy concretas: debía transmitir el mensaje de Tiyi sin que quedasen dudas acerca de sus intenciones.

—Tenemos que hablar acerca de la sucesión en el trono de Egipto. Hay una conspiración contra Ramsés. Tiyi pretende el nombramiento de su hijo Pentaur y busca el apoyo de los gobernantes de los *nomos* para evitar una revuelta.

Renón reaccionó de inmediato ante aquella noticia, que podría significar una guerra civil.

—Es una locura. ¿Acaso cree que nadie en Tebas sospecharía que el complot se está gestando desde las mismas entrañas del palacio? Habrá un baño de sangre entre los partidarios de Ramsés y los rebeldes.

—No. Esa circunstancia ya la ha previsto Tiyi. Ella es la primera interesada en quedar alejada de cualquier sospecha. Nadie podrá ser acusado de la muerte del faraón porque se producirá por medio de ritos mágicos.

—No estoy seguro de que eso sea suficiente. De cualquier forma..., ¿con cuántos apoyos cuenta Tiyi hasta ahora?

—Algunos *nomarcas* aprueban la coronación de Pentaur mientras que otros han dicho que no prestarán ayuda en la conspiración, pero que tampoco se rebelarán. En Tebas, varios de los generales más cercanos a Ramsés tampoco se opondrán. Paibekkamen, el Gran Chambelán, ya ha ofrecido su apoyo a Tiyi y está coordinando las acciones necesarias tanto dentro como fuera de palacio. Incluso Kufu, el jefe de la guardia personal del faraón, también se ha puesto al servicio de la reina.

Al oír el nombre de Kufu, Hetmet se sobresaltó. Deseó que se tratara de una simple coincidencia con el nombre de su hermano.

—Con tu permiso, mi señor, querría preguntar a este hombre qué sabe acerca de ese Kufu.

—Como ya he dicho, es el jefe de la guardia personal de Ramsés. Procede del país de Canaán y llegó a palacio de la mano de Neftis, la hija del faraón. Desde entonces su importancia en la corte ha ido creciendo hasta convertirse en uno de los hombres en los que Ramsés ha depositado su máxima confianza. Hasta el punto de que autorizó a que su padre formara parte del grupo de custodios de su harén.

Al referirse al origen cananeo de aquel hombre, Hetmet comenzó a aceptar que, efectivamente, podía tratarse de su hermano.

—¿Y sabes también el nombre de su padre?

—Sí. Se llama Kemish.

Hetmet palideció al escuchar aquellos nombres. Si la información era cierta, su hermano formaba parte de la conspiración y quién sabe si también su padre. Se revelaba contra esa idea y quiso asegurarse por sí mismo. Cuando el mensajero abandonó la reunión, con la promesa de Renón de que trasladaría a Tiyi su respuesta, Hetmet le hizo una petición al gobernador.

—Mi señor, temo que mi hermano pueda estar involucrado en esta traición. Con tu permiso, viajaré a Tebas para, si fuese cierto, intentar disuadirlo de que no participe en ella.

—Ciertamente me disgusta que te marches, pero comprendo tu inquietud. Lo que te pido es que, una vez que hayas despejado tus dudas, regreses a Coptos lo antes posible. Sé que la salud de Nebamón es delicada, temo por su vida y a mi alrededor no hay muchos hombres en los que pueda confiar. También quiero que seas consciente del peligro al que puedes exponerte por pertenecer a la familia de un conspirador. Lamento mucho estas noticias. Nada tengo en contra de Ramsés. Muy al contrario, a él le debo los privilegios de mi cargo. Sinceramente, espero que esta conjura no triunfe.

—Entonces, si no te opones, le pediré a Maatem que me acompañe. Si es cierto que están haciendo magia negra contra el faraón, quizá él, como Sacerdote Puro, pueda luchar contra ella para protegerlo.

—Hazlo. De todas formas, antes o después, su viaje a Tebas era inevitable. Nebamón ya me había informado de que debía realizar no sé qué ritual junto al faraón. Además, no considero prudente que os alojéis en palacio, entre conspiradores. Tengo una casa en Tebas, estaréis más seguros allí.

—En cuanto al complot contra Ramsés, ¿puedo preguntarte qué partido tomarás tú?

—Difícil elección para alguien que, como yo, quiere vivir bajo los dictados de la diosa Maat. Por el momento, considero que lo más prudente es no apoyar a ninguno de los dos bandos y esperar a ver cómo se desarrollan los acontecimientos.

Hetmet estaba preparando su partida cuando recibió la visita de Nebamón. El maestro lo abrazó.

—Si ya lamentaría tu partida por cualquier otra razón, aún siento más el motivo que la provoca en este momento. Quiero que sepas que me siento afortunado de haberte conocido.

—Maestro, no hables así. Parece que no confíes en que volvamos a vernos.

—Eso está en manos de los dioses —respondió con tristeza.

—¿Qué quieres decir?

—Nada. Tan solo que el destino de los hombres no está en sus propias manos y que son ellos quienes lo deciden.

Hetmet recordó que aquellas fueron las mismas palabras que Nebamón le dedicó el primer día que se encontraron.

—Yo te doy las gracias por cuanto has hecho por mí y te aseguro que serás el primero a quien visitaré tras mi regreso para informarte de cuanto ocurre en Tebas.

Volvieron a abrazarse y Nebamón abandonó la estancia abatido. No quiso confesarle a su protegido que los médicos ya le habían confirmado que su enfermedad era incurable y que su muerte estaba muy cercana. Quizá incluso antes de que Hetmet regresara de Tebas. Si lo hacía...

XXVI

Las dos reinas

La atmósfera en el interior de palacio era cada vez más irrespirable y las únicas personas a las que Kemish podía confiar su zozobra eran Okhém y Hori. Supo también, por una conversación entre Beashi y Akila, que Tiyi había estado ofreciéndole bebidas a la muchacha encinta para asegurar el buen progreso de su embarazo y la tranquilidad que necesitaba su ánimo. Ambas encontraban mucho más cercana a Tiyi que a la Primera Esposa y, por lo mismo, confiaban en ella, aunque parecía que la melancolía se adueñaba de la joven con el transcurrir de los días, y que se apartaba cada vez más del estado ilusionante que distinguía a las mujeres que guardaban un hijo dentro. Así se lo confesó a Okhém.

—Tiyi busca aliados por medio de promesas y descarta a quien no se adhiere a su causa.

—¿Y qué piensas tú de todo esto?

—Desconfío de quien promete tanto. Creo que la enfermedad del faraón tiene remedio, aunque se opine lo contrario. Mi corazón me dice que están a punto de ocurrir cosas muy graves y nosotros estamos desprotegidos.

—Mi difunta mujer conocía bien las artes ocultas —respondió Okhém—. Y ayudaba a quien se lo pedía. Hablaba de cola de ratón, sangre de mosca, ojos de gato, falo de burro... Los remedios que empleaba tenían nombres así.

—Pero tú no dominas su arte.

Okhém no dijo nada, pero hurgó en su faltriquera y sacó de ella una piedra de un color morado transparente y se la entregó a la joven.

—Ten. No te desprendas de ella.

Tiyi estaba impaciente por deshacerse de Isis. Al día siguiente de la partida de Ramosé, Ramsés ya mostraba los primeros síntomas de no ser plenamente consciente de sus actos y confundía los nombres de las personas que lo rodeaban. Tiyi se rio interiormente cuando su marido llamó Ramosé a Ikba, y Neftis a una simple bailarina; ni siquiera recordaba que su hija descansaba ya en el Valle de las Reinas. No lo encajó igual cuando a ella misma la llamó Isis. Aquello la irritó. No sabía si se estaría precipitando, pero era tanta la inquina que sentía por su rival que decidió apartarla de una vez, y para siempre, de su vida. Llamó a dos sirvientes mientras el faraón dormitaba en su trono.

—Acompañad al faraón a su estancia y acostadlo. Después id a ordenarle a Isis que venga a verme —dijo al tiempo que se sentaba en el trono reservado a la Gran Esposa Real.

A pesar de que esa noche apenas había probado el vino, el faraón trastabillaba al caminar y se reía con una risa nerviosa mientras balbuceaba palabras ininteligibles. Parecía que estuviese ebrio a pesar de que en aquella ocasión no hubiese bebido nada. Durante el camino que separaba el salón del trono de su alcoba tuvieron que sujetarlo por los brazos en dos ocasiones para mantenerlo en pie. Antes de alcanzar la cama, se desplomó. Los criados, temerosos de ser castigados por su descuido, frotaron su frente con agua y le hicieron aspirar perfumes intentando reanimarlo, sin éxito. Su desánimo fue en aumento al ver que nada de lo que hacían procuraba los resultados apetecidos. Lo que tenían ante sus ojos era que el espíritu del faraón se marchitaba a pasos agigantados sin saber a qué atribuirlo, como si lo hubieran sometido a una ingesta desmesurada de vino. No solo derrotados, sino angustiados ante la reacción imprevisible de la reina, no quisieron demorarse y acudieron a informarla. Para su sorpresa, vieron que Tiyi no mostró ninguna preocupación.

—Que uno de vosotros vaya a buscar a Iyry para que se haga cargo de él. El otro que ordene a Isis que se presente ante mí. Decidle exactamente mis mismas palabras. ¡Y es la segunda vez que os lo digo!

Iyry no tardó en dirigirse a la estancia del faraón y en sentarse en la cama. Lo miraba con descaro, sin recato alguno. Mientras escuchaba su respiración agitada, sonrió al comprobar que su hechizo comenzaba a dar resultado.

En otra dependencia de palacio, junto al templo, se hallaba Isis. El criado se inclinó en señal de reverencia en cuanto estuvo ante ella.

—Mi señora, Tiyi te ordena que te presentes ante ella.

Isis creyó que el sirviente no le había trasladado correctamente el mensaje de Tiyi.

—¿Cómo te atreves a decir que me da una orden?

—Perdóname, pero no son mis palabras. Me ha dicho expresamente que te repita las suyas.

—¿Y esa furcia te ha dicho que me da una orden? ¿A mí?

—Así ha sido, mi señora —confirmó temeroso.

—Pues regresa y dile que si quiere hablar conmigo sabe dónde estoy. Pero antes de venir que se lave la boca. De ella no soporto ni el aire que desprende su aliento.

El criado abandonó la estancia de Isis aliviado por no haber recibido la orden de repetir aquel mensaje a Tiyi.

Tiyi tomó la negativa de Isis como un desprecio que no estaba dispuesta a tolerar. Se encaminó en busca de la Primera Esposa. Cuando pasó a la altura del guardián que custodiaba su alcoba, le arrebató su azote de cuero y se puso frente a ella.

—¿Con qué derecho te has atrevido a menospreciarme ante un sirviente? —preguntó Tiyi.

Isis la miró con desprecio. Cuando vio que llevaba un azote en la mano, cogió un puñal. Tiyi, se sorprendió de que Isis dispusiera de un arma; aun así, no se amilanó.

—Una reina tiene todo el derecho a menospreciar a una puta, que es lo que tú eres —respondió Isis.

—Ahora no tienes ni a tu marido ni a Ramosé para protegerte. Estás en mis manos.

Tiyi levantó el azote con intención de golpearla. Isis pudo sujetarle el brazo y le puso el puñal en el estómago.

—Para defenderme de ti no necesito a ningún hombre. Y da gracias de que no te saque las tripas con el cuchillo. Si no lo hago es porque no quiero que me salpique tu sangre podrida.

Tiyi dio un paso atrás mientras sonreía. Llamó al soldado.

—¡Reptos! ¡Detenla y que la encierren en la celda de los hombres! Seguro que esta noche habrá algún árabe o algún negro que quiera fornicar con alguien que se hace llamar reina.

Isis no esperaba aquella traición. Conocía a aquel soldado y sabía que siempre había sido fiel tanto a Ramsés como a su hijo, pero la debilidad era una ventaja que no estaba dispuesta a mostrar y se mantuvo digna, altiva. Reptos parecía desconcertado. Se acercó a ella y la miró entornando los ojos, como si le costara reconocerla. Sentía una especie de nebulosa que iba y venía a su cabeza y que no le permitía entender qué le estaba ocurriendo. Recordó entonces que había notado un sabor extraño en la bebida que le había ofrecido un sirviente horas antes. El terror que sintió Isis al principio se transformó en serenidad cuando Reptos, a medida que se encaminaban hacia las mazmorras, comenzó a notar que aquel velo que le había nublado el entendimiento se iba desvaneciendo poco a poco. La tranquilizó.

—No temas nada, mi señora. Velaré por ti.

Los presos la recibieron con palabras y gestos obscenos. Reptos se dirigió a ellos con voz atronadora.

—A aquel de vosotros que se atreva siquiera a dirigir una mirada a esta mujer, le garantizo que no volverá a probar otra comida hasta que no se trague su propio falo. Estáis todos avisados.

XXVII
Lamentaciones

De nuevo fue Hori quien me informó de aquellas tristes noticias. El escriba estaba muy enfermo y lloraba por la suerte de Isis y de Ramsés. Me dijo que le costaba mucho respirar y yo le sugerí que fuese a visitar a un médico que le diese alguna pócima que lo tranquilizara, pero ya eran tantos los conspiradores que se movían por palacio que no sabía en quién podía confiar. Fue entonces cuando me confesó que el motivo de su angustia era el haber consentido que Ramosé partiera hacia aquella trampa que habían urdido entre Tiyi y Beashi. Yo le dije que el príncipe todavía estaría de camino y que, si se daba prisa, quizá estaría a tiempo de alcanzarlo e informarlo de todo aquello.

—Ramosé ha debido de hacer como mínimo una parada para dormir. Si tú no la haces, podrás darle alcance antes del anochecer del día siguiente, tan solo debes preocuparte de sustituir tu caballo en alguna aldea de las que encontrarás a lo largo del camino y conseguir para ti estimulantes que te permitan hacer el viaje sin necesidad de descanso.

A Hori le pareció que mi consejo era maravilloso y no dudó ni un solo momento en seguirlo. Me abrazó y corrió en busca de un caballo con la idea de dar alcance al príncipe y pedirle que regresara. Él se procuró un recipiente que rellenó con *ahwa**.

Desde aquel momento, tardé mucho tiempo en volver a verlo. Cuando nos reencontramos de nuevo, las circunstancias de cada uno eran muy diferentes.

Yo no me había equivocado, Hori alcanzó a la tropa del príncipe antes de que cruzara la frontera que separaba a Egipto de Nubia. El escriba me informó del contenido de su conversación.

—Mi señor, es necesario que regreses inmediatamente a palacio. Tu familia y tú mismo estáis en grave peligro —le había dicho Hori a Ramosé.

—Explícate.

—Han llegado hasta mí noticias de que se está organizando un complot contra el faraón y de que el mensaje que has recibido del nubio no es más que una estratagema para alejarte de palacio y que tu padre quede sin protección.

—Me cuesta aceptar tus palabras. ¿Qué sentido tendría traicionarlo?

* Cafeína.

—En realidad, la traición no es hacia tu padre, sino hacia ti. Tiyi no acepta que el trono pase a tus manos. El objetivo es acabar con la vida del faraón y coronar a Pentaur antes de que tú regreses a Tebas. Eso en el caso de que puedas regresar, pues no estoy seguro de que Balaam no haya planeado alguna encerrona para acabar con tu vida y dejar el camino libre a la coronación de tu hermano.

El panorama se volvió diáfano para Ramosé, que tuvo ante sus ojos a qué se debía el cambio de atmósfera en palacio, las miradas huidizas de los guardias y las visiones que no le dejaban conciliar el sueño como era debido. El sol del amanecer, como si pretendiera corroborar las palabras del escriba y apoyar sus propios pensamientos, se enturbió y dio paso a una luz lechosa, tan poco frecuente en aquellas tierras. Se había reído de las aprensiones de su madre y su esposa cuando estaban en lo cierto.

Mientras Ramosé daba orden a la tropa de volver sobre sus pasos, una paloma emprendía el vuelo portando un mensaje en el que le anunciaba a Pentaur el regreso de Ramosé a palacio. Tiyi no tardó en ser informada por su hijo.

Hetmet abandonó Coptos de inmediato. Maatem lo acompañaba. Tras un largo recorrido, decidieron hacer un descanso para comer y se sentaron a la sombra de un tamarindo. Mientras comían, pasó ante ellos un hombre acompañado de un asno. De tanto en tanto, el hombre hacía aspavientos con los brazos y se estremecía con movimientos convulsos.

—Mira —dijo Maatem a Hetmet—, ese hombre está sufriendo las consecuencias de un embrujo.

—¿Cómo puedes saberlo?

—No es ningún misterio. La sanación de ese hechizo es de las primeras lecciones que recibimos cuando estudiamos para convertirnos en aojadores. Lo liberaré de su mal.

Maatem se levantó y caminó tras el hombre hasta alcanzarlo.

—Escúchame, puedo ayudarte. Si me dejas, te liberaré de esos temblores.

El hombre miró a Maatem con desconfianza. Al principio dudó, después pensó que no tenía nada que perder.

—No creo que puedas hacer nada. Mi mal proviene de una maldición que han lanzado contra mí.

—¿Cuál fue la causa?

—Discutí con un vecino por los límites de unas tierras. Él decía que una parte de las mías eran de su propiedad y yo no estaba de acuerdo. Recurrimos a la justicia del alcalde del poblado y me dio la razón a mí. Entonces, como venganza, el vecino acudió a ver a un hechicero y le pagó para que me hiciera daño. Desde entonces estoy en el estado en que me ves.

—Yo puedo librarte de esa maldición. Únicamente debes confiar en mí.

Maatem se puso frente a aquel hombre, le sujetó los brazos y se los apoyó con fuerza en los costados. Después lo cogió por los puños y lo levantó del suelo hasta elevarlo por encima de su cabeza mientras musitaba palabras ininteligibles. Cuando lo soltó, le pidió que se alejara unos pasos y después regresara a su lado. Tras obedecerlo, el campesino caminaba con normalidad. Se arrodilló ante Maatem y le besó las sandalias. Sus preguntas se atropellaban unas con otras.

—¿Quién eres? ¿Eres tú también un brujo? ¿Cómo puedo pagarte lo que has hecho por mí?

Maatem lo ayudó a incorporarse. Le puso las manos sobre los hombros mientras le respondía.

—Tan solo soy un hombre que quiere ayudar a quien lo necesite. Puedes continuar con tu camino sabiendo que no me debes nada.

Hetmet sonreía orgulloso por considerarse amigo de Maatem mientras el campesino se alejaba dando saltos. En aquella ocasión no eran involuntarios, sino consecuencia de su alegría.

XXVIII

Un nuevo abrazo

Me avisaron de que Hetmet había llegado a Tebas, que estaba antes las puertas del harén y que quería hablar conmigo; lo acompañaba un tal Maatem. Se encontró con la negativa de los guardias que las custodiaban y debió de decirles que actuaba como emisario del gobernador de Coptos para que le permitieran el acceso.

—Aun así, no puedes pasar. Para cruzar esta puerta deberías tener una autorización expresa de Tiyi.

—Es mi padre —suplicó.

—Si quieres, puedes esperar aquí y avisaremos a Kemish para que venga él, en el supuesto de que quiera verte.

—Dilc quc soy Hetmet, su hijo.

No habíamos vuelto a vernos desde el día en el que se lo llevaron los esclavistas, hacía ya cuatro años. Nos abrazamos y a los dos se nos llenaron los ojos de lágrimas. Quise alejarme del recinto del harén y pasear junto a mi hijo mientras hablábamos, pero los guardias me lo impidieron.

—No puedes salir. Lo que tengáis que deciros podéis hacerlo aquí.

El guardián se alejó unos pasos permitiéndonos tener algo de privacidad.

—Tenemos muchas cosas que contarnos —dijo Hetmet—, pero lo más urgente es que me confirmes la conjura contra el faraón y me asegures que ni tú ni Kufu estáis implicados.

Yo apenas podía hablar. Me lo impedía tanto la emoción de volver a estar con Hetmet como no poder negar las intenciones de Kufu.

—¡Qué más querría yo que poder hacerlo! Como has podido ver, vivo encerrado en este recinto sin más libertad de la que ofrece el interior de sus cuatro muros. Para mi vergüenza, he de decirte que Kufu es partidario de derrocar al faraón y apoyar la coronación de Pentaur.

—Lo que no comprendo es que no intervenga Ramosé para defender a su padre.

—Lo engañaron para alejarlo de palacio. Un escriba ha partido en su búsqueda para ponerlo al corriente de lo que ocurre y pedirle que regrese, pero temo que no llegue a tiempo de evitar lo peor. Creo que la caída de Ramsés es inevitable. No recuerdo en cuántas ocasiones he pedido que Kufu viniera a hablar conmigo para intentar disuadirlo de sus intenciones, pero nunca me ha escuchado. Desde que supo que no era hijo mío, su relación conmigo se ha roto.

—¿Cómo lo supo?

—Yo mismo se lo dije. Me reprochaba no haber sido tan cariñoso con él como con vosotros.

—Tampoco lo fuiste tanto con nosotros —repuso Hetmet—. Aunque quizá su necesidad de afecto fuese mayor. De hecho, él si era cariñoso contigo...

—Me avergüenzo de no haber sabido ser un mejor padre para él, pero ya es tarde.

—Nunca es tarde, padre. Los dioses tienen sus propios modos de conducirse.

—Inténtalo tú; ve con él mientras yo rezo a los dioses para que no se oponga a hablar contigo.

Me vi tentado de contarle que Kufu había matado a Sinab, pero no lo hice. No sé si fue por cobardía o porque no quise arruinar la dicha de nuestro encuentro con tan mala noticia. Recé para que la conociera por boca de su hermanastro, y no por la mía.

XXIX

LA ENFERMEDAD

Tras hablar con su padre, Hetmet y Maatem se dirigieron a palacio para advertir al faraón de la traición de la que iba a ser víctima. Pudieron acceder al salón del trono sin ninguna dificultad. La enorme estancia estaba vacía y se extrañaron de ver a lo lejos al faraón solo en un espacio tan inmenso. Desde la distancia que los separaba, se inclinaron ante él sin recibir ningún gesto de su parte. Mientras se acercaban al trono, vieron que Ramsés continuaba completamente inmóvil. Ya a su lado, notaron en él una expresión extraña, enajenada. Tenía la boca entreabierta y le caía una baba por la comisura del labio. Su mirada estaba fija perdida en un punto indeterminado de la estancia. Maatem se atrevió a abrirle los párpados y vio que tenía las pupilas blancas, como cubiertas por una película de espuma.

—Lo que te dijo el emisario en Coptos era cierto. Ramsés ha sido víctima de un encantamiento.

Hetmet se mostró desconcertado. Su padre le había dicho que Ramosé estaba ausente, pero ¿dónde estaba Isis? ¿Por qué no se había levantado contra los conspiradores ayudándose de los que continuaran siendo fieles al faraón? Una voz a su espalda lo apartó de sus reflexiones.

—Si me decís quiénes sois y qué queréis, quizá pueda ayudaros.

Los dos se volvieron hacia el desconocido.

—Somos Hetmet y Maatem, emisarios del gobernador de Coptos. Venimos a hablar con Isis.

—Sed bienvenidos. Por desgracia, Isis no podrá recibiros por el momento. Se encuentra convaleciente y pasarán varios días antes de que pueda recuperarse. Sin embargo, si lo que tenéis que decirle es importante, podéis hablar con Tiyi, la Gran Esposa Real, o conmigo mismo, gozo de su plena confianza.

A Hetmet le extrañaron aquellas palabras. Era sabido que la verdadera Gran Esposa Real era Isis. Y el otorgar ese título a Tiyi le hizo suponer que aquel hombre podía ser partícipe de la conspiración. Maatem decidió intervenir al tener las mismas dudas.

—¿Quién eres tú para desempeñar tan alta responsabilidad?

—Mi nombre es Pairekamenef y soy el médico personal del faraón y de su esposa Tiyi.

En su actitud primaba un sospechoso exceso de autoridad. Puesto que se identificó como médico, Maatem decidió ponerlo a prueba con un subterfugio: según cuál fuese la respuesta del médico, sabría que era uno de los traidores al faraón. Ignoraba que, a poca distancia, Iyry no perdía detalle de lo que allí tenía lugar.

—¿Qué le ha ocurrido para que se encuentre en este estado?

Pairekamenef ignoraba los conocimientos de Maatem, más allá de su cometido como emisario, y respondió con su habitual sonrisa de indulgencia.

—Estoy convencido de que la causa es la picadura de un mosquito. Comenzó padeciendo fiebres y ha ido empeorando hasta llegar al estado en que lo veis ahora. Su avanzada edad tampoco está favoreciendo su recuperación.

Ante aquella respuesta, a Maatem no lo quedó ninguna duda acerca de la implicación de Pairekamenef en el complot. Aun así siguió presionándolo.

—¿Y de qué mosquito puede tratarse, capaz de provocar un estado semejante?

—No hemos podido saberlo.

—Y siendo médico con tan alta responsabilidad, ¿no eres capaz de administrar un antídoto? Tengo entendido que los médicos del faraón también deben tener conocimientos de magia sanadora...

El médico comenzó a sentirse incómodo con las preguntas de Maatem y quiso dar por finalizada la reunión, llamó a dos sirvientes y les ordenó que llevaran al rey a su habitación. Entonces, Hetmet se interesó por su hermano.

—Quiero hablar con Kufu, es uno de los servidores del faraón. ¿Sabes dónde puedo encontrarlo?

Pairekamenef le ocultó que su hermano estaba prisionero.

—Mi trabajo consiste en cuidarme de la salud del faraón y no de saber dónde están sus sirvientes. Lamento no servirte de ayuda —respondió con indiferencia.

Al abandonar el salón del trono, se cruzaron con otro sacerdote de aspecto cadavérico que se mantuvo atento a lo que decía Maatem:

—El del faraón es el peor conjuro que se le puede hacer a nadie. Es ridículo que alguien tan instruido como su médico diga que es obra de un mosquito. ¡Y es indignante! ¿Cómo cree que puede engañar a alguien con esa patraña? No a nosotros, desde luego. Es un maldito acto de hechicería. Lo pude estudiar en la copia de un papiro que se conserva en la escuela de magos de Esna. Quien lo esté llevando a cabo debe tener en su poder un objeto personal del faraón o alguna figura que lo represente, y lo está utilizando para actuar contra él. Si no hubiésemos llegado a tiempo, su vida estaría en manos del hechicero.

—Entonces puedes ayudarlo... —Hetmet respiró aliviado.

—Sí. Mañana practicaré el ritual de sanación ante la diosa Sekhmet, pero hasta que no encontremos el objeto sobre el que se está haciendo la magia maligna, no estará fuera de peligro. Algo me dice que ese hombre que nos ha atendido y que se dice médico sabe dónde se halla.

Iyry, el sacerdote que se había cruzado con ellos y que los seguía a escondidas, se alertó ante lo que acababa de escuchar y acudió a informar a Tiyi.

—Temo que ese Maatem sea un Sacerdote Puro. Le he oído decir que estudió en Esna y ha sabido al instante que el encantamiento contra el faraón proviene del papiro del Gran Conjuro. Si mi sospecha se confirma, anulará el hechizo sin ninguna dificultad.

—Me decepcionas. Pairekamenef me había asegurado que el poder de tu magia era inmenso.

—Y lo es, tú misma has podido comprobarlo. Aun así, no se puede comparar al suyo. Yo soy Sacerdote Lector, pero él ha ascendido hasta alcanzar el grado de Sacerdote Puro de la diosa Sekhmet.

Tiyi comenzó a exasperarse ante la idea de que sus planes se arruinaran por la intervención de Maatem.

—No sé de qué me estás hablando. Yo puedo distinguir a un sirio de un egipcio o a un soldado de un sirviente, pero desconozco qué diferencia puede haber entre un sacerdote y otro. Siempre he pensado que erais todos lo mismo —afirmó, cada vez más irritada.

—No es así, mi señora. Mi función como Sacerdote Lector es la de recitar en voz alta los rituales necesarios para combatir a los enemigos del faraón y neutralizar a la serpiente Apofis, diosa de las fuerzas maléficas y del caos. En este caso, lo he invertido para hacer que su maldad caiga sobre los partidarios de Ramsés. En cuanto a Maatem, él es Sacerdote Puro de la diosa Sekhmet, por lo que ella puede transferirle directamente su poder y él puede utilizarlo según sea su voluntad. Mañana estaré presente mientras realiza su conjuro y veré realmente de qué es capaz.

A la mañana siguiente, bajo las miradas escrutadoras de Iyry y Tiyi, Maatem y Hetmet entraron en la alcoba del faraón, que parecía dormir. Maatem llevaba en su mano incienso, una rama seca de persea y un collar con el ojo de Horus como símbolo de protección. Ordenó a unos sirvientes que trajeran una imagen de la diosa Sekhmet, dos pedestales y dos quemadores de incienso. Mientras llegaban, Maatem puso el collar en el cuello del faraón y encendió unas velas, que debían ser la única fuente de luz de aquella estancia. Colocó uno de los pedestales ante la diosa y, sobre él, uno de los quemadores, y prendió el incienso. Cuando la habitación se hubo impregnado con su aroma, Maatem invocó a Sekhmet pidiéndole que se transformara en la protectora Ubastet. A continuación, se acercó a Ramsés con el quemador que contenía las hojas ardientes de persea y esparció el humo con su aliento sobre el rostro del faraón. Tras un instante, en el que Maatem permaneció con los ojos cerrados, apagó la velas y permitió que la luz volviera a iluminar la habitación, se acercó a Ramsés, le abrió los párpados y sonrió satisfecho: el color blanco de las pupilas del faraón había desaparecido y volvían a tener su aspecto natural. Ramsés mostró su sorpresa al encontrarse frente a Maatem y verse acompañado de los otros espectadores.

—¿Quién eres? ¿Qué hacéis vosotros en mi estancia privada?

—Velábamos tu sueño, mi señor. Al parecer, habías sufrido un leve desvanecimiento. Ellos —dijo señalando al mago de palacio y a la Segunda Esposa— nos informaron de tu estado. Hemos venido desde Coptos y ponemos a tu disposición nuestro conocimiento.

Al estar presentes Iyry y Tiyi, Hetmet optó por ser prudente y no revelarle su traición. Esperaría a desenmascararlos en otro momento.

Por los vanos se filtraba la luz dorada del atardecer. Ya se había extinguido el trote de los caballos y solo se oía el ulular del viento. Los extranjeros habían abandonado las dependencias dc palacio.

—Tenías razón —reconoció Tiyi a Iyry—, el poder de ese hombre es extraordinario y de nada serviría que repitieras tu maleficio. Volvería a neutralizarlo. Tendremos que recurrir a la otra alternativa. La única posible: Ramsés debe morir y ese maldito Maatem también —dijo con rabia—. Será mi venganza por haber desbaratado nuestros planes.

—Yo puedo ocuparme de Maatem. En cuanto a Ramsés...

—De Ramsés no te preocupes. Es cosa mía —interrumpió Tiyi.

XXX

La muerte acecha

Una mañana más, el sol aparecía esplendoroso en el cielo. Maatem se había despertado poco después del alba, había ofrecido sus salmos a los dioses y estaba purificándose en el estanque sagrado, rodeado de imponentes palmeras y parterres de flores, cuando se le acercó una joven.

—Mi señora ha oído hablar de tus dones y cree que tan solo tú puedes ayudarla. Te pide que me acompañes y me ha encargado decirte que está dispuesta a ofrecerte una buena recompensa si la libras de su sufrimiento.

—¿Qué mal la aqueja?

—Nunca me lo ha confesado. Yo soy una simple sirvienta.

Llegaron ante la puerta de una lujosa mansión custodiada por un hombre fornido. Tenía los brazos cruzados sobre el pecho y de su cintura pendía una temible espada curvada egipcia. Cuando Maatem pasó junto a él, ni siquiera lo miró.

La sirvienta abrió la puerta y entró con él hasta un atrio cerrado. Desde allí, le indicó hacia dónde debía dirigirse.

—Cuando salgas al exterior, darás a un patio. Ve por el corredor de la derecha hasta que encuentres una puerta con una imagen de la diosa Bastet pintada en el muro. Allí te espera mi señora.

—¿Tú no vienes conmigo?

—No, yo tengo que cumplir con otras obligaciones. Regresaré más tarde para comprobar si necesitáis de mis servicios.

Al cruzar el pórtico, Maatem se encontró ante un enorme espacio abierto con un estanque en su centro. El perímetro estaba rodeado por un soportal sostenido por columnas con capiteles en forma de loto y papiro representando al Alto y Bajo Egipto. La galería mostraba varias puertas que daban acceso a diferentes dependencias. En los muros que las enmarcaban pudo admirar diferentes pinturas que representaban escenas de la vida egipcia, principalmente agrícolas y de caza. Excepto en un espacio del muro situado a su derecha, en el que aparecía una imagen de Bastet. Se encaminó en aquella dirección y cruzó la puerta. Allí, a contraluz, vio a una mujer tumbada sobre un diván. Iba vestida con una fina túnica elaborada con lino real y se tapaba el rostro con un antifaz que sujetaba con una varilla metálica.

Durante unos instantes se miraron en silencio.

—Tu criada me ha dicho que necesitas mi ayuda —dijo por fin Maatem.

Sin responder, ella apartó el antifaz dejando su rostro al descubierto. A Maatem le costó reaccionar. Cuando ya había descartado la posibilidad de verla de nuevo, Pin-Amón volvía a estar frente a él. Tenía ante sí a la diosa de sus sueños.

—¿Eres verdaderamente tú? ¿Te acuerdas de mí? —preguntó Maatem, conmovido.

—¿Cómo podría olvidarte? Tú viniste acompañado del mago que deshizo mi encantamiento.

—¿Qué ha sido de ti en este tiempo?

Pin-Amón ordenó a un criado que les trajera vino y los dejara solos. Quería hablar con libertad.

—Mi padre murió y vendí la taberna. Cuando llegué a Tebas, conocí a un hombre que me dijo conocer a un anciano que le había ofrecido la compra de una tahona porque sus hijos no querían continuar con su oficio. Debíamos aportar cada uno la mitad de su precio y acordamos repartirnos el trabajo. Pero me engañó en la cantidad que teníamos que pagar. La compró exclusivamente con mi dinero sin que él aportara nada. El negocio marchaba bien, pero pasaban los meses y yo no recibía ninguna compensación. Cuando le reclamé la parte de los beneficios que me correspondía, se rio y me dijo que la tahona la había comprado únicamente a su nombre y que yo no tenía ningún derecho más que lo que él quisiera pagarme por mi trabajo. Lo advertí de que, si no cumplía con nuestro acuerdo, reclamaría la justicia del faraón. Entonces me pegó y amenazó con matarme, pero yo me adelanté. Ciega de rabia, lo golpeé en la cabeza una y otra vez con un rodillo de amasar hasta que comprobé que estaba muerto. Yo no podía justificar mi derecho de propiedad sobre la tahona que era mi único modo de vida. Temí que me apresaran y, para huir de la justicia, solicité el ingreso para servir en el templo de Hathor. Estaba dispuesta a vivir allí, escondida, aun a costa de no volver a pisar la ciudad. No sé cómo fue —dijo entornando los ojos—, pero Iyry, el gran sacerdote del templo, supo de mi historia. Me ofreció su silencio y me garantizó la inmunidad a cambio de que atendiera su casa y compartiera su cama. No tuve más remedio que aceptar. Era eso o ir a la cárcel. Aunque no tardé en lamentarlo porque ahora, además de sierva, me siento como si fuese una prostituta. No solo tengo que acostarme con él. Hay días en los que tengo que hacerlo con alguno de los amigos que lo visitan. Y hay algo aún peor: aunque él no se mancha las manos, Iyry es un asesino y me obliga a convertirme en su cómplice.

—Explícame eso.

—Siempre encuentra algún argumento para engañar a sus enemigos y hacer que vengan aquí. Aprovechándose de mi antiguo oficio, me obliga a preparar dulces mezclados con somníferos y yo tengo que engatusarlos para conseguir que los coman.

Una vez que están inconscientes, el guardia con el que te has cruzado en la puerta los carga al hombro y se los lleva. Curiosamente —su tono era irónico—, todos aparecen ahogados en el Nilo. De esta forma, nadie puede relacionar a Iyry con sus muertes. Al principio me negué a participar de sus planes, pero he tenido que hacerlo al amenazarme con delatarme: no quiero acabar mis días en la cárcel o ajusticiada.

En aquel momento, Maatem vio que había un dulce sobre una mesa. Pin-Amón apuntó hacia él con el dedo.

—Ese era para ti. Iyry me dijo que hoy vendría otro invitado. Si hubiera sabido que eras tú, de buena gana habría sustituido el somnífero por veneno y se lo habría hecho comer a él. Lo que ahora me preocupa es qué va a ocurrir cuando Iyry regrese y vea que sigues consciente. Estoy segura de que buscará otro modo de matarnos a los dos.

—¿No hay ninguna otra salida por la que podamos huir?

—En el otro extremo de la galería hay un pabellón que da acceso a otra calle. Podemos intentarlo por allí. Recemos para que nadie nos vea salir.

Como si Pin-Amón hubiese recibido una señal de alerta, Iyry regresó en aquel momento a su residencia. Cuando vio que el guardián aún estaba ante su puerta, se extrañó. Las órdenes eran la de sacar de su casa el cuerpo de Maatem una vez que estuviera inconsciente y arrojarlo al Nilo.

—Mi señor, estoy a la espera del aviso de Pin-Amón.

Aquello era algo irregular. Iyry sospechó que, en aquella ocasión, Pin-Amón lo había traicionado y no había suministrado el somnífero a Maatem. Si lo confirmaba, no la entregaría a la justicia, sería su criado quien la aplicaría con su espada. Y si pretendía huir... Pobre ingenua... Su magia era capaz de seguir sus pasos e interceptarla.

Con lo que no contaba era con que Maatem y ella se conocían, ni con que el sacerdote hubiera articulado ya un hechizo protector.

La suerte los acompañó. Alcanzaron el pabellón sin cruzarse con ningún criado. Antes de salir a la calle, Maatem le ofreció su hombro a Pin-Amón, que se apoyó en él ocultando su rostro bajo un paño de lino. Él no temía mostrar el suyo, nadie lo conocía en Tebas. La abrazó. A la vista de cualquiera, parecería que una mala noticia se hubiera cernido sobre la mujer, de la que él trataba de consolarla. Abrieron el portón que daba a la calle y Maatem respiró hondo, temeroso de que los estuviesen esperando a la salida. Aguardaron unos instantes antes de incorporarse a la marea de tebanos, con la que se mezclaron por las calles. Ellos fueron los únicos testigos de su fuga mientras buscaban el refugio que les ofrecía la residencia de Renón.

Después de leer el mensaje que le había llegado con la paloma, Tiyi se apresuró: era el momento de acabar con la vida de Ramsés ante el inminente regreso de Ramosé. Sabía que ningún egipcio querría ser el ejecutor material de su muerte: atentar contra un dios viviente suponía no superar el juicio de Osiris y, por lo tanto, no renacer a la vida eterna. Entonces recordó que Kufu era extranjero. Cuando lo mandó llamar, le comunicaron que estaba encerrado a instancias de Ramosé. Aquella circunstancia favorecería aún más sus argumentos. Por más que hubiese buscado, no podría encontrar a un mejor candidato para matar a Ramsés. Ante la entrada de la cárcel, se encontró con la oposición de los guardias que la custodiaban.

—¿Qué deseas?

—Vengo a ver a un prisionero, su nombre es Kufu.

Al escuchar aquel nombre, el soldado decidió dar aviso a su comandante, Keramón, que no tardó en presentarse.

—Lo lamento, mi señora, pero ese prisionero no puede recibir ninguna visita. Son órdenes expresas de Ramosé.

—¿Cómo te atreves a impedirme el paso? Ramosé es el príncipe, pero yo soy la reina y mis órdenes están por encima de las suyas ¿O acaso prefieres que sea el faraón en persona quien venga a dártelas?

Ante aquella amenaza, Keramón accedió a dejarla pasar.

—Te acompañará un soldado con una antorcha. Abajo apenas hay luz y el suelo es muy resbaladizo.

Mientras Tiyi caminaba detrás del soldado, intentó imaginar lo que debían de sentir un día tras otro los que estaban allí encerrados sin más esperanza que la de aguardar el día de ser juzgados o, si ya lo habían sido, el de su castigo o su muerte. Descendieron por una escalera circular. Era tan estrecha que no habría permitido el paso a quien hubiera querido ascender mientras ellos bajaban.

Un pasillo separaba dos filas de celdas, desde las que algunos presos pedían clemencia al paso de la reina, mientras que otros maldecían el nombre de su marido. Tiyi ordenó al soldado que la esperara en el otro extremo del pasillo.

—Nunca me hubiera imaginado encontrarte en un lugar como este —le reprochó a Kufu cuando lo tuvo enfrente—. Me acaban de contar por qué estás preso. ¿Realmente necesitabas robar después de todo lo que te ofrecí?

Kufu tardó en responder, se limitó a escuchar con la cabeza baja, sin duda avergonzado de su situación.

—Dime a qué has venido ¿Acaso quieres humillarme como hiciste el primer día?

—No, no vengo a humillarte. Además, si no recuerdo mal, aquel día te hice una oferta de la que te has beneficiado durante mucho tiempo... hasta que decidiste traicionar a Ramsés. Razón por la que estás aquí.

—¿Y ahora qué quieres?

—Vengo a informarte de que Ramosé está a punto de regresar y cuando vuelva a reclamar tu presencia ante él, no creo que sea para felicitarte por tus acciones. Mucho me temo que tus días estén contados. A no ser que, antes de su llegada, el faraón ya haya muerto y Pentaur haya sido coronado. En ese caso, Ramosé ya no tendría ningún poder sobre ti, sino que tu vida estaría en manos de Pentaur.

—¿Y qué tiene que ver todo eso conmigo? ¿Acaso no ves dónde estoy?

—Sí, ya veo que tu situación es ciertamente delicada; aunque, como ya te dije en otra ocasión, yo tengo la llave de tu libertad. Tan solo tendrías que pedírmela.

Kufu conocía lo suficiente a Tiyi como para saber que aquella oferta no era desinteresada.

—¿Y a cambio de qué?

Tiyi lo miró fijamente a los ojos antes de responderle. Mientras lo hacía, el tono de su voz era enérgico.

—De que mates al faraón con tu propia mano. El intento de acabar con su vida mediante la magia no ha dado resultado y es imperativo que muera antes de que llegue Ramosé.

—No puedes pedirme eso —respondió Kufu al tiempo que negaba con la cabeza—, yo jamás he asesinado a nadie a sangre fría. He matado a muchos hombres, sí, pero siempre en el campo de batalla o en defensa de mi propia vida. Además, siempre he servido con lealtad al faraón.

—¿Lealtad? ¿Siempre? —repuso la reina mientras sonreía—. ¿Incluso cuando decidiste apropiarte del tesoro que le debías haber entregado a él?

Kufu no respondió ante lo indiscutible de aquella acusación.

—¿Por qué he de matarlo yo?, ¿acaso Pentaur no tiene suficientes hombres a sus órdenes?

—Hombres no le faltan, pero ningún egipcio levantaría su mano contra un dios viviente. Nuestras creencias nos lo impiden por el temor a no superar el juicio de Osiris y, por lo tanto, no renacer a la otra vida. Tú eres cananeo. A ti no te juzgará.

—En ese caso, Pentaur cuenta también con mercenarios extranjeros...

—... que lo podrían traicionar esperando alguna recompensa mayor por parte de Ramosé. No, Kufu. La muerte de Ramsés ha de estar en manos de alguien en quien mi hijo y yo podamos depositar nuestra plena confianza. Y, a pesar de todo, yo sigo confiando en ti. En cuanto a Pentaur, no le podrías ofrecer una mejor prueba de tu fidelidad una vez que estuvieras a su lado y gozando de su favor. El *nomarca* de Edfu ha muerto y yo intercederé ante mi hijo para que ese puesto sea tuyo.

Kufu valoró su situación y comprendió que la alternativa que le estaba ofreciendo Tiyi era la única posible si quería continuar conservando la vida.

—Dime qué has pensado —respondió al fin.

Tiyi no pudo ocultar su satisfacción ante aquellas palabras.

—El comandante Paiis, que comparte nuestra causa, es el responsable de la guardia que custodia el recinto prohibido. Él se encargará de elegir a quienes te facilitarán el acceso sin hacer preguntas. Una vez dentro, Beashi te indicará dónde te puedes ocultar. A partir de ese momento, únicamente se trata de esperar la llegada del faraón. Su guardia personal tiene prohibido el acceso al interior del recinto; por tanto, estará desprotegido y ese será el momento en el que podrás matarlo.

—¿Estaré solo?

—¿Vas a decirme que temes a un anciano al que ya le cuesta mantenerse en pie?... Sin tener en cuenta que todavía no se ha repuesto de los efectos de la magia. Tú lo puedes doblegar con una sola mano.

Tiyi llamó a Keramón y le ordenó que liberara a Kufu. El guardián rechazó aquella orden negando con la cabeza en un gesto de desaprobación, pero no rehusó obedecerla: sabía la influencia que tenía aquella mujer sobre Ramsés y temió su reacción. Se encomendó a Amón para que no fuese Ramosé el que tomara represalias contra él.

Tal como le había dicho la reina, Kufu no encontró ninguna oposición de los guardias para acceder al interior del recinto prohibido y Beashi lo condujo a una estancia donde las concubinas le harían compañía hasta el momento en que se produjera la llegada del faraón.

XXXI

El retorno de Ramosé

En palacio ya eran escasos los que podrían oponerse a la muerte de Ramsés, a excepción de los mercenarios *shardana* que rodeaban al faraón. Paibekkamen recelaba de ellos y sopesó la idea de sobornarlos, pero la descartó inmediatamente: era mejor eliminarlos. Aquella noche, el vino con el que acompañaban la cena estaría envenenado. Aparte de ellos, los pocos subordinados que aún se mantenían fieles a Ramsés, y que no habían caído víctimas del conjuro de Iyry, se habían estado reuniendo de tanto en tanto buscando el modo de ayudar al faraón. Kemish y Okhém habían logrado evitar que las malas artes del mago de palacio les hiciesen mella. No sabían si era gracias a sus piedras encintadas alrededor del pecho, o a que Iyry no los consideraba tan peligrosos como para aplicar su magia negra sobre ellos.

Ante la noticia del inminente regreso de Ramosé, Reptos partió a su encuentro para ponerlo al corriente de cuál era la situación en la corte. Cuando estuvo ante él, hincó la rodilla en tierra.

—Mi señor, los dioses han hecho que regreses a tiempo de que puedas evitar una tragedia.

—Dime exactamente qué está ocurriendo.

—Tu madre está prisionera por orden de Tiyi. Afortunadamente para ella, yo fui el responsable de conducirla a la mazmorra y me encargué de amenazar a los otros presos para que no osaran mancillarla. El general Ikba, a quién tu confiaste la protección de tu padre, ha muerto. Y el propio rey estuvo en grave peligro debido a un encantamiento del sacerdote Iyry. Tan solo la intervención de dos emisarios del gobernador de Coptos ha podido evitar la tragedia de su muerte.

—¿Se alojan esos dos hombres en palacio?

—No, mi señor. Pero yo sé dónde puedes encontrarlos.

—Ve a decirles que se presenten ante mí. Yo voy a ver a mi padre.

No lo encontró en el recinto de palacio. Un soldado lo informó de que había tomado el camino del harén. Ramosé se dirigió hacia allí para abrazarlo. Kufu ya esperaba a Ramsés dispuesto a matarlo. Después de aquellos días en los que había permanecido bajo la influencia del hechizo, era tanta la impaciencia del faraón por gozar de nuevo de los placeres que le ofrecía su harén que ni siquiera se interesó por hablar con ninguna de sus esposas. Ignoraba que Isis estaba presa.

Ya en el interior del recinto prohibido, Ramsés se desnudó y se metió en la piscina. Eligió a dos concubinas para que lo bañaran. Era la primera vez que las veía y pensó que debían de ser un regalo de alguna de sus esposas. Mientras jugaba con ellas en el agua, otras se fueron acomodando en el borde del aljibe, observándolos. Ramsés salió del agua y, aún desnudo, se sentó en una silla con almohadones, abrió las piernas y le ordenó a una de las concubinas que se arrodillara entre ellas.

En aquel momento, Kufu apareció por detrás del faraón, sujetó su cabeza contra el respaldo de la silla y le rajó la garganta. Fue un corte tan profundo que el cuchillo atravesó los músculos del cuello, la laringe y la tráquea, hasta que alcanzó las vértebras. Ramosé apareció en la sala en el preciso instante en el que pudo ver como la sangre de su padre salpicaba la cara de la mujer que había elegido para que atendiera su deseo.

XXXII

Las lágrimas de Kemish

Yo me hallaba hablando con Okhém cuando una mezcla de gritos y lamentos rompió la habitual tranquilidad de aquella estancia. Entre ellos distinguí la voz del príncipe ordenando que detuvieran a mi hijastro. Corrí hacia el lugar del que procedían aquellas voces y aún tuve tiempo de ver cómo le cubrían la espalda de bastonazos mientras se lo llevaban preso, y de escuchar la amenaza que le dirigía Ramosé.

—Perro extranjero. Te destriparía aquí mismo, pero no lo haré. Sufrirás la tortura del verdugo hasta que confieses los nombres de tus cómplices. Después serán los jueces quienes dictarán tu castigo. Y espero que sea tan largo y doloroso que lamentes haber pisado la tierra de Egipto.

No sabría explicar lo que sentí en aquel momento. Después de que Kufu matara a Sinab, intenté borrar de mi corazón cualquier rastro del cariño que le había profesado durante tantos años. Pero ahora, al verlo así, apaleado como un perro, sentí compasión por él y habría deseado poder acercarme, aunque fuera tan solo un instante para ofrecerle una caricia de consuelo. Después recapacité y fui consciente de que, si la muerte de Sinab se podía justificar por haber sido en defensa propia, la de Ramsés fue a sangre fría, lo que convertía a Kufu en un verdadero asesino.

Tras aquel escándalo, vi como Hori abandonaba apresuradamente el recinto del harén. Sentí preocupación al verlo muy alterado. Le pregunté si le ocurría algo y adónde iba, pero no me respondió. Al día siguiente comprendí que debió de hacer una confesión completa de lo que sabía porque vinieron muchos soldados y detuvieron a los Guardianes de las Puertas, a varias concubinas y, sin saber yo el motivo, a mí mismo.

Hasta aquel momento, ignoraba si Hetmet conocía el hecho de mi detención. Tardé algún tiempo en averiguarlo.

Desde que Reptos había salido al paso de Ramosé para informarlo de su ayuda a Isis y de la actuación de Iyry contra su padre, se había ganado la confianza del príncipe, que lo había ascendido al grado de capitán. A raíz de la confesión de Hori, las primeras órdenes que Reptos recibió de Ramosé fueron liberar a su madre y detener a cuantos habían participado en la conspiración.

Envió a un grupo de soldados para detener a Pentaur, Iyry, Pairekamenef, al primer Gran Chambelán Paibekkamen, y a los dos escribas que habían robado el papiro del Gran Conjuro, Messui y Shotmaadje. Y, por supuesto, a Tiyi, la maldita Segunda Esposa.

Pentaur intuyó que sería el primero al que buscaran y quiso huir. Se vistió con ropas de sacerdote y se reunió con Iyry y Pairekamenef. Juntos, se dirigieron hacia una de las puertas de la ciudad confiando en que sus hábitos sacerdotales les facilitarían que nadie se fijara en ellos y así podrían abandonarla. Se equivocaron. Desde que recibió la orden de detenerlos, el propio Reptos se había encargado de proporcionar sus descripciones a los guardias que vigilaban las puertas. Al intentar cruzar la que les podía facilitar el acceso a su libertad, uno de los soldados reconoció a Pentaur y dio la voz de alarma.

Maatem y Pin-Amón entraban en la casa de Renón cuando la luz del atardecer alargaba las sombras de las construcciones. Nadie había reparado en ellos. A Maatem le parecía estar viviendo en uno de aquellos sueños que tan perplejo lo dejaban. Perplejo y exhausto. La emoción que sentía no lograba apaciguarse y hasta temía que ella pudiera oír el bombeo agitado de su corazón. También ella temblaba y también a ella se le habían humedecido los ojos. Ninguno hablaba.

—Gracias —dijo ella cuando estuvieron dentro.

—Ambos tenemos que darlas... —Y le rozó el cuello al tratar de enderezar un collar de piedras que no tendría mucho valor—, aunque quizá por distintas razones.

—¿Por qué dices eso?

—Yo doy gracias por haberte encontrado, por... tenerte conmigo. Desde aquel día... Fue apenas un lapso, pero suficiente para mí. Y después, todo este tiempo de echarte de menos.

Le dolía verla tan hermosa. Ella bajó la mirada y un velo de tristeza le oscureció el rostro; se soltó la túnica y se dejó caer de rodillas ante él.

—¡Oh, no! —se apresuró a decir Maatem—. No es eso lo que he querido decir... Lo que digo es que... —Cogió la túnica y la cubrió— no es esto lo que pretendo. Solo si tú quieres, Pin-Amón, te pido que seas mi mujer.

Ella alzó el rostro. De sus ojos habían saltado dos lágrimas que resbalaban ya por su cuello. Se abrazó a él.

—Ha sido solo un mal recuerdo. Perdóname.

—No hay razón para pedirlo. Nos conoceremos, nos daremos un tiempo. Solo quiero que sepas que no puedo creer que seas tú, que ese lunar que oculta tu collar siga siendo el mismo que recuerdo. Doy gracias a los dioses por ello.

—Te agradezco que me hables así. Espero merecerte.

Hetmet entró en la casa poco después y se sorprendió al ver que su amigo no estaba solo. La luz que desprendía su mirada no admitía duda: aquella mujer debía de ser la causante de la aflicción amorosa que lo había tenido secuestrado durante tanto tiempo.

—Ven, amigo mío. Esta es Pin-Amón. Te he hablado de ella.

—Y veo que no escatimaste en elogios —dijo Hetmet. Se dirigió a ella con un gesto de cortesía, y añadió—. Celebro conocerte.

—Marchamos para Coptos de inmediato —le informó Maatem—. Su vida corre peligro y aquí no podremos movernos. El mago de la corte la estará buscando. En cuanto ella quede a salvo en Coptos, regresaré contigo.

—No te inquietes por mí. Lo único que deseo ahora es poder hablar con Kufu. Pediré audiencia con el faraón y se lo solicitaré.

Se despidieron con un abrazo. En su interior, Hetmet reconoció que envidiaba la suerte de su amigo.

Ramosé ordenó que condujeran ante él a Maatem; quería darle las gracias por haber liberado a su padre del maleficio de Iyry. Hetmet decidió aprovechar aquella recepción para comunicarle que su compañero había tenido que regresar a Coptos de inmediato y, sobre todo, para solicitar al príncipe su permiso para hablar con su hermanastro.

—No puedo concederte ese deseo. Por el contrario, debes saber que se formará un tribunal para juzgar a todos los que han participado de esta traición, Kufu y tu padre incluidos. Yo elegiré personalmente a sus miembros y es mi deseo que tú seas uno de ellos.

Hasta aquel momento, Hetmet no supo que su padre también estaba detenido.

—Mi señor, viendo que sabes que Kufu es parte de mi familia, te pregunto: ¿cómo puede un hombre juzgar a su propio hermano aun no teniendo ninguna duda de que es culpable? ¿Y por qué está detenido mi padre cuando es tan solo un anciano que nunca ha hecho ningún mal a nadie? Te ruego que no me pidas eso.

—Tengo una buena razón para hacerlo, aunque sabes que no necesito pedírtelo porque te lo podría exigir. Comprenderás que me resulte extraño que hayas viajado desde Coptos precisamente en el momento en que se estaba planeando la muerte de mi padre. Por otra parte, ¿quién me dice que el tuyo no estaba al corriente de las maquinaciones de tu hermano? Te guste o no formarás parte del tribunal. De lo contrario, pensaré que tú también participabas en la trama. Para quedar libre de cualquier sospecha, deberías obedecerme y no oponerte a mi voluntad.

—Pero he venido acompañado de Maatem, recuerda, el mago benéfico que salvó a tu padre del hechizo y...

—No insistas. Hay cosas que los hombres guardamos en el rincón más oculto de nuestros corazones. Me consta que mi padre tenía secretos que no compartía ni siquiera con su propia esposa.

En aquel momento, Hetmet adquirió conciencia del hecho de que estaba solo. Debía pensar rápido. Le acometió un destello de luz y fue como si tuviera sobre él la mirada de Maatem. Por su expresión, habría dicho que estaba de acuerdo con las palabras del príncipe.

—¿Formarás tú también parte de ese tribunal? —le preguntó finalmente a Ramosé, viendo que no tenía otra alternativa.

—No. Al haber muerto mi padre, yo soy el representante en la tierra de la diosa Maat y he de velar para que se impongan la justicia y la verdad. En este caso, en el que está en juego la vida de tanta gente, me limitaré a rezar a la diosa para que los jueces no os equivoquéis, pero yo no emitiré ningún veredicto. No quiero correr el riesgo de que se pueda condenar a alguien de quien más tarde pudiera descubrirse que había sido castigado injustamente. En ese caso, Osiris no me permitiría reunirme con mi padre en la otra vida.

XXXIII

Juicio a los jueces

Okhém vino a verme antes del inicio del juicio. Me dijo que estaba muy afectado por mi situación y, además de darme ánimos, me contó lo que había vivido aquella mañana durante una conversación que mantenía con Isis: mientras una sirvienta la vestía, irrumpió de repente Ramosé para darle una mala noticia a su madre. Ella esperaba con impaciencia el momento en el que vería a Tiyi ante el tribunal. Quería estar presente para ver su expresión cuando le comunicaran su sentencia que, no tenía ninguna duda, sería la de condenarla a muerte. Entonces, sin importarle que los presentes pudieran censurarla por no guardar el comportamiento que se espera de una reina, le escupiría en la cara, la maldeciría y le desearía que su muerte fuese lenta y dolorosa.

Para asistir al juicio había elegido un vestido largo anudado a la cintura con un lazo amarillo en forma de espiga y un chal sobre los hombros; en la cabeza lucía una diadema con el *uraeus*, la cobra erguida, símbolo de la realeza, que Isis quería exhibir ante Tiyi para recordarle por última vez que ella era la única merecedora de ostentarla.

Habría sido capaz de renunciar a cuanto poseía con tal de no escuchar la noticia que le transmitió su hijo.

—Tiyi no será juzgada —informó el príncipe.

Isis se negaba a aceptar las palabras de Ramosé. Lo miró, incrédula, esperando una explicación.

—Es inviolable. Ella es la única que puede evitar sentarse ante el tribunal. Su condición de reina la coloca por encima de la justicia de los hombres.

—¿Ni siquiera si eres tú o yo misma quien ordena que se la juzgue?

—Ni siquiera así. Su único castigo será el que tendrá que soportar cuando conozca la sentencia de Pentaur.

—¿Y tendremos que tolerar su presencia en la corte, aun sabiendo que ha sido la instigadora de la muerte de tu padre?

—No. Te garantizo que no solo no volverá a pisar el palacio, ni siquiera Kemet. El destierro será su pena.

Aquel proceso tenía una particularidad: según el grado de implicación que se estimara para cada uno de los sospechosos, se celebrarían varios juicios diferentes y, algo muy importante, no podía haber nadie que hablara en defensa de los acusados. El crimen de atentar contra la vida de un dios viviente era tan horrible que ninguna ley lo contemplaba; por lo tanto, ningún argumento podía ser válido para eximir a los acusados de su culpa. Su destino quedaba exclusivamente en manos del tribunal.

Yo había solicitado que me permitieran estar presente cada día en la sala del juicio. Argumenté que, ante lo incierto de mi sentencia, quería poder ver a Hetmet durante los días en que se desarrollaran los procesos. Me lo concedieron con la condición de que en ningún momento hablara con él. Hetmet recibió la misma advertencia. En estas circunstancias, nos veíamos como si fuésemos dos desconocidos.

Los doce miembros del tribunal se situaron tras una larga mesa de acacia sobre la que había varias escudillas y jarras de agua. Frente al anciano Pefrawa, que presidía el tribunal, colocaron una estatuilla de la diosa Maat. El príncipe Ramosé ocupaba un trono ubicado en un rincón de la sala, alejado de ellos.

Las primeras en comparecer ante el tribunal fueron las mujeres del harén. Las que mostraban mayor entereza abrazaban a las que sollozaban intentando darles ánimos. Beashi se mantenía al margen mirando al tribunal de forma desafiante.

—¿Quiere alguna de vosotras hablar en su propia defensa? —preguntó el anciano Pefrawa.

Todas permanecieron en silencio, excepto una, que se arrodilló y pidió perdón. Dirigió sus ojos hacia Ramosé, suplicando hablarle.

—Mi señor, ¿puedo dirigirme a ti antes de ser juzgada? Ten por seguro que he de comunicarte algo tan importante que puede afectar al desarrollo de este juicio.

El faraón la miró con detenimiento antes de responderle. Era la más joven de entre todas las acusadas y Ramosé no comprendía cuál habría podido ser su papel en aquel complot.

—Habla.

—No, mi señor. Las palabras que he de decir solo deben ser escuchadas por ti.

Ramosé no creyó que aquella mujer tuviera en realidad nada que decirle. Imaginó que tan solo pretendía ganar tiempo, sin saber muy bien para qué. Su destino ya estaba escrito. Aun así, le concedió la gracia de escucharla.

—Acércate.

La joven Akila se aproximó al lugar en que se hallaba el príncipe, se arrodilló ante él e inclinó la cabeza hasta tocar el suelo. El llanto le impedía hablar. Ramosé la cogió por el brazo y la ayudó a levantarse.

—Tranquilízate y dime qué es eso tan importante que no puede ser oído por nadie más.

—Mi señor, hay un hecho que debes conocer. Algunos de los hombres que forman parte de este tribunal están sobornados por los que quisieron traicionarte.

Ante aquellas palabras, Ramosé se removió en su asiento.

—¿Eres consciente de lo que estás diciendo? Esa es una acusación muy grave a la que no puedo prestar atención. A estos hombres los elegí yo personalmente y gozan de mi plena confianza.

—Entonces, mi señor, con todo respeto, te diré que tu confianza nace de que tienes un corazón bondadoso, como lo tuvo tu padre, pero deberías de ser más precavido y desconfiar de los que te rodean. Piensa en lo que le ha ocurrido a él.

El faraón miró afectuosamente a la joven y dulcificó el tono de su voz.

—Cuéntame todo lo que sepas.

—Algunos de los acusados supieron con antelación los nombres de determinados jueces. Sus mujeres les ofrecieron una suma considerable de oro y plata y los invitaron a divertirse en casas de lenocinio a cambio de que mostraran benevolencia dejándolos libres o de que, al menos, sus condenas fueran leves. Si esos hombres quedaran libres, ¿quién te dice que más adelante no atentarían también contra ti? Yo te confieso a ti, mi señor, que tuve en mi vientre una criatura engendrada por tu padre y te confieso que, ¡ingenua de mí! —exclamó tomándose el rostro con ambas manos—, creí en Tiyi y... ¡por su culpa la perdí! Decía que sus pócimas me ayudarían con las molestias... ¡Ah, si yo hubiera sabido lo que tramaba! Maat quiera que el tribunal la condene y le haga pagar todas y cada una de sus fechorías. También yo pagaré mi error como estimen los jueces.

El faraón se tomó su tiempo para recapacitar cada palabra que había pronunciado la concubina. Aquella mujer iba a ser condenada como cómplice de traición y no tenía sentido que mintiera. Además, si se llevaba a cabo una investigación y su acusación resultaba ser falsa, su castigo sería el más terrible que los jueces pudieran dictar en su contra. Por el contrario, si decía la verdad, su confesión evitaría que los corruptos se libraran del castigo que merecían.

—Dime los nombres de esos jueces que se han vendido.

—Temo sus represalias si te los revelo, mi señor.

—No has de temer nada. Hasta que se investigue lo que acabas de decirme, estarás bajo mi protección. Ahora dame la información que te pido.

—Son esos tres, mi señor —los señaló con el dedo—: el escriba Mai, el escanciador real Pabes y Hori.

Ramsés se indignó ante aquella acusación por considerarla falsa.

—Los dioses te maldecirán. Ahora veo que intentas mentirme. Hori fue quien me avisó de la traición urdida contra mi padre.

—Ignoro ese hecho. Pero sé, por lo que me dijo Beashi, que Hori también estaba implicado.

Ramsés obligó a la joven a repetir su testimonio en voz alta para que esa vez la oyeran los jueces. Acto seguido, interrogó a Beashi para que ratificara sus palabras.

—Yo no sé hasta qué punto era partícipe —respondió Beashi—, pero es cierto que Hori me confesó que él estaba al corriente de los planes de Tiyi. Todas las aquí presentes lo sabíamos.

Dado que el juicio todavía no había comenzado, el príncipe se arrogó la potestad de decidir sobre el destino de los acusados. Volvió a preguntar a la joven.

—¿Por qué ninguna de vosotras denunció la conjura antes de que mi padre fuera asesinado?

—No sabíamos que el plan fuese matarlo. Creíamos que tan solo se trataba de apartarlo del trono para permitir la coronación de Pentaur. Luego, Tiyi nos hizo creer que la enfermedad del faraón era contagiosa y mortal y que sufriría un final terrible. Además, estábamos amenazadas por ella y vigiladas por los Guardianes de las Puertas.

A Beashi le repugnaba aquella demostración de cobardía. Se dirigió a Ramosé en tono desafiante.

—Ese borracho tuvo el final que se merecía. Para mi gusto, su muerte fue incluso demasiado rápida. Si hubiese dependido de mí, su agonía habría sido larga, muy larga.

Ramosé no respondió en aquel momento. Se dirigió hacia los jueces a quienes la joven Akila había acusado de ser corruptos y los miró fijamente esperando su reacción. Mientras Mai y Pabes imploraban clemencia, Hori lloraba. Intuyendo el castigo al que podía ser sometido, se abalanzó a los pies de Ramosé suplicando su perdón.

—Mi señor, compadécete de mí. Yo no quise ningún mal para tu padre ni para ti. Recuerda que fui yo quien cabalgó durante dos días y una noche para darte alcance cuando te dirigías hacia la trampa que te había tendido el nubio y te avisé para que regresaras a Tebas.

—Sí, Hori, lo tengo muy presente. Por desgracia para ti, ese aviso me llegó demasiado tarde y cuando llegué a palacio mi padre ya estaba sentenciado y no pude hacer nada, salvo verlo morir. Si conocías la conspiración desde el inicio era entonces cuando debiste haberme avisado.

—Compréndeme, mi señor. Tú estás destinado a ser un dios viviente que no teme nada ni a nadie porque sabes que cuentas con la protección de Amón, de Ra, de Ptah y del resto de los otros dioses. Yo, en cambio, no soy... no soy más que un simple escriba que temió la venganza de Tiyi si revelaba sus planes. Pero una prueba de mi fidelidad hacia ti fue que desterré ese miedo y decidí avisarte del complot que se preparaba en tu contra.

—Por ese motivo, yo no te juzgaré. Ni a ti ni a ninguno de los otros traidores del jurado. Será el nuevo tribunal el que decidirá vuestra suerte.

El príncipe se dirigió a los jueces.

—A la vista de lo que hemos escuchado hoy, declaro disuelto este tribunal. Nombraré a nuevos miembros y espero que esta vez Maat me ilumine para no volver a equivocarme en mi elección. —Ramosé hizo una señal con la mano para que se acercaran dos soldados—. Enviad a estos tres jueces a la cárcel y devolved a Beashi a su celda. Mañana aseguraos de que abandona Egipto, pero que no se dirija a Nubia. No quiero que vuelva a reunirse con su hermano. El resto de mujeres podéis volver al harén. No tomaré represalias contra vosotras.

El segundo día del juicio se celebró contra aquellos que habían sido partícipes de la conspiración, pero que no habían tenido una relación directa con la muerte de Ramsés. Los jueces corruptos estaban entre ellos, además de Nanai, el jefe de policía, y de Tai-Nakhet, el emisario que había viajado hasta Coptos para conseguir el apoyo de Renón. Había, además, otros dos a los que yo no conocía. Cuando el juez pronunció sus nombres, supe que se trataba de Shotmaadje y de Messui, y su delito había sido el de robar del archivo del faraón el papiro que contenía el Gran Conjuro. Antes del comienzo del juicio, los nuevos miembros del tribunal habían sido informados de la acción de Hori de alertar a Ramosé para que regresara a Tebas. Aquello le sirvió para no ser castigado más que con una gran reprimenda mientras que el resto de acusados fue castigado con la mutilación de la nariz y las orejas. Pabes, que había formado parte del primer tribunal, quiso evitar aquella vergüenza y se suicidó.

Por fin llegó el día en el que se iban a encausar a los que el jurado calificó como los grandes criminales: aquellos que habían tenido mayor influencia en el complot; y solo pude entender que, si yo estaba entre ellos, era por ser el padre de Kufu. Quizá los jueces pensaron que su acción había sido apoyada o promovida por mí.

Yo fui el primero en aparecer en la sala del juicio. Detrás de mí, el comandante Paiis seguido por Pairekamenef, junto con otros acusados a los que yo no conocía. Ignoro qué pudo haber ocurrido, pero desde la calle llegó un griterío al interior de la sala que precedió a la entrada de los cuatro principales acusados: el mago Iyry, el Gran Chambelán Paibekkamen, el príncipe Pentaur y, cerrando aquel desfile, mi hijo Kufu. Podría afirmar que al verme hizo un gesto como de intentar acercarse a mí, pero un soldado lo sujetó por el brazo y lo obligó a sentarse. Sí vi como su mirada se cruzó por un momento con la de su hermano. En los ojos de Hetmet creí apreciar cierto reproche que no tardó en transformarse en una expresión de tristeza. Kufu no pudo sostener la mirada de Hetmet y bajó la cabeza, no sé si por arrepentimiento o por sentirse avergonzado no tanto por su acción, sino por verse juzgado ante los suyos.

El juez principal, como ya había hecho los días anteriores, volvió a preguntar que si teníamos algo que argumentar en nuestra defensa. Yo quise hablar para decir que era inocente, pero era tal mi temor ante la incertidumbre del castigo y de que mis palabras sonaran a falsa disculpa que no pude pronunciar ni una sola de las que tenía en mente; sentía como si tuviera una piedra atravesada en la garganta impidiéndome hacerlo. Ninguno de los otros detenidos negó su culpabilidad y ninguno habló en su descargo. A partir de aquel momento, nuestra única duda era conocer la severidad del castigo que se nos iba a infligir.

Hetmet percibía sobre él la mirada de los otros jueces, quizá dudando de si sería capaz de declarar culpable a su propio hermano y a mí mismo. Entonces, contraviniendo la norma establecida, decidió hablar, a pesar de que previamente había quedado dispuesto que ningún acusado fuese defendido. En aquel momento, a pesar de mis dudas con respecto a los dioses, me encomendé a la justicia de Maat.

Abandonó su asiento al lado de los jueces, se levantó y se puso frente a ellos. Recuerdo tan exactamente sus palabras que puedo repetirlas sin temor a omitir ninguna de ellas:

—Yo no debería estar aquí. Todos sabéis quién soy y que entre los acusados hay dos miembros de mi familia. Lo que no sabéis es que, si formo parte de este tribunal, es por petición expresa de Ramosé. —Varios jueces miraron al príncipe como si esperaran una confirmación que Ramosé ratificó con un movimiento de la cabeza—. Él es mi príncipe y no he podido negarme.

»Como bien habéis dicho, los hombres a los que juzgamos han cometido el peor de los crímenes: el de confabularse para asesinar al representante de los dioses ante los hombres. Y no existe ninguna ley que prevea castigo alguno por ser un acto tan execrable que nadie puede imaginarse que se lleve a cabo. Pero ha ocurrido y, por ello, los responsables merecen el peor de los castigos: morir y que sus nombres nunca sean recordados. Pero sabéis muy bien que mi padre y mi hermano están entre los acusados. Y ningún hombre puede apoyar la muerte de su hermano y, menos aún, juzgar a su padre. Este tribunal no permite la defensa de los acusados, pero, aun a riesgo de que también me consideréis sospechoso, hablaré en la de Kemish. Solo en la de él.

Se detuvo un instante para pedir un sorbo de agua. El faraón lo autorizó. Un sirviente le acercó un vaso y, después, Hetmet prosiguió:

—Mi padre no ha cometido ningún delito. Su única culpa fue la de transformarse en un juguete de la reina Tiyi. Ella lo convenció de que él era un guardián del harén, cuando en realidad lo había convertido en un espía de sus propios intereses sin que él tuviese la más mínima sospecha de estar siendo utilizado. Hoy ninguno de vosotros se atreve a juzgar a Tiyi porque consideráis que su cargo de reina la convierte en inviolable y porque no ha sido ella quien se ha manchado las manos con la sangre de su esposo. Pero es ella la que debería estar aquí y rendir cuentas ante nosotros. Respetaremos las leyes que impiden que la reina sea castigada, pero también deberíamos respetar las que dicen que un hombre inocente no puede ser condenado. Y si, ante este tribunal, hay un hombre inocente, ese es mi padre, que nada ha tenido que ver en esta confabulación.

A la vista de que Hetmet no había utilizado su discurso para mediar también por Kufu, los jueces deliberaron. Tras un tiempo que me pareció interminable, el anciano Pefrawa tomó la palabra en medio del silencio de todos los presentes.

—Si hubieses intercedido también a favor de tu hermano, habríamos desconfiado de tus palabras pensando que protegías a los miembros de tu familia. Al no haberlo hecho, confiamos en tu testimonio. Tu padre quedará libre desde este momento. Pero mañana, cuando pronunciemos nuestra sentencia, deberás ratificar la muerte de Kufu. Esa será la prueba de que las palabras que han salido hoy de tu boca no esconden ninguna mentira. Tú —Pefrawa se dirigía ahora a mí— puedes marcharte o permanecer en la sala. Es tu libre elección.

Decidí quedarme y vi como los jueces hablaban entre ellos. Entonces, Pefrawa se dirigió de nuevo a los acusados.

—Vuestro castigo será la muerte. Pero, dado vuestro diferente grado de participación, no todos la sufriréis de la misma forma. Nos retiraremos a deliberar y conoceréis nuestro veredicto mañana.

Yo me preguntaba qué puede hacer un padre cuando escucha aquellas palabras saliendo de la boca de su propio hijo. Sentí como mi corazón se encogía y un peso en el pecho que me impedía respirar con normalidad. Hetmet me había librado de quién sabe qué castigo, pero me torturaba la idea de que al día siguiente tuviese que dictar sentencia contra Kufu, contra su propio hermano. Pido a los dioses que perdonen mis palabras, pero, en aquel momento, agradecí que Tueris no viviera para conocer el drama en el que se encontraban inmersos sus dos hijos.

Por la noche vino a verme Hetmet. Me dijo que no se sentía capaz de confirmar una sentencia que ajusticiaría a su hermano y pidió mi consejo. En aquel momento, sin pretenderlo, me hizo compartir su responsabilidad.

—No tienes otra alternativa. Con tu veredicto o sin él, la muerte de Kufu es inevitable. Debes ratificarla. De lo contrario, tú también podrías ser acusado de conocer el complot o de haber participado en él de alguna forma.

Hetmet me preguntó por Sinab y me vi en la necesidad de contarle que había muerto a manos de Kufu. Nos abrazamos llorando ante la tragedia que estábamos viviendo y nos despedimos con el deseo de que cuando despertáramos, pudiéramos comprobar que todo aquello no había sido más que un mal sueño. Pero, para nuestra desgracia, no lo era.

Antes de despedirnos, me dijo que había recibido un mensaje de Renón comunicándole la muerte de Nebamón. En él le pedía que regresara a Coptos a la mayor brevedad posible una vez que finalizaran los juicios. En su lecho de muerte, el viejo consejero lo había recomendado a Renón como su sustituto en el cargo. Renón no tuvo ninguna duda en aceptar aquella sugerencia, no solo por cumplir la última petición de su amigo sino porque durante el tiempo que Hetmet había pasado en Coptos había dado muestras de ser alguien en quien se podía confiar. Con aquella petición de Renón, mi hijo sabía que su regreso a Coptos representaba el que yo me quedara solo en Tebas y me pidió que lo acompañara. Yo no le respondí, me limité a sonreír y estoy seguro de que él interpretó aquella sonrisa como una muestra de aceptación.

Al día siguiente volvimos a encontrarnos. Él, de nuevo en el tribunal y yo, como espectador. Ignoro qué pudo llevar a los jueces a tomar aquella decisión, pero quisieron comunicar las sentencias individualmente, sin la presencia del resto de acusados. Uno a uno, todos fueron escuchando que iban a morir bajo la espada del verdugo. Excepto cuando llegó el turno al médico Pairekamenef y a Paiis, el comandante al mando de la guardia que protegía el harén.

—A pesar de vuestra deslealtad hacia vuestro faraón, os concedemos el derecho a elegir cómo queréis morir... si Ramosé lo permite.

El príncipe extendió su mano como señal de que podían tomar su propia decisión. Los dos condenados hablaron. Pairekamenef eligió ahorcarse. Paiis, como militar, decidió acabar con su vida utilizando el arma que siempre lo había acompañado: se clavaría su propio puñal en el corazón.

—Falta dictaminar cómo han de morir los cuatro que merecen un mayor castigo. Que vengan Iyry y Paibekkamen —ordenó Pefrawa.

—Paibekkamen, tu cargo de primer chambelán te obligaba a ser el más fiel de los servidores de Ramsés. Sin embargo, has sido el responsable de coordinar las acciones que se debían llevar a cabo entre los conjurados del interior y el exterior del palacio. Y tú, Iyry, utilizaste tu magia para acabar con la vida del faraón. Vuestro castigo será el de quemaros vivos en la hoguera. Así no podréis conservar el cuerpo físico y, por lo tanto, renacer en la otra vida.

Aquella muerte, junto a la del empalamiento, eran las más terribles a las que se podía someter a alguien. Y fue la primera vez en la que vi a dos hombres llorar como niños.

—¡No! ¡Piedad! ¡Piedad! —suplicaron, mientras los arrastraban hacia el lugar donde se alzaba una pira de leña.

—No hay piedad para los traidores —dijo Pefrawa con frialdad—. Que se cumpla la sentencia.

Los soldados ataron a Iyry y a Paibekkamen a unos postes y los rociaron con aceite. Luego prendieron fuego a la leña y se alejaron rápidamente. El olor a carne quemada se extendió por el aire y los gritos de los moribundos resonaron en los oídos de los presentes. Algunos se taparon la cara horrorizados, otros miraron con satisfacción la escena. Keramón, el responsable de la cárcel real, observó impasible el espectáculo, convencido de que se hacía justicia en nombre de Ramsés.

Ya tan solo faltaba que se juzgase a Pentaur y a mi hijo. El primero en ser llamado fue el príncipe. Yo entendí que reservaban a Kufu para ser el último al que comunicar su sentencia al haber sido su mano la que había dado muerte al faraón.

Pentaur mostraba una actitud de soberbia. Parecía no ser consciente de que aquellos jueces, a pesar de no tener sus títulos ni sus riquezas, tenían su futuro en sus manos. Ramosé, en silencio, estaba a la esperar de escuchar la sentencia de su hermanastro. Pentaur lo miró desafiante.

—Supongo que estarás satisfecho. Ahora ya nadie te impedirá acceder al trono.

—Solo tendré lo que por derecho me correspondía —respondió Ramosé.

—¿Lo que te correspondía?, ¿por derecho?, ¿a ti?, ¿al hijo de una sucia extranjera? Nadie que no tenga sangre pura egipcia debería poder coronarse faraón. ¡Ese derecho era mío!

—Mi madre es extranjera, sí, pero siempre se ha mostrado como una reina digna y fiel a mi padre.

No como la tuya, que siempre se ha comportado como una vulgar ramera.

Pentaur hizo intención de coger su espada sin darse cuenta de que estaba desarmado. Ramosé se rio de él.

—¿Ahora quieres mostrarte valiente, cuando te queda menos tiempo para morir del que se tarda en voltear una clepsidra?

Pefrawa interrumpió la discusión que, en aquella circunstancia, carecía de sentido. El destino de los dos hombres ya estaba marcado. Su voz era solemne cuando pronunció su veredicto.

—Tú, Pentaur, sufrirás el más grande castigo que se le puede aplicar a un hombre. Una vez hayas muerto, tu cuerpo no descansará en un rico sarcófago, como merecería tu rango, sino en uno sobrio en el que no figure ninguna inscripción y no se pueda identificar tu nombre. Tampoco tu cuerpo será momificado ni será revestido con finas telas de lino, sino cubierto con la piel de una oveja. Aun así, considerando tu condición de príncipe, te evitaremos la vergüenza de suicidarte en público. Te concedemos la gracia de que tu suicidio sea en privado colgándote por el cuello.

Aquel era el peor agravio que se le podía hacer a un hombre. La piel de oveja era impura y condenaba a quien fuera cubierto con ella a no poder alcanzar el paso a la otra vida. Pentaur asumió su condena con entereza y abandonó la sala sin replicar. Pefrawa ordenó a un soldado que fuese tras él.

—Acompaña al príncipe y regresa aquí para confirmarnos que se ha cumplido nuestra sentencia.

Algún tiempo después, el soldado volvía a ponerse al frente del tribunal:

—El príncipe ha muerto —anunció con voz firme.

Durante un instante, la sala quedó en absoluto silencio. Nadie de los presentes recordaba que en Egipto se hubiese producido antes un acontecimiento semejante con ningún miembro de la realeza.

Pon fin, llegó el momento que yo nunca habría deseado: era el turno de Kufu. Me vi tentado de abandonar la sala y miré a Hetmet. Como si me hubiese leído el pensamiento, negó levemente con la cabeza. Fue como una petición de que no lo dejara solo en aquel momento tan difícil para los dos. Comprendí y volví a sentarme esperando una llegada que se estaba demorando demasiado ante la impaciencia de todos los presentes.

Apenas Pefrawa había dado la orden de ir a buscarlo cuando Keramón irrumpió en la sala acompañado de un soldado.

—Kufu no podrá comparecer ante vosotros —anunció.

—¿Qué razón lo impide? —preguntó Pefrawa.

Keramón nos miró uno a uno antes de contestar. Respondió tras un instante de silencio.

—Ha muerto ahorcado. Este soldado os informará de lo ocurrido.

Un murmullo de sorpresa inundó la sala. El soldado aspiró profundamente antes de dirigirse a los miembros del tribunal. Parecía temeroso de ser reprendido.

—Ignoro si actué de acuerdo con los dictados de la diosa Maat. Sí lo haré ahora, ya que su palabra nos impone decir la verdad y ser justos. —Su voz sonó áspera en medio del grave silencio—. Anoche Kufu me habló y yo no pude ignorar la súplica de un hombre que se mostraba arrepentido de su acto. Él sabía que hoy sería condenado sin remisión y no quiso poner sobre la conciencia de su hermano Hetmet el tener que apoyar su muerte, ni pasar la vergüenza ni el terror de ser quemado o empalado en público, como sabía que ordenaría vuestra sentencia. Me pidió que le facilitara una cuerda con la que colgarse. Al principio me negué. Insistió y volví a negarme. Cuando la desesperación provocó sus lágrimas, comprendí que, de una forma u otra, su final sería el mismo y accedí a facilitársela. Sus últimas palabras fueron para arrepentirse de lo que había hecho y pedir perdón a su padre y a su hermano por haberlos deshonrado. Le entregué la cuerda y abandoné la celda. No tuve el valor de ver cómo se ahorcaba.

Los jueces deliberaron durante un instante antes de pronunciarse.

—Esa iniciativa no te correspondía a ti, en efecto; pero, como tú has dicho, no has hecho más que adelantar el único final posible al que estaba destinado ese traidor. Ni Maat ni este tribunal tomará en cuenta que te hayas adelantado a nuestro veredicto.

Miré a Hetmet. Él mostraba una expresión de alivio por haberse librado de tener que condenar a Kufu, y yo... Yo no sabría explicar lo que sentí. Sabía que su muerte era inevitable, pero conservo en mi interior la pena de no haber podido cruzar con él unas últimas palabras, aunque tan solo hubiesen servido para nuestra despedida.

Abandoné la sala del juicio sin despedirme de Hetmet. No tenía fuerzas ni siquiera para agradecerle su defensa. Mientras las lágrimas inundaban mis ojos, tan solo pude maldecir a Tiyi por haber organizado aquella barbarie y también, a mi pesar, a Kufu, por haber participado en ella. No aprendió de mí la codicia. Ninguno de mis hijos la aprendió de mí, pero solo Hetmet parecía haber heredado mi cordura, así de caprichosos eran los designios de Isis. O de Nut. El ojo que todo lo ve permitía, a sabiendas de que aquello acarrearía dolor y frustración, que las cosas fueran así. Mi fe vivía los momentos más bajos.

Ya en la calle, oí a mi espalda la voz de Hetmet, que me llamaba. Me dijo que, al finalizar el juicio, Ramosé le había manifestado que ya no le quedaba ninguna duda en cuanto a su inocencia ni a la mía y le había deseado buena suerte en su futuro como nuevo consejero de Renón. Después, Hetmet me reiteró su ofrecimiento de acompañarlo a Coptos diciéndome que se haría cargo de mí. Yo le respondí que aceptaba su oferta, pero no era cierto, porque no tenía ninguna intención de acompañarlo. Después de lo que he vivido he tomado la decisión de que ya no quiero seguir formando parte de este mundo y, en mi vejez, no quiero convertirme en una carga para él. Ahora es el tiempo en el que deberá gozar de su vida lo mismo que yo intenté gozar de la mía; formar su propia familia y preocuparse de su esposa y de los hijos que le vendrán, y no de su padre. Yo ya necesito un bastón en el que apoyarme para caminar y hay algunos días en los que mis intestinos expulsan su contenido sin que yo pueda evitarlo. Los padres no tenemos derecho a ser una carga en la vida de los hijos, aunque seamos nosotros los que se la hayamos dado. Él no me pidió que lo trajera al mundo y, por lo tanto, no me debe nada.

A aquella hora el mercado estaba atestado de gente. Caminé entre los puestos de los alfareros que ofrecían a gritos sus mercancías y, a mi paso, pude admirar los trabajos de algunos orfebres. Llegué hasta un callejón en el que se vendían gallinas, gansos, cabras y toda clase de animales. Allí me detuve delante de un anciano. Estaba sentado en el suelo y tenía la espalda apoyada en la pared. Era casi tan viejo como yo y como única mercancía tenía ante él un cesto hecho con hojas de palma. Nos miramos y fue como si aquel hombre hubiese leído mi pensamiento y supiera lo que estaba buscando. En silencio, destapó el cesto y vi una cobra en su interior. Volvió a tapar el cesto. Cuando advirtió mi intención de pagarle, negó con la cabeza y lo acercó con el pie hasta donde yo podía cogerlo. Volvimos a miramos sin hablarnos, y los dos inclinamos la cabeza. Yo, como agradecimiento. Él, como si cumpliera con un deber que alguien le hubiese encomendado. Fue como si, durante un instante, alguna fuerza mística nos hubiera envuelto en el momento que yo más necesitaba.

Salí de la ciudad y me dirigí a donde acaba el valle y empieza el desierto. Entré en él y caminé hasta donde mis fuerzas me lo permitieron. A poca distancia de donde me encontraba pude ver los restos de un caballo muerto y unos buitres que revoloteaban sobre él. Decidí que no encontraría un lugar mejor que aquel para abandonar este mundo. Antes de abrir el cesto, me encomendé no sé muy bien a quién ni a qué; desde luego, no fue a ninguno de los dioses de Canaán ni de Egipto, porque ninguno se había hecho merecedor de que creyera en ellos. Pensaba que, de existir, no deberían haberme permitido tanto sufrimiento como el que yo había padecido. A pesar de ello, deseé que aquella fuerza maléfica que me había perseguido durante toda mi vida me concediera, al menos, tener una muerte rápida y sin dolor.

Me senté sobre la arena ardiente y abrí el cesto. Estaba preparado para recibir el ataque repentino de la serpiente, que no se produjo. La cogí y la puse sobre mis piernas. Lentamente comenzó a reptar por mi pecho hasta que perdí de vista su cabeza. Entonces oí una especie de bufido al tiempo que notaba un pinchazo en el cuello. Mientras se alejaba, sibilante, miré al cielo y vi como los buitres volaban en círculo sobre mi cabeza.

Su presencia evitaría que muriera solo.

Cuando la tarde estaba a punto de desembocar en la noche, una sombra alargada se proyectó sobre la arena. La huella del ofidio aún resistía sobre la capa ardiente, aunque el rastro se perdía a lo lejos. Okhém se arrodilló ante el cuerpo del hombre y elevó una oración al único dios sobre todos los dioses en el que confiaba y que albergaba en su corazón: el que se apiadaba de las almas que sufren aun siendo buenas y justas, aunque ese dios no tuviese nombre.

Horas más tarde, no muy lejos de allí, se recortaba la figura de una mujer a lomos de una bestia exhausta. Los chacales habían roto la paz del atardecer con sus aullidos y los coros de buitres abrillantaban ya los huesos de una figura humana.

Algunos sobrevolaban el andar cansino del animal.

Anexos

Los hechos reales

La zona conocida como Deir el-Bahari se encuentra en la parte occidental del río Nilo, a la altura de Luxor, y es conocida por ser el lugar en el que se encuentran los templos funerarios del faraón Mentuhotep II, que reinó entre 2061 y 2010 a. C., y de la reina-faraón Hatshepsut, gobernante desde 1513 hasta 1490 a. C.

Durante el Tercer Periodo Intermedio (1070-650 a. C.), debido a los continuos robos que se estaban produciendo en las tumbas reales, Pinedjem II, el sumo sacerdote de Amón en Tebas, ordenó retirar varias momias de su ubicación original y esconderlas en la tumba construida para sí mismo ubicada en las montañas de Deir el-Bahari.

La tumba fue descubierta y saqueada entre 1870 y 1875 por los Abd el-Rasul, una familia residente en Qurnet Murai, un pueblo cercano al Valle de los Reyes, que se dedicó a vender sus tesoros en el mercado negro de antigüedades.

En 1881, Gastón Maspero, por aquel entonces director del Museo de Antigüedades Egipcias, encargó la investigación de aquel tráfico ilegal a Charles Edwin Wilbour, un antiguo alumno suyo, quien, tras varias averiguaciones, entró en contacto con los Abd el-Rasul, confirmando que eran ellos los que la estaban desvalijando. Dos de los hermanos, Ahmed y Hussein, fueron interrogados por el gobernador de la provincia, Daud Pacha, con métodos tan persuasivos que uno de ellos quedó permanentemente cojo. Mohamed, el mayor de los hermanos, temió ser el siguiente en ser interrogado y reveló el paradero de la tumba. Émile Brugsch, el colaborador más cercano a Maspero, fue el designado para organizar el traslado de las momias al Museo de Boulaq (más tarde, Museo Egipcio de El Cairo). Realizado apresuradamente, no se tuvo la precaución de tomar fotografías ni notas de los objetos hallados, provocando que gran parte de su contenido se haya extraviado.

De las cincuenta y dos momias encontradas, se identificaron los nombres de cuarenta y tres; los más conocidos: Seti I, Ramsés II, Ramsés III y Tutmosis III. Faltaba por determinar el nombre del resto hasta que, una de ellas, a la que se llamó «hombre desconocido E», fue estudiada e identificada como el príncipe Pentaur, uno de los hijos de Ramsés III. Este hecho fue confirmado mediante análisis de ADN en 2018. También se encontraron objetos pertenecientes al ajuar funerario de la reina-faraón Hatshepsut. El «hombre desconocido E» había sido ahorcado y tenía la boca abierta en un horrible rictus de dolor por lo que, hasta que fue identificada, se la conocía como «la momia que grita».

Ramsés III ha pasado a la historia como «el último faraón» o «el último gran faraón»; esto se debe a que fue el vencedor de las guerras contra los llamados Pueblos del Mar, mejoró la economía del país, ordenó la construcción de templos (el principal, Medinet Habu), se preocupó por el bienestar de su pueblo y veló por la fortaleza de su imperio. Los últimos años de su vida los dedicó a sus dos aficiones favoritas: el alcohol y las mujeres. Tras su muerte, siendo ya casi septuagenario, lo sucedieron faraones menores y, poco a poco, Egipto fue perdiendo relevancia.

Ramsés III fue víctima de la que se ha dado en llamar «la conjura del harén» o «conspiración del harén», organizada por la Segunda Gran Esposa Real, Tiyi, quien quiso poner en el trono a su hijo Pentaur cuando, por derecho legítimo, este le correspondía a Ramsés IV por haber nacido de la Primera Gran Esposa Real, Isis-Merenaset, a pesar de que era extranjera.

En la conjura participaron algunas de las mujeres que formaban parte del harén itinerante del faraón y, como grandes protagonistas, Paibekkamen, artífice de buscar cómplices tanto en el interior como en el exterior de palacio, y el mago Iyry, encargado de derramar su magia negra sobre los fieles al faraón para que quedara desprotegido.

Hasta el año 2012 no se supo la verdadera causa de la muerte de Ramsés pues, en el momento de su momificación, los embalsamadores, como protección, pusieron en su garganta un amuleto, un ojo *udyat*, y lo cubrieron con vendas de lino que los investigadores nunca se atrevieron a retirar para no causar algún daño irreparable a la momia. En dicho año, una tomografía computarizada reveló que el faraón tenía un corte de siete centímetros en el cuello, que le seccionó la tráquea y las arterias, y casi alcanzó la columna vertebral, que le debió provocar una muerte instantánea.

Se celebró un proceso en el que hubo veintiocho acusados de traición.

A lo largo del proceso, se celebraron cuatro juicios. El primero lo formaron doce jueces elegidos personalmente por Ramsés IV, entre los que había dos extranjeros para dar mayor credibilidad al juicio, ya que algunos de los acusados también lo eran. Posteriormente se descubrió que cinco de estos jueces, entre ellos Hori, actuaban en connivencia con los acusados, por lo que pasaron de ser jueces a acusados. Todos fueron castigados, excepto Hori, por haber sido él quien reveló los detalles de la conspiración y los nombres del resto de traidores. Hori tan solo recibió una gran reprimenda.

No existe ninguna prueba que indique que Tiyi fuese juzgada.

Por otra parte, es importante señalar que los nombres de los condenados no correspondían realmente a los que tenían antes de ser procesados, nombres que desconocemos. No obstante, hay algunas especulaciones en este sentido. Como ejemplo, se cree que el nombre original de Paibekkamen, que significa «servidor ciego», pudo haber sido Pabakamen «servidor de Amón». Así mismo, de Pentaur «él, el de la Grande», en referencia al título de su madre, desconocemos cuál fue su nombre auténtico.

Este cambio en sus identidades obedece a que el castigo al que fueron sometidos: mutilación o muerte, fue acompañado del más terrible al que podía ser sometido un egipcio, sobre todo si había desempeñado un cargo relevante: la *damnatio memoriae*, que implicaba borrar cualquier rastro de su existencia para la eternidad al quedar destruido su nombre y, por lo tanto, su recuerdo.

Las listas de acusados y los detalles de este juicio quedaron registrados en el Papiro Lee, en el Papiro Rolin y, sobre todo, en el Papiro Judicial de Turín. Inicialmente, de su lectura se desprende que Ramsés sobrevivió al atentado y se desliga de la suerte que pudieran correr los acusados. Estudios posteriores, tras comprobar que el faraón sí había muerto durante el complot, desmienten esta teoría y señalan a Ramsés IV como el organizador del proceso.

Esta confusión se fundamenta en el hecho de que Ramsés IV quiso evitar el ir contra la Maat y protegerse ante una de las afirmaciones contenidas en el Salmo 125, que se recitaba ante el juicio de Osiris y que decía: «No maté ni ordené el asesinato». Por lo tanto, al descargar la responsabilidad del juicio sobre su ya difunto padre, Ramsés IV, quedaba exento de ser considerado culpable de ordenar un juicio que suponía la muerte de los conspiradores.

Los primeros doce jueces

Nombre	*Ocupación*
Mantemtowa	Supervisor del Tesoro.
Pefrawa	Supervisor del Tesoro.
Kara	Portaestandarte del Ejército.
Pabes	Copero real.
Kedendenna	Copero real.
Maharbaal	Copero real.
Paerswana	Copero real.
Djehuty-rekh-nafa	Copero real.
Perennuta	Heraldo real.
Mai	Escriba.
Pre-emheb	Escriba en el Archivo Real.
Hori	Portaestandarte del Ejército.

Los enjuiciados

Nombre	*Título*	*Acusación*	*Veredicto*	*Sentencia*
Pentaur	Príncipe	Colusión con Tiyi y concubinas. Incitador a la rebelión	Culpable	Suicidio en privado
Paibekkamen	Gran Chambelán	Colusión con Tiyi. Incitador a la rebelión	Culpable	Quemado vivo
Mastesuria	Mayordomo	Complicidad con Paibekkamen y Rebelión	Culpable	Ejecutado
Panouk	Vigilante del harén	Cómplice de Paibekkamen y Mastesuria. Rebelión	Culpable	Ejecutado
Pentau	Escriba	Complicidad con Paibekkamen y rebelión	Culpable	Ejecutado
Panhayboni	Capataz de obras	Rebelión	Desconocido	Desconocido

Nombre	*Título*	*Acusación*	*Veredicto*	*Sentencia*
PAIRY	Supervisor del tesoro	Cómplice de traición	Culpable	Ejecutado
BONEMWESE	Comandante del Ejército.	Complicidad con las concubinas y rebelión.	Culpable	Ejecutado
PASAI	Comandante del Ejército.	Colusión con Pentaur y Paibekkamen. Rebelión	Culpable	Suicidio en público
PAIREKAMENEF	Mago	Traición y uso de magia negra	Culpable	Suicidio en público
IYRY	Mago	Colusión con Pentaur. Uso de magia negra	Culpable	Suicidio en público
MESSUI	Escriba en la Librería Sagrada	Colusión con Pentaur y Paibekkamen	Culpable	Suicidio en público
SHOTMAADJE	Escriba en la Librería Sagrada	Colusión con Pentaur, Paibekkamen y Pasai	Culpable	Suicidio en público
NIBDJATFE	Mayordomo	Colusión con Pentaur, y Paibekkamen	Culpable	Suicidio en público
HNETANAMANA	Sirviente en el harén real	No consta	Culpable	Suicidio
AMANKHAU	Segundo al frente del harén real	No consta	Culpable	Suicidio
PAIRY	Escriba en el harén real	No consta	Culpable	Suicidio
PELUKA	Mayordomo y escriba	Apoyo al complot	Culpable	Ejecutado

Nombre	*Título*	*Acusación*	*Veredicto*	*Sentencia*
YENINI	Mayordomo	Apoyo al complot	Culpable	Ejecutado
ASHHEBSAT	Ayudante de mayordomo	Apoyo al complot	Culpable	Ejecutado
WARONA	Mayordomo	Apoyo al complot	Culpable	Ejecutado
PETEWANTAMA	Encargado de seguridad en el harén	No consta	Culpable	Ejecutado
KARPUSA	Encargado de seguridad en el harén	No consta	Culpable	Ejecutado

Nombre	*Título*	*Acusación*	*Veredicto*	*Sentencia*
KHAEMMALU	Encargado de seguridad en el harén	No consta	Culpable	Ejecutado
KHAEMOPE	Encargado de seguridad en el harén	No consta	Culpable	Ejecutado
SUTEMPIDJEHUTY	Encargado de seguridad en el harén	No consta	Culpable	Ejecutado
SUTEMPIAMANA	Encargado de seguridad en el harén	No consta	Culpable	Ejecutado
ESPOSAS DE LOS SEIS ENCARGADOS DEL HARÉN		Apoyo al complot	Culpables	Ejecutadas
PABES	Mayordomo real y juez del tribunal	Prevaricar con los acusados	Culpable	Mutilación de la nariz y las orejas

Nombre	*Título*	*Acusación*	*Veredicto*	*Sentencia*
MAI	Bibliotecario y juez del tribunal	Prevaricar con los acusados	Culpable	Mutilación de la nariz y las orejas
TAYNAKHTE	Policía	Prevaricar con los acusados	Culpable	Mutilación de la nariz y las orejas
NANAI	Jefe de policía	Prevaricar con los acusados	Culpable	Mutilación de la nariz y las orejas
HORI	Abanderado de infantería	Relacionarse con los acusados	Absuelto	Reprimenda
TIYI	Reina	No consta	Desconocido	Desconocido
MUJERES DEL HARÉN		Regicidio	Desconocido	Desconocido

Bibliografía

Barros, C. «Desmitificando el Harén Real», *Egiptología 2.0*, Universidade do Minho, Braga 2019, pp. 75-80.

—. «Egipto, ¿un posible "mercado" de esclavos en la antigüedad?», *Egiptología 2.0*, 15, Universidade do Minho, Braga 2019.

—. «Medicina egipcia: ¿La piedra angular de la medicina actual?», *Egiptología 2.0*, 16, Universidade do Minho, Braga 2018.

Bedman, T. *Reinas de Egipto. El secreto del poder*, Alianza, Madrid 2007.

Borrego Gallardo, F. L. «Un rey, un harén y magia negra: el asesinato del faraón Ramsés III», en E. Fernández de Mier y J. Cortés Martín (eds.), ¿Pero *quién mató a...? Muertes enigmáticas en el Mundo Antiguo*, Sociedad Española de Estudios Clásicos, Madrid 2016, pp. 35-86.

Bujanda Viloria, S. «El complot del harén. *Damnatio memoriae y el tabú de la sangre derramada en el Reino Nuevo egipcio»*, XIV Encuentro de Jóvenes Investigadores en Historia Antigua, Universidad Complutense de Madrid, Facultad de Geografía e Historia, Madrid 2015.

—. *«Regicidio e intrigas de harén: Las muertes de Ramsés* III y de Senaquerib», Fuentes humanísticas, vol. 27, 51, Universidad Autónoma de México, México D. F. 2015.

CASTEL, E. *Los sacerdotes en el Antiguo Egipto*, Aldebarán, Zaragoza 1998.

ESCOLANO-POVEDA, M.: «El festival de Opet», en *Historia National Geographic*, 175, Barcelona 2018, pp. 38-49.

FÈVRE, F. *El último faraón*, Planeta, Barcelona 1993.

JUÁREZ, A. *La faraona oculta*, Edhasa, Barcelona 2022.

LAÍN ENTRALGO, P. *Historia de la medicina*, Salvat, Barcelona, 1978, pp. 16-21.

LOKTIONOV, A. «Condenando a los "Grandes Criminales". Una nueva mirada sobre el castigo en el papiro judicial de Turín», ENiM 8, St. John's College, Cambridge 2015, pp. 103-111.

MEDEROS MARTÍN, A. «La crisis del siglo XII. Los Pueblos del Mar», *Revista de Prehistoria y Arqueología*, 16, Universidad de Sevilla, Sevilla 2007, pp. 93-154.

MORALES, A. J. «Los dos cuerpos del rey: Cosmos y política de la Monarquía egipcia», *ARYS. Antigüedad: Religiones y Sociedades*, 12, Universidad Carlos III, Madrid 2014, pp 47-86.

MÜLLER, M. *Mitología egipcia*, Edicomunicación, Santa Perpètua de Mogoda, Barcelona 1990.

PADRÓ, J. *Secretos del Antiguo Egipto*, Crítica, Barcelona 2020.

PARRA ORTIZ, J. M. *La vida cotidiana en el Antiguo Egipto*, Destino, Barcelona 2015.

—. «La violencia doméstica en el Egipto Antiguo», Actas del III Congreso Ibérico de Egiptología, 2009.

ROBLEDO CASANOVA, I. «La conspiración del harén y la muerte de Ramsés III», *Arte, Arqueología e Historia*, 26, Córdoba 2020.

SÁNCHEZ PAULE, F. *La conspiración del harén*, Universidad Complutense, Madrid 2016-2017.

TARANCÓN HUARTE, N. «Después de la batalla. El trato al enemigo en el contexto militar del Egipto faraónico»,

Arqueo UCA, 2, Universidad Complutense, Madrid 2012, pp. 29-41.

—. «Maat encadenada: la corrupción en Egipto durante el Reino Nuevo», *Antesteria: debates de Historia Antigua, 5,* Universidad Complutense, Madrid 2016, pp. 15-24.

Torras Benezet, N. «Funciones y habilidades del sacerdote puro de Sekhmet: rituales mágicos en el contexto del templo», en E. Suárez *et al.* (eds.), *Magikè Téchne. Formación y consideración social del mago en el Mundo Antiguo*, Dykinson, Madrid 2017, pp. 15-31.

Tous Amatller, J. *¿Qué papel juega el harén en la vida política de Egipto? Etimología y conspiraciones*, web: academia.edu.

Trello, J. «Ramsés III: un faraón guerrero a finales del segundo milenio a. C.», *Gladius*, 20, Madrid 2000, pp. 5-50.

Tudela, L. «El Imperio Nuevo: La expansión territorial, auge, caída y decadencia del mundo egipcio», UNED, Islas Baleares 2016.

VV. AA. «Revisando la conspiración del harén y la muerte de Ramsés III: estudio antropológico, forense, radiológico y genético», *British Medical* 2012, 345:e8268, pp. 1-9.

—. *El Egipto Antiguo. Sociedad, economía, política*, José Miguel Parra Ortiz (coord.), Marcial Pons, Madrid 2011.

Weeks, K. R. *Los tesoros de Luxor y el Valle de los Reyes*, Libsa, Móstoles, Madrid 2006.

Zingarelli, A. «Mercados y mercaderes egipcios en textos y representaciones del Imperio Nuevo», *I Jornada de Cultura del Oriente Antiguo*, Universidad Nacional de la Plata 2017, Buenos Aires, pp. 1-7.

—. «Tebas durante el período Ramésida: redistribución y circulación de bienes», *Revista Mundo Antiguo*, año IV, V.4, nº 7, junio 2015.